구원의 날

칼리 윌리스
배지혜 옮김

구원의 날

SALVATION DAY

황금가지

이 작품에 대해 옳았던 오드리를 위해

차례

감사의 말

다른 책들보다 우여곡절을 많이 겪고 세상에 나오는 책들이 있다. 나는 이 작품을 세상에 선보이기까지 여러 사람의 도움을 받았다. 내가 무엇을 해야 할지 확신이 없을 때도 지치지 않고 일하며 나를 이끌어 주고 이 작품을 믿어 준 나의 에이전트 아드리안 란타주헬렌에게 감사의 말씀을 전하고 싶다. 음침하고 작은 우주 괴물 이야기를 위해 열정을 다해 일해 준 편집장 제시카 웨이드, 부편집장 미란다 힐, 그리고 버클리의 모두에게 감사드린다.

그리고 변함없는 우정과 지지를 보여준 아드리아나 메이터, 섀넌 파커, 리아 토마스에게도 감사의 말을 전한다.

그중에서도 처음부터 이 책을 믿어 주고 훨씬 중요한 일이 있을 때도 자신의 시간을 할애해 지칠 줄 모르는 응원을 보내 준 오드리 쿨허스트에게 무한한 감사를 전하고 싶다.

나의 살아 있는 친구들과 죽은 친구들, 여러분 모두에게 감사드린다.

프롤로그

SPEC 보안-기밀 자료 참조 #39378832-N

함대함 통신 기록[음성]

출처: 퍼스트 스노, SPEC 운송

일시: 393년 01월 10일 15:19:37

퍼스트 스노: 우주선 신원 확인 바람.

정찰대원1: 네. 하우스오브위즈덤호발 타이거입니다. 현재 나이두 중위가 에어로크에 테더링된 상태로 접근 중입니다.

퍼스트 스노: 중위, 상황 설명 바람.

정찰대원2: 육안으로 식별 가능한 손상은 없습니다. 선체는 온전한 것으로 보입니다. 제어판에 전원이 들어와 있고 작동합니다. 시스템상으로는 에어로크가 작동 중이고 내부는 여압 상태 유지 중이라고 하는데......

퍼스트 스노: 뭔가?

정찰대원2: 제어판 위에 뭔가가 있습니다.

퍼스트 스노: 공격 흔적인가?

정찰대원2: 피인 것 같습니다.

정찰대원1: 피? 말도 안 돼. 내부 정보에 따르면 바이러스 공격을 받았다던데. 승무원 한 명이 생화학 무기를 방사했다고 하더군. 사령관님, 알려지지 않은 게 있었던 걸까요?

퍼스트 스노: 현재로서는 자네들이나 나나 모르기는 마찬가지네. 구조대에서 주요 표적을 수색하고 나면 정보를 더 얻게 되겠지. 중위, 일단 주의하게.

정찰대원2: 알겠습니다. 에어로크로 이동합니다. 젠장, 여기 피가 더 있는데요. 제어판과 에어로크, 출입구에 손자국이 있습니다. 내부 출입문을 열겠습니다.

퍼스트 스노: 부상 입은 승무원이 보이나?

정찰대원2: 아무도 안 보입니다. 아니, 잠시만요. 이런, 확인이 좀 필요하겠는데요.

정찰대원1: 메이벨? 뭐야?

정찰대원2: 아이입니다. 젠장. 어린아이가 있어요.

퍼스트 스노: 다시 말해보게. 방금 아이가 있다고 했나?

정찰대원2: 조종석에 묶여있습니다. 부상을 입었어요. 핏자국은 아이의 것인 것 같습니다. 확인해 보겠습니다. 맥박이 뛰는지 확인할게요.

퍼스트 스노: 생물학적 작용체가 없다는 것이 확인될 때까지 노출되어서는 안 되네. 듣고 있나? 위험에 노출되지 않도록 하게.

정찰대원2: 괜찮습니다. 괜찮아요. 아이가 숨을 쉬고 있어요. 아이는...... 오, 얘야. 괜찮아. 가만히 있으렴. 아플 거야. 이름이 뭐니? 두려워할 필요 없어.

자흐라

등지고 있어도 여전히 지구를 느낄 수 있었다. 지구는 아직 나를 놓아주지 않고 있었다.

탑승구의 커다란 창 너머로 시비타 스테이션과 지상 기지를 연결하는 긴 갱도가 보였다. 셔틀에 탑승하려고 기다리는 승객들은 지구를 바라보며 입을 다물지 못했다. 저마다 햇볕이 드리워진 낯익은 도시와 산들, 구불구불한 해안을 바라보며 탄성을 뱉었다. 나도 임무를 처음 맡았을 때, 딱 한 번 지구를 감상한 적이 있었다. 그 뒤로는 눈길조차 준 적이 없다. 잠깐 쳐다보기만 해도 추락하는 듯한 느낌이 강렬하게 밀려왔기 때문이다. 탈출을 코앞에 둔 나를 행성의 중력이 다시 잡아당기는 것 같았다. 지구를 떠나온 것만 해도 충분했다. 지금 내 눈 앞에서 서로 더 좋은 자리를 차지하겠다고 다투는 저 철부지 학생들처럼 끊임없이 탄성을 지를 필요도 없었다. 이들의 대화 수준으로 보나, 신나서 어쩔 줄 모르는 모습으로 보나 대학 연구원생들은커녕 초등학생이라고 해도 이상하지 않아 보였다.

지구의 연합 의회에서 선발한 최고로 똑똑한 학생들이라지만, 사탕 가게에서 사탕을 고르는 어린아이들처럼 지구의 도시를 가리키며 뽐내듯 이름을 맞추고 있었다.

"혹시 타깃을 찾은 사람?" 내가 웅얼거리며 말했다.

이 임무의 선발대는 여덟 명으로 구성됐다. 스테이션에 네 명이 배치되었고, 대기 중인 셔틀에 네 명이 타고 있었다. 모두 신분을 위조했고, 우주여행 및 연구를 주관하는 의회 부속 기관인 우주 탐사 위원회의 유니폼과 규칙에도 익숙해졌다. 가짜 미소에도, 입에 발린 소리에도, 자랑스러운 SPEC의 일원이 되기 위해 해야 하는 역할 놀이에도 익숙해졌다. 하지만 감춰둔 송수신기에 제대로 말을 전달하려면 얼마나 큰 목소리를 내야 할지 걱정이 들었다. 이렇게 시끄럽고 사람이 많은 장소에서는 훈련을 해본 적이 없기 때문이다.

"아직." 파냐의 속삭이는 목소리가 들렸다.

그녀는 대합실 반대쪽에서 대기하고 있었다. 그녀의 금발 머리는 양 갈래로 깔끔하게 땋아 내려져 있었다. 창백할 정도로 흰 이마에는 걱정이 조금도 엿보이지 않았다. 위쪽 팔뚝 부분에 파란색과 흰색으로 빛나는 SPEC 배지가 붙은 유니폼이 마치 맞춤옷처럼 그녀의 몸에 착 감겼다. 리옹 연구소 연구원생들을 맞이한 후 거의 한 시간 째 그들을 셔틀로 안내하는 중이었지만 파냐의 얼굴에서는 아직 쾌활함이 가시지 않고 있었다.

"아직." 대그가 이어 말했고 헨케도 고개를 저어 답을 대신했다. 그들은 셔틀 문 양쪽에 서서 승객들을 탑승시킬 때까지 기다리고 있었다.

"그만 좀 투덜대." 나는 얼굴을 잔뜩 찌푸린 헨케에게 날카롭게 쏘아붙였다. "여기 있는 게 행복한 것처럼 보여야 한다고."

연구원생 중 한 명이 내 쪽을 보았다. 나는 입을 꾹 다문 채 그녀를 향해 공허한 미소를 지어 보였다. 내가 지금 연기하는 인물은 화가 난 채 웅얼거리며 혼잣말하는 사람이어선 안 된다. 이 인물은 노예 상태나 다름없이 그저 시키는 일이나 하는 걸 모욕적으로 느끼는 대신 명예롭게 여겨야 한다. 또한 밝고 차분하고 자신의 업무와 직장에 자부심을 가진 인물이어야 했다. 그 학생은 모호한 표정을 짓더니 곧 돌아서서 자기 친구들 무리에 섞였다. 헨케는 햇볕에 찡그리고 있던 그을린 얼굴에 미소라고 하기에는 애매한 표정을 지어 보였다. 차라리 찡그린 표정이 덜 어색할 정도였지만 더 이상 말을 보태지는 않았다. 이미 한소리를 들은 것만으로 그의 심기가 충분히 뒤틀렸을 것이고, 괜한 감정싸움으로 에너지를 낭비하고 싶지 않았다.

"그들 중 하나가 되어야 한다. SPEC이라는 암 덩어리의 일부가 되어야만 한다." 미션이 시작되기 전 애덤이 한 이야기였다. 두 달 전, 사막의 찬 새벽 공기 속에서 애덤은 내 얼굴로 흘러내린 머리칼을 쓸어 올린 뒤 뺨을 어루만졌다. 나는 죄책감과 두려움에 몸을 떨고 있었지만 그의 눈에는 내 모습이 자부심에 가득 차 흥분한 모습으로 비치길 바랐다. 애덤은 우리 지도자이자 구세주였다. 그는 임무가 성공하기를 바라는 마음 아래 깔린 나의 개인적인 욕심을 눈치채고 있었다. 그래서 마음 한구석이 불편했지만 떳떳해 보이고 싶은 마음에 시선을 피할 수 없었다. 그는 미소 지으며 말했다. "너는 내 전사다. 겉으로는 그들의 하인인 체하겠지만." 방심해선 안 된다. 의회와 SPEC에서 계속 우리를 지켜보고 있을 테니. 혹여 실수 한 번에 전체 임무가 물거품이 될 수도 있다. 우선 체포되어 감옥에 갇히게 될 테고, 애덤과 '가족'을 위험에 빠뜨리게 될 터였다. 애덤과 '가족'은 너무 중요했다. 특히 애덤이 중요했다. 의회는 몇 년 동안이나 그를 추적했다. 자신들의 통제 밖에서는 그 누구도 자유롭게 살 수 없도록 만들기 위해 우리 시설을 공격하고, 작물에 독성 성분을 주입하고, 우리 조직원을 빼돌렸다. 그들은 애덤에게 자비를 베풀지 않을 것이다. 만일 이번 임무가 실패해 우리의 아름다운 미래를 SPEC에게 빼앗긴다면, 그는 감옥에 갇히느니 죽음을 택하겠다고 늘상 말해왔다.

공중에 둥둥 뜨지 않도록 발을 고정하는 스트랩을 편하게 조정한 다음 학생들을 바라보았다. 다들 여기저기에서 공중제비를 돌거나 몸을 공중에 띄워 서로에게 돌진하거나 재주넘기를 하며 깔깔거리는 등, 중력 미약해진 환경에서 서툴게 움직이는 서로를 놀려대며 너나 할 것 없이 왁자지껄 떠들어 댔다. 그들은 몇 명씩 달까지 가는 여정을 마무리하게 될 작은 셔틀로 안내되었다. 큰 그룹을 더 효율적으로 이동시키는 교통편도 있었지만 그런 우주선은 실용성에 집중해 설계되어서 매우 불편했다. 곱게 자란 학생들에게는 어울리지 않았다. 리옹 펠로십이라는 이름은 지구 연합 의회를 창설한 인물 중 한 명의 이름을 따서 붙여졌다. 그들은 4세기 전, '붕괴' 이후 완전히 폐허가 되다시피 한 세상에서 더 나은 미래를 만들자며 인도주의적 헌신을 약속했다고 한다. 연구원생들은 이들의 발자취를 따라가는 중이었다. 선발된 학생들은 암스트롱시티에서 한 학기를 보내고 학기 말에는 의회 출범 400주년 기념행사에 참여할 예정이었다. 그들이 과학자이자 지식인, 엔지니어, 정치인, 탐험가, 예술가가 되는 데 밑바탕이 될 경험이었다. 학생들은 의회에서 시민들에게 강조하는 '헌신과 책임'을 다하는 삶을 살도록 훈련되어 있었다. 의회가 자랑하는 가장 영특하고 총명하고 장래가 밝은 인물들이었다.

그런 그들이 중력이 없는 상태에 신이 나서 뱅글뱅글 돌며 누가 더 빨리 토하는지 경쟁이나 하고 있는 꼴이라니. 긴 머리칼이 공중에서 나부꼈고, 꽥꽥거리는 거친 목소리로 서로 욕을 해대느라 사방에서 침이 튀었다. 그들의 웃음소리에서는 잔혹함이, 눈빛에서는 우월감이 묻어났다. 지금은 세상 물정 모르는 낙천적인 청년들이지만 곧 통제 세력에 걸맞게 훈련받을 것이다. 우리가 진짜 누구인지 안다면 지금 저들의 활기찬 표정은 업신여김으로 굳어지겠지. 의회에 속한 시민들이 기꺼이 헌신할 만한 일에는 한계가 있었다. 반짝이는 그들의 도시와 칙칙한 우리 황무지 사이 단단한 벽처럼, 그들이 내세우는 인도적인 책임은 엄격하게 그어진 경계선 안쪽에만 존재했다.

군중 속에서 목소리가 울려 퍼졌다.

"자, 좋습니다, 여러분. 세 번째 그룹, 셔틀이 준비되었답니다. 탑승을 시작할 테니 줄을 서세요."

머리가 하얗게 센 덩치 큰 흑인 남자가 천둥처럼 쩌렁쩌렁 울리는 목소리로 명령을 내리고 있었다. 음바가 교수는 우리 셔틀에 배정된 연구원생들의 인솔자였다. 나이가 지긋한 이론 수학자인 그는 부드럽고 상냥한 사람이었다. 그는 헨케와 대그에게 다가가서 두 사람에게 인사한 후 악수를 했다. 세 사람은 모두 고개를 끄덕이며 웃음기 가득한 표정으로 아이들처럼 에너지 넘치는 이십 대 청년들에 대한 농담을 주고받았다. 음바가 교수는 대그의 양 손등에 새겨진 항공사단 문신을 보고 감탄하더니 그의 어깨를 다독이며 수고한다는 인사를 건넸다. 헨케도 꽤 진심으로 웃어 보였다. 우리 모두 맡은 역할을 잘 수행하고 있다는 생각에 잠시나마 뿌듯했다.

"세 번째 그룹 여러분! 지금 탑승하지 않으면 두고 갑니다!" 음바가가 우렁차게 고함쳤다.

연구원생들을 보고 있자니 심장이 점점 빨리 뛰었다. 이제 완전히 우리 차지가 된 학생들은 뿔뿔이 흩어져 셔틀 출입구를 향해 서두르는 기색 없이 느긋하게 이동했다. 한 여자가 실수로 어떤 남자의 얼굴을 무릎으로 차는 바람에 실랑이가 벌어졌다. 남자는 버럭 성을 내더니 그녀의 발을 잡아당겨 저 멀리 날려 보냈고, 그녀는 친구들 사이로 나가떨어졌다. 여자는 소리를 지르며 어설프게 발길질했고, 남자의 턱이 그녀의 발에 맞았다. 의도적이라기보다 어쩌다 맞은 것이기는 했지만 어쨌든 남자는 턱을 맞고 뒤로 밀려났고, 다른 남자가 붙잡아 준 덕분에 그는 더 이상 밀려나지 않고 멈출 수 있었다.

두 번째 남자가 그를 놓아주자 그가 몸을 틀었다. 나는 숨이 멎을 뻔했다. 인적 사항 기록에서 본 게 다였지만 단번에 타깃을 알아볼 수 있었다.

사진 속에서 본 그의 얼굴을 눈을 감고 그릴 수 있을 정도로 아주 여러 번, 자세히 관찰했다. 검은 머리, 갈색 피부, 거의 검은색에 가까운 어두운색 눈을 한 남자. 어린 시절에도 각이 선명했던 광대뼈가 지금은 더 도드라져 보였다. 타깃이 자기 어머니의 작업실에서 어머니와 깔깔거리며 신나게 노는 영상이 하우스오브위즈덤호 사건 이후 몇 달 동안 뉴스에 여러 번 송출되었다. 충격과 슬픔에 잠겨 안색이 잿빛이 된 우리 엄마는 잠든 쌍둥이 동생들을 양팔에 안고 "딱한 아가. 믿을 수가 없어. 가여워 죽겠네."라고 웅얼거리며 뉴스를 보곤 했었다. 농장의 다른 여자들이 가끔 엄마를 위로하기도 했지만, 엄마가 느끼는 절망의 깊이를 이해하지는 못했다. 우리는 아빠가 저질렀다고 의심받은 범죄 때문에 의회에서 박해를 받다 막 도망쳐 온 상태였고, 우리가 누구고 어떤 일을 겪었는지 아는 사람은 애덤뿐이었다. '가족'으로 받아들여진 사람들은 누구나 애덤의 성을 따랐고, 우리 엄마의 이름은 마리아 도브에서 밝음, 따뜻함, 사막의 태양 같은 강렬함, 타오르는 별의 광채를 뜻하는 마리아 '라이트'가 되었다.

뉴스에 보도된 남자아이는 전혀 슬퍼 보이지 않았다. 우는 모습을 보인 적도 없었다. 부모의 장례식장에서조차 그는 눈물을 보이지 않았다. 경호원들에 둘러싸여 남색 담요를 두른 채 휠체어에 앉아있는 그의 옆에는 엄숙한 표정으로 입을 굳게 다문 그의 이모가 서 있었다. 두 사람은 공허하게 타오르는 모닥불 속에 빈 관이 놓이는 모습을 지켜보고 있었다. 카메라들은 계속 그의 얼굴을 비췄다. 그는 눈물을 단 한 방울도 흘리지 않았다.

그의 이름은 자스빈더 바타차르야였다. 22살인 그는 태양계에서 가장 유명한 고아였다. 그는 가장 빠른 우주선을 움직이는 엔진을 설계한 어머니와 미세중력 상태에서 대규모로 농업 활동을 할 때 근류에서 발생하는 염분집적작용 문제를 해결한 아버지 사이에서 태어났다. 그의 이모 파드마바티 바타차르야는 연합 의회에서 가장 강력한 권력을 가진 의원 중 하나로 그녀가 무슨 일을 하는지 아는 사람이 거의 없을 정도로 직위가 높았다. 타깃도 은하계와 그 중심의 준항성에 집중해 은하 생애주기를 연구하는 천문학자였다. 현대 인류를 다시 우주로 갈 수 있게 만드는 데 큰 업적을 세운 이들의 자식이 연구하기에 다소 난해하고 비현실적인 분야였다.

바타차르야는 하우스오브위즈덤호 대학살의 유일한 생존자였다. 온 세상이 우리 아버지가 저질렀다고 믿고 있는 바로 그 사건 말이다.

10년 전, 하우스오브위즈덤호에서 '제프리-1'이라는 강력하고 치명적으로 만들어진 바이러스가 우주선의 공기 통제 시스템에 유포되는 생물학적 공격이 발생해 탑승해 있던 477명이 목숨을 잃었다. 아버지가 우주선을 떠나기 직전에 공기 필터가 업그레이드되었고, 아버지가 떠난 이후 바로 바이러스 공격이 시작되었다. 나하리 선장과 딥스페이스 고고학 연구팀은 아버지가 영광을 독차지하기 위해 데이터를 쌓아두고 결과를 숨겼다고 의심했다. 심지어 사건이 있기 몇 년 전, 아버지가 '붕괴' 전 발생했던 '생물학 전쟁'을 주제로 논문 몇 개를 연달아 발표했다는 것도 드러났다. 정황 증거만을 바탕으로 한 단순한 의심일 뿐이고 뒷받침할 만한 증거도 없었지만 SPEC과 의회에게 더 이상의 증거는 필요하지 않았다. 그들은 다른 용의자를 찾아보려 하지도 않았다.

바타차르야가 고개를 돌렸다. 나는 재빨리 시선을 피했다. 타깃인 그의 시선은 나를 지나 창문 너머로 보이는 장엄한 우주 테더와 그 아래에 있는 지구를 향했다.

나도 그의 시선을 따라갔다. 구름, 바다, 대륙. 풍경에 흠집을 내는 도시들이 보였다. 셔틀과 수송선이 태양 빛을 반사해 은빛으로 반짝였다. 쳐다보고 싶지도 않았던 풍경에서 이제는 시선을 뗄 수 없었다.

400년 전, 전쟁과 기근, 전염병과 환경 파괴가 몇 세대 째 계속되었고 궤도를 돌던 무기 플랫폼에 탑승해 있던 사람들이 보관되어 있던 화물을 떨어뜨려 지구 대기권에서 폭발시켰다. 지구를 파괴해 인간이 만들어낸 재앙에 종지부를 찍겠다는 계획이었지만, 그들의 계획은 실패하고 말았다. '붕괴'에서 인류는 살아남았다. 행성은 천천히 회복했다. 정부가 재편되었고 연합 의회라는 이름 아래 뭉쳤다. 그리고 인류는 다시 우주로 눈을 돌렸다.

자랑스러워할 만한 일이었다. 우리가 얻게 된 두 번째 기회에 감사해야 했다. 과거보다 더 나아졌어야 했다. 다시는 그런 일이 일어나지 않을 거라 생각해야 했다. 하지만 지구에 아직 남아있는 상처 속에서 스스로 자유를 찾아야 했던 우리들의 생각은 달랐다.

"인류는 절대 변하지 않을 것이다." 야간 집회를 시작할 때 애덤이 즐겨 하던 말이었다. "그러니 우리는 운명을 개척해야 한다."

지구 밖 어딘가에 애덤의 지휘 아래 우리의 우주선 홈스테드호가 궤도에 올라 있었다. 우주선에는 성인 남녀와 내 동생 안와르와 나드라를 비롯한 아이들까지 우주선 정원을 꽉 채운 300명이 타고 있었다. 우리 팀과 나는 한 달이 넘게 다른 가족과 떨어져 있었다. 다른 가족은 자신과 가족 전체의 운명을 등에 지고 작은 그룹으로 쪼개져 국경을 넘어 천천히, 조심스럽게 의회 영토로 숨어들었고, 홈스테드호가 성공적으로 발사될 때까지 이들이 잠입에 성공했는지조차 알 수 없었다. '가족'과 떨어져 있는 시간은 힘겹고 고통스러웠다. 하지만 결국 우리는 다시 만나게 될 것이다.

가슴 속에서 느껴지는 공허함은 중력이 약해서만은 아니었다. 긴장해서도 아니었다. 폐에서, 목구멍에서, 심장에서 바깥으로 터져나오는 전에 느껴본 적 없는 아찔한 희망 때문이었다. 다시는 예전으로 돌아가지 않으리라.

셔틀의 인터콤에서 이륙을 알리는 보디카의 목소리가 흘러나왔다. "승객 여러분, 좋은 아침입니다." 활기찬 목소리로 그녀가 말했다. "암스트롱시티로 가는 필그림 3호에 탑승하신 것을 환영합니다. 리웅 펠로십 참가자이자 두 번째 연합 의회의 일원이 되실 여러분과 함께 여정을 함께하게 되어 영광입니다."

학생들은 안내 방송을 듣는 둥 마는 둥 했지만, 만약 잘 듣고 있었다면 자신들의 파일럿이 차분하고 자신만만하면서 뼛속까지 신뢰할 수 있는 사람이라는 사실을 느낄 수 있었으리라. 우리와는 다르게 보디카는 몸에 안 맞는 역할 놀이를 하는 중이 아니었다. 그녀는 수년 동안 SPEC 파일럿으로 일했고 수송선 브레튼호가 화성 표면에 충돌한 후 처음 출동했던 구조 우주선의 조종사로 잠시 명성을 떨치기도 했다. 자신이 목격한 충격적인 장면을 바탕으로 보디카는 공공연하게 SPEC의 재난 대응 방식을 비난했다. 그 결과 그녀는 점점 비행이 제한되었고, 능력과 경험을 비웃듯 짧은 비행만 맡겨졌다. 결국에는 정직을 당했고, 그녀는 자신을 대체할 새로운 인력 양성을 위한 교관으로 전출되는 수모를 당하는 대신 SPEC을 떠났다. 그리고 곧 비행이 금지된 조종사는 연합 의회 안에서 설 자리가 없다는 사실을 깨달았다. 그녀는 연합 의회의 시민권을 포기하고 자신을 버린 그들을 등졌다.

하지만 보디카는 다시 우주로 나가겠다는 꿈마저 포기하지는 않았다. 비행을 사랑하는 마음을 접은 적은 한 번도 없었기 때문이다. 지금 전문가다운 차분함이 묻어나는 그녀의 목소리에는 흥분이 섞여 있기는 했지만 장난기는 조금도 느껴지지 않았다.

"조금 느긋한 비행이 될 예정입니다." 보디카가 말을 이었다. "암스트롱시티의 포트의 일정이 밀려 있어 여객선 도착 시간을 미뤄달라는 SPEC의 요청이 있었습니다. 일반적인 비행시간은 8시간이나, 오늘 비행은 그보다 약간 길어질 것으로 예상됩니다."

포트의 일정이 밀리도록 만든 것도 우리였다. 우리가 몰래 국경을 넘을 수 있도록 도와주었던, '가족'을 딱하게 여긴 익명의 조력자들이 발 드 멕시코 우주포트의 착륙 허가 프로세스에 문제를 일으켰다. 달을 드나드는 교통 흐름이 정체되자, 필그림 3호가 착륙하도록 예정된 시간에 궤도의 테레시코바 조선소와 소행성으로 향하는 거대한 쇄빙선에 보급품을 운반하던 수송선들이 달의 반대 방향에 위치해 있게 되었다. 우리는 감시의 시선을 분산시켜야 했고, 그만큼 시간도 더 필요했다.

보디카가 안내 방송을 마무리하며 말했다. "승객 여러분께서는 편안한 마음으로 경치를 즐기시면 됩니다. 문의 사항이 있으시면 객실에 승무원 네 명이 탑승하고 있으니 도움을 요청하시면 됩니다. 여정의 반을 마치고 나면 점심 식사가 제공될 예정입니다."

객실 승무원은 나, 파냐, 헨케, 대그였다. 보디카와 말라치가 조종실에 있었다. 니코와 바오는 화물칸을 감시했다. 본인들이 인질인 줄 모르는 연구원생 11명과 교수 1명을 통제하기에 충분한 인원이었다.

필그림 3호는 작은 셔틀이었고, 가운데 통로를 두고 의자 네 개가 세 줄로 놓여있었다. 음바가가 왼쪽 첫 번째 줄에 앉았고 그 옆에 대학생이라기에는 너무 앳되어 보이는 여학생이 앉았다. 교수가 뭐라고 이야기하며 창문 밖을 가리켰고 여학생은 수줍게 웃었다. 아마도 영재로 조기 입학한 학생인 듯했고 그래서 친구가 없는 모양이었다. 내겐 의회 소속 학교를 다니던 시절의 기억이 아직 남아있기에, 저 학생에게 친구가 있었더라면 교수와 함께 맨 앞줄에 앉지 않았으리라는 것쯤은 알 수 있었다.

음바가와 어린 학생의 뒤에는 20대 후반 또는 30대 초반으로 보이는, 학생들 사이에서 가장 나이가 많아 보이는 남자와 여자가 손을 꼭 잡은 채 서로를 끌어안고 있었다. 자신들이 우주에 나와 있다는 사실은 자각이나 하고 있는 걸까? 그들 뒤로 젊은 여자 둘이 창문 밖 지구를 바라보며 잘 알려진 지역들을 손가락으로 가리키고 있었다. 그들과 통로를 사이에 두고 오른쪽 첫 번째 줄에는 키가 작고 알록달록하게 염색한 머리를 짧게 자른 여자와 레게머리를 왕관처럼 두른 뚱뚱한 여자가 앉아 있었다. 두 사람은 아직 안내 방송이 나오지 않았는데도 어깨띠를 매고 파냐가 안내하는 안전 수칙을 집중해서 들었다. 순종적이고 선량한 시민인 두 사람은 앞으로도 문제를 일으킬 것 같지 않았다. 하지만 그들 뒤에 앉아 낄낄거리며 잘난 체하는 젊은 남자 둘은 달랐다. 둘 중 한 명은 파냐에게 '당신이 우리를 안전하게 지켜줘서 얼마나 기쁜지 모른다.'라며 비아냥거렸다.

오른쪽 마지막 줄에 타깃인 바타차르야가 젊은 남자와 함께 앉아 있었다.

중요한 인물은 아니었지만, 아미타 바타차르야의 아들과 친하게 지내는 인물이 누구인지 궁금했던 나는 그 젊은 남자의 이력을 찾아본 적이 있다. 그의 이름은 바키르 나사르. 21세로 단츠-마이어 병이 창궐하던 시절 북미 난민 캠프에서 태어났다. 그의 부모는 네 명이었는데 남자 둘과 여자 둘로 이뤄진 복합 결혼을 한 결과였다. 그들이 신청한 의회 시민권이 마침내 받아들여졌을 땐, 그의 형제 세 명은 이미 전염병으로 세상을 떠난 뒤였다. 전염병은 바키르 나사르에게도 영원히 흔적을 남겼다. 병으로 왼팔을 절단한 그는 로봇 의수를 착용하고 있었다. 바키르는 금속 팔을 합성 피부나 장갑으로 숨기지 않았고, 그가 움직일 때마다 은빛 팔뚝이 빛을 반사해 번쩍거렸다.

바키르 나사르를 마주하는 사람들은 누구나 전염병의 흔적에 집중했을 것이다. 그는 자신이 시민으로서, 이 연구의 연구원생으로서, 의회의 총애를 받는 인재로서 제 몫을 다 할 수 있다고 증명하기 위해 남들보다 두 배 더 노력해야 했을 것이다. 이제까지 나사르는 자기 부모가 한 선택과 잘못된 장소에서 태어나 몸이 아팠다는 사실과 그의 피에 흐르는 사막 황무지의 기운 때문에 끊임없이 비난받으며 살았을 게 빤했다. 지구 연합 의회는 모든 인류를 포용하는 척했지만 그들의 동정심이 미치는 범위는 한계가 있기 때문이다.

바키르 나사르가 그런 한계를 느꼈는지, 한계를 느끼면서도 남들과 평등한 대접을 받는 것처럼 행동하는 것인지 궁금했다. 이 펠로십에서 무엇을 얻고 무엇을 증명해 보이려는지 알고 싶었다. 얼마나 노력을 쏟아붓든 사람들의 성에 차지 않으리라는 사실을 그는 알까?

전염병이 돌 때 난민 캠프에서 일했던 엄마가 바키르 나사르의 가족을 만났을지도 모른다. 엄마는 내가 어릴 때 국경 근처 지역에서 자원봉사자로 일했던 적이 있다. 사막을 방문한 것은 그때가 처음이었고, 의회가 보장하는 가식적인 안보의 울타리 밖에 살기로 한 사람들이 어떤 취급을 받는지 똑똑히 알게 되는 경험이었다고 했다.

사막의 삶은 고됐지만 엄마는 난생처음 의회의 통제에서 벗어나 자유를 누렸다. 난민 수천 명이 목숨을 잃는 가운데 의회에서는 몇 명 안 되는 의사들을 캠프에 보내 과로에 찌들게 만들고 의미 없는 약속들만 남발했다. 그 시기에 아마도 엄마는 몸조리하느라 누워 있는 산모 옆에서 병약한 남자아이를 품에 안음으로써 생명 하나를 살렸으리라. 사태가 커지고 캠프에 병들고 목숨을 잃는 사람이 넘쳐나는 동안 의회에서는 차일피일 대응을 미뤘고, 복잡한 시민권 신청을 급행으로 처리하지도 국경을 열지도 않았으며, 절망에 빠진 난민 가족을 받아들이기를 거부하고, 거부하고, 또 거부했다. 고난과는 거리가 먼 삶을 사는 의원과 위원회 임원 들은 전염병이 팬데믹이 될 위험과 도움이 필요한 사람들에게 쥐꼬리만큼의 자원이나마 제공했을 때 발생할 파장, 국경을 열고 이방인을 받아들였을 때 발생할 위험에 대해서만 떠들어댔다. 그들은 닫힌 문 뒤에서 티끌하나 없이 깨끗한 도시가 역병에 휩싸인 범죄자들에 의해 뒤덮일 것이라며 자기들끼리 속닥거렸지만, 어쨌든 그들이 나눈 비밀스러운 대화를 엄마 역시 듣게 되었고, 결코 잊지 않았다.

타깃인 바타차르야가 창가에, 그의 친구인 나사르는 복도 쪽에 앉아 있었다. 마음에 들지 않았다. 바타차르야에게 접근하기가 쉽지 않을 것 같았다.

"승무원이 많네요." 음바가가 말했다.

"네." 내가 짤막하게 대꾸했다. 그와 대화하고 싶은 생각이 없었지만 피할 수도 없었다. 파냐가 아직도 시시덕거리고 있는 학생들에게 안전띠를 조이도록 채근했다. "승무원을 태울 수 있을 만큼 태웠죠. 모두의 안전이 달렸으니까요."

"엔진실에도 두 명이 탔더군요." 음바가가 답했다.

엔진실 밖으로 머리를 내민 채 탑승하는 승객들을 구경하던 니코와 바오에게 속으로 욕을 퍼부었다. 그들은 사람들 눈에 띄어서는 안 됐다.

"공병대에서 나온 교육관과 수습생입니다. 훈련도 시키고 관찰도 할 겸 투입되었죠. 엔진실에 문제는 없습니다." 부디 의심을 사지 않길 바라며 준비한 답을 내놓았다. "걱정하실 것 없습니다."

"아, 편안한 비행이 되리라 믿습니다." 음바가가 말했다.

"최선을 다하겠습니다." 나는 미소를 머금고 답했고, 오늘이 끝나기 전 그를 죽여야 할 상황이 올지 궁금해졌다.

이륙한 지 5시간쯤 지나 점심 식사를 제공했고 대그에게 내가 객실 뒤쪽에 있는 동안 앞쪽에 와 있으라고 손짓을 했다. 무중력 상태에서 초조해하는 내 모습을 아무도 눈치채지 못하길 바라며 좌석 뒤에 달린 손잡이를 잡고 짧은 복도를 따라 조심스럽게 이동했다. 보디카는 셔틀의 항로에 대해 승객들이 필요 이상으로 관심을 가지지 않도록 안내 방송을 가능한 한 최소로 하고 있었고, 때문에 우리에게 시간이 얼마나 더 있는지 확실히 알 수 없었지만, 작전이 시작되었을 때 타깃과 먼 객실 앞쪽에 있고 싶지는 않았다.

오른쪽 창밖으로 아주 작고, 아주 밝은 지구가 보였다. 왼쪽으로는 어둠과 별들 말고는 아무것도 보이지 않았다. 어느 풍경도 초조한 마음을 가라앉힐 수 없었다. 나는 객실 뒤쪽에 자리를 잡고 마지막 좌석 뒤에 달린 스트랩으로 발을 고정했다. 덩치 좋고 헬쑥한 헨케가 옆에서 잔혹한 미소를 짓고 있었다. 이번에는 웃고 있도록 내버려 뒀다.

음바가 교수의 호기심 어린 눈빛과 날 선 질문에서 벗어났다는 생각에 마음이 놓였다. 교수의 관심을 받을 사람으로는 대그가 나보다 나았다. 그는 수년간 여러 우주선을 돌며 화물 적하 요원에서 조종사까지 다양한 경험을 쌓았는데, 밀수범들에게 물건을 빼돌리다 걸리는 바람에 감옥에 갈지 의회 시민권을 포기할지 선택해야만 했다. 대그는 사막에서 자유를 누리는 쪽을 선택했다. 때문에 그의 손에 새겨진 항공사단 문신은 진짜였다. 지금 그는 음바가 교수를 상대로, 자신이 태어나 두 번째로 조종을 맡은 비행에서 핼리 스테이션 건설을 위한 운송선의 항로를 금성의 중력을 활용해 변경했다는 신물 나는 레퍼토리를 신이 나서 떠들고 있었다. 대그가 다시 우주로 나오고 싶어 했다는 사실은 의심의 여지가 없어 보였다. 애덤에게 두터운 신뢰를 얻을 수 있었던 것도 그 때문이니까.

나는 타깃인 바타차르야와 그의 친구인 나사르에게 시선을 돌렸다.

"그걸 다 할 시간은 있겠어?" 바타차르야가 물었다. 두 사람은 암스트롱시티에서 펠로십 기간 동안 하고 싶은 일에 대해 이야기 중이었다. 연구원생들이 아침 내내 이야기하던 대화 주제였다. "프로젝트 다섯 개를 합쳐 놓은 것 같은데."

"응. 알아. 하지만 해볼 만하지 않아? 지구에서는 저중력 수문 환경을 어떻게 조성하겠어? 이 프로젝트를 성공하면 내 목성 프로젝트 제안서를 SPEC에서 봐줄 수도 있고."

팔을 휘저으며 이야기하던 나사르는 잠시 멈춰 손을 바라보더니 의수를 팔걸이 위에 올려놓고 멀쩡한 손은 다리 위에 떠 있도록 두었다. 은색 광이 나는 의수 손가락과 다른 손의 갈색 피부가 확연히 대비되었다.

"느낌 참 묘하네."

"익숙해져야지." 바타차르야가 말했다. "달에서는 더 이상할 거야. 지구 중력이나 자유 낙하 상태 둘 중 하나를 기대하는데 둘 다 아니니까."

"게다가 달에서는, 망원경 사용이 허락된 20시간 동안 관찰한 데이터만 가지고 프로젝트를 진행하지 않아도 되지." 나사르가 말을 이었다.

"26시간." 바타차르야가 말했다. "내가 올려달라고 했어."

나사르가 눈을 굴리며 대꾸했다.

"통화로 이야기하던 게 그거였구나. 뭘 한 거야? 감사의 표시로 행정관 이름을 따서 블랙홀 이름을 지어주겠다고 약속이라도 했어?"

"이미 그 행정관의 이름을 딴 블랙홀이 두 개, 성운이 세 개, 은하하나가 있어. 그러니 그건 아니고, 올해 안에 이모한테 개발 계획을 전달해 주겠다고 했지."

바타차르야가 하는 말과 어투에서 두려움이 감지되는지 살폈지만 전혀 느낄 수 없었다. 내가 아는 한 그는 하우스오브위즈덤호 대학살 이후로는 우주로 나온 적이 없었다. 바타차르야의 이모가 대중 매체의 관심을 잘 차단한 덕분에, 그가 공식적으로 하우스오브위즈덤호에 대해 말한 적은 없다. 바타차르야가 그 사건을 기억하지 못한다는 게 이유였지만, 그는 당시 갓난아기가 아니라 12살이었다. 고작 한 살 더 많았던 나도 그 당시의 무시무시했던 며칠간의 기억은 평생 잊지 못한다. 아빠가 하우스오브위즈덤호에서 불명예스럽게 쫓겨나고 이틀 뒤, 제피르-1 바이러스가 우주선에 퍼진 것이다. 아빠가 집에 돌아오기도 전이었다. 하우스오브위즈덤호에서 쫓겨나기 전 아빠는 정보를 숨겼다는 의심을 받으며 SPEC의 조사를 받고 있었다. 똑똑히 기억한다. 쌍둥이 동생들이 아빠가 언제 돌아오느냐고 묻던 것도, 아빠가 세상을 떠난 날 낯선 사람들이 집에 쳐들어왔던 것도, 제피르-1의 백신을 전 세계적으로 보급하겠다고 엄숙하게 이야기하던 공식 발표까지 모두. 엄마는 SPEC 조사관들을 향해 고래고래 소리를 질렀다. 사막으로 쫓겨나던 날, 나드라와 안와르는 세상이 떠나가라 울었다. 쌍둥이들은 고작 다섯 살이었고 무슨 일이 일어나는지 몰랐다. 하지만 나는 13살이었고 모든 상황을 매우 잘 이해하고 있었다. "달리 갈 곳이 없어. 저들이 우리를 가만두지 않을 거야."라고 말하던, 피곤에 절은 엄마의 목소리가 아직도 귓가에 생생했다.

바타차르야도 그 사건에 대해 증언할 수 있을 만큼 충분히 성숙해 있었다. 그러니 십 년이 넘는 그의 침묵은 거짓말을 한 것과 진배없었다.

"저기요." 한 남자가 말을 꺼냈다. "저기, 혹시 저거……"

나는 위를 올려다보고 오싹 소름이 돋았다. 질문을 채 마치지 못한 사람은 가운뎃줄에 앉아있던 시끄러운 남학생 둘 중 하나였다. 갈색 머리, 약간 어두운 피부, 키가 크고 호리호리한 체격이었다. 파냐에게 어설프게 작업을 걸었던 바로 그 학생이었다.

귀에 말라치의 목소리가 들렸다. "이런, 젠장."

보디카의 목소리는 그보다 훨씬 차분했다. "진정해. 결국은 알아챌 거였잖아. 주의를 딴 데로 돌려. 아직 시간이 있어."

"안내 방송이라도 해? 변명이라도 할까?" 말라치가 물었다. 그의 표정이 눈앞에 선했다. 긴장과 초조함에 사로잡힌 채 구불구불하고 어두운 곱슬머리 뒤에 가려진 갈색 눈을 동그랗게 뜨고 있을 것이다. 우리에게 필요한 조종 경력이 있던 덕분에 부조종사 역할을 맡고 있었지만, 불안한 표정을 숨기지 못하는 말라치의 천성이 우리에게 도움이 될 리 없으므로, 그를 눈에 띄지 않는 곳에 배치해야 한다는 사실을 잘 알고 있었다.

하지만 이미 너무 늦어버렸다. 보디카의 말처럼 승객들은 결국 눈치를 챌 것이다.

"저게 뭐죠?" 아까 그 남학생이 물었고, 그의 말에 주변에서 오가던 대화가 일제히 잠잠해졌다. 모두가 그에게 집중했다. 내 심장은 더 빨리 요동치기 시작했다.

"우주 정거장이야." 시야를 확보하기 위해 창문에 바짝 붙은 채 그의 친구가 말했다. "프로비던스인가?"

프로비던스 스테이션은 지구와 달 사이 L1 라그랑주 점(두 천체의 중력이 상쇄되는 점 —옮긴이)에 있었다. 2만 명이 거주하고 있으며 지구와 달을 벗어나 장거리 비행을 떠나는 우주선들의 출항지 역할을 하는 정거장이었다. 규모가 엄청날 뿐만 아니라, 반지름이 몇 킬로미터에 달하는 커다란 고리 모양의 생김새도 상징적이었다. 그리고 우리가 향하고 있는 곳과는 20만 킬로미터 떨어져 있었다.

"멍청한 소리." 앞줄에 앉아있던 키가 작고 머리가 알록달록한 여자가 말했다. "저건 너무 작아. 고리 모양도 아니잖아."

파냐가 밝은 목소리로 말했다. "저게 무엇인지 기장님께 물어 확인할 수는 있지만 궤도 통제소의 지시를 따르느라 지금은 정신이 없으셔서요. 오늘 있었던 소동 때문에 통제소에서 골치깨나 썩는 모양이에요."

음바가가 그녀를 힐끗 보다가 어깨에 안전띠를 맨 채 최대한 오른쪽으로 몸을 기울였다. "아리아나, 네 말이 맞아. 프로비던스가 아니야. 우주선이구나."

"엄청 크네요." 가운뎃줄에 앉은 남자가 말했다. "저렇게 큰 우주선은 신형 쇄빙선들뿐인데 아직 미완성 상태잖아. 시험 비행 같은 건가? 시험 비행이라기에도 너무 이른데."

그의 친구가 그를 쿡 찔렀다. "그놈의 쇄빙선 타령 좀 그만하시지."

"기장님께 질문을 전해드리죠." 파냐가 말했다.

"안 먹혀." 말라치가 통신기에 대고 이야기했다. "승객들이 눈치챘어."

객실 앞에 있던 대그가 자리를 이동해 보관함을 열었다. 내 뒤에 있던 헨케도 그와 똑같이 움직였다.

음바가는 눈썹을 찌푸렸다. "쇄빙선이라기에는 너무 커. 신형이라 해도 말이네. 마치……"

우주선 내부 환경은 아주 작은 요소까지도 매우 섬세하게 통제되고 있었다. 산소와 질소의 비율, 허용되는 미립자 농도, 온도, 습도, 심지어 승객이 너무 덥거나, 춥거나, 답답하거나, 습하다고 느끼지 않도록 통풍구를 통해 공기가 순환하는 속도까지 모든 요소가 우주선 컴퓨터에 의해 통제되고, 측정되고, 조절되어 완벽한 균형을 이루도록 되어 있었다. 필그림 3호에 탄 승객들이 오싹함을 느낄 가능성은 전혀 없었다.

하지만 지금, 조심스럽게 움직이던 사람들은 동작을 멈췄고, 대화도 침묵으로 바뀌었다. 왼쪽에 앉아있던 남녀 승객들은 반대쪽 창문 밖에 보이는 풍경을 보려고 몸을 최대한 늘려 왼쪽으로 기울였다. 오른쪽에 앉은 승객들은 넋을 잃고 창문 밖을 바라보았다. 시선은 모두 같은 곳을 향해 있었다. 파냐는 다시 쏟아지기 시작한 질문 세례를 잠재우기 위해 변명을 늘어놓았다.

나는 발에 채웠던 스트랩을 풀고 아래쪽으로 몸을 낮추기 위해 벽에 붙은 손잡이를 잡았다. 그리고 바타차르야의 머리 위로 창문에 비친 유령 같은 그의 그림자 너머를 바라보았다. 승객들의 목소리가 사막에서 불어오는 바람처럼 나를 휘감았다. 가슴에 통증이 느껴졌다. 숨이 쉬어지지 않았다.

거의 다 왔다. 손을 뻗으면 닿을 수 있을 것 같았다.

하우스오브위즈덤이라는 이름은 태양계를 탐사하며 발견할 것들과 이루게 될 발전을 기대하며 고대 교육 기관 중 하나의 이름을 따서 붙여졌다. 이름에 걸맞게 우주선 자체도 범상치 않았다. 17년 전 발사 당시 세상에서 가장 빠르고 큰 우주선이었고, 아미타 바타차르야가 개발한 알모라 엔진이 장착되어 있었다. 엔진의 이름은 아미타 바타차르야가 수십 년 전 추진 시스템을 개발해 전설이 되겠다는 꿈을 꾸던 히말라야의 한 마을 이름을 따서 지어졌다. 하우스오브위즈덤호는 고대 지구에서 대양을 누비며 미지의 세계로 대담하고 호기심 많은 사람들을 나르던 선박들처럼 태양계를 가로지르도록 설계되었다. 장기적인 과학 연구와 우주 탐사를 통해 현대 인류가 다른 별에 성큼 다가갈 수 있도록 해 줄 움직이는 실험실이기도 했다. 에우로파와 이오에 연구 기지를 세우고, 수 세기 동안 먼 우주를 돌다 귀환한 무인 탐사선 UC33-X를 인양하고, 세레스 스테이션의 물 재활용 시스템이 잦은 고장에 이어 결국 영구 손상되었을 때 광부들을 구조한 우주선이었다. 하우스오브위즈덤호가 태양계 이곳저곳을 누볐던 7년 동안 거대한 우주선을 타고 행성 사이를 가로지르는 자신을 상상하며 하늘을 올려다보지 않은 사람은 없었다. 고대 무인 탐사선 UC33-X를 연구하는 팀의 일원으로 하우스오브위즈덤호에 초청된 날은 아빠 인생에서 가장 행복한 날이었다.

하우스오브위즈덤호는 한때 우주 탐사 위원회의 가장 큰 자랑거리이자 기쁨이었다. 지금은 그저 묘지에 불과하게 되었지만.

지금 우리는 그 거대하고 고요한 방주를 향해 날아가고 있었다.

앞줄에 앉은 음바가가 안전띠로 손을 가져다 댔다.

"자리에 앉아 계셔야 합니다. 교수님." 파냐가 말했다. 그녀는 여전히 미소 짓고 있었지만, 목소리는 위협적으로 보이고 싶지 않을 때 사용하는 한층 높은 어린 소녀 같은 목소리였다. "셔틀이 갑자기 가속하면 부상을 당하실 수도 있으니까요."

"문제라도 생겼습니까?" 음바가 교수가 부드럽게 물었다. "원래 경로로 가는 게 나을 것 같습니다만."

"아무 문제도 없습니다. 그냥 조금 돌아가는 것뿐입니다."

하지만 연구원생들은 이제 파냐가 거짓말한다는 사실을 눈치채고 있었다. 하우스오브위즈덤호를 맨눈으로 이렇게 가까이 볼 수 있는 항로로 다니는 우주선은 없었다. 하우스오브위즈덤호는

10년 동안 자동 추진 시스템에 기대어 이따금 불꽃을 내뿜으면서 20만 킬로미터 거리를 두고 달을 쫓는 궤도를 유지했고, 무자비한 고성능 드론 보안망으로 보호받고 있었다. 간 큰 약탈자들이 너무 가까이 다가와 위험에 빠지지 않도록 SPEC에서는 어떤 비행체도 하우스오브위즈덤호와 5만 킬로미터보다 가깝게 날 수 없도록 엄격하게 제한했고, 실수로라도 이를 어기면 무거운 처벌을 받게 되어 있었다.

"기장과 이야기를 하고 싶소만." 음바가 교수가 안전띠를 풀며 딸깍하는 소리가 났다.

"재미있어지겠군." 헨케가 말했다. 나는 그를 힐끗 보았다. 헨케는 미소 짓고 있었다.

좌석들 위로 파냐가 내게 눈짓을 보냈다. 나는 고개를 끄덕였다. 때가 왔다는 뜻이다.

대그는 갤리의 보관함에서 총을 꺼내 음바가에게 겨눴다. 그의 얼굴에서 파냐의 침착함이나 헨케의 즐거움은 찾아볼 수 없었다. 그는 조금도 망설임 없는 목소리로 이렇게 말했다. "기장이랑 이야기할 필요 없어."

음바가는 그대로 얼어붙어서 파냐에서 대그로 시선을 옮기며 말했다. "무슨 일이오?"

"자리에 앉으시죠." 파냐도 떨리는 손으로 총구를 들어 올렸다. "안전띠도 매시고요."

헨케는 가장자리 보관함에서 무기를 두 개 꺼내 하나를 내게 건넸다. 의회에서 선호하는 전기 충격을 주거나 기절시켜 사람들을 제압하는 종류의 무기가 아니었다. 우리가 가진 무기는 우주에서도 발사할 수 있도록 만들어진 것들이었다. 승객들 대부분 뉴스 기사나 역사책에서가 아니면 실제로 볼 기회조차 없던 무기였다. 의회는 자신들의 지시에 따라 움직이는 순한 양들이 아니라 그들의 통제를 벗어나려는 사람들에게만 폭력성을 드러냈을 테니.

우주에 있어 무게는 느껴지지 않았지만 총의 질량 때문에 발생하는 인력이 꽤나 커서 내 움직임이 어색해졌다. 헨케의 크고 붉은 얼굴에 못마땅해하며 조롱하는 듯한 표정이 비쳤다. 나는 그를 못 본 체했다.

"무슨 일이 일어나고 있는 거요?" 음바가가 다시 한번 물었다. 그의 목소리는 차분했고, 마치 우리가 자신이 길들여야 하는 야생 동물인 것처럼 일부러 천천히 단어를 뱉었다. "원하는 게 뭐요?"

"자리에 앉아 계시죠." 파냐가 말했다. "다치게 하고 싶지는 않습니다."

"원하는 것을 이야기하면 우리가 도와줄 수 있소."

놀란 표정으로 멍하니 파냐와 대그를 바라보는 승객들은 모두 공포에 사로잡혀 있었다. 공포가 이렇게나 빨리 그들의 혼을 빼놓을 수 있을 줄은 몰랐다. 그들은 같은 말을 반복하며 교수에게 조용히 있으라고 하는 동시에 학생들에게 자리를 이탈하지 말라고 경고하는 파냐에게서 시선을 떼지 못했다. 파냐의 말투는 농장에서 아이들을 가르칠 때처럼 여전히 부드러웠고, 파냐가 가르치던 아이들처럼 셔틀의 승객들도 그녀의 목소리에 매료되었다. 한 사람만 빼고.

바타차르야는 파냐를 보고 있지 않았다. 그의 시선은 하우스오브위즈덤호를 향해 있었다.

그때 가슴 속 저 어딘가에서 불꽃이 튀는 듯했다. 그 감정에 대해 좀더 깊이 생각했더라면, 바타차르야의 행동이 뭔가가 의심스러운 상황임을 알아차렸을 것이다. 그는 단순히 우주선을 바라보는 것이 아니라 우주선에 시선을 빼앗긴 상태였다. 이 평온했어야 할 여정에서 갑자기 맞닥뜨린 무장 괴한보다 창밖으로 보이는 우주선이 그를 더 두렵게 한다는 사실이 무슨 의미인지 나로선 이해할 수 없었다.

안전띠를 딸깍, 하고 푸는 소리에 객실 앞쪽을 보았다. 음바가가 움직인 것이 아니었다. 승객들은 일제히 두려움에 떨며 숨을 헉 하고 들이쉬는 중이었다.

젊은 남학생 하나가 자리에서 일어섰다. 파냐에게 추파를 던지던, 하우스오브위즈덤호를 맨 처음 발견한 가운뎃줄 남자였다. 그는 앞 좌석을 잡고 좌석 위쪽으로 몸을 띄우려다 힘을 너무 많이 준 나머지 어깨를 천장에 부딪치는 바람에 다시 튕겨 내려왔다. 파냐와 대그는 그를 향해 총을 겨눴다. 두 사람의 관심이 다른 데로 쏠린 틈을 타 음바가도 자신의 안전띠를 풀었다.

"파냐!" 내가 외쳤지만 그녀는 이미 대응하고 있었다. 그는 자신의 무기를 다시 음바가에게 겨눴고 총구는 음바가와 50센티미터도 떨어져 있지 않았다.

"제발." 그녀가 나직이 말했다. "앉으시죠, 교수님."

하지만 멍청하기 짝이 없는 젊은 남학생은 뒤에 있던 창문에 발을 굴렀고, 매끄러운 창 표면에 발이 미끄러지기는 했지만 파냐와 대그 쪽으로 몸을 움직일 수 있었다. 그는 공중에서 몸을 틀며 팔을 어설프게 휘둘러 대그의 무기를 뺏으려 했다. 그러고는 아무 의미도 없는 가엾은 고함 비슷한 것을 내뱉었다. 다음 순간, 날카롭게 터지는 소리와 함께 그의 머리는 분홍색 안개가 되어 사라지고 없었다.

나는 방아쇠를 당긴 손가락에 힘을 풀었다.

대그가 앞쪽으로 밀려나는 시신을 멈추려고 손을 뻗었다.

여자 중 한 명이 비명을 질렀고, 한 번 시작된 비명은 그칠 줄 몰랐다. 찢어지는 비명이 객실을 가득 채웠다. 두려움과 정적만이 있던 곳이 소음으로 가득 찼다. 고함소리, 비명, 흐느낌이 섞인 답을 구하는지 아닌지 알 수 없는 질문들로 객실이 꽉 차 숨조차 쉴 수 없을 지경이었다. 인질들이 통제를 벗어나기 일보 직전이었다. 그들은 혼란에 빠져있었고, 겁을 줄 필요가 있었다.

나는 바타차르야 친구의 머리에 총구를 누르며 말했다.

"움직이지 마." 내가 말했다.

비명들 틈에서 바타차르야는 용케 내 목소리를 들었다. 그의 표정은 보지 못했다. 내 시선은 오직 바타차르야에게 쏠려 있었다. 뉴스 기사와 훔친 SPEC 문서에서 골백번은 더 관찰한, 나에게는 남동생 얼굴만큼이나 익숙한 그의 얼굴을 나는 뚫어져라 보았다. 그의 시선이 자기 친구에서 내 무기로, 내 무기에서 내게로 옮겨왔다. 그들 머리 위에서 붉은색 안개가 모여 작은 이슬이 되고, 이슬들은 모여 더 큰 방울이 되었고, 방울들은 마치 태양계가 처음 탄생할 때처럼 뇌와 두개골 조각 주위로 모여들었다. 분자 구름이 별이 되는 과정을 보여주는 듯했다.

나는 흐느낌과 살려달라고 비는 소리에 묻히지 않을 정도의 목소리로 바타차르야에게 말했다.

"시키는 대로 해. 안 그러면 네 친구도 목이 날아갈 줄 알아."

우리 선조가 떠나온 지구는 죽어가고 있었다. 어둠 속에서 자신들이 나아갈 길이 보이지 않았던 지구인들은 이 우주선의 이름을 *애절한 저녁노래호*라고 지었다. 하지만 지금 누군가가 이 메시지를 듣고 있다면, 인류가 아직까지 생존해 있다면, 우리가 드디어 새벽의 여명을 찾았다는 사실을 알아주길 바란다. 우리는 곧 새로운 토양에 우리의 뿌리를 깊이 내릴 것이다. 지금 우리 가슴속에는 희망만이 가득하다.

– 기록 1, *애절한저녁노래호*, UC33-X로 전송

[고대 중국 표준어 [베이징 방언, PCE 200-100년경]. 데이터 재구성 및 번역: 그레고리 라고, *하우스오브위즈덤호*, 딥스페이스 고대 연구.]

자스

어머니가 돌아가시는 모습을 수천 번 봤다. 악몽 속에서나 방심한 채 깨어있을 때, 수술을 받고 약에 취해 몽롱한 상태에서나 회복실의 긴 정적 속에서 어머니가 어떻게 돌아가셨을지 상상해보았고, 절대 일어날 수 없을 것 같은 어이없는 수단과 방법들을 떠올리곤 했다. 시나리오를 수백, 수천 개나 상상했다. 어떤 것들은 평화롭고 어떤 것들은 끔찍했다. 가능성과 잠재력이 서로 얽히고설켜 시나리오는 사실이 되고, 고통이 되고, 마음속에 폭풍을 몰고 왔다.

하우스오브위즈덤호 안에는 사방에 감시카메라가 설치되어 있었다. 실험실에도 공용 공간에도, 복도에도 카메라가 있었다. 우주선은 비디오나 오디오 기록 장치가 없는 개인 생활공간도 모두 지켜보고 있었다. 의료 시스템으로 승선한 모든 사람들의 건강 상태와 위치를 모니터링해서 누가 아프고 누가 건강한지, 누가 너무 오래 일했고 누가 긴급 상황에 호출할 수 있을 만큼 푹 쉬었는지 끊임없이 평가했다. 계산과 평가는 멈추는 일이 없었다.

'재건 후' 393년 1월 4일 아침에도 우주선 시스템은 478명의 심장 박동을 측정했다. 승무원, 연구원, 보조 직원과 그들의 가족을 합치면 총 478명이었다. 의심 없이 일상을 누리는 478명 중에 라고 박사의 바이러스가 퍼지기 시작했다는 사실을 아는 사람은 아무도 없었다.

23시간 후에도 마찬가지였다.

한 장면으로 표현한다면 세상을 흔든 지진이 일어난 후의 지진계 그래프 같았다. 감염되었다는 사실을 알게 된 사람들은 극심한 공포에 휩싸였다. 바로 정신줄을 놓은 사람도 있었고 오싹할 만큼 평정을 유지하며 마치 기계에 의해 움직이는 사람처럼 심장 박동이 규칙적이었던 사람도 있었다. 그들은 몇 분, 몇 시간 동안 침착함을 유지했지만 결국은 목숨을 잃었다. 열 명, 열다섯 명씩 모여 있다가 함께 죽음을 맞이하는 사람들이 있는가 하면 홀로 죽음을 맞이한 사람도 많았다.

심장 박동이 멈춰가는 우주선 안에 아버지도 계셨다.

신원: 로이, 비노드

직함: 식물학 및 원예학과장

위치: 개인 생활 공간 7.23-S

사망 시간: 393년 1월 3일 17:37:04

사인: 출혈성 쇼크

몇 시간 뒤, 생존자들의 생체 신호가 미세한 떨림 정도로 약해졌

을 때,

신원: 바타차르야, 아미타

직함: 추진 공학자[일차 연구원]

위치: 알 수 없음

사망 시간: 393년 1월 4일 02:13:56

사인: 알 수 없음

사인: 출혈성 쇼크

어머니의 죽음에 대한 기록은 우주선이 완전히 작동을 멈추기 직전 뒤죽박죽 전송된 데이터 중 하나였다.

모든 정보는 SPEC 보안실에 기밀로 보관되어 있었지만 마음만 먹으면, 그리고 SPEC 내에 힘 있는 인맥만 있으면 얼마든지 이러한 기록을 살펴볼 수 있었다. 이모는 그런 인맥 중 하나였다.

당시의 나는 14살이었고 학기가 시작되기 직전이었다. 나는 여름 내내 어처구니없을 정도로 예민하게 굴면서 모두에게 시비를 걸었고, 커튼이 드리워진 방에 틀어박힌 채 부루퉁하게 지내고 있었다. 바키르가 몇 주 동안 와 있다가 이틀 전 떠난 후였다. 그가 떠나기 전 우리는 한바탕 다퉜다. 고성이 오갔고, 주먹다짐도 있었고, 입술이 터지고 눈물도 찔끔 흘렸다. 학기가 시작되면 그는 이런 싸움을 감수할 만큼 우리 우정이 소중하지 않다고 생각할 것이고, 그렇다 해도 그를 비난할 수 없으리라고 생각하는 중이었다. 나는 그에게 절대 용서받지 못할 말을 했으니까. 그렇다고 혼자 있는 것도 싫었다. 매일 아침 육신에 영혼이 갇힌 것 같은 느낌으로 잠에서 깼고, 다음 날 아침 깨지 않았으면 좋겠다고 생각하며 잠자리에 들었다. 깨어있는 시간 동안에는 온몸이 덜덜 떨리며 환상 통증에 시달렸다. 침대에 누우면 고요한 집이 나를 옥죄는 듯했고, 얼어붙은 호수에 금이 가듯 내 뼈에 균열이 생기는 모습을 상상했다. 온몸 구석구석 누렇고 희미한 금이 간 뼈들이 불꽃을 튀기며 벌어지는 듯한 통증이 느껴지기도 했다. 내 의료 기록에 있던 사진을 본 적이 있었다. 어머니가 만든 실험용 우주선을 타고 하우스오브위즈덤호에서 멀어지는 동안 온몸에 있는 뼈의 반 이상이 부러졌었다. 조종석은 잠옷을 입은 열두 살짜리 소년이 아니라 우주복을 입은 성인에 맞게 설계되어 있었다. 열네 살이 되었을 때, 상처는 거의 나아가고 있었고 사라지지 않을 것 같던 통증도 아주 가끔 불에 타는 것 같은 통증을 느끼는 정도로 잦아들었다. 하지만 상태가 좋지 않을 때면 갓 부상당했을 때처럼 다시 온몸에서 통증이 느껴졌다.

무더운 날이었고, 열대야가 찾아올 예정이었다. 한두 주 전쯤 드디어 다람살라 위 언덕에서 내려온 장마 구름이 지나갔고, 그 여파로 호수 위에 짙은 안개가 드리워졌다. 축축하고 끈끈한 장막에 진달래조차 희미하게 모습을 감췄다. 문을 열어 두기에 너무 더웠지만, 이모는 아랑곳하지 않고 직원들에게 환기를 시키도록 지시했다. 이모는 공기 정화 시스템 필터를 거치지 않은 밤공기 마시기를 좋아했다. 우리는 주방 싱크대에서 커리와 빵으로 간단하게 저녁을 때웠다. 둘 다 아무 말이 없었다. 나는 음식을 깨작거리며 호수를 바라보았다. 물 위를 움직이는 안개를 보며 밤 수영을 하면 기분이 좋아질까 생각했지만 나한테 그럴 힘이 남아있지 않다는 사실을 잘 알았다. 별들은 안개에 가려 보이지 않았고 별이 없는 밤은 한결 평온했다.

"너한테 줄 게 있다." 이모가 말했다.

이모의 말소리에 깜짝 놀라 들고 있던 그릇을 유리잔에 부딪치는 바람에 작게 쨍하는 소리가 났다.

"네?"

"이제 너도 충분히 컸잖니." 이모가 말했다.

이모인 파드마바티 바타차르야는 자기 이야기를 하는 것을 좋아하는 사람이 아니었고, 특히 얼떨결에 양육을 떠맡게 된 조카인 나에게는 더욱 그랬다. 하우스오브위즈덤호 사건 이후 나를 양육하겠다는 사람이 몇 명 있었다고 이모가 이야기한 적이 있다. 만약 이모가 나를 입양 보냈다면 내 삶이 어땠을지 상상해본 적이 있었다. 다른 부모 밑에서 자랐다면, 뉴스에서 딱한 소년을 보고 따뜻한 사랑을 주기로 결심한 가족들과 자랐으면 어땠을까. 형제자매와 사촌, 슬픈 눈으로 나를 위해 기도하는 양부모들 사이에서 자랐다면 어땠을까. 그들이 내 이름을 바꾸고, 내가 세계적인 비극을 끊임없이 일깨우는 존재가 아닐 수 있는 어딘가를 찾아 나를 데려갔다면 그 삶은 어땠을까. 돌아가신 어머니의 가엾은 아들이 아닌 다른 사람으로 살았다면 어땠을까.

이모는 나를 입양하겠다는 이들을 만나보지도 않았다. 이모는 그들이 유명세를 얻고 남들의 칭송을 받고 싶은 거라고 했다. 이모가 맞았을지도 모른다. 하지만 여전히 궁금하기는 했다.

이모가 저녁 식사를 옆으로 치우고 주방 벽면 화면으로 향하는 동안 잠자코 기다렸다. 이모는 평소에 먹던 것보다 적게 먹었다. 이모는 몸집이 새처럼 작았고, 어머니는 언니의 정수리 위에 자기 턱을 올리며 키 작은 이모를 놀리곤 했다. 어머니가 그런 장난을 칠 때면 두 사람은 소녀들처럼 깔깔거리며 장난스럽게 웃었다. 이모가 웃는 모습을 마지막으로 본 게 언제인지 기억이 나지 않았다. 이모가 연약하다고 생각해 본 적이 없었지만, 호숫가 집에 이모와 단둘이 있던 그 날 저녁, 이모는 유독 작고 나이 들고 피곤해 보였다. 갈색 피부는 잿빛으로 보였고, 언제나 무용수처럼 곧았던 어깨도 구부정했다. 며칠 동안 젖어있던 이기적인 무관심 속에서 두려움과 걱정이 솟구쳐오르는 듯한 느낌이 들었다. 이모는 쉬지 않고 일했다. 몸이 아프더라도 절대 나에게 말하지 않을 분이셨다.

벽면 화면에 이름들이 나열되었다.

"저게 뭐예요?" 내가 물었다.

"이건," 이모가 한마디 하고는 한숨을 뱉었다. "교신이 끊기기 전 하우스오브위즈덤호에서 받은 데이터란다."

멀리서 낮게 웅웅거리는 소리가 들려왔다. 식은땀이 나기 시작했다. 이모는 나를 주방에 혼자 두고 떠났다. 내 앞을 지나며 팔에 손을 살짝 갖다 댔던 것 같다. 이모는 애정 표현을 쉽게 하는 사람이 아니었다. 시간이 엿가락처럼 늘어져 주위를 흐르는 것처럼 몇 분이 한 시간처럼 느껴졌고 나는 아주 오랫동안 화면에 나타난 파일들 중 아무것도 열 수 없었다. 무엇을 해야 할지 알 수 없었기 때문이다. 이런 과제를 주고 떠나버린 이모가 원망스러웠다. 내가 뭔가 보기를 원했던 게 아니라면 이러지 않았을 것이다. 이모는 이유 없는 행동을 하는 사람이 아니니까.

그러다 나도 모르게 화면에서 부모님의 이름을 찾았다.

사건이 있고 몇 달 후 내가 다시 말을 시작했을 때, 모든 사람들의 질문에 아무것도 기억나지 않는다고만 말했다. 트라우마를 스스로 차단하기 위해서였다. 모든 일이 안개에 가린 듯 흐릿한 악몽 같다고, 기억이 나지 않는다고 했다. 바이러스가 퍼지던 것도, 사람들이 계속해서 죽어 나가던 것도, 하우스오브위즈덤호를 떠나던 것도, 우리 어머니가 설계한 우주선을 타고 우주를 떠돌던 것도 기억나지 않는다고 했다. 라고 박사도, 그가 UC33-X에서 데이터를 빼돌리다 붙잡혔을 때 우주선에 타고 있던 과학자들이 격분했던 것도 기억나지 않는다고 했다. 아버지가 어떻게 돌아가셨는지도 모른다고 했다. 사람들은 내가 거짓말을 한다고 의심했지만, 결국 SPEC 정보부의 조사관들은 이제야 겨우 말할 수 있게 된 아이의 증언에서 자기들이 원하는 답을 얻어낼 수 없으리라고 결론 내렸다.

어머니가 나를 우주선 밖으로 내보내던 순간의 감시카메라 기록을 찾기는 쉬웠다. 위치는 정확히 기억하고 있었다. 12층 D 구역, 추진력 실험실이었다. 어머니가 작은 우주선을 만들던 시기엔 내 방만큼이나 익숙했던 공간이지만, 녹화 영상에서 보이는 작업실 풍경이 마치 다른 행성처럼 낯설게 느껴졌다. 그곳에는 이미 시체가 한 구 놓여 있었다. 연료학자이자 어머니의 친구였던 리나라는 여자였다. 당시에 하우스오브위즈덤호는 거의 한 달이나 궤도 위에 머무르며 무중력 상태였기 때문에 어머니와 나는 걷지 않고 공중에 뜬 채 문을 통과했다. 어머니는 앞장서서 나를 끌어당겼는데, 잠옷에는 내가 흘린 코피가 말라 끈끈하게 굳어 있었고 나를 보호하려다 다친 어머니의 피도 묻어 있었다. 굳은 피가 손에서 떨어질 때 느꼈던 간지러운 느낌과 입술 위로 흐르던 피의 맛을 결코 잊을 수 없다.

이모 집 주방에 서 있던 나는 싱크대로 걸어가서 저녁 식사를 다 게워내곤 입을 헹궜다. 그리고 다시 기록에 집중했다.

어머니는 가장 앞에 보이는 *타이거*라는 실험용 우주선에 나를 태웠다. 영상에 소리는 녹음되어 있지 않았지만 내가 어머니에게 같이 가자고 애원했던 게 기억났다. 우주선의 작은 에어로크, 조종석, 제어판과 조종석 의자가 우리 손에 묻은 피로 범벅이 되면서 어머니의 자랑스러운 공학 연구 결과물은 범죄 현장처럼 변했다. 어머니는 내게 뒤따라오겠다고 약속했고, 그 전에 할 일이 있다고 이야기하셨다. 어머니가 밖에서 우주선 문을 닫을 때 나는 울고 있었다.

어머니는 도크를 떠나 발사 제어판 쪽으로 돌아갔다. 그리고 명령을 입력했다. 공기가 배출되면서 베이도어가 열렸다. 도킹 클램프가 *타이거*를 하우스오브위즈덤호의 선체 뒤쪽으로 밀어내면서 감시카메라 화각을 벗어났고, 나는 화면에서 사라졌다.

제대로 된 절차를 밟아 우주선 탑승자 명단에서 빠진 게 아니었기 때문에 의료 시스템은 내가 사라지자 시스템 오류로 받아들였다. 시스템에서 나는 죽은 것도 아니고 산 것도 아닌, 알 수 없는 일시적 결함이 되었다.

신원: 바타차르야, 자스빈더

직함: 미성년 자녀

위치: 보조 우주선 타이거 ME-3

신호 소실 일시: 393년 1월 3일 12:53:04

신호 소실 원인: 알 수 없음

어머니는 작업실을 떠나려다가 감시카메라를 올려다보았다. 오랫동안 뚫어져라 카메라를 보는 어머니의 눈은 진한 슬픔에 젖어 있었다. 어머니가 뭐라 말을 하면서 소리 없이 잠깐 입술이 움직였다. '*미안해.*'라고 하는 듯했다.

어머니는 12층 작업실을 떠나 사라졌다.

그 후 어머니를 볼 수 있는 영상 기록은 없었다. 그때쯤 우주선 컴퓨터들은 공황 상태에 빠진 승무원들 때문에 심각하게 망가져 있었고, 감시 시스템도 제대로 작동하고 있지 않았다. 기록되지 않은 정보가 아주 많았고, 기록된 정보 중에서도 아주 일부분만 지구로 전송되었다. 어머니의 심장 박동은 그 후 약 한 시간 동안 계속 뛰었지만, 띄엄띄엄 남은 감시카메라 기록에서 어머니의 모습은 찾을 수 없었다. 어머니가 어디로 갔는지, 나를 떠나보낸 후 무엇을 했는지를 알려줄 데이터가 있다고 하더라도 영원히 닿을 수 없는 *하우스오브위즈덤*호 안에 봉인되어 있었다.

나는 화면을 끄고 한동안 어둠 속에 앉아 있었다. 커다란 딱정벌레가 전기 방충망을 뚫고 발코니로 들어와 열린 문틀 위에 앉았다 날기를 반복했다. 자욱하게 긴 안개 때문에 호수는 보이지 않았다.

하우스오브위즈덤호 사건 이후 몇 년 동안 붉은 구름이 나를 둘러싸는 악몽을 꿨다. 안개는 공기와 빛 속에서 춤을 추다 액체로 변했다. 날카로운 비명 같은 경보음이 우주선 전체에 울려 퍼졌다. 비명과 고함소리가 들렸다. 수술용 메스가 쥐어진 손들이 보였다. 공포에 질렸던 눈에 차분함이 깃들었다가 곧 공허한 눈빛이 되었다. 사람이 죽기 직전 심장은 박동을 멈출 때라는 것을 인지하지 못한 채 몇 초간 계속 뛴다. 인체는 불완전한 메시지와 신호가 얽히고설켜 작동하는 어수선하고 완벽하지 않은 물체다. 미세중력 상태에서 뿜어져 나온 혈액은 기묘하게도 마치 살아있는 생물처럼 어디에도 얽매이지 않고 쉼 없이 떠다니며 식어간다. 얌전히 바닥에 떨어지는 법이 없다.

딱정벌레는 집 안으로 들어오지 않기로 마음을 바꾼 듯했다. 문 앞에서 방향을 바꾸더니 발코니 밖으로 돌진하듯 날아 어둠 속으로 사라져버렸다. 나갈 때는 아마도 방충망에 걸리고 말 것이다. 정적 속에서 탁 소리만 남긴 채 빠르게 죽음을 맞이하겠지.

그날 사람들이 몇 명이나 죽었는지 생각해 본 적은 없었다. 머릿속에 남은 그들의 얼굴은 뿌옇게 하나로 합쳐졌고, 비명도 한목소리가 되었다. 나는 다시 싱크대로 달려가 아무것도 남아있지 않은 위장에서 위액을 토해냈다.

그리고 바키르에게 보낼 메시지를 썼다. 나는 우리가 싸웠다는 사실조차 잊어버리고 있었다. 그가 다시는 나와 이야기하지 않을 거라 확신했던 것도 잊고 있었다. 바키르 말고는 생각나는 사람이 없었다.

이모가 우주선에 관한 정보를 전부 주셨어.

메시지를 보내고 휴대 전화에 바로 '착신 통화'라는 글자가 떴다. 생각할 새도 없이 손이 제멋대로 움직였다. 머릿속을 울리던 윙윙 대는 소리도 순간 잠잠해졌다.

전화를 받자 바키르의 얼굴이 화면에 나타났고, 그는 대뜸 이렇게 말했다. "너한테 그 빌어먹을 자료를 왜 주신 거래?"

나는 웃음을 터뜨렸다가 목에 사레가 들렸고, 곧 몸을 덜덜 떨며 몸서리치게 되었다.

바키르의 말소리가 들렸다. "자스, 진정해. 괜찮아. 숨 쉬어. 숨 쉴 수 있어. 괜찮을 거야." 다독이는 그의 목소리가 귓가를 울리며 스쳐 지나갔다. 칼질 한 번에 한 남자의 삶이 끝날 수 있고 가속 중인 우주선 안에서 아이의 뼈가 산산조각이 날 수 있는, 심장이 멈춘 한 어머니가 흔적도 없이 사라져버릴 수 있는 세상에서 유일하게 위안이 되는 목소리로 바키르는 멈추지 않고 말했다. "괜찮아. 숨 쉴 수 있어. 괜찮아."

여자가 바키르의 머리에 총을 겨누고 있었다. 머릿속이 하얘지면서 아무 생각도 나지 않았다.

"시키는 대로 해." 그녀가 말했다. "안 그러면 네 친구도 목이 날아갈 줄 알아."

움직이지 않으려고 애쓰는 바키르의 목 힘줄이 밧줄처럼 툭 튀어나와 있었다. 바키르는 고개는 움직이지 않고 눈알만 굴려 나를 보았다. 그의 눈에 비친 두려움이 내 가슴을 후벼 파는 듯했다.

살바토레가 죽었다. 검은 머리의 여자가 그를 죽였다. 그의 머리 통이 풍선 터지듯 사라졌다. 한 시간 전만 해도 그는 테레시코바 조선소에서 보낼 펠로십 기간 동안 달에 사는 여자들 몇 명과 잘 것인지 큰 소리로 떠들고 있었다. 옆에 있던 루시안은 앓는 소리를 내며 닥치라고 핀잔을 줬고, 둘은 깔깔거리며 웃었다. 그랬던 그가 이제 죽고 없었다.

이모는 유니폼 속에 무엇이 감춰져 있는지 항시 주의해서 봐야 한다며 귀에 딱지가 앉을 정도로 이야기했지만, 나는 이모의 충고를 무시한 채 셔틀에 탑승할 때 승무원들을 주의 깊게 살피지 않았다. 이모는 보고, 파악하고, 기억해야 한다고 했지만 나는 이모가 걱정하는 이유가 그저 편집증 때문일 것이라고만 생각했다. 사람들이 나를 뚫어져라 주시해도 내가 그들의 병적인 호기심을 자극하기 때문이라고만 생각했다. 난 이모의 걱정을 진지하게 받아들인 적이 없었다.

금발 여자는 피부가 희고 마른 체형이었고 20대 중반 정도로 보였다. 하지만 말을 할 때면 부자연스럽게 꾸며낸 것 같은 카랑카랑한 어린 소녀의 목소리를 냈다. 남자들 중 손에 항공사단 문신이 있고 머리를 빡빡 민 나이 든 남자는 표정이 없었다. 덩치가 큰 숱 없는 백금발의 남자는 셔틀 뒤쪽에 서서 불그스름한 얼굴에 잔뜩 주름이 지도록 얼굴을 찡그리고 있었다. 그들은 모두 무장하고 있었다.

살바토레를 죽인 여자는 20대였고 밝은 갈색 피부에 어두운 밤색 머리칼, 담갈색 눈동자를 가지고 있었다. 눈에 띄지 않는 외모였다. 탑승할 때 이후로 다시 눈길이 간 적이 없었다.

"시키는 대로 할게요." 내가 말했다.

다른 선택지는 없었다. 바키르가 죽지 않을 수만 있다면 뭐든 할 수 있었다.

복도 건너 앉아있던 지나의 비명이 높은음에서 쌕쌕거리는 소리로 잦아들었다. 루시안은 헐떡이기 시작했다. 커지는 공포에 짓눌린 채 어떻게든 숨을 쉬려고 애쓰는 끔찍한 소리였다.

음바가 교수가 금발 여자에게 말했다. "원하는 게 뭐요? 원하는 것을 이야기하면 도와줄 수 있소."

"조용히 계세요." 그녀가 말했다. 너무나 차분한 목소리였다. 여자는 바키르처럼 노래하는 듯한 북아메리카 사막 지역의 억양을 썼다. "하라는 대로만 하시면 됩니다. 쓸데없이 일을 복잡하게 만들지 마시죠."

"물론이오." 음바가 말했다. "그래도 원하는 게 있다면……"

금발 여자가 총구를 음바가 교수의 이마에 가져다댔다. "입 닫으시죠, 교수님. 자흐라, 준비됐어?"

"너." 밤색 머리 여자가 말했다. 이름이 자흐라인 모양이었다. 그녀는 나를 보고 있었지만 총은 여전히 바키르의 머리를 향해 있었다. 바키르는 턱을 가슴 쪽으로 떨궈 총구에서 가능한 한 멀리 떨어졌다. 좌석 사이에 닿아 있는 우리 둘의 팔이 서로 짓눌리고 있었다. "바타차르야. 일어나. 넌 나와 함께 간다. 그리고 너." 그녀는 총구로 뒤통수를 쿡 찌르며 바키르를 불렀다. "너는 여기 남아. 네 친구가 우리말을 안 들으면 헨케가 널 쏠 거야."

헨케라는 다른 남자는 대꾸 없이 바키르의 뒤로 와서 그녀의 자리를 대신했다. 그자는 씩 웃으며 말했다. "기꺼이 그렇게 해드려야지."

나는 안전띠를 풀고 일어서려고 손을 팔걸이 위에 올렸다. 바키르는 내가 지나갈 수 있도록 최대한 의자 등받이 깊숙이 몸을 당기면서 두려움이 담긴 커다란 눈망울로 나를 보았다. 나는 무서워하지 말라고 말하고 싶었다. 시키는 대로 해서 그를 안전하게 지켜주겠다고 말하고 싶었다. 12살 때 어린이 병원의 같은 병실에서 말수가 적은 소년과 친구가 된 이후 바키르는 언제나 나를 위해 그렇게해 왔다. 그 당시 나는 온몸의 뼈가 부서져 있었고 그는 병균에게 몸 안을 좀 먹히고 있었다. "걱정하지 마." 그가 내게 셀 수 없이 했던 말이었다. "긴장하지 마. 걱정할 필요 없어. 괜찮을 거야. 내가 지켜줄게."

그들이 무엇을 원하는지는 모르지만 가슴이 쿵쾅거렸다. 이모에게 원하는 게 있지 않고서는 말이 안 되는 것 같았다. 나를 이용해 이모를 설득해서 뭔가를 하려는 것 같았다. 하우스오브위즈덤호에 접근할 수 없다는 SPEC의 발표를 거짓말이라고 생각하는 게 틀림없다. 어떻게든 선거를 하자거나 죄수를 석방해 달라며 의회에 별의별 요구를 하는 분리주의자나 무정부주의자, 군국주의자 중 하나일 것이다. 이런 짓을 벌여 무엇을 얻으려고 하는지 감이 잡히지 않았다. 이들은 원하는 것을 얻을 수 없을 것이다. 이모는 이런 협박에 눈 하나 까딱하지 않을 사람이니까.

"움직여." 자흐라가 말했다.

그녀는 조종석을 가리켰다. 나는 망설이지 않고 그녀가 시키는 대로 했다.

객실 앞쪽에 있던 민머리 남자가 끈으로 살바토레의 시체를 벽에 고정하고 있었다. 객실 뒤쪽에서 이죽거리고 있는 그의 동료보다 차분한 표정의 그가 더 위협적으로 느껴졌다. 흐느적거리며 덜렁 대는 살바토레의 팔이 그의 가슴팍 앞으로 쭉 뻗은 채 둥둥 떠 있었 다. 살바토레의 손끝이 어깨에 스치자 남자는 말이 꼬리로 파리를 쫓을 때보다도 성의 없이 그의 팔을 쳐냈다.

객실 앞쪽은 객실과 내부 모습이 사뭇 달랐다. 바닥과 천장이 임 의로 지정되지 않은 채 수직으로 세워진 봉과 해치로 이어지는 사 다리가 공간을 채우고 있었다. 사다리 충계를 손잡이 삼아 이동하 는 동안 손바닥이 땀으로 젖었다. 이모에게 보낼 메시지를 녹음하 라면 그렇게 할 것이다. 절대 싸우지 않을 것이다. 바키르의 머리에 총이 겨눠져 있으니까.

자흐라가 나지막한 소리로 말했다. "다 왔어."라고 한 듯했고, 그 들이 이제껏 비밀 통신 장비로 소통해왔다는 사실을 깨달았다. 이 것 역시 보안에 신경 쓰라는 이모의 조언을 진지하게 들었다면 알 아차렸을, 알아차렸어야 했지만 모르고 지나간 사실이었다. 부드러 운 철컥 소리와 함께 잠금장치가 풀리더니 해치가 열렸다.

처음 눈에 들어온 광경은 정면에 보이는 다채로운 색이 어우러진 지구였다. 갑자기 아찔한 현기증이 밀려왔다가 그게 창문이 아니라 셔틀의 바깥쪽을 각각 다른 각도로 보여주는 스크린 여섯 개를 붙 여 만든 패널에 비친 이미지라는 사실을 깨닫자 곧 사라졌다. 지구와 함께 작고 창백한 원반 모양의 달도 보였다. 패널 세 개에는 캄캄한 어둠 속에서 빛나는 루굴러스, 조스마, 데네볼라를 보여주고 있었다. 익히 잘 아는 별들이었다. 상황이 이렇지 않았다면 넋을 놓고 봤을 광경이었다. 지난 10년 동안, 다시 우주로 나와 더 깊은 적막에 닿아보고 싶었던 바람은 점점 커졌다. 상황이 이렇지 않았다면 경이로운 광경이었을 것이다. 하지만 지금 나는 거의 숨을 쉴 수도 없었다.

여섯 번째 스크린에 하우스오브위즈덤호가 보였다.

한 쪽에는 구동 엔진이, 다른 쪽 선수에는 보호 실드가 장착되어 직사각형에 가까운 모양의 우주선은 멀리서 보니 우주를 떠다니는 고층 건물 같았다. 가속을 하면 긴 축을 따라 겉보기중력(가속도 운동의 효과로 변화되어 관측되는 중력 — 옮긴이)이 발생했다. 인류가 만든 가장 큰 우주선이라는 수식어는 사실이 아니다. '붕괴' 전 발사되었던 세대 우주선이 아마 몇 배는 더 컸을 것이다. 하지만 길이가 1킬로미터에 달하는 하우스오브위즈덤호는 재건 시대에 지어진 우주선 중에서는 가장 컸다.

셔틀의 조종사는 붉은 머리카락 사이로 흰 머리가 듬성듬성 보이는 40대 여자였다. 우리가 조종석으로 들어서자 그녀는 어깨너머로 우리를 힐끗 보고는 곧 다시 제어판에 집중했다.

"500킬로미터 비행 후 종료. 요청 메시지를 받고 있어."

요청. 500킬로미터. 보안망.

"너무 가까워요." 내가 말했다. "불가능해요. 우주선을 돌려야해요. 보안 드론이 있잖아요. 우주선을 공격할 거예요. 지금 당장……."

"입 좀 닥치게 해." 조종사가 나를 보지도 않고 말했다. 목소리에서 분노나 두려움은 느껴지지 않았다. 내 경고가 그저 헛소리에 불과하다는 듯한 반응이었다. 자흐라의 총이 내 허리 잘록한 부분을 찔렀다. "준비됐어?"

나에게 한 질문이 아니라 부조종사에게 한 질문이었다. 갈색 곱슬머리에 경계하는 눈빛의 남자는 20대 중반쯤으로 보였고 SPEC 조종사치고 어린 나이였다. 그는 내 오른쪽 손목을 잡고 앞으로 끌어당겼고, 내 팔이 꺾이자 웅얼거리며 사과했다. 그는 내 손을 기본적인 보안을 위해 사용하는 스캔 확인 장치처럼 생긴 표준 신속 식별 장치 위에 올렸다. 투명한 유리판의 차가운 감촉이 느껴졌고 그 아래로 손가락 다섯 개의 끝을 추적하는 장치가 웅웅거리는 소리를 내며 미끄러지듯 손가락 아래에 자리를 잡았다. 센서가 맥박과 체온, 신체 전기전도도를 측정해 대상이 살아 숨 쉬는 인간이라는 것을 확인해주었다. 장치가 손가락 하나를 바늘로 찔러 아주 미세한 양의 혈액을 채취했다.

"제발." 부조종사가 신원 확인 장치에서 나온 보고서를 보며 웅얼거렸다. "제발."

"됐어?" 조종사가 말했다.

"처리 중." 그가 목소리 끝을 올리며 질문하듯 답했다.

나는 마침내 그들이 뭘 하려는지 깨달았다.

"아니." 내가 숨을 뱉으며 말했다. "안 될 거예요."

외부 무장 보안 시스템은 하우스오브위즈덤호가 만들어질 때 구축되었지만, SPEC에서는 그 사실을 비밀에 부쳤다. 라고 박사의 테러로 어쩔 수 없이 그 존재가 밝혀지기 전까지 말이다. 의회와 SPEC에서 가장 중요하게 여기는 신념은 수 세기 전 일어난 '붕괴'의 주원인인 '전쟁과 군국주의'가 없는 세상에서 누구나 차별 없이 우주로 나갈 수 있어야 한다는 것이었다. 400년 전 '붕괴' 이후 살아남은 사람들이 모여 세상을 다시 세우면서 재건 헌장을 작성할 때부터 이런 내용이 담겨 있었다. 때문에 연구 우주선에 무장 보안 시스템까지 갖춘다는 것은 SPEC이 그토록 강조하던 신념에 어긋나는 결과였다. 단지 우주선을 보호하기 위해 시험 삼아 운영한다고 주장해도 마찬가지였다.

대학살 이후 첫 번째 구조 팀이 하우스오브위즈덤호를 몇백 킬로미터 앞에 두고 보안 시스템에 의해 전멸하기 전까지, 그 누구도 이 우주선에 무장 보안망이 작동하고 있다는 사실을 알지 못했다. 시스템은 빠르고 민첩한 고성능 네트워크와 몇 초 만에 우주선 하나를 끝장낼 수 있는 완전 무장한 드론들로 이루어져 있었고, 결국 SPEC에서 드론을 뚫고 이곳에 접근하는 것을 포기하기 전까지인 10년 동안 두 번이나 그 능력을 보여주었다.

"안 될 거예요." 내가 다시 한번 말했다. 간절함을 담아 이야기했지만 부조종사만 나를 한 번 힐끗 쳐다볼 뿐이었다. 두려움 때문에 목구멍이 조였다. 너무 가까웠다. 드론이 곧 공격을 시작할 것이다. 우리가 타고 있는 우주선은 고작 여객용 셔틀이었다. 방어 수단도 갖춰져 있지 않았고, 섬세하게 조종을 할 수도 없었다. "전부 다 죽을 거예요. 이해가 안 되나요? 지나갈 수 없……"

"조용히 해." 자흐라가 말했다.

부조종사는 놀란 듯 숨을 들이켰다. 그의 관자놀이에 땀이 송골송골 맺히며 갈색 곱슬머리가 축축해졌다. 그는 신경질적으로 화면을 두드렸다. 무엇을 하려는지 정확히는 알 수 없었지만 대충은 짐작할 수 있었다. 내 유전자 정보를 열쇠로 삼아 봉쇄된 시스템을 풀려는 듯했다. 내가 정상적이지 않은 방법으로 우주선을 나오는 바람에 시스템에 오류로 남기는 했지만, 나는 하우스오브위즈덤호의 탑승자 목록에 ID가 남아있는 유일한 생존자였다. 능력 있는 해커라면 내 신분증을 가지고 보안망을 통과할 수 있도록 시스템을 조작할 수도 있었다. SPEC에서도 몇 년 전 비슷한 전략을 사용하려 했지만 실패하는 바람에 우주선 한 대만 더 잃고 말았다. 수색팀 하나를 잃는 것만으로도 엄청난 비극이었고, 두 번째 시도는 무모했다고 받아들여졌다. 그런데 세 번이나 팀을 잃는다면 절대 용서받을 수 없을 것이다.

부조종사는 자신이 하려는 일에 그다지 자신이 없어 보였다. 아랫입술을 깨물자 그러지 않아도 앳된 외모가 더 어려 보였다. 그의 손이 덜덜 떨렸다. 성공하리라고 생각하지 않는 것 같았다. 성공할 수 없었다. SPEC에서 하우스오브위즈덤호에 관한 모든 지식을 총동원하고도 해내지 못한 일이었다. 드론은 공격을 시작할 것이다. 이 셔틀에 긴급 대피용으로 어떤 우주복이 실려 있을지, 아니 우주복을 꺼낼 시간이나 있을지 궁금해졌다. 이렇게 어이없게 죽게 되다니.

"어떻게 돼가?" 조종사가 물었다. 그녀는 웃고 있었고, 객실에 있는 덩치 큰 남자처럼 잔혹한 미소가 아니라 신이 난 것 같았다. "꽤 가까워지고 있어."

"잠시만," 부조종사가 말했다. "괜찮아. 잘 되고 있어."

"그럼 쟤 좀 밖으로 내보내, 젠장!" 조종사가 우주선 바깥쪽을 스쳐 지나가는 물체를 발견하고 움찔했다. 물체가 한 스크린에서 다른 스크린으로 엄청나게 빠른 속도로 옮겨갔고, 너무 빨라서 생김새를 파악할 수조차 없었다. "대체 뭐였어?"

그녀는 재빨리 디스플레이를 조작해 물체를 자세히 볼 수 있도록 느린 속도로 영상을 재생했다.

보안 드론 중 하나였다. 우주선 컴퓨터가 측정한 결과를 보니 가장 가까이 다가왔을 때의 거리가 불과 10미터밖에 되지 않았다.

"무슨 일이지?" 다시 실시간 피드 스크린을 실행하면서 조종사가 물었다. "잘 돼간다며?"

부조종사는 하던 작업에 계속 집중하며 이제 꽤 민첩하게 거침없이 손가락을 움직였다.

"말라치, 무슨 일이냐니까?" 자흐라가 말했다.

"암호는 승인됐어." 부조종사 이름은 말라치였다. 역시 기억해야 할 이름이다. "공격이 아니야."

"그럼 뭔데?" 조종사가 물었다.

부조종사 말처럼 공격을 하려고 발사된 것은 아닌 듯했다. 하지만 드론들이 필그림 3호 주변에 떼로 모여들기 시작했다. 두 개에 두 개가 더해지고, 다시 두 개가 더 합세했다. 드론들은 각각 충돌할 것처럼 어둠 속에서 빠른 속도로 나타나서는, 역추진 불꽃을 밝게 내뿜으며 갑자기 멈춰 섰다. 드론은 흡수성 금속으로 만들어진 폭 1미터 정도의 공 모양이었고 표면에 짧은 가시돌기가 돌출되어 있었다. 추진 불꽃이 타오르는 동안 가시돌기 끝에서 빛이 반짝였다. 우리를 경계하며 이글이글 타오르는 눈 같았다.

"이런 드론은 본 적이 없어." 말라치가 말했다. "엄청난 비밀 프로젝트가 틀림없어. 보디카, SPEC에서 이런 식으로 움직이는 무기를 가지고 있는 거 알았어?" 답이 없자 그는 조종사 쪽을 보았다.

"몰랐어." 조종사가 답했다. 보디카라고 했다. 나는 그들 한 명 한 명의 이름을 외우고 있었다. 내가 듣고 있다는 사실을 신경 쓴다면 절대 이름을 부르지 않았으리라는 생각이 들자 불현듯 두려운 마음이 들었다. "SPEC에서는 원래 무기를 안 만드는 거 알잖아? 그렇게들 주장해왔지. 더 이상 놀랄 만한 일은 없었으면 좋겠군."

"없을 거야." 자흐라가 말했다. "만약에 있더라도 우리가 처리할 수 있어."

콕콕 찌르는 듯한 고통이 느껴지며 머리가 아찔해지자 나는 엄지와 검지를 동그랗게 말아 손끝을 서로 눌렀다. 아무도 나를 보고 있지 않았지만 표정은 숨기고 있었다. 그들이 셔틀과 나를 납치하고 보안 시스템을 해킹하는 소동을 일으킨 이유는 단 하나였다. 이모한테 무언가를 요구하려는 게 아니었다. 그들은 하우스오브위즈덤 호 자체를 원했다.

"네 말이 맞길 바라." 조종사가 말했다. 그녀는 우주선 통신 시스템을 조작해 안내 방송을 했다. "자리에 예쁘게 앉아서 시키는 대로 하고 있으신 거 압니다. 앞으로 귀찮은 일이 몇 번 생기더라도 계속 그렇게 하시면 됩니다. 허튼짓을 하시면, 무기를 가진 제 동료들이 여러분을 쏠 겁니다."

"잘 알고 있을 것 같은데." 말라치가 말했다. 조종사가 매섭게 쎄려보자 그는 움찔했지만 시선을 피하지는 않았다.

"잊지 않도록 해 줘야지." 조종사가 말했다. "만약 이게 안 먹히면," 다시 경고가 뜨자 그녀의 시선을 빼앗았다. "젠장."

"뭐야?" 자흐라가 말했다. "문제 있어?"

"궤도 통제실이야. 통신 요청이 들어왔어."

가슴 속에서 희망이 피어올랐다.

"이렇게 빨리 알아차리지 못할 거라고 했잖아." 자흐라가 말했다.

"뭘 눈치챈 건지는 모르지." 보디카가 말했다. "쟤는 내보내. 아냐, 아니다. 필요할 수도 있으니 그냥 둬. 그래도 입은 닥치고 있어. 안 그러면 객실에 있는 사람들을 싹 다 죽여버릴 테니까. 알겠어?"

나는 멍하니 고개를 끄덕였다. 자흐라는 총으로 내 가슴팍 한가운데를 눌렀다. 거리가 가까워지자 그녀의 갈색 눈동자에 수 놓인 초록색 점들과 땀으로 번들거리는 이마, 침을 삼킬 때 수축하는 그녀의 턱 근육까지 볼 수 있었다. 그녀는 뭔가 말하려는 듯 입술을 움직였다. 경고이거나 위협을 하려고 했던 것 같지만 조종사가 통신 요청에 응답하는 소리를 듣고는 다시 입을 닫았다.

"궤도 통제실, 여기는 필그림 3호다."

여자 목소리가 들렸다. "필그림 3호, 여기는 바르셀로나다. 암스트롱 정거장의 통제실에서 위치 확인 요청이 들어왔다. 추적 시스템으로 필그림 3호의 위치를 확인할 수 없다던데. 항로를 벗어난 것인가?"

가슴속에 피었던 희망이 시들해졌다. 궤도 통제실에서는 하우스 오브위즈덤호 주변의 비행 금지 영역을 모니터링하고 통신을 보낸 것이 아니라 달에 도착했어야 할 길 잃은 셔틀을 찾고 있을 뿐이었다.

"그렇지 않다. 바르셀로나." 보디카가 긴장이라고는 찾을 수 없는 차분한 목소리로 말했다. 예전에 SPEC 조종사였던 게 틀림 없었다. "항로 유지중이다."

"현재 위치와 속력 확인 바란다. 필그림 3호."

"알겠다. 여객 셔틀 필그림 3호, 현재 방위각 75.5, 극고도각 183.7, 반경 367,000 플러스 140킬로미터이며, 고정 속력은 초속 20.45킬로미터다. 가시거리 안에 암스트롱 확인되어 감속 준비 중이다."

물론 셔틀은 달과 전혀 가까워지지 않고 있었다. 우리는 항로에서 20만 킬로미나 떨어진 비행 금지 구역에 있었다. SPEC에서 우리를 찾으려고 혈안이 되어있다고 해도 정확한 위치를 찾기까지는 시간이 걸릴 것이다.

무슨 말이라도 해야 한다고 속으로 생각했다. 자흐라의 총이 가슴팍 중앙을 지그시 누르고 있었지만 도움을 청하고 싶은 마음이 목구멍까지 차올랐다. 무슨 말이라도 하자. 조종사가 말하고 있을 때 소리치자. 바르셀로나가 들을 수 있을지도 모른다. 하지만 SPEC에서 우리를 찾으려면 몇 시간이 걸릴 것이고 도착하는 데도 또 몇 시간이 걸릴 것이다. 이들은 나를 죽일 것이고, 바키르를 죽일 것이고, 다른 사람들마저 다 죽일 것이다. 나한테서 이미 원하는 것을 얻었으니. 가장 가까이 있는 우주선이 도착하기 전에 우리 모두를 죽일 수 있으리라. 그러니 찍 소리도 내서는 안 된다. 두려움 때문에 입이 딱 붙어 떨어지지 않았고, 목구멍이 말랐고, 누군가 폐를 쥐어짜고 있는 것처럼 숨쉬기조차 힘들었다.

"필그림 3호, 확인 불가." 궤도 통제실에서 답이 왔다. "암스트롱에서 위치를 확인할 수 없다. 다시 한번 말한다. 암스트롱 정거장에서 위치를 확인할 수 없다고 한다."

"*바르셀로나*, 그럴 리가 없다. 수도 없이 이 항로를 이용했고, 현재 위치는 정확하다."

"알겠다. 필그림 3호. 하지만 암스트롱에서 귀선의 위치를 확인하지 못하면 착륙을 도울 수 없다. 오늘 발 드 멕시코에서 소동이 있어 통행량이 많은 상태다. 달 궤도 반경 1만 5000킬로미터에서 표준 대기 상태로 대기 바람."

"대기하겠다. 바르셀로나." 보디카가 라디오를 껐다. 그녀는 어깨 너머로 나를 보았다. "너를 구하러 오는 사람은 없네. 너와 네 친구들이 여기서 빠져나갈 방법은 시키는 대로 하면서 문제를 일으키지 않는 것밖에는 없어. 알아들어?"

나는 고개를 끄덕였다.

"데리고 나가." 그녀가 말했다.

자흐라가 나를 데리고 객실로 돌아갔고 나는 바키르 옆에 앉았다. 자흐라가 헨케라고 부르던 험상궂은 금발 머리 남자는 이제 바키르의 머리에 총을 겨누고 있지 않았지만 객실에서 일어나는 모든 움직임, 두려움에 떨며 훌쩍이는 소리, 속삭임을 철저하게 감시하고 있었다. 바키르는 나와 눈이 마주치자 입술을 움찔거렸다. 아마 상황이 이렇지 않았다면 나를 안심시키기 위한 미소가 지어졌을 것이다. 바키르는 두려울 때면 항상 미소를 지었다. 언젠가 그가 말하길, 코요테는 싸우기 전에 이빨을 드러내는데 그게 꼭 미소 짓는 것처럼 보인다고 해서 내가 웃음을 터뜨렸다. 안전띠를 매려니 손이 덜덜 떨렸다. 바키르가 몸을 뒤척이다 잠시 망설이더니 내 안전띠를 매주려고 다가왔다. 그의 금속 의수와 안전띠 걸쇠가 부딪혀 쨍하는 소리가 났다.

셔틀의 엔진에 불꽃이 타오르면서 객실에 낮게 웅웅 소리가 울려 퍼졌다.

바키르가 목을 가다듬고 속삭였다. "원하는 게 뭐래?"

"모르겠어." 나도 낮은 소리로 답했다. 객실에 무거운 정적이 흘렀다. 음바가 교수도 더는 납치범들을 설득하지 않았다. 금발 머리 여자가 여전히 그에게 총을 겨누고 있었다. "저 우주선을 차지하려는 것 같아."

"왜?" 바키르가 말했다. "거기 뭐가 있는데?"

"아무도 우리를 건드릴 수 없는 장소." 자흐라가 끼어들었다.

자흐라의 목소리를 듣고 바키르가 화들짝 놀랐다. 그녀가 목소리 톤을 높이지도, 무기를 겨누지도 않자 바키르는 안전띠를 맨 채 최대한 몸을 기울여 그녀를 바라보았다.

"그게 무슨 뜻이죠?" 그가 말했다.

"걔들이랑 얘기하지 마." 덩치 큰 남자가 말했다. 그의 얼굴에서 미소는 사라지고 없었지만 눈빛을 보아하니 단단히 벼르고 있는 것 같은 눈치였다. 마치 우리가 반항하길 바라는 듯했다.

"이해시켜서 나쁠 건 없잖아." 자흐라가 말했다. "숨길 것도 없고. 의회의 족쇄를 풀고 별들 사이에서 우리 삶을 찾는 거야."

다른 사람에게 들은 말을 그대로 따라 하는 것 같은 말투였다. 꽤 자주 연습했는지 의회의 족쇄라는 단어가 아주 자연스럽게 그녀의 입에서 흘러나왔다. 바키르처럼 북아메리카 사막의 억양을 쓰지는 않았지만, 그녀와 다른 동료들이 연합 의회의 통제 밖에서 살고자 하는 분리주의자라는 사실은 확실했다. 하지만 그들은 자신들이 누구고 진짜 원하는 게 무엇인지, 그들을 막으려면 무슨 대가를 치러야 하는지 이야기한 적은 없었다. 사람들은 자유를 찾아 의회를 떠났다. 의회가 사람들을 버린 것이 아니었다. 국제 사회의 일원으로서 져야 할 책임, 규칙, 법을 비롯해 자신들 입맛에 맞지 않는 의회의 통제를 벗어나려는 사람들은 북아메리카의 버려진 땅으로 떠났다. 그런 그들이 SPEC에서 군사력을 총동원할 게 뻔한데 굳이 여객용 셔틀을 납치하고 우주선을 훔치는 시도를 할 이유는 없었다.

"우릴 다 죽일 건가요?" 바키르가 물었다. 그가 그렇게 노골적으로 질문하는 게 불안하면서도 모두가 궁금해하는 질문을 대담하게 던지는 그를 사랑했다.

"너희 대장이 시키는 대로 하면 그럴 필요 없지." 자흐라가 말했다. "우리가 안전해지면 너희를 돌려보내 줄 거야. 우리의 보금자리를 찾고 나면 너나 너희의 통치자들이 뭘 하든 우리와는 상관없으니까."

그녀는 보금자리라는 단어를 이해할 수 없을 만큼 진중하게 뱉었다. 그녀는 바키르도 나도 보고 있지 않았다. 절제된 호기심이 담긴 기쁨에 가까운 표정으로 창밖을 바라보고 있었다. 셔틀이 질주하듯 다가가면서 점점 커지는 흉물스러운 우주선을 보는 그녀의 얼굴은 인질들이나 동료를 바라볼 때보다 훨씬 행복하고 편안해 보였다. 그녀는 *하우스오브위즈덤호*를 무서워하지 않았다. 오히려 갈망하는 듯한 얼굴로 우주선을 바라보았다.

예전에 나도 이 정도 거리에서 저 우주선을 바라본 적이 있었다. 그때의 내 몸에는 피가 튀어 있었고, 추위에 떨고 있었다. 키가 너무 작고 말라서 어머니의 실험용 우주선 조종석에 편하게 앉을 수 없었다. 탈출선 타이거는 모선에서 곡선을 그리며 멀어졌고, 모선과 충분한 거리를 확보한 후에야 자동 운항모드로 엔진의 최대 출력을 낼 예정이었다. 그렇게 우주선에서 멀어지는 동안, 나는 악몽 같았던 그날의 공포에 완전히 질린 채 아버지와 어머니를 위해 흐느껴 울었다. 그리고 어린 시절을 보낸 나의 집이 점점 작아지는 모습을 보며 후벼 파는 듯 가슴이 저렸다. 타이거의 추진 시스템이 불꽃을 내뿜었다. 그 후 기억나는 것은 고통뿐이었다.

지금 보니 하우스오브위즈덤호는 예전과 달라진 게 없어 보였다. 어둡고, 투박하고, 못생겼다. 지난 10년 동안 누구도 이렇게 가까이 접근한 적이 없었다.

어머니는 실험용 우주선 조종석에 나를 앉히고 안전띠를 채운 다음 제어판을 조작하면서 안전하다고, 괜찮을 거라고, 나를 멀리 보내주겠다고 계속 되뇌었다. 나는 안전할 것이다. 괜찮을 것이다. 어머니는 울고 있지 않았다. 또렷이 기억난다. 어머니는 초조해하면서도 단호하고 민첩하게 움직였고, 평소보다 높은 목소리로 숨을 헐떡이고 있었다. 나는 어머니께 물었다. "엄마도 같이 갈 거지?"

어머니는 끈끈한 피와 땀으로 축축하게 젖은 내 머리칼을 얼굴에서 쓸어 올리며 이마에 키스했고 잠옷 앞으로 둘러진 안전띠 매무새를 다듬어줬다. 어머니가 말했다. "먼저 해야 할 일이 있단다."

하우스오브위즈덤호에서 일어난 무시무시한 일은 지난 10년 동안 봉인되어 있었다. 우주선 안에, 잃어버린 데이터에, 기밀로 보관된 문서와 기억 속에 봉인되어 있었다. 단 한 번도 입 밖으로 낸 적 없었다.

내가 그 꽁꽁 닫힌 빗장을 풀도록 도운 셈이었다.

갑자기 셔틀의 속력이 달라졌다. 반짝이는 은하처럼 점점이 흩어진 살바토레의 피가 내 얼굴과 바키르의 얼굴에, 좌석과 벽에 튀었다. 창 너머로 보이는 풍경이 뼛조각과 뇌 조직이 섞인 검붉은 피에 가려 흐릿해졌다.

SPEC 보안 - 기밀 자료 참조 #39364832-B

함대방송 통신 기록[음성]

출처: 하우스오브위즈덤호, SPEC 연구

일시: 393년 01월 04일 07:21:12

[확인된 신원-하우스오브위즈덤호, SPEC 연구: 릴리안 푸트넘 나하리 선장]

하우스오브위즈덤호: 이 메시지가 전송될지 알 수 없다. 통신 시스템이 완전히 먹통이다. 필라도 답신이 없다. 컴퓨터가 어떤 진단 요청에도 반응하지 않고 있고, 본인은- 좋다. 이걸 시도해 보겠다.

[10초 경과. 우주선 전체에 의료 경보 시스템이 활성화되었음을 나타내는 배경 소음.]

하우스오브위즈덤호: *하우스오브위즈덤호의 릴리안 나하리 선장이다. 현재 시간은, 젠장. 몇 시인지도 모르겠다. 0700시는 확실히 지난 것 같다. 궤도 통제실에서 0200시 이후 응답을 받지 못했는데, 아무래도 수신기가 손상된 것 같다. 이 메시지는 우리의 구조 요청에 응답하는 모든 우주선에 보내는 경고 메시지다. 본 우주선의 승무원과 거주민이 미확인 감염체에 피해를 입었다. 반복한다. 본 우주선의 거주민들은 감염성이 높고 치명적인 감염체에 노출되었다.*

[우주선 전체에 경보 시스템이 계속 울림.]

하우스오브위즈덤호: 몇 명이 사망했는지는 알 수 없다. 의료진들은 공격성 바이러스 뇌염이나 출혈열 또는 그와 비슷한 병을 의심하고 있고 말버그-엑소와 제프리-1 검사도 진행할 예정이었다. 다른 하나가 더 있었는데 기억이 나지 않는다. 이 감염체가 퍼지는 속도가 너무 빨라서 테스트 결과가 어땠는지 알 수 없다. 의료진과 연락이 두절되었다. 모두와 연락이 두절된 상태다.

[우주선 전체에 경보 시스템이 계속 울림.]

하우스오브위즈덤호: 모든 일이 너무 빠르게 일어나고 있다. 딥스페이스 고고학의 키치 아키모토가 첫 번째 감염자였다. 우리는 오늘 만날 예정이었다. 그녀는 그레고리 라고 박사가 UC33-X에서 빼돌리려고 했던 데이터에 대해 보고를 하려고 했다. 그러나 그건 더 이상 중요하지 않게 되었다. 그녀가 죽었기 때문이다. 그런 모습은 본 적이 없었다. 인간에게 그런 영향을 끼칠 수 있는 그 어떤 것도 본 적이 없다. 아키모토는 완전히 공황 상태에 빠져있다가 곧 멀쩡해졌다. 그리고 완전히 다른 사람이 되었다. 의식은 있었지만 반응이 없었다. 그레고리 라고 박사가 벌인 짓일까? 그는 우리가 그를 쫓아낸 것을 후회하게 해주겠다고 했었다. 우리가 자신의 업무를 중단시킨 것을 후회하게 되리라고 했다. 그는 분노에 차 있었지만, 그에게 제기된 의혹을 부인하지도 않았다. 우리가 이해하지 못할 내용이어서 데이터를 숨겼다고 했다. 그는 자신의 일에 관한 한 언제나 거만했지만, 이번만큼은 그의 위협을 귀담아들었어야 했다. 그의 말을 진지하게 듣지 않았

었다. 그는 훌륭한 과학자였다. 나는 단지...... 하지만 이제는 중요하지 않다.

[우주선 전체에 경보 시스템이 계속 울림.]

하우스오브위즈덤호: 데이터 버스트에서 의료 데이터 분석을 보내려고 시도했는데 발신이 될지 모르겠다. 우주선 내에 아직 피해를 입지 않은 사람이 있다면 도와주기 바란다. 이것은 함교로 즉시 보고할 것을 요청하는 공개 긴급 호출이다. 젠장. 듣고 있는 사람이나 있는지도 모르겠군.

[자동 통신 기록 보존 시스템에 의해 자동 보관됨]

자흐라

도킹장의 네모난 입구가 반은 빛을 받아 반짝이고 반은 어두운 지구를 마치 액자처럼 둘러싸고 있었다. 지구는 아주 작았다. 너무 작아서 엄지와 검지로 집어 장갑 끝에 올린 다음 별들 사이로 날려 보낼 수 있을 것 같았다.

"자흐라!" 마치 먼 거리에서 이야기하는 것처럼 먹먹하게 대그의 목소리가 들렸다.

이 모든 게 끝나고 나면 행복해하는 안와르와 나드라를 양팔에 안아 따뜻한 체온을 나눌 수 있을 것이다. 깨끗하고 해가 잘 드는, 포근한 이불이 있고 진수성찬이 차려진 우리만의 방에서 버둥거리며 툴툴대는 쌍둥이를 더 꼭 끌어안아 줄 것이다. 그리고 이렇게 말할 것이다. '얼마나 멀리 왔는지 봐. 여기에서는 사막이 보이지도 않아. 엄마의 무덤 위에 덮인 잡초가 듬성듬성 자란 흙도, 농장 끝자락의 창문 없는 징벌방도, 바람에 날리는 잡초를 붙잡는 철조망도, 그 모든 것들이 지구 표면에 난 작은 흠집으로도 보이지 않을 만큼 멀

리 왔어.'

"자흐라! 뭐 하는 거야?"

대그는 화가 난 것이 아니었다. 그는 화를 내는 법이 없었다. 화를 내는 방법은 아는지나 의문일 정도였다. 자신의 시민권을 빼앗기게 만든 죄가 얼마나 사소했는지, 그리고 국경으로 어떻게 호송되었는지, 눈보라 치던 봄날에 자신을 풀어주던 경비대가 그를 어떻게 조롱했는지 이야기할 때도, 대그는 전혀 화난 기색이 없었다. 그런 일을 당하고도 화를 내지 않는다면 무슨 수를 쓰더라도 그를 화나게 할 수 없을 것이다. 지금 그의 목소리에 날카로움이 섞인 이유는 상황이 급박하기 때문이었다. 우리는 필그림 3호와 하우스오브위즈덤호 사이 우주를 셔틀에서 우주선 에어로크 해치까지 이어지는 10미터 정도 되는 사다리를 통해 건너고 있었다.

나는 사다리를 한 손으로 붙잡고 있었고, 두 발은 공중에 둥둥 뜬 채였다.

"사다리 제대로 잡아. 자흐라. 듣고 있어?"

우주 현기증에 대해서는 잘 알았다. 원근 왜곡에 대해서도 잘 알았다. 끝도 없이 펼쳐진 우주에 처음 나온 사람들이 어지럼증을 느끼고 이성을 잃게 만드는 진공 착란에 대해서도 잘 알았다. 어릴 때 아빠 옆에 앉아 우주로 가게 되어 얼마나 신이 나는지, 하우스오브위즈덤호에서 일하게 된 것이 얼마나 영광인지 아빠가 이야기하는 것을 넋 놓고 듣곤 했다. 아빠는 멋쩍어하며 겁이 난다고도 했었다. 욕실이 완전히 다르게 생긴 곳, 컵에 담긴 물이 아니라 둥그런 방울 상태의 물을 마시는 곳, 안경이 둥둥 떠다녀서 침대 옆 탁자에 두고 잠들 수 없는 곳에 오랫동안 머무르면 어떤 느낌일지 아빠는 궁금해했다. 그때만큼은 아빠가 떠날 날이 가까워져 오는 것도 잊고 그런 우스운 상상을 재미있어하며 키득거리곤 했었다. 아빠의 목소리에서 느껴지는 설렘이 좋았지만 아버지가 우리를 떠난다고 생각하면 슬프기도 했다.

나는 비상용 우주복의 불편한 장갑에 짜증을 내면서 사다리 층계를 세 번 고쳐 잡은 끝에 겨우 제대로 쥘 수 있었다.

"잘했어." 대그가 말했다. "다신 놓지 마."

"자흐라 괜찮아?" 말라치가 말했다. 걱정이 담긴 그의 목소리에 심장이 조여왔다. 보안 드론이 아슬아슬하게 지나치자 그가 중심을 잃고 흔들렸다. 이 임무를 수행하기에 말라치는 너무 예민했다. 그를 임무에 포함시킬 때부터 알았지만 다른 방법이 없었다. '가족' 중에 말라치처럼 컴퓨터를 다룰 수 있는 사람은 없었다. 그런 그를 멍청한 의회에서는 몇 번이나 거부했다.

그를 놀라게 할 생각은 아니었다. 그냥 다 놓아버리면 어떤 느낌이 드는지 알고 싶었을 뿐이었다. 우주에는 위아래도 없고 물체를 한 방향으로 쏠리게 하는 중력도 없었다. 나보다 몇 층계 앞선 대그의 발이 내 머리 위에 있었다. 그러다 진짜로 한 대 얻어맞은 것 같은 심한 현기증 때문에 정신을 잃고 회색 우주선 쪽으로 머리부터 고꾸라졌고, 정신을 차려보니 그가 내 아래에 와 있었다.

나는 양손으로 사다리를 잡았다. 눈을 꼭 감았다. 다시 눈을 떴을 때 대그는 해치에 도착해 있었다.

"열 수 있겠어?" 내가 물었다.

"에어로크에 전력이 들어와 있어." 대그가 말했다. "수동 잠금장치만 되어 있어."

나는 침을 꿀꺽 삼켰다. 입이 바짝 탔다. 우주복의 의료 모니터에 심박수와 호흡량을 점검하라는 경고 표시가 떴다. "들어가자."

대그는 해치를 핸들을 돌린 다음, 당겨 열었다. 해치 뒤 공간은 어두웠지만, 내부 패널 주변으로 작은 불빛들이 깜빡이고 있었다. 대그는 몸을 당겨 안쪽으로 들어갔다. 조심스러우면서도 우아하게 움직이며 헬멧에 달린 전등을 이리저리 비췄다. SPEC에서 쫓겨난 지 벌써 몇 년이 지났지만 대그는 아직 우주에서 쉽게 움직이는 방법을 기억하고 있었다. 그의 모습을 보고 있으니 날카로운 질투가 치밀었다.

"확인 완료." 대그가 말했다.

대그는 내가 들어올 수 있도록 옆으로 비켜선 다음 해치를 닫았다. 나는 내부 제어판으로 다가가서 전원이 켜지도록 조작했다. 화면을 채운 글자와 숫자들을 보고 잠시 머릿속이 혼란스러워졌다.

LCK 0 kPa 0 O2 0 N2 120 K

INT 83 kPa 21 O2 79 N2 263 K

나는 숨을 들이쉬었다. 이런 상황에 대비해두었다. 대그와 보디카를 비롯해 우주에 나와 본 경험이 있는 다른 가족들은 몇 달 동안 나머지 인원들을 혹독하게 가르치고, 연습시키고 시험했고, 식사를 제한하거나 공개적으로 비난하며 대가를 치르도록 만들었다. 나는 그 기간에 틀린 적이 별로 없었다. 애덤을 실망시키거나 대가를 치르는 게 싫긴 했지만, 무엇보다 가장 두려웠던 건 때가 왔을 때 내가 준비되어 있지 않은 것이었다.

"내부가 가압상태야." 내가 말했다. "춥지만 공기가 있어. 80:20 비율이야."

"바깥문 닫힘." 대그의 말에 나는 그가 모든 과정을 입 밖으로 내며 확인할 생각인지 궁금해졌다. 우주에서 몇 년을 보내면서 노력해도 멈출 수 없을 정도로 몸에 깊이 밴 그의 습관이리라.

컴퓨터 화면에 대그의 말과 같은 메시지가 나타났다.

외부 밀폐 장치: 켜짐

내부 밀폐 장치: 켜짐

나는 잠시 얼어붙은 채 화면을 뚫어져라 보았다. 이제 뭘 해야 할지 알 수 없었다. 하지만 알아야만 했다. 공부한 것들을 벌써 잊었을 리가 없다.

"그거야." 내 어깨너머로 유입(INGRESS)이라는 단어를 가리키며 대그가 말했다.

화면에 반사된 헤드램프 빛이 다시 우리를 비췄다. 나는 명령어를 터치했고 유입이라는 글자가 가압중(PRESSURIZING)으로 바뀌었다. 진공 상태에 공기가 차는 동안 방 안에 쉭쉭 거리는 소리가 울려 퍼졌다. 소리는 점점 더 커졌다. 화면에 표시된 숫자도 점점 올라갔다. 그러다 쉭쉭거리는 소리가 갑자기 멈췄다.

"에어로크 가압 완료." 대그가 주먹을 꽉 쥐며 말했다. "작동 중인 우주선에 258 K는 너무 추운데."

나는 이를 꽉 깨물면서 그를 무시하려고 애썼다. 그는 몸에 밴 습관대로 하고 있을 뿐이었다.

"궤도 통제실에서 위치 확인 요청이 또 왔어." 무전기 너머에서 보디카가 말했다. "좀더 서두르면 좋겠는데."

그녀의 조급함, 걱정이 모두 멀게만 느껴졌다. 나는 안쪽 문 핸들을 돌렸다. 핸들이 느슨하게 풀려 돌아가자 문을 안쪽으로 밀었다. 녹이 슬어 꿈쩍도 하지 않으면 어쩌나 걱정했지만, 하우스오브위즈덤호는 우주에서 10년보다는 더 견딜 수 있도록 만들어졌다.

해치 뒤에 별들의 바다가 펼쳐져 있었다.

나는 눈을 깜빡이고 고개를 돌려 헤드라이트 불빛을 이리저리 옮겼다. 별들이 고개를 돌리며 윙크하듯 깜빡였다. 커다란 방은 텅 비어있지 않고 빛을 반사해 반짝이는 별들로 가득 차 있었다. 별들 중 하나가 가까이에 떠다니고 있었다. 나는 손을 뻗었다. 장갑과 부딪힌 별이 빙글 돌았고 나는 팔을 더 멀리 뻗어 별을 잡았다.

손가락보다 더 얇고 크리스탈처럼 투명한 유리 조각이었다.

반짝이는 별들은 방안을 떠다니고 있는 깨진 유리 조각들이었다. 우리가 문을 열면서 공기에 흐름이 생기는 바람에 빙글빙글 돌며 기묘하고 아름다운 춤을 추며 반짝이게 된 것이었다. 나는 주변을 둘러보았고 벽면에 고정된 커다란 겹 유리창을 발견했다. 유리창

중앙이 무거운 물체에 맞았는지 산산조각이 난 채 구멍이 뚫려 있었다. 화물 상자들이 고정 그물과 밴드에서 떨어져 나와 화물칸 전체에 제멋대로 떠다녔다.

나는 손에 쥐었던 유리 조각을 놓아 어둠 속으로 돌려보냈다. 방안에서 조각이 어떻게 움직이는지 계속 지켜보았다. 내 헤드램프가 쏘는 빛이 벽면 위에 춤추듯 어른거리면서 도관과 금속판, 띠로 고정된 화물들과 사람 다리 두 짝을 비췄다.

나는 깜짝 놀라 비명을 지르면서 손잡이를 놓았다가 내가 어디에도 고정되어 있지 않다는 사실이 떠올라 다시 꼭 쥐었다. 어깨를 비틀어 계속 회전하는 몸을 멈췄다. 나는 꺾인 팔을 펴기 위해 벽에 발을 구른 다음 열린 해치 가장자리에 발을 가져다 놓았다.

무전기 너머에서 말라치의 목소리가 들렸다. "자흐라? 무슨 일이야?"

나는 차분히 숨을 한 번, 그리고 또 한 번 쉬었다. 아직 에어로크에 있는 대그의 헤드램프 불빛이 내 쪽을 비추고 있었다. 보이지는 않지만 그는 지금쯤 못마땅해하며 불만스러운 표정을 짓고 있을 것이다. 화물칸으로 들어오기 전 그에게 점검을 하도록 했어야 했다.

나는 아주, 아주 조심스럽게, 해치 위 벽을 돌아보았다.

"난 괜찮아." 목소리가 너무 흔들려서 다시 한번 단호하게 이야기했다. "난 괜찮아. 그냥 놀라서."

"뭐 때문에?" 말라치가 물었다.

"잘 모르겠어." 내가 말했다.

거짓말이었다. 눈앞에 보이는 게 무엇인지 나는 똑똑히 알고 있었다.

부츠. 다리. 내 위에 사람이 있었다.

나는 이곳에서 죽은 사람들을 마주할 준비가 되어 있다고 자신했다.

하우스오브위즈덤호에 탑승했던 477명이 목숨을 잃었다. 그 사람들을 생각할 때면 발 디딜 틈 없는 병동과 잘 쌓여 있는 시체 운반용 부대, 시체 안치소로 변한 창고, 흰 천으로 덮인 시체들을 떠올리곤 했다. 눈이 있어야 할 자리가 움푹 팬 것 말고는 아무 특징도 없는, 흰 천으로 싸인 고요한 시체들 사이로 반짝반짝 깨끗한 복도를 걷게 될 줄 알았다. 상상 속에서 나는 그들에게 다가가 이제 이 우주선에 있지 않아도 된다고 이야기했고, 그들은 모두 나를 외면했다.

그런 상상에 대해서는 누구에게도 이야기하지 않았다. 두려움이 바이러스보다 강력하다고 애덤은 자주 이야기했다. 하우스오브위즈덤호를 보금자리로 만들려면 시체들을 처리해야 한다는 사실을 우리는 잘 알고 있었다. 지구에 있는 사람들에게 우리가 냉혹한 범죄자가 아니라는 것을 증명할 수 있도록 파냐는 존중하는 마음을 담아 그들을 애도하는 자리를 마련할 계획을 세우기도 했다.

나는 몸을 당겨 벽에 붙어서 화물 고정 장치를 사다리 삼아 이동했다. 난 움츠러들지 않을 것이다. 우리는 제프리-1 바이러스에 관해 닥치는 대로 공부했다. 예방 접종도 했고 훈련도 받았다. 공기 질을 테스트하고, 필터 시스템을 청소하고, 활성 상태로 남아 있는 바이러스의 흔적을 감지할 수 있는 장비도 챙겼다. '붕괴' 전 전쟁을 일으킨 이들은 제프리-1을 잔인하면서 은밀하게 목적을 달성하는 비겁한 무기가 되도록 설계했다. 적군을 신속하게 죽인 다음 자연스럽게 변성할 수 있도록 말이다. 내 머릿속에는 그 혐오스러운 무기에 관한 지식이 꽉 차 있었다.

"무슨 일이야?" 대그가 말했다.

그가 입구를 통과하자 빛이 더욱 밝아지면서 내 그림자가 엄청나게 크고 뒤틀려 보였다. 나는 시체를 볼 수 있도록 화물 상자 위로 올라갔다.

시체는 우주복을 다 입지도 못한 상태였다. 헬멧이나 장갑도 착용하지 않고 있었고 다리 부분도 부츠 안쪽으로 밀폐되어 있지 않았다. 얼굴은 창백하고 쪼글쪼글했다. 지난 10년 동안 우주선 안은 춥고 건조했다. 그녀는 미라가 된 셈이었다. 그녀의 갈색 생머리가 부채처럼 얼굴 주변을 둥둥 떠다니고 있었다.

그녀의 상반신 전체와 어깨 팔뚝이 피로 얼룩져 있었다.

너무나 충격을 받은 나머지 처음에는 내가 헛것을 보는 줄 알았다. 피가 묻어 있다니. 기름이나 물감 얼룩 같은 다른 얼룩이라면 몰라도. 말도 안 되는 광경에 이성적으로 생각할 수가 없었다. 피가 진하게 배어 아주 어두운 얼룩이 져 있었다. 상처가 어디에 있는지 바로 찾을 수 없었다. 내가 잘못 봤을 것이다. 더 가까이에서 살펴봐야 할 것 같았지만 움직일 수가 없었다.

제피르-1은 전염 속도가 빠르고 매우 치명적이었다. 무기로 만들어진 이 바이러스는 인류의 어두운 과거가 만든 야만적인 창조물이었고, 누구나 다 아는 한 괴물에 의해 우주선에 퍼졌다. 다들 그렇게 이야기했다. 어지럼증이나, 기절, 피로감, 내출혈이 발생할 수 있고 시간이 지나면 코피가 나거나 눈이 충혈되거나 몸에 멍이 들 수도 있었지만 이런 모습으로 죽을 가능성은 없었다. 급성 폐부전일 수도 있었다. 바이러스는 인체 내에서 이틀 동안 잠복기를 거치며, 증상이 나타나고 사망할 때까지는 한두 시간쯤 걸린다. 환자들은 몇 분 안에 기력을 잃고 움직일 수 없게 되고, 살기 위해 노력할 힘조차 남지 않게 된다. 거의 바로 혼수상태에 빠져 고통도 겪지 않는 사람도 많았다. 하우스오브위즈덤호는 그렇게 사라졌다. SPEC에서도 10년 동안 같은 이야기를 반복해왔다.

하지만 내 눈 앞의 여자는 혼수상태에서 죽은 게 아니었다. 고요한 죽음을 맞이하지도 못했다.

"흠," 대그가 말했다.

그의 목소리에는 혐오감도, 어떤 감정도 담겨 있지 않았고 차라리 다행이라고 생각했다. 점점 커지는 공포를 억누르며 대그처럼 침착해지려고 애썼다. 속이 메스꺼웠지만 벽에 붙은 손잡이 쪽으로 손을 뻗었다. 여자의 시체에 더 가까이 가야 했다. 하지만 두려웠다. 시체가 어둠에 가려 보이지 않도록 그녀의 피 묻은 몸에서 헤드램프를 돌리고 싶은 마음이 간절했다. 그리고 용기가 차오르고 마음이 안정되었을 때 다시 그녀를 보면 몸에 피가 묻지 않은 채 평화롭게 죽어 있었으면 좋겠다고 생각했다.

"무슨 일이 있는 거야?" 무전기 너머에서 파냐의 걱정 가득한 목소리가 들렸다. "자흐라? 자기야, 말을 해 봐. 별일 없는 거야?"

나는 입술을 핥았다. "화물칸이 안전한지 점검 중이야."

"빨리 해." 보디카가 말했다. "바르셀로나에 있는 친구들이 우리 거짓말을 믿는 것 같지 않거든."

"아직 눈치채면 안 되잖아." 니코가 말했다. 그의 징징대는 목소리에 몸이 오그라들었다. 항상 날이 서 있는 데다 매사에 부정적인 그를 데려오고 싶지 않았지만 애덤은 뜻을 굽히지 않았다.

"눈치채지 말라고 말해 줬어야 하나 보지." 보디카가 퉁명스럽게 대꾸했다.

"난 그냥……"

"제발 좀 입 좀 다물어." 헨케가 쏘아붙였다.

"니코, 헨케, 그런 태도는 도움이 안 돼." 평화주의자 파냐가 말했다. "침착하자."

"그게 중요한 게 아니야." 내가 단호하게 말했다. "그들이 여기로 오기까지 얼마나 걸릴까?"

말라치가 답했다. "가장 가까운 우주선과의 거리가 152……"

"봤어?" 보디카가 날카롭게 물었다.

"아니?" 말라치가 말했다. "뭘 봤냐는 거야?" 몇 초 동안 정적이 흘렀다. "뭘 봤냐니까?"

"우주선이 있었잖아." 보디카가 말했다. "눈이 멀었어?"

"무슨 일이야?" 내가 물었다.

"가장 가깝게 보이는 우주선은……" 말라치가 의심이 가득한 목소리로 느릿느릿 말했다. "MEO-3 선적 구역의 버로 급 수송선이야. 프로비던스 스테이션으로 화물을 수송하는 중이야. 이쪽 궤도까지 이동할 연료가 있을 것 같지 않고, 만약 있다고 해도 10시간에서 12시간은 걸릴 거야. 다음으로 가까이 있는 우주선은 홈스테드 호고, 서쪽 120도 지점에 있어."

"하나가 더 있어." 보디카가 말했다. "모습을 감추고 있었어."

"'감추다'니 무슨 말이야?" 니코가 말했다. 문장 끝에서 목소리 톤이 높아지면서 초조함이 느껴지는 끽끽거리는 소리가 났다. "그렇게 할 수 있는 우주선이 있어?"

"내가 본 건, 여길 봐봐." 보디카가 숨을 들이쉬었고, 무전기 너머로도 그 소리를 들을 수 있었다. "여기 있는 내비게이션은 기본 기능만 있어. 작동 중인 스캐닝 장비도 충돌 방지용이고. 더 멀리 있는 우주선은 궤도 통제실에서 추적해주게 되어 있고, 우리는 그쪽에서 전송해 주는 정보에 의존한다는 소리야."

나는 말라치가 다시 입을 연 후에야 상황을 이해할 수 있었다.

"통제실에서 뭔가 숨기고 있다는 거야?"

"통제실이 원하면 누구한테서든 우주선을 숨길 수 있어." 보디카가 말했다. "궤도 추적기에서 오류가 발생한 걸 봤어. 없었던 우주선이 나타났다가 지금은 또 안 보여. 위치 데이터 송수신기에서 보여서는 안 되는 것처럼, 아주 잠깐 동안 나타났었어."

"가능해." 대그가 끼어들었다. "그리고 놈들은 그러고도 남을 놈들이지."

"거짓말쟁이 기만자들이니까." 파냐가 웅얼거렸다.

"잘 모르겠는데." 말라치가 말했다.

"순진한 척 좀 하지 마." 헨케가 쏘아붙였다.

"척하는 게 아니야. 진짜 안 보이니까 그렇지." 하지만 말라치의 목소리는 내가 싫어하는 방어적이고 주저하는 목소리로 변해 있었다. 그는 자신에게 확신이 없을 때면 너무 쉽게 의견을 굽힌다. "기록에 없어. 확실해? 확실한지 어떻게 알아?"

"놈들이 기록을 수정했을 수도 있어." 보디카가 과장되게 침착한 목소리로 말했다. "위치 컴퓨터는 궤도 통제실에서 입력값을 받도록 되어 있어. 추적 시스템 작동 방식이 그래. 시스템에서 뭐 건드린 것 없지?"

"안 건드렸어." 말라치가 말했다. "그랬으면 눈치챘을 거야."

"숨어 있던 거라면 왜 나타났지?" 내가 말했다.

"명령에 응답하고 있던 거라면 궤도 통제실에 위치를 전송해야 하잖아." 보디카가 말했다. "그러려면 마스터 시스템에 연결해야 해. 결함이 발생해서 모습이 잠깐 비쳤겠지. 이 시스템을 잘 사용하지 않으니까 조작도 서툴렀을 수도 있고. 아무것도 하지 않고 있을 때는 우주선이 안 보이게 할 수 있지만 조작을 하다 보면 변수가 많아지거든."

"프로토콜이지." 대그가 만족스러운 목소리로 말했다. "하는 짓들이 뻔하다니까."

"잠행 중인 우주선이 있어." 보디카가 단호하게 말했다. "놈들은 우리 셔틀이 우주선에 도킹하는 순간부터 움직이기 시작했어. 우연이 아니야."

이런 상황은 예상하지 못했었다. 나는 여자 시체 쪽으로 다시 고개를 돌렸다. 예상했어야 했다. 거짓말쟁이 기만자들. 애덤은 임무 계획이 현실이 되기 한참 전에 그들이 우리를 항상 지켜보고 있다고 경고했었다. 그들은 뒤통수에도 눈이 달려있다고, 사막에서 죽어가는 사람 주변을 맴도는 굶주린 독수리와 같다고 했다. "우리가 어디를 가든 그들은 지켜보고 있어." 그의 말이었고 모든 음절에서 확신이 느껴졌다. 독이 퍼진 땅 때문에 또 한 번 작물을 재배하는 데 실패한 후였고 울타리 밖 어둠 속에 요원들이 숨어 있다는 사실을 아는 애덤은 우리보다 앞서 걸어가서 소리쳤다. "우리가 그들을 영원히 떠날 때까지 그들은 우리를 지켜볼 거다. 우리를 파괴할 때까지, 우리가 뿔뿔이 흩어질 때까지 사냥을 멈추지 않을 테지."

우주복 안에서 살갗이 불편하게 따끔거렸다. 여기에서도, 지구에서 이역만리 먼 곳에 버려진 이 우주선에서조차 그들은 우리를 가만히 두지 않을 것이다.

내가 물었다. "그게 도착할 때까지 얼마나 걸릴까?"

보디카가 짧게 숨을 내쉬었다. "내가 본 위치가 맞고, 궤도 속력에서 가속 중이면······"

"얼마나 걸려?"

"무인 우주선이라면 두세 시간. 승무원이 탑승했다면 그보다 두 배 더 걸릴 거야."

말라치가 덧붙였다. "3g나 4g 이상으로는 가속하지 않을 거야. 정체를 숨기고 싶다면 더더욱. 엔진 구동열 때문에 모습이 보일 수밖에 없을 테니까."

"놈들의 추진력이 얼마인지는 알 수 없어." 대그가 말했다.

"무장 우주선이야?" 니코가 물었다. "공격을 할까?"

"SPEC에는 무장 우주선이 없어." 보디카가 말했다. "무장 우주선이 있다는 이야기는 헛소문이야. 멍청한 소리 그만해."

"멍청한 소리가 아니야. 걱정하는 거지." 파냐가 이번에도 달래는 듯한 목소리로 말했다.

"쟤는 항상 멍청하잖아." 바오가 말하자 니코가 씩씩거렸다.

"우리가 아는 건 저들이 오고 있다는 것뿐이야." 말라치가 말했다. "정보가 더 필요해."

"너무 위험해." 보디카가 말했다.

"그럼 어떻게……"

"조용히 해. 너희들 다." 내가 말했다.

그들은 내가 시키는 대로 했고 흡족한 생각이 들었다. 옥신각신하는 꼴을 두고 볼 수 없었다.

홈스테드호가 도착하려면 앞으로 적어도 여섯 시간은 더 걸릴 예정이었다. 계획에서 빼놓을 수 없는 부분이었다. 홈스테드호는 우리가 필그림 3호를 장악하기 전 궤도에 안전하게 올라 있어야 했고 발사가 가능한 시간대를 생각하면 홈스테드호는 아직 하우스오브 위즈덤호 근처까지 오지는 못했을 것이다. 틀어질 수 없는 계획이었다. 우리는 그렇다고 믿었었다.

유령 우주선이 진짜 우리를 향해 오고 있다고 가정해야만 했다. 강력하고 빠르다고 짐작하는 편이 좋을 것이다. 우리에게는 3시간, 어쩌면 그보다도 시간이 없을 수도 있다. 보디카가 그들의 능력을 과소평가했다고 생각하는 편이 안전할 것이다. 대그가 말했듯 우리는 그 우주선의 사양이 어떤지 모른다.

"우리를 막으려 할 거야." 계획을 세우는 동안 애덤은 여러 번 말했었다. 그의 눈은 열렬한 흥분으로 불타올랐다. "놈들은 우리가 예상하지 못하는 속임수를 쓰고 거짓말을 할 테지. 하지만 우리를 이길 수 없을 거야. 놈들이 어떻게 움직일지 내 눈에는 다 보이거든. 놈들이 꿍꿍이를 생각하기도 전에 나는 알아챌 수 있지."

정체를 감춘 우주선도 우리 임무를 막을 수는 없었다. 우리는 홈스테드호가 도착하기 전에 하우스오브위즈덤호를 완전히 통제하게 될 것이다. 하우스오브위즈덤호를 우리 것으로 만들려면 시간이 필요했다. 말라치가 컴퓨터 시스템에 인수 프로그램을 삽입하고, 공기 필터 시스템을 테스트해 바이러스가 남아있는지 확인하고, 함교를 찾고, 엔진을 가동하고, 가족들이 머물 안전한 공간을 만들 수 있도록, 우주선 전체는 아니더라도 가족들을 맞이할 수 있도록 한두 층 정도는 정돈할 시간을 벌어야 한다.

원래는 우리가 작업하는 동안 인질들이 걸리적거리지 않도록 셔틀에 두고 감시하려 했다. 인질들은 SPEC에서 가까이 오지 못하도록 막는 안전장치였다. 아직은 그 안전장치가 필요했지만, 셔틀에 한두 명이라도 팀원들을 남겨둘 여유가 없어졌다. 모든 일손은 아이들을 돌보는 대신 일을 하는 데 쓰여야 했으니까.

애덤은 자기를 대신해 나를 보냈다. 내가 상황에 잘 대응하면서 내가 우리의 무기를 언제 사용할지 판단하고, 필요할 땐 주저 없이 사용할 수 있으리라 믿었기 때문이다. 계획을 수정해야 했다. 여자 시체의 우주복에 피가 말라붙은 부분이 마치 빛을 빨아들이는 깊은 계곡처럼 보였다. 나는 침침한 눈을 비빌 수 없다는 것을 잊은 채 생각 없이 헬멧쪽으로 손을 들어 올렸다.

"파냐, 헨케, 승객들한테 우주복 입혀." 내가 말했다.

잠시 정적이 흘렀다.

파냐가 먼저 입을 열었다. "하지만 애덤이……"

내가 그녀의 말을 잘랐다. "바타차르야를 먼저 보내. 걔 친구한테 총을 겨누면 시키는 대로 할 거야."

"자흐라." 파냐가 말했다. "이야기 좀 해. 이건 애덤의 계획이 아니잖아."

"인질들은 다 풀어 주는 걸로 알고 있었는데." 말라치가 말했다.

"인질들을 다 죽이는 거 아니었나?" 헨케가 말했다.

보디카가 물었다. "인질들을 데려가서 뭐 하려고?"

"우리들을 지키는 데 사용해야지." 당연한 일을 설명해야 하다니 짜증이 났다. 애덤은 틀림없이 내게 보여준 것만큼 그들에게도 굳은 의지를 보였다. "계획은 바뀌지 않았어. 하지만 우리가 생각했던 것보다 시간이 없잖아. 가족들을 맞을 준비를 하려면 다들 이쪽으로 와야 해. 그쪽 우주선이 홈스테드호보다 먼저 도착할 거야. 하지만 도착하더라도 거리를 유지하지 않으면 인질들을 한 명씩 죽이겠다고 할 수는 있겠지. 그러면……"

"지금 해도 되잖아." 헨케가 말했다. "그냥 싹 다 없애버리고……"

"**끼어들지 마.**" 내가 말했다. "이 임무의 통제권을 가진 사람은 네가 아니야. 반드시 필요한 상황이 아니면 우리는 SPEC의 심기를 거스르지 않을 거야. 공격에 대항할 수 있는 유일한 보험을 없애지도 않을 거야. 계획보다 두 배 빠르게 일해야 해. 관심을 분산시킬 여유가 없어."

나는 애덤이 그가 가진 지혜와 애정을 내 목소리를 빌어 전달하는 것처럼 들리게 하려고 그간 연습해온 최대한 냉정한 목소리로 이야기했다. 헨케가 무엇을 하고 싶어 하는지는 알았다. 그의 심장이 있어야 할 자리에는 검은 강철 덩어리가 들어있었다. 애덤은 헨케가 그렇게 된 게 의회 탓이라고 했지만, 분명 예전부터 어두운 구석이 있었겠지. 그러니 연합 의회가 그를 쫓아낸 것이 아니라 그 자신이 기꺼이, 행복한 마음으로 의회의 통제에서 벗어나기로 선택했을 것이다. 어떻게 사막에 오게 되었는지 묻는 사람이 있으면 그는 그저 웃기만 했다. 태도가 거칠고 천성이 폭력적인 그였지만 쓸모 있을 때도 있었다. 그렇다 해도 그가 자신의 바람대로 이 임무의 대장 노릇을 하도록 내버려 두지는 않을 것이다.

"여기 사람 시체가 있는데……" 상황이 모두 잘못되어가고 있다는 생각에 치밀어 오르는 화를 억누르며 적당한 표현을 찾았다. "폭력의 흔적이 보여. SPEC에서 사건에 대해 감추는 게 있는 것 같아. 그래서 바타차르야를 먼저 데려와야 한다는 거야. SPEC에서 대중에게 숨기는 게 무엇인지 듣고 일을 시작할 거야. 이해됐어?"

긴장이 감도는 침묵이 오랫동안 이어졌다.

"사기꾼 같은 새끼들." 보디카가 말했다.

"애덤은 이런 일이 있을 걸 알고 있었어." 내가 말했다. "놈들이 교활하다고 경고했었어. 인질들이랑 장비 옮겨. 우리는 준비가 되었어. 대그, 가서 사람들 데려와."

시체와 나만 남긴 채 대그가 에어로크로 돌아가자 화물칸이 어두워졌다. 나는 벽을 따라 이동해 시체에게 가까이 다가갔다. 시체의 고개가 옆으로 돌아가 있었다. 목을 길게 여러 번 베여 턱 아래에서 쇄골까지 이어지는 피부가 찢어져 있었고 너덜너덜한 피부 사이로 흰 뼈가 드러나 보였다. 피가 밴 우주복 바깥 면에 표장이 붙어 있었는데, 동그란 원 바깥을 따라 우주 탐사 위원회라는 글자가 박혀 있고 원 중심에는 하우스오브위즈덤호를 상징하는 별나침반 모양이 새겨져 있었다. 베인 상처 중 하나가 그녀의 정맥 위치였던 듯, 목에서 피가 쏟아져 나온 듯했다.

그대로 드러난 맨손은 동상에 걸린 듯 피부가 종잇장처럼 오그라들어 있었고 양손에는 피로 물든 긴 유리 조각이 쥐어져 있었다.

벽 안쪽에서 뭔가가 갈리는 듯한 낮은 소음이 들렸다. 대그가 에어로크를 감압중인 모양이었다. 다른 동료들이 인질 12명을 셔틀에서 우주선까지 어떻게 하면 가장 효율적으로 옮길 수 있을지 이야기하고 있었지만, 귓가에 울리는 심장 박동 소리에 그들의 말소리는 희미하게 들렸다.

우주복에 적힌 이름을 보려고 벽에서 멀어졌다. 친 M. 이름표에도 어두운 핏자국이 선명했다.

전부 거짓말이었다. 여자는 제프리-1 바이러스 때문에 죽지 않았다. 의회의 의원들, SPEC 조사관들, 법의학팀, 전문적인 의견을 내놓기 위해 고요한 실험실에서 불려 나온 엄숙한 표정을 짓던 병리학자들과 면역학자들, 아빠를 끊임없이 비난했던 대학 동료들, 그들 모두 거짓말을 했다. 파드마바티 바타차르야는 의회 앞에서 자기 동생의 죽음에 관해 이야기할 때마다 모두를 속였다.

그리고 나와 시선을 마주치자 움찔하던 그녀의 줏대 없는 젊은 조카도 거짓말을 했다.

나는 아빠가 사람들에게 이토록 비난받을 만큼 나쁜 짓을 할 사람이 아니라는 걸 알았다. 하지만 당장 마주해야 할 골칫거리 때문에 여전히 마음이 불편했다. 우리는 이런 상황에 준비되어 있지 않았다. 예방 접종 계획과 우주선 시스템을 어떻게 변경할지에 대한 계획, 하기로 한 각종 테스트들은 제프리-1 바이러스에서 우리를 보호하기 위해 세운 계획이었다. 손에 유리조각을 쥐고 자기 목을 긋도록 만들 힘이 있는 정체를 알 수 없는 병원균에 대한 대비책은 세운 적이 없었다.

두 손을 번갈아 가며 벽을 밀어 시체에서 멀어진 다음 에어로크로 돌아갔다. 화물 고정용 스트랩으로 발을 고정시키고 무기를 꺼낸 다음 사람들을 기다렸다.

헨케와 말라치가 바타차르야를 하우스오브위즈덤호로 데려왔다. 그는 고분고분하고 조용했고 반항을 하거나 자기 생각을 표정으로 드러내지도 않았다. 헨케는 에어로크 근처에 서서 인질을 감시했고 말라치는 작동하는 제어판을 찾았다. 그는 우주선 컴퓨터를 통제할 수 있도록 마스터키를 설계해두었다. 빛과 전력, 공기가 필요했고 우주선의 모든 공간을 드나들 수 있는 접근 권한도 필요했다. 바이러스가 남아있을지도 모르는 공기도 정화해두어야 했다. 말라치는 그 작업이 몇 시간은 걸릴 수 있다고 했지만, 그 얘기를 들은 애덤은 웃어넘겼다. 애덤은 말라치의 얘기를 듣곤 머리를 쓸어넘기며 한바탕 웃더니, 말라치가 우리를 실망시키는 일은 없을 거라 믿는다고 했다. 당시에는 그의 말이 경고처럼 들리지 않았었다.

"밖에서 일어나는 일은 걱정 마." 내가 말라치에게 말했다. "보디카가 알아서 할 거야."

말라치가 바타차르야 쪽을 흘끔 보며 말했다. "쟤들이 우리 말 들을 수 있는 거 알지? 우주복은 모두 같은 주파수에 맞춰져 있어."

"상관없잖아. 준비됐어?"

"준비는 항상 되어 있지." 말라치가 약간 긴장한 듯한 미소를 지으며 말했다. "하지만 도움이 필요해."

찰나의 순간, 6년 전 어느 추운 겨울날 보랏빛 황혼이 내린 사막에서 걸어오던 소년이 떠올랐다. 나는 농장 가장자리를 순찰하는 중이었고, 우리 영역을 표시하는 철조망 밖에 자란 수풀을 손으로 쓸며 선인장 사이로 무겁게 발걸음을 옮기고 있었다. 2주 동안 세 번이나 한밤중에 사막에서 들려오는 총성과 조롱하는 듯한 고함 때문에 잠을 잘 수 없었고, 애덤은 연합 의회에서 보낸 이들이 우리에게 해를 끼칠 수 있을 정도로 가까이 오지 못하도록 24시간 경비를 서라고 명령했었다. 무거운 구름이 땅에 바짝 붙어 떠 있는 모양을 보니 곧 눈이 쏟아질 것 같았다. 조용히 기침하는 소리에 뒤를 돌아보고는 심장이 쿵쾅거리기 시작했고 나는 총을 바짝 들었다. 낯선 사람이 가까이 다가오자 그의 맨발이 눈에 들어왔다. 옷은 걸레짝 같았고 길게 자란 머리칼은 헝클어져 있었다. 짐도 없었다. 17살이었던 나와 비슷한 또래로 보였지만 너무 말라서 바람이 한 번 세게 불면 픽 쓰러질 것 같았다. 기침을 할 때면 그의 몸 전체가 비틀거렸다.

"불빛을 따라왔어." 내가 배우려고 애쓰는 중이던 '노래하는 듯한 사막 억양'으로 그가 말했다. "근처에 난민 캠프가 있어?"

"여긴 농장이야." 내가 단호하게 말했다. "이건 불법침입이야."

그는 미소 지었다. 환하고 따뜻한 그의 미소는 내 의심을 누그러뜨리고 차가운 공기마저 녹일 수 있을 것처럼 강렬했다. 그가 말했다. "정말로 도움이 필요해."

그날 저녁 사막에서 아무도 알아채지 못하게 말라치를 죽여버릴 수도 있었다. 그를 돌려보내고 다시는 떠올리지 않을 수도 있었다. 의회는 그에게 그렇게 했고, 시민권 신청을 수차례 거절당한 그는 희망을 잃은 상태였다. 하지만 나는 그를 농장으로 들였고 그가 무엇을 할 수 있고 어떤 능력이 있는지, 그래서 우리의 꿈을 이루는데 어떻게 보탬이 될 수 있을지 차차 알게 되었다. 지금 이 순간, 그는 소심한 어른이 아니라 환하고 따뜻한 미소를 짓던 그 소년으로 돌아가야 했다.

"우리를 실망시키지 않겠지." 내가 말했다.

말라치의 미소가 희미해졌다. 내 말이 도움이 되지 않는 모양이었다.

"대그가 도울 거야." 내가 재빨리 덧붙였다. "넌 방법을 찾아낼 거고."

대그는 조용히 끄덕였다. 두 사람은 방 저편에 있는 내부 문 옆에 있는 제어판으로 다가갔다.

나는 인질 쪽으로 돌아섰다. "벽에 붙여."

헨케가 바타차르야의 가슴팍 중앙을 세게 쳐 그를 벽으로 밀었다. 헨케는 헬멧 덮개 뒤에서 그의 하얀 이를 드러내며 씩 웃었다. 변경된 계획에 대해 다시 확신이 생겼든 포로를 괴롭힐 기회를 잡아서든 그의 기분이 충분히 누그러진 것 같았다.

"거짓말을 해왔는데." 내가 바타차르야에게 말했다. 들고 있는 것만으로도 충분히 위협이 될 것 같아 총을 겨누지는 않았다. 바타차르야의 눈이 휘둥그레지며 두려움이 스쳤다. 내가 그의 얼굴에서 보고 싶었던 바로 그 표정이었다. "이제까지 계속 거짓말을 해왔으니, 네 입에서 이제부터 나올 말은 진실이어야만 해. 아니면 죽여버릴 테니까."

나는 총으로 에어로크 위쪽에 떠 있는 시체를 가리켰다.

"저건 바이러스가 아니야." 내가 말했다. "여기에서 무슨 일이 있었던 거지?"

바타차르야와 헨케가 총구가 향한 쪽을 보았고, 헨케는 깜짝 놀라 욕을 뱉었다. 헤드램프 세 개가 비치자 시체는 어쩐지 더 작고 애처로워 보였다. 그녀는 이제는 인간이 아니라 폐기물에 불과했다.

"질문에 답을 해야지." 헨케가 총구를 바타차르야의 목에 가져다 댔다. 그러라고 시킨 적도 없고 그가 그러길 바라지도 않았지만, 손에 든 무기만큼이나 헨케 그 자신 역시 위협적이었다. 위협은 꽤 효과적이었다.

바타차르야는 목소리를 가다듬었다. 그의 시선은 아직도 시체를 향해 있었다. "누군지 혹시 이름이 보여? 내가 아는 사람 같기도 해."

"우주복에 박힌 이름은 '친'이었어." 내가 말했다.

"아," 그가 나지막이 말했다. "나를 돌봐주곤 했던 사람이야."

헨케가 코웃음을 쳤다.

"저 사람이 누군지는 중요하지 않아." 내가 말했다. "제프리-1 때문에 사람이 저렇게 되지는 않아. 공격이 있었던 거야? SPEC 안보부에서 전염병을 통제하려고 팀을 보냈나?"

바타차르야는 답을 하려고 입을 여는 듯했지만, 갑자기 에어로크 안쪽 문 주변에 빨간 불빛이 켜졌다. 잠시 후 그 옆으로 다른 불빛이 나타났고, 또 다른 불빛들이 나타나면서 화물칸 전체를 채웠다. 밝지도 않은 침침하고 뿌연 빛은 모든 물체가 거무스름한 붉은빛을 반사하도록 만들었다. 낮게 윙윙거리는 소리가 벽면 어딘가에서 들려왔다.

"저전력 휴면 조명이야." 아무도 묻지 않았지만 말라치가 설명했다. "정상적인 조명이 작동할 때까지는 계속 이 상태일 거야. 환경 통제 기능이 작동하는 것을 보니 전원도 아직 멀쩡한 것 같긴 하지만, 여기서 시스템 전체에 액세스할 수는 없어." 그는 나지막이 덧붙였다. "미안. 방해하려던 건 아니었어."

해야 할 일을 정확히 수행할 뿐인 그를 비난할 수는 없었다. 나는 다시 바타차르야를 보았다. 그는 자리에 그대로 있었지만, 시선은 여자의 시체가 아니라 나를 향해 있었다.

"저 여자는 바이러스 때문에 죽은 것 같지 않아." 내가 말했다.

"바이러스 때문이 맞아."

"아니야. 누군가 공격한 거야." 내가 잠시 말을 멈췄다. "아니면 자해를 했던지. 바이러스는 아니야."

"바이러스 맞아. 저 여자에게 일어났던 일과 똑같은 일이 모두에게 일어났어. 바이러스 때문이었고." 피곤에 찌든 것 같은 목소리 때문에 바타차르야는 스물두 살보다 훨씬 나이 들어 보였다. "SPEC에서는 제프리-1의 변이 바이러스라고 했어. 여기 의사들이 죽기 전에 그렇게 이야기했으니까. 활성 속도나 전염 방식을 토대로 내린 결론이야. 친 박사가 당한 것처럼 모두가 당했지."

나는 친의 시체를 다시 올려다보았다. 그녀의 쪼글쪼글한 손은 피부를 파고든 유리 조각 때문에 피범벅이 되어 있었다.

"설명해 봐." 내가 말했다. "바이러스에 걸리면 정확히 무슨 일이 일어나는지."

바타차르야가 숨을 들이쉬었다.

"감염된 사람들은 마치…… 멀쩡했던 사람들이 갑자기 통제력을 잃었어. 환각을 보고 망상에 빠졌지. 있지도 않은 것들이 보인다고 했어. 라고 박사가 어디에서 바이러스를 구했는지 알 수 없었던 SPEC에서는 그 증상을 비밀에 부쳤어. 대체 어떤 실험실에서 고대 바이러스를 변형해서 그런 …… 짓을 하게 하는지 알아내지 못했어."

그의 입에서 아빠의 이름이 나오자 온몸에 전류가 흐르는 것 같았다. 하지만 겉으로 티를 내지는 않았다.

그는 평온하게 이야기했지만 목소리는 곧 눈물이라도 터뜨릴 듯 거칠었다. "사람들은 자기가 누구인지 잊었어. 서로 공격하거나 자신을 해쳤어. 사용할 수 있는 무기를 전부 사용했어. 바이러스는 사람들을 병들게 한 게 아니라 정신을 놓게 만들었어. 광기에 사로잡혀서 폭력적으로 변했지."

그가 말을 마친 후 긴 침묵이 이어졌다.

"그런 증상이 나타나게 하는 병원체가 있다고?" 말라치가 물었다. "들어 본 적이 없는데."

"나도야." 보디카가 끼어들었다. "소문도 들어 본 적 없어."

"젠장, 볼만 했겠군." 헨케가 말했다.

바타차르야는 몸을 기울여 헨케에게서 멀어졌고 나 역시 잠깐 헨케가 혐오스럽게 느껴졌다. 하지만 그런 감정은 잠시 접어둬야 했다. 딴 데 정신을 팔 여유가 없었다.

"그럼 백신은 뭐였어?" 내가 물었다.

바타차르야는 팔을 움직이며 어깨를 으쓱해 보였다.

"라고 박사가 다른 공격을 계획했을 때를 대비한 거였어. SPEC에서는 백신이 먹힐 거라 생각했지만 변이 바이러스에 대해 테스트하지 못했어. 샘플이 없었으니까."

아빠 이름을 입에 올리지 말라고 하고 싶었다. 총을 너무 꽉 쥐고 있느라 장갑이 접히는 부분에 손가락 살점이 끼어 아픔이 밀려왔다. SPEC과 의회에서 인간의 생명에 이토록 무심하다는 사실을 진작 알았어야 했다.

"바뀌는 건 아무것도 없어." 직감적으로 불안이 밀려오면서 말투가 날카로워졌다. "공기 시스템을 정화할 방법이 있고 바이러스성 오염원을 테스트할 수 있잖아. 확실히 안전해지기 전까지는 우주복을 입고 있으면 돼. 파냐, 다른 승객들은 준비됐어?"

"세 명 더 보낼 수 있어." 파냐가 말했다.

"이리로 보내. 니코, 바오, 다음 그룹이 준비되면 바이오에어로졸 테스터를 찾도록 해."

헨케는 바타차르야를 감시하는 나를 뒤로 하고 승객들을 인솔하는 파냐를 돕기 위해 에어로크로 돌아갔다. 눈은 계속 바타차르야를 주시하고 있었지만 말라치와 대그의 대화에 신경이 쏠렸다.

"중앙 컴퓨터를 찾아야 해." 말라치가 말했다. "거기라면 만능키를 사용할 수 있을 거야."

"다시 해 봐." 대그가 말했다.

"이미 다시 해 봤잖아. 시스템이 격리되어 있어. 여기에서 비활성화할 수 없는 보안 기능이 작동중이야. 어떤 명령이든 덮어쓸 수 있는 보안인 것 같아."

"그래서 문을 못 연다는 거야?"

말라치가 짜증이 난 듯 신음을 뱉으며 말했다. "이 문도 다음 문도 아마 모든 문을 열 수는 있겠지. 하지만 하나씩 직접 열어야 해. 그래서 중앙 컴퓨터에 액세스해야 하는 거야. 그래야 전체 시스템을 재설정할 수 있으니까. 공기 정화 시스템이랑 의료 검역 시스템도 마찬가지고."

바타차르야가 고개를 기울였지만 아무 말도 하지 않았다. 헬멧에 가려져 표정을 읽기가 힘들었다. 우리 아빠에 대해 기억하는 게 있는지 묻고 싶었다. 그럴 기회가 있으리라고는 생각하지 않았지만, 나중에라도 혹시 있지 않을까 생각하다…… 곧 그런 고민을 할 때가 아니라는 생각이 들었다. 시간은 계속 가는데 우리가 몰랐던 사실들을 마주하자 부담이 느껴졌다. 주변에 떠 있는 날카로운 유리 조각들이 불안정한 공기 흐름을 만나 쨍그랑거리는 소리를 냈다.

헨케와 파냐가 다른 인질들을 데려오면서 에어로크가 다시 사이클을 시작했다. 처음 문 안으로 들어온 사람은 의수를 찬 바타차르야의 친구였다. 그는 냉큼 바타차르야의 옆으로 가 자리를 잡았다. 앞줄에 앉아있던 여자 두 명이 뒤따라 들어왔다.

나는 헨케와 파냐더러 인질들을 감시하라고 한 다음 에어로크로 가서 다음에 도착할 인질들을 기다렸다. 지구를 한 번 더 내려다보고 싶었다. 우리가 지구에서 얼마나 멀리 떨어져 있는지 다시 느끼고 싶었다.

바깥쪽 문을 열자 다시 한번 정신이 아득해지면서 내 위에 있던 사다리가 순간 발밑으로 내려가 있었다. 현기증이 밀려와 에어로크 안쪽에 있는 손잡이를 잡았다. 익숙해져야 했다. 익숙해질 것이다. 애덤은 인간은 적응을 할지 말지 선택할 수 있다고 말하기를 좋아했다. 어둠 속을 항해하다 하나씩 자취를 감춰버린 세대 우주선들처럼 실패한 임무들은 특히, 그들이 지구라는 안락한 감옥의 편안함에 머무르기로 선택했기 때문에 중심을 잃었다고 했었다. 나는 그런 실수를 하지 않을 것이다. 나는 적응할 것이고, 우주는 나의 보금자리가 될 것이다.

10미터 떨어진 곳에서 셔틀의 에어로크가 열리더니 빛나는 정사각형 안에 우주복을 입은 두 사람의 형체가 나타났다. 한 명이 팔을 들어 흔들었고, 무전기에서 니코의 목소리가 들렸다. "지금 다음 그룹 보낼게."

"바이오에어로졸 테스터는 찾았어?"

"응. 다른 물건들 사이에 껴 있었어. 첫 번째 짐 준비됐어." 니코가 말했다. "네가 먼저 가. 저쪽으로 가는 거야. 사다리 꽉 잡고."

"오, 이런." 거의 속삭임에 가까운 여자 목소리가 들렸다. "못하겠어요."

"갈지 말지 선택하라는 게 아니야. 움직여."

"못해요." 여자가 신음하듯 말했다. "못해요. 못한다고요. 너무…… 이건 너무하잖아요."

"릴리아야?" 다른 여자가 말했다.

"그런 것 같은데. 혹시 릴리아니?" 바타차르야의 친구가 안쪽에서 무전기를 통해 이야기하고 있었다. "릴리아. 괜찮아. 사다리만 보면 돼. 사다리에 집중해."

"정말 멍청하군." 니코가 말했다. "저기까지 내가 질질 끌고 가 줘?"

"짐부터 넘겨." 내가 말했다. 겁쟁이 같은 여자와 융통성 없는 니코를 보고 있자니 짜증이 밀려왔다. "이럴 시간 없어."

"알겠어. 알겠다고. 내 눈 앞에서 비켜. 그리고 좀…… 젠장!"

10미터 밖 우주에서 우주복을 입은 다리가 에어로크 문 바깥쪽으로 나오더니 휘청했고, 허우적거리는 팔다리 때문에 빛이 가려졌다.

여자가 울부짖었다. **"안 돼, 안 돼!"**

니코는 버럭 소리를 질렀다. **"이거 놔, 놓으라고. 아니면 쏴버릴 줄 알아."** 무전기 너머에서 누군가 그에게 쏘지 말라고 외치는 소리가 들렸다. 대그 아니면 헨케, 어쩌면 둘 다인 것 같았고 보디카는 무슨 일이냐고 묻고 있었다. 에어로크에서 쏟아진 빛이 순간 가려졌다가 다시 나타나더니 여자가 비명을 질렀다. 그리고……

무전기로 뭔가 부러지는 듯한 소리가 전달되었다. 한 번, 그리고 또 한 번. 비명은 끙끙거리는 소리로 바뀌었다가 곧 정적이 흘렀다.

"무슨 짓을 저지른 거야?" 보디카가 물었다.

"저년이 나를……"

셔틀의 에어로크 안에서 빛이 번쩍이더니 니코의 목소리가 시끄러운 소리에 묻혔다. 누군가 비명을 질렀지만 귀를 찢을 듯한 굉음에 묻혀버렸다.

셔틀의 에어로크에서 화염이 폭발하면서 니코와 여자가 강렬한 흰 빛에 휩싸였다. 빛의 잔상 때문에 뿌연 시야 안으로 불길에 휩싸인 두 사람이 셔틀 밖으로 빙글빙글 돌며 튕겨져 나와 구부러진 사다리 끝에 매달려서 미친 듯이 발버둥 치는 모습이 들어왔다. 녹아내린 우주복은 불길과 떨어져 나가거나 우주복 아래에 있던 피부를 새카맣게 태웠고…….

셔틀이 폭발했다.

셔틀은 안쪽에서부터 갈기갈기 찢겼다. 금속 패널의 이음새 사이로 빛이 타오르더니 객실 창문을 뚫고 밖으로 터져 나왔다. 폭발하는 힘에 밀려 셔틀은 에어로크에서 멀리 밀려났고 도킹 구역의 반대쪽을 박고는 데굴데굴 굴렀다. 불타는 셔틀은 하우스오브위즈덤호 너머 우주로 산산이 흩어졌다. 무전기 너머에서 보디카가 고함을 질렀다. 혼란 속에서 유일하게 알아들을 수 있는 목소리였다. 갑자기 셔틀 맞은편에서 아주 빠른 속도로 파편이 돌진해왔다. 옆으로 피할 새도 없었던 나는 파편에 맞아 에어로크 안쪽으로 밀려났다. 온몸에 통증이 전해졌다.

무전기 너머로 숨이 넘어갈 듯 꼴깍거리는 소리가 들렸다.

쌕쌕거리는 소리가 들렸다.

그리고 정적이 흘렀다.

세 번째 구역이 가장 가능성 있어 보인다. 언덕 꼭대기와 공터가 부자연스럽게 대칭을 이루고 있는 점이 마음에 걸리기는 하지만 울창한 숲이 보이는 구역이다. 우뚝 서 있던 현무암 기둥을 생각하고 있다. 처음 발을 디디면 가장 먼저 그 언덕들 아래에 무엇이 있는지 알아낼 것이다. 상륙하기 전 7개월을 어떻게 버텨야 할지 모르겠다. 나뿐만 아니라 **우리 모두가 마찬가지다,** 땅을 디디고 서고 싶다. 얼굴에 닿는 햇살을 느끼고 싶다. 곤충들이 붕붕거리는 소리, 곤충이 아니더라도 이 행성의 생태계에 존재하는 곤충과 비슷한 생명체의 소리를 듣고 싶다. 수천 년 동안 아무도 마신 적 없는 공기를 들이마시고 싶다. 앞으로 7개월. 그날만을 기다려 본다.

— 기록 2, *애절한저녁노래호*, UC33-X로 전송

자스

아무 소리도 들리지 않았다. 우주선에 내장된 무전기가 고장났는지 끽끽거리는 소음을 냈고, 소리가 너무 시끄러워서 귀를 바늘로 찌르는 것 같은 느낌이 들었다. 그러다 고막을 터뜨릴 듯한 폭발음이 들리고는 아무 소리도 들리지 않게 되었다.

아무 소리도. 오직 정적만이 흘렀다.

화물칸의 빨간불이 꺼졌다가 켜지고, 다시 꺼지기를 반복했다. 납치범들이 에어로크 문가로 정신없이 이동하는 모습이 보였다. 그들은 서로 신호를 주고받았고 헬멧 뒤에 가려진 입도 바쁘게 움직였다.

사라질 때만큼이나 갑작스럽게 소리가 다시 들리기 시작했을 때는, 모두가 고함을 지르고 있었다.

"해제했다고 했잖아!"

"했어. 했다고! 시스템 신호는 분명……"

"자흐라!"

"다시 해 봐! 다시 해보라고."

"이런, 안 돼. 안 돼. 이런……"

한참 정신이 아득해진 사이, 장맛비가 슬레이트 지붕을 때리는 듯한 소리가 들려왔다. 셔틀 파편이 우주선 몸체를 때리는 소리였다. 나는 바키르를 잡은 채 벽에 발을 구르면서 아리아나와 시오마라에게 따라오라는 뜻으로 미친 듯이 손짓했다. 폭발의 반동 때문에 셔틀이 우주선 쪽으로 밀려온다면 우주선이 부서지기 전에 최대한 멀리 떨어져야 했다.

빙글빙글 돌며 반짝이는 유리 조각들을 지나 화물칸의 반대편을 향해 움직였다. 나는 바키르의 팔을 잡아끌었고, 아리아나와 시오마라가 손을 잡고 우리 뒤를 따라왔다. 납치범들은 아직 고함을 치는 중이었다.

"젠장, 해제가 안 된 거 아냐? 거짓말이었어? 네가 지금 무슨 짓을……"

"이렇게 사라질 수는 없어. 이럴 수는 없어."

"자흐라!"

대그라는 남자는 안쪽 문 옆에 있는 제어판 근처에서 꼼짝도 하지 않았다. 다른 사람들처럼 소리 지르는 대신에 화물칸 반대쪽으로 이동하는 우리를 지켜보고 있었다. 조용히 침묵하는 그의 모습을 보니 희망이 사라지는 듯한 기분이 들었다. 그를 따돌릴 방법은 없어 보였다.

나는 문에서 몇 미터 떨어진 벽에 몸을 부딪쳤고, 튕겨 나가지 않으려고 손잡이를 잡았다. 바키르도 같은 손잡이를 잡았다. 그의 손이 내 손 위에 있었고, 우리는 함께 아리아나와 시오마라를 붙잡았다. 아리아나는 울고 있었다. 헬멧 안쪽에 습기가 차 물방울 점이 찍혀 있었고, 그녀가 흐느끼는 소리가 무전기를 타고 요란하게 울려 퍼졌다. 또 다른 파편이 선체를 때렸다.

"보디카, 들려? 들리냐고?"

"제발 들린다고 해줘. 우리 목소리 들리지? 그렇지?"

"자흐라?" 부조종사이자 해킹 담당인 말라치의 목소리였다. 거의 신경질을 내고 있었다. "자흐라, 무슨 일이야? 괜찮다고 말해 어서!"

"조용히 해." 대그는 여느 때와 다르지 않은 톤으로 말을 시작했다가 곧 모두가 들을 수 있도록 목청을 높였다. "**조용히 하라고!** 너희 모두. 조용히 해."

몇 초 동안 선체에 파편이 떨어지는 소리 말고는 아무 소리도 들리지 않았다.

"보디카, 들려? 니코. 들려? 바오? 필그림 3호, 응답하라."

아무 답이 없었다.

"필그림 3호, 응답하라."

여전히 답이 없었다.

"자흐라, 들려?"

"**제발,**" 파냐가 말했다. "자흐라, 자기야, 제발 대답해 줘."

"그 망할 드론이야." 조금 전 총을 든 채 이죽거리며 우리를 우주선으로 데려온 얼굴이 시뻘건 남자, 헨케였다. "드론들이 온 거야. 망할 드론들이라고."

헨케는 재빨리 몸을 돌려 누군가를 벽으로 밀쳤고, 밀치는 힘이 얼마나 셌던지 헬멧이 벽에 부딪히는 소리가 무전기를 타고 전해졌다. 여기저기서 헤드램프 불빛이 어른거리고 공중에 뜬 유리 조각들이 소용돌이치는 통에 벽으로 밀린 사람이 누구인지는 알 수 없었지만, 헨케가 총구를 그의 헬멧에 겨누고 있는 모습은 똑똑히 볼 수 있었다.

"막았어야지." 헨케가 말했다. "그것들을 못 막았잖아."

"헨케, 그만해!" 파냐가 울부짖었다. "해제했다고 하잖아!"

"필그림 3호, 들리나?"

그들은 서로 고함을 지르느라 우리는 안중에도 없었다. 대그가 문에서 떨어지고 내가 문을 열 수만 있다면 쉽게 도망칠 수 있었다. 나는 이 우주선을 잘 알았다. 10년이 흘렀지만 저들보다는 확실히 이 우주선에 대해 더 많이 안다. 저들이 가진 정보에는 구멍이 있었고 나는 그 구멍을 활용할 수 있었다. 무전기가 어디 있는지 찾는다면 SPEC에 연락을 취할 수도 있을 것이다. 바키르와 다른 동료를 구조팀이 오기 전까지 안전한 곳에 숨길 수도 있었다. 하지만 셔틀에 남겨졌던 사람들을 위해서는 이제 아무것도 할 수 없게 되었다. 셔틀의 파편이 우주선 선체를 때렸고, 금속과 금속이 부딪치며 끔찍한 소리가 났다. 한 번의 기회만 나면 될 텐데.

"거짓말한 거야." 헨케가 말했다. "이 새끼가 거짓말을 했어!"

파냐가 그들 사이로 파고들어 헨케를 밀쳐냈다. "그만해! 헨케. 그만하라고. 이러면 도움이 전혀 안 되잖아. 그만하면 됐어." 그녀는 헨케가 진정할 때까지 기다렸다가 말을 이었다. "말라치, 이게 대체…… 어떻게 이런 일이 일어났지?"

"모르겠어." 메스꺼움을 억누르는 것 같은 긴장이 그의 목소리에서 느껴졌다. "보안 시스템에서 승인을 받았어. 보안에 구멍이 있던 건 진짜였어. 드론도 우리가 통과할 수 있도록 해줬잖아? 통과할 수 있었다고. 그것들이 대체 왜…… 무슨 일이 있었던 건지 나도 모르겠어. 나도 이해가……."

그는 갑자기 말을 멈췄다. 벽에서 낮게 우르릉거리는 소리가 들렸다.

"이런 젠장." 시오마라가 눈을 동그랗게 뜨며 말했다. "선체가 망가졌을까?"

그럴 수도 있겠다는 생각을 잠깐 하는 동안 우르릉거리는 소리가 낮아졌고, 나는 소리의 정체를 알아냈다. 에어로크가 작동하는 소리였다.

숨 막히도록 길게 느껴진 기다림 끝에 재가압 시퀀스가 종료되고 안쪽 문이 열렸다. 우주복을 입은 형체가 어색하게 움직이며 화물칸 안으로 들어왔다. 부상을 입었거나 어디가 아픈 것 같았다.

"자흐라!" 파냐가 그녀를 끌어안았다. "어떻게 된 거야? 무전에는 왜 응답을 안 했어?"

자흐라는 고개를 저으며 자신의 헬멧을 가리켰다.

"기다려." 말라치가 말했다. 그는 한 손으로 어깨를 부드럽게 당겨 그녀를 돌려세웠다. "한번 볼게. 이 망할 비상 우주복은 쓰레기야. 수신기는 그러니까…… 여기 있네. 이제 들려? 다쳤어?"

"아니." 자흐라가 말했다. 말은 그렇게 했지만 그녀는 헐떡이고 있었고, 그녀의 말은 사실이 아닌 것 같았다. "나…… 나는 괜찮아."

"무슨 일이야? 보디카는 왜 답이 없는 거야?"

"끝났어." 자흐라가 말했다. "셔틀은 이제 없어."

"없다고?" 말라치가 상기된 목소리로 말했다.

"망할 드론들 짓이야." 헨케가 말했다.

자흐라는 고개를 저었다. "나도 모르겠어. 폭발이 있었어. 드론은 못 봤어. 있었으면 보디카가 봤겠지. 드론을 경계하고 있었으니까. 나도 아무것도 못 봤고." 그녀가 숨을 돌리느라 말을 멈췄고 한 손으로 옆구리를 누르며 말했다. "폭발이 있었어."

"미사일이야?" 헨케가 말했다.

"SPEC은 미사일을 가지고 있지 않아." 말라치가 답했지만 목소리에는 확신이 없었다. "아닐까? 셔틀이 뭔가에 맞았어?"

"모르겠어." 자흐라가 말했다. "마치…… 안쪽에서부터 폭발하는 것 같았어."

"확실해? 셔틀 안쪽에서 폭발이 시작됐다고?" 파냐가 물었다.

"SPEC 놈들이야." 헨케가 말했다. "달리 누구 짓이겠어? 사고일 리가 없어."

"SPEC에서 여객 셔틀을 왜 해치겠어?" 말라치가 물었다. "말이 안 되잖아."

"정말 말도 안 되는 일이 벌어지고 있기는 하지." 바키르가 나지막하게 웅얼거렸지만, 아무도 그 소리를 듣지는 못했다.

그들은 엄청나게 당황하고 있었다. 무기로 무장한 채 계획을 꾸미곤 아무렇지 않게 폭력을 저지르기까지 한 자들이다. 심지어 자흐라가 살바토레를 죽였을 때, 눈 하나 깜짝하지 않고 앞으로도 계속 그렇게 하겠다고 협박을 일삼았다. 하지만 그들이 우리를 표적으로 삼았듯 그들 역시 누군가의 표적이 될 수 있다는 것이 드러나자, 그 누구도 어떤 말을 해야 할지 몰라 하고 있었다.

헨케는 주장을 굽히지 않았다. "그럼 이런 짓을 할 사람이 또 누가 있는데?"

"SPEC에서 미사일을 가졌는지 아닌지도 모르잖아." 대그가 말했다.

사실 SPEC이 우주에서 작동할 수 있는 미사일을 가지고 있지 않다는 사실을 난 확실히 알고 있다. 올해 초에 이모가 우주 방어 시스템을 구축할 것인지 논의하는 의회 비공개회의에 며칠이나 참석했기 때문이다. 하지만 이 자들이 내 말을 귀담아들을 자세가 되었더라도, 알려줄 생각은 추호도 없었다.

"놈들은 항상 우리를 보고 있어." 파냐가 말했다. 그녀의 목소리는 여전히 어린 소녀처럼 높고 부드러웠지만 이제는 울음이 섞여 있었다. "그들이 항상 우릴 지켜보는 거 알잖아. 애덤이 경고했었지. 동지들이 사라지다니 믿을 수 없어. 믿을 수가 없어. 확실해? 보디카가 어떻게 죽을 수 있어? 그럴 수는 없어. 무전을 못 듣는 게 아닐까?"

"다 죽은 걸까?" 아리아나가 조용히 말하며 시오마라에서 내게로 시선을 옮겼다. 우주복 머리 싸개에 눌린 무지갯빛 머리카락이 그녀의 이마 위로 내려와 있었다. "전부? 대체 무슨 일이 일어난 거지?"

필그림 3호는 여객 셔틀이었다. 우주 파편과 가볍게 충돌하거나

오작동이 발생하거나 승무원이 작은 실수를 저지르는 정도는 견뎌
낼 수 있지만 내부 폭발을 견디도록 만들어지지는 않았다.

"나가서 확인해 봐야 해." 헨케가 말했다.

"너무 위험해." 대그가 대꾸했다. "파편이 너무 많이 날아다녀."

"하지만 반드시……"

"조용히 해." 자흐라가 말했다. "그냥 좀…… 조용히 해줘. 생각을
좀 해야겠어."

그 후 잠깐 정적이 흐르는 동안 바키르가 내 팔꿈치를 건드리더니
출구 쪽으로 고갯짓을 했다. 하지만 대그가 여전히 문을 막은 채 우
리를 지켜보고 있었다. 나는 기다리라는 의미로 살짝 고개를 저었다.

마침내 자흐라가 입을 열었다. "지금은 도울 방법이 없어. 우린
수행해야 할 임무가 있잖아. 홈스테드호가 오기 전에 이 우주선을
안전하게 만들어야 해."

그때 바키르가 끼어들었다. "홈스테드호가 뭐죠?"

헤드램프 다섯 개가 우리 쪽을 비췄다.

"닥쳐." 헨케가 말했다.

"아냐. 괜찮아." 자흐라가 말했다. "숨길 이유가 없지. 홈스테드호
는 우리와 함께할 가족들을 태운 여객용 우주선이야. 300명이 타고
있고 어린이들도 여럿 포함되어 있어."

"가족이 300명이라고요?" 시오마라가 물었다.

아리아나가 덧붙였다. "가족들을 왜 여기로 데려오죠?"

나는 아무 말도 할 수 없었다. 그녀가 그렇게 묻는 이유를 알 것
같아 속이 뒤틀렸다.

"아무도 우리를 건드리지 못하는 곳이 필요해." 원하는 게 무엇이냐고 바키르가 물었을 때 자흐라가 했던 말이다. 요구 사항도, 몸값도, 정치적인 목표들 때문도 아니었다. 그들은 그들만의 보금자리가 필요했다.

이런저런 이유로 전 세계 각지에서 조직 또는 커뮤니티를 이루고 사는 분리주의자들은 지구 연합 의회에 속하고 싶어 하지 않는 사람들이었다. 그들은 보통 북아메리카의 사막에 숨거나 태평양에 떠 있는 섬들 몇 개를 묶어 그들만의 정부와 법을 가진 거주 구역을 꾸렸다. 그들은 자기들이 원하는 대로 살게만 해준다면 연합 의회에 아무것도 바라지 않는다고 주장했다. 그들 대부분은 그랬다.

하지만 모두가 그렇지는 않았다. 하늘을 보며 어째서 지구 밖의 세상을 개척할 기회가 의회의 통치 아래에 있는 시민들에게만 주어지는지 의아해하는 사람도 있었다.

그들의 바람은 이해할 만한 했다. 고통스럽게 망가진 삶을 마주하는 것보다 미지의 어둠을 바라보는 쪽이 더 쉬워서 별을 바라보는 기분이 어떤지 나는 안다. 희망과 상처와 두려움의 매듭을 가슴속에서 끌어 올려 은하계를 가로질러 빛과 먼지 사이 무의 공간으로 쏘아올리는 느낌을 잘 안다. 화성의 주거 돔이나 소행성대에 있는 광산 식민지를 차지할 음모를 꾸미는 분리주의자들이 있다는 소문이 끊임없이 돌고 있었다. 이모는 그런 음모가 재미있다고 생각했다. 그런 일이 실제로 일어난 적은 이제까지 없었고 앞으로도 그럴 것이라 믿었다. SPEC은 우주여행에 관한 절대적인 통제권을 가지고 있었고, SPEC의 우주선에 오를 수 있는 사람은 오직 의회의 시민뿐이었으니까.

우주선을 납치한 분리주의자들이 있다고 이모에게 들은 적은 없었지만, 이들이 그런 시도를 처음 한 사람들은 아닌 것 같았다. '붕괴' 이전, 지구가 자신들에게 맞는 장소가 아니라고 생각한 수천 명이 별을 바라보다 어둠 속으로 항해를 떠났다. 그리고 단 한 척만이 목적지에 도착했다는 증거를 보내왔다. 수백 년 동안 완전히 소식이 끊겼던 애절한저녁노래호라는 우주선에서 무인 탐사선 한 대를 보내온 것이다. 하지만 사람들은 여전히 꿈을 꿨고 의회 안에서 뿐만이 아니라 밖에 있는 사람들도 꿈을 꾼 모양이었다. 하우스오브위즈덤호는 영원히 자급자족하며 살 수 있도록 설계된 거대한 우주선이었고 수백 명을 실을 수도 있었다. 그리고 거의 완전히 버려져 있었다.

이들은 이루고 싶은 정치적 목표가 있어 하우스오브위즈덤호를 장악한 게 아니었다. 이들은 우주선에서 지낼 생각이었고 곧 300명이 더 올 예정이라고 했다.

나는 입술을 꾹 다물고 계속 호흡했다. 내가 그들을 멈출 수 있다. SPEC에 알릴 수 있다면, 이곳으로 오는 중이라는 우주선의 방향을 틀도록 할 수 있다. 그러려면 우선 이 방에서 일단 나가야 했다.

"자흐라 말이 맞아." 대그가 말했다. 그들은 계속 같은 논의를 반복하는 중이었다. "우리 임무는 그대로야. 이 배를 통제할 수 있어야 해."

"그러려면 중앙 컴퓨터에 접속해야 하고." 말라치가 지적했다. "그러지 않아도 되면 정말 좋았겠지만 달리 방법이 없어. 이 우주선을 안전하게 만드는 작업을 시작하려면 메인 시스템에 접속해야 해."

"어디에 있는데? 어떻게 가야 하는데?" 자흐라가 물었다.

"아마 시간이 좀 걸릴 거야." 말라치가 말했다. "의료 검역 격리 중일 때 내부 문과 층간 통로가 잠겼어. 몇 시간이 걸릴 수도 있어."

정적이 흐를 때면 침착한 컴퓨터 음성이 각자 방에서 대기하라고 말하는 소리가 들리는 듯했다. 침착하게 의료진의 도움을 기다리라는 말을 반복하는 음성. 하지만 하나 마나 한 방송이었다. 바이러스는 누군가 알아채기 전 이미 너무 멀리, 빨리 퍼져 있었으니까.

"그럴 필요 없어." 내가 말했다.

헤드램프 하나가 흔들리더니 내 쪽을 향했다.

"뭐라고?" 말라치가 말했다. "그게 무슨 말이야?"

"더 빨리 일을 마치게 해줄 수 있다고."

"쟤 말은 믿을 수 없어." 파냐였다.

바키르가 말했다. "자스? 지금 뭐 하는 거야?"

"무슨 말인지 설명해 봐." 자흐라가 말했다.

내가 답했다. "여기서부터 목적지까지 모든 층을 지날 필요 없어. 농업 실험실까지만 가면 돼. 바닥 세 개 층을 통으로 연결해서 천장고를 높게 만든 실험실이고 내부 보안 시스템도 달라."

"우리가 어딜 가려고 하는지도 모르잖아." 헨케가 말했다.

"컴퓨터 코어로 들어가는 입구는 4층에 있어. 우주선 우현에 있지. 난 여기서 8년을 살았어."

"그런 식으로 거기에 도착할 수 있는지 어떻게 보증하지?" 자흐라가 물었다.

내가 입을 떼기 전 말라치가 선수를 쳤다. "쟤 아버지 실험실이 야."

아니, 나는 찌르는 듯한 아픔을 느끼며 마음속으로 생각했다. 그 공간은 실험실 그 이상이었다. 아버지의 자랑이자 기쁨이었고 따뜻하고 안락한 정원이자 녹색 식물과 생명의 성지였다. 아버지는 하우스오브위즈덤호가 지어질 때 초록 식물이 놓이는 모든 공간에 온 정성을 쏟았고, 승무원들을 위한 음식과 공기만큼이나 아름답고 평화로운, 이슬이 맺히는 선선한 새벽을 느낄 공간도 필요하다고 항상 이야기하셨다.

아버지의 열정과 재기의 성과물이 어떻게 변했는지 보고 싶지 않았지만 납치범들에게서 도망쳐 내가 원하는 장소에 한 발짝 더 다가가려면 어쩔 수 없었다. 그러면 도움을 요청하고 바키르와 시오마라와 아리아나를 이 우주선에서 탈출 시킬 수도 있을 터였다. 시오마라나 아리아나에 대해서는 펠로십을 시작할 때 열렸던 서먹한 칵테일파티에서 나눈 짧은 대화를 통해 알게 된 것 말고는 아는 게 별로 없었다. 시오마라는 인간의 장기적인 수면을 연구하는 생의학자라고 했다. 아리아나는 이미 세간의 이목을 받는 저항주의 예술로 유명한 예술가였다. 그는 바키르에게 자신을 소개하면서 북아메리카 대륙의 난민들이 처한 곤경에 매우 공감한다며 두 번째 의회에서 열릴 자기의 전시회에 대해 궁금하냐고 물었다. 두 사람에 대해 아는 것은 그게 전부였다. 그들이 앞으로 침착함을 유지할지 공포에 떨지, 나를 따를지 아니면 납치범의 말을 들을지, 나를 믿을지 혹은 알아서 위험을 헤쳐나가려고 할지는 알 수 없었다. 난 오로지 그들을 우주선에서 탈출시켜야 한다는 생각뿐이었다.

"어떻게 가는지 내가 알아." 나는 계속 주장했다.

"우리를 왜 도우려고 하지?" 자흐라가 물었다.

"돕는 게 아니야." 이 말은 완전히 진심이었다. "여기에서 죽기는 싫어서 그래."

자흐라가 나를 오랫동안 쳐다보았지만 헤드램프 불빛 뒤 어둠에 가려 표정은 보이지 않았다. "잘됐네. 안내해."

여기저기 죽은 사람투성이였다.

악몽을 꿀 때면 언제나 학살이 있던 날의 모습으로 그들이 나타났다. 비명을 지르고, 환영 속 적들에게 손톱을 휘둘렀다. 공포에 질려 시뻘게진 얼굴은 땀에 절어 있었고, 턱은 온통 침 범벅이었다. 그리고 피가 낭자했다. 여기저기에 튀어 문대져 있는 뜨겁고 시뻘건 피를 밟지 않으려고 어머니는 애를 썼다. 의료진들이 방송을 중단하고 아무도 어떻게 해야 할지 갈피를 못 잡고 있었을 때, 감염을 피한 사람들은 공기가 아니라 피로 바이러스가 전염된다고 생각하게 되었다. 하지만 잔인하고 폭력적으로 부상을 입은 사람들이 너무 많아 여기저기 피가 홍건했다.

말라붙어 어두운 얼룩이 된 피는 침침한 붉은 조명 아래 거의 시커먼 색으로 보였다. 시체들은 밀랍처럼 창백했고 누군지 알아볼 수 없을 정도로 쪼글쪼글했다. 다시 한번 악몽 같은 이곳을 헤집고 다녀야 하는 비현실적인 상황이 오다니. 불안이 밀려오며 몸이 덜덜 떨리고 또 떨렸다. 나는 몇 번이나 눈을 감고 암스트롱시티를 떠올리며 주의를 딴 데로 돌리려고 애썼다. 그곳에서 우리는 리옹 펠로십 참가자들을 맞이하는 환영회에 참석하기로 되어 있었고, 나는 다카시 달 망원경으로 수십억 년 전 고대 은하의 적색편이를 관측하기 위해 26시간을 예약해 두었었다. 나는 눈을 감고 안전하고 밝은 장소를 떠올렸다. 이곳만 아니라면 어디든 좋았다. 우리 주변에는 완벽한 고요함이 감돌았다.

화물칸 아래층을 통과하는 데 시간이 지체됐다. 말라치가 열 수 있는 문도 있었지만 그렇지 못한 문도 있었다. 그의 해킹 능력은 적어도 보기에는 문제가 없어 보였다. 납치범들은 처음에는 자기들의 임무, 계획, 셔틀에 두었다가 잃어버린 장비, 이쪽으로 오고 있는 사람들 300명에 대해 입씨름하느라 끊임없이 떠들었다. 그들은 SPEC에서 캄캄한 우주 어딘가에 몰래 우주선을 띄워 그들을 쫓는다고 생각하는 것 같았고, 그들이 느끼는 두려움이 그럴 만한지 아니면 쓸데없는지는 판단할 수 없었다. 시체들을 하나씩 지나치며 그들은 점점 조용해져 갔다. 나는 양팔을 펼치며 그들에게 소리치고 싶었다. 너희들이 기대한 게 이거냐고, 시체로 가득 찬 어둠 속에 쪼글쪼글한 미라가 된 추억들이 묻힌 거대한 무덤이 너희가 원했던 장소냐고 묻고 싶었다. 너희의 어린이들에게 주고 싶었던 보금자리가 여기가 맞느냐고 따져 묻고 싶었지만, 그러지 않았다. 어차피 그들이 무슨 답을 하든 상관없었으니까.

인질인 우리는 말을 거의 하지 않았다. 동료들은 내가 하자는 대로 했다. 헨케와 대그가 아직 무기를 손에 들고 있었기에 그들의 화를 돋워 위험한 상황을 만들 생각은 없었다. SPEC 규정을 따라 하듯 침착함을 유지하는 대그도, 절망에 차 으르렁거리는 헨케도 믿을 수 없었다. 셔틀이 폭발해 동료들이 죽었다는 소식에도 반응이 거의 없는 사람이나, 신이 나 있다가 특별한 이유 없이 갑자기 버럭 화를 내는 사람이나 위험하기는 마찬가지였다.

나는 사람들을 화물칸 아래층과 0층 사이에 있는 보안 해치 근처로 데려갔다. 해치는 젊은 여자 시체가 끼인 상태로 열려 있었다. 시체의 팔이 천장에서 우리 쪽으로 뻗어 있었다. 고개가 벽 쪽으로 돌려져 있어서 내가 아는 사람인지 확인할 수 없었다. 대그가 어깨로 해치를 밀자 무릎 바로 위에서 잘린 그녀의 왼쪽 다리가 보였다. 몇 미터 떨어진 곳에 화물을 옮길 때 사용하는 듯한 커다란 전동 집게를 잡은 다른 여자 시체가 보였다. 아는 얼굴이었다. 그녀는 우주선의 갑판장이었다. 집게 사이로 조금 전에 봤던 여자 시체에서 잘려 나간 다리가 보였다.

"바이러스가 이런 짓을 할 수 있다고?" 파냐가 거친 목소리로 속삭이듯 말했다. "이런 짓을 대체 누가 벌인 거야?"

아무도 대꾸하지 않았다. 그 후에는 납치범들도 말이 없었다.

아버지의 연구실에서 가장 가까운 입구 바깥쪽 복도에도 시체가 하나 더 있었다. 시체는 죽기 전 철조망을 쳐 자신을 보호하려고 했는지 금속 파편과 도구들에 둘러싸여 있었다. 그는 부드럽게 소용돌이치는 공기 속에서 아주 천천히 회전했다. 말라붙어 덩어리진 피가 무용수의 리본처럼 그의 주변에 나선형으로 매달려 있었다. 팔꿈치부터 손목까지 길게 베인 상처가 나 있는 것을 보니 스스로 여러 번 손목을 그은 듯했다. 모르는 사람이었다. 그가 자신을 보호하려고 만든 철조망 때문에 지나갈 공간이 거의 없었다. 내가 앞장 섰고 자흐라가 내 뒤를 따랐다. 다른 사람들도 한 명씩 불만스럽게 끙끙 앓는 소리를 내며 우리를 따라왔다. 아리아나는 우주복 소매가 철조망에 걸리자 팔을 비틀어 빼면서 짤막하게 욕을 뱉었다.

"젠장." 아리아나가 팔짱을 꼈다. "어이없네."

"괜찮아?" 시오마라가 물었다.

"괜찮겠지." 헨케가 말했다. "시간 낭비하지 말자고."

"하지만……"

"우주복은 스스로 수선하잖아. 그러니 계속 움직여."

"난 괜찮아." 아리아나가 조용히 말했다. "진짜야."

죽은 남자의 시체와 그가 지은 철조망 너머 복도 끝에 닫힌 문이 있었다.

농업 연구실 2
기후 통제 구역

문패에 마른 피가 튀어 있었다.

목이 바짝 타고 입안도 말라붙는 것 같았다. 나는 다행히 피가 튀지 않은 제어판을 터치했다. 내 손길이 닿자 밝은 빨간색으로 '의료 격리 조치 발효 중'이라는 글자가 나타났다. 오른쪽 손목 잠금장치를 풀고 장갑을 벗었다. 공기가 몹시 차가웠다. 화면 중앙에 손을 가져다 대자 땀에 젖은 손가락 주변으로 하얀 김이 서렸다. 아직 작동하는 우주선이라기에는 온도가 너무 낮았다. 나는 천천히 10을 센 다음 손을 뗐다.

"뭐 하는 거야?" 어깨너머에서 말라치가 물었다. "화면이 안 뜨잖…… 그건 뭐야?"

화면이 어두워졌다. 잠시 정적이 흘렀고 나는 숨을 참았다. 다음 순간 문의 전동 잠금장치가 조용히 딸깍 소리를 내며 풀렸다. 나는 다시 장갑을 끼고 잠금장치를 채운 다음 손잡이로 손을 뻗어 문을 당겨 열었다. 갇혀 있던 공기가 밖으로 훅하고 새어 나왔다. 농업 구역이 있는 층들은 오염을 막기 위해 양압 상태를 유지하도록 되어 있었다.

"어떻게 한 거야?" 말라치가 문 옆에서 여전히 꺼져있는 스크린을 살피더니 당황스러움과 비난이 반반 섞인 표정을 지어 보였다. "다른 문들도 이렇게 열었으면 됐잖아?"

"다른 문에는 이 방법이 안 통해." 내가 말했다.

"이 문에는 왜 되는데?"

그 질문을 한 그가 미웠고, 내가 뭔가를 털어놓기를 바라는 듯한 말투도 싫었다. 그래서 이렇게 답했다. "우리 아버지가 그렇게 설정해 두셨으니까."

다른 이유는 없었다. 우주선 안에 벌집처럼 이어져 있는 유지보수 터널들을 탐험하느라 수업을 빼먹은 것을 세 번째 들킨 후, 아버지가 슬픈 미소를 지으시며 베푼 친절일 뿐이었다. "엄마와 내가 온종일 일만 해서 심심하겠지만 아이들이 들어가서는 안 될 곳을 헤집고 돌아다니는 건 안전하지 않단다." 내 어깨에 팔을 두른 채 아버지가 말씀하셨다. 나는 그저 어깨를 으쓱할 뿐이었다. 몰래 시간을 보내게 되더라도 허락된 장소를 돌아다니면 나쁜 짓이라고 생각하지 않겠다는 게 이 공간의 접근 권한을 주신 이유였다. 아버지는 나를 내려다보고 웃으면서 말씀하셨다. "공기 정화 시스템이 잘못되더라도 질식할 가능성이 적은 선택지를 주고 싶구나."

아버지는 외롭게 방황하는 아들에게 할 일을 주려고 하셨다. 말라치나 다른 사람들에게 설명을 할 마음은 없었다. 그런 추억을 나눌 자격이 그들에게는 없으니까.

나는 문을 잡고 아버지의 세상으로 그들을 들였다. 이곳에는 주거 구역도, 작업장도, 운항실도 없었다. 거대한 미로 같은 농업 구역은 한때 녹음이 우거져 생명으로 가득 차 있었다. 줄지어 자라는 농작물과 고심해서 설계된 밭의 질소고정 식물들, 꽃과 열매 덩굴, 나무와 풀, 모든 형태의 착생 식물과 양치류들이 철저하게 통제되는 인공 햇빛 아래 무럭무럭 자랐었다.

열린 문 뒤로 양쪽 벽이 유리로 된 긴 복도가 이어졌다. 우리가 들어가자 붉은빛이 켜졌지만, 벽 뒤의 생장실은 여전히 어두웠다. 유리벽에 비친 우리 그림자는 흰색 섬광을 쏘아대는 불그죽죽한 유령처럼 보였다. 복도를 지나는 동안 두려움에 찬 우리는 누군가 예상치 못한 움직임을 보일 때마다 신경질적으로 몸을 움찔하면서 고개를 돌렸다. 숨을 헐떡이며 피가 쏠리는 느낌으로 고개를 돌리면 헬멧에 가린 자기 얼굴 말고는 아무것도 보이지 않았다.

긴 복도에는 시체가 보이지 않았다. 연구원들이 우주선의 다른 구역으로 피신한 모양이었다. 자흐라가 나보다 앞서가고 있었다. 나는 그녀를 멈춰 세우지 않았다. 정원에 도착할 때까지는 어차피 길을 잘못 들 일도 없었다.

긴 복도 끝에는 천장에 유리 돔이 씌워진 크고 둥근 안마당이 있었다. 가운데는 분수가 설치되어 있었다. 물은 흐르는 동안 여과되도록 조류와 수생 식물이 들어 있는 투명 파이프를 타고 흘렀었다. 하지만 물은 이제 흐르지 못하고 고여 있었고 파이프 안에서 자라던 조류와 해초는 죽은 지 오래였다.

자흐라가 안마당에 먼저 도착했다. 그녀가 고개를 들자 방 안이 헤드램프에서 나오는 빛으로 채워졌고, 그녀는 헉하고 숨을 들이쉬었다.

"무슨 일이야?" 파냐가 물었다.

자흐라는 아무 답도 하지 않았다. 우리들은 그녀의 몇 미터 뒤에 있었다. 나는 그녀가 있는 정원 가장자리로 다가갔다. 한때는 아름다운 장소였다. 초록 이파리들과 습기로 가득 찬 고요한 방은 어디를 둘러보아도 덩굴 식물과 꽃들, 잔디와 양치식물이 자라고 있었고, 배가 가속 중일 때 산책을 할 수 있는 구불구불한 길과 조용히 쉬어 갈 수 있는 의자, 정자도 있었다. 백열 조명은 섬세한 햇볕을 재현하며 자연에서처럼 밝아지고 어두워졌다.

그랬던 공간에 더 이상 초록색은 없었다. 식물들은 이미 다 죽거나 시들어 있었고, 이파리들은 종잇장처럼 바싹 말라 있었다. 줄기도 거무죽죽하게 변해 툭하면 쓰러질 모양새였다. 빛은 들어오지 않았다. 오직 시체만 가득했다.

나뭇가지와 이파리 사이에 밀랍처럼 창백하게 꽁꽁 언 팔들이 기괴한 조각상처럼 엉켜있었다. 한때 인간이었다고 상상조차 할 수 없는 얼굴들이 어둠을 공허하게 응시했다. 시체를 세어보려고 했다. 스물, 서른, 마흔 구쯤 되려나. 심장이 떨려왔다. 생기 가득했던 덩굴들은 인간들이 모두 죽은 후에도 계속 자랐는지, 지금은 건조하고 푸석해진 채 시체를 휘감고 있었다. 머리카락 사이에 이파리들이 보이고 눈과 입이 있던 자리에는 꽃들이 피었다 진 듯했다. 시체들은 팔다리를 아무렇게나 뻗은 채 널브러져 있었고, 수없이 많은 얼굴들은 말라비틀어지는 동안 뒤틀리며 기괴하게 하품하는 듯한 표정을 짓고 있었다. 피부는 마치 서리에 동상을 입어 쪼글쪼글하게 갈변한 과일 껍질 같았다.

톡하고 건드리기만 해도 먼지가 되어 흩어질 것 같다는 생각에 나는 옆구리 위로 손가락을 오므렸다.

자흐라가 목을 가다듬었다. 무전기 너머로 들리는 숨소리가 아주 잠깐 두려움으로 가빠지는 듯했지만 금세 가라앉았다.

"저 사람들은…… 저건 도저히……"

"뭐가? 무슨 일이야?" 말라치가 우리 쪽으로 다가오며 말했다. 그는 정원 천장을 올려다보았다. "무슨 일이냐니까. 대체 왜…… 제기랄. 시체들이 왜 저렇게 많아?"

"다른 사람들처럼 죽은 게 아니야." 자흐라가 말했다. "봐."

피부나 살이 찢어져 있지 않았고, 옷도 피로 물들어 있지 않았다. 부상을 당한 흔적도 전혀 없었다. 분수 옆에 서로를 향해 고개를 기울이고 눈을 감은 채 부둥켜안고 있는 여자 두 명의 시체가 있었다.

움직이는 형체가 옆에 다가오자 나는 화들짝 놀랐다. 파냐였다.

"이런, 정말 끔찍하군. 왜 도움을 요청하지 않았을까? 저들이 여기 있는 걸 아무도 몰랐을까?"

"제프리-1 증상으로는 이쪽이 좀 더 말이 되네." 말라치가 말했다. "그렇지 않아? 바이러스가 사람마다 다른 영향을 미칠 수 있나?"

나는 답할 말이 없었다. 내가 본 라고 박사의 바이러스 증상은 무참한 폭력성밖에 없었다. 내 기억과 하우스오브위즈덤호의 기록을 아무리 떠올려도 마지막 순간에 서로 끌어안을 수 있을 정도로 고요하고 천천히 죽은 사람들을 설명할 방법은 없었다. 감염이 됐든 안 됐든 사람들이 이 장소로 온 이유는 알 것 같았다. 아버지의 직업은 생명체가 살 수 없는 우주에 생명을 불어넣는 것이었고, 그 말은 제 역할을 하던 기계들이 모두 꺼지더라도 자연 정화 과정을 거친 공기가 있는 이 방에서는 호흡을 할 수 있다는 뜻이었다.

"구조를 기다리고 있었어." 내가 말했다. "여기에서는 살 수 있다고 생각했겠지."

"하지만, 그럴 수는 없어. 그랬다면 환기 시스템이 꺼져 있었어야 말이 되잖아?" 말라치가 말한 뒤 빠르게 고개를 저었다. "당연히 꺼졌었겠지. 바이러스는 공기를 통해 전파됐으니까. 격리 조치가 실패한 후 바로 환기 시스템을 끄려고 했을 거야."

SPEC에서 어떻게 믿든 혹은 대중이 무엇을 믿도록 만들었든, 나는 바이러스가 공기에 의해 전파되지 않는다는 사실을 알았지만, 그의 말을 바로잡지 않았다. 만약 공기로 전파가 되었다면 나도 감염되었어야 했다. 며칠 동안 우주선의 여러 층에서 감염자들과 같은 공기를 호흡했으니까. 나는 현장에 있지도 않았던 SPEC의 판단보다 사람들이 미쳐가던 마지막 몇 시간 동안 우리 어머니가 내린 판단을 더 믿었다.

"하지만 지금은 환기 시스템이 꺼져있지 않잖아. 이곳의 공기 구성도 우리가 지나온 다른 구역들이랑 같아." 말라치가 좀 더 조용한 소리로 덧붙였다. "모르겠네. 내가 잘못 알고 있는지도."

"얼마나 무서웠을까." 파냐는 눈물을 글썽였다.

"이런 논의는 시간 낭비일 뿐이야." 자흐라가 말했다. "위층으로 가면 돼?"

"응." 내가 답했다. "제일 꼭대기로."

그녀는 벽에 발을 굴렀고, 움직이는 모양을 보니 힘을 너무 준 것 같았다. 그녀는 안마당 중앙에 있는 분수대 파이프를 잡아 멈춰 섰다. 그녀는 멈춰 서려고 엉거주춤 몸을 돌린 다음 자세를 바로 한 뒤 파이프를 잡아당기며 이동하기 시작했다.

누가 등 뒤를 쿡 찔렀다. 어서 그녀를 따라가라고 재촉하는 대그였다.

첫 번째 아치형 다리 아래 마구 엉킨 덤불 속에 아는 남자의 시체가 보였다. 얼굴과 목을 덮은 어둡고 진한 문신 덕에 그가 누군지 알아차릴 수 있었다. 그의 이름은 율란이었다. 어머니 밑에서 일하던 엔지니어였고, 어머니가 만든 시험 엔진이 분출하는 힘을 견딜 수 있는 튼튼한 소재를 개발한 사람이었다. 기억 속 그는 웃음소리가 호탕하고 손힘이 엄청 셌고, 어머니가 짜증을 내며 눈을 굴려도 아랑곳하지 않고 나를 잡고 빙빙 돌려 작업실을 가로지르도록 날려주곤 했었다. 그럴 때면 나는 신나서 환호성을 지르곤 했다. 지구에 사는 율란의 동생들과 조카들은 그가 어릴 때 의회 소속이 된 태평양의 한 수상 도시에 살았다. 그의 어머니는 온 가족이 미소 띤 얼굴로 손을 흔들며 인사하는 모습을 담은 메시지를 보내곤 했었다. 나는 율란이 너무 부러웠다. 친구와 가족들과 함께 바다에 둘러싸여 살면 정말 재미있을 것 같았다. 아이들도 몇 명 없는 데다 나와 보낼 수 있는 시간이 거의 없는 부모님과 함께 사는 하우스오브위즈덤호에서의 삶과는 너무도 다른 삶처럼 보였다.

율란이 어떻게 죽었는지 궁금했던 적은 없었다. 그를 떠올린 적조차 없었다.

"움직여." 대그가 말했다. "계속 이동해."

무뚝뚝한 목소리였지만 아주 미세하게나마 동정이라고 할 만한 감정이 담긴 듯 들렸다. 나는 앞으로 손을 뻗어 눈앞에 보이는 금속 레일을 잡고 율란을 지나쳤다. 그의 이름을 크게 부르고 싶었다. 내가 아는 사람이었다고, 그를 사랑하는 가족이 있었다고, 그가 그립다고 누구에게든 아무에게든 이야기하고 싶었다. 하지만 아무 소리도 낼 수 없었다.

다리 반대편에 다다른 나는 자흐라를 따라 계속 위로 올라갔고 다른 사람들도 우리 뒤를 따랐다. 여자 동료들이 다리에 거의 다다랐을 때 아리아나가 잿빛 이파리가 엉겨 붙은 율란의 얼굴을 보고 비명을 질렀다. 그녀의 목소리는 내 가슴에 날아와 박혔다. 그녀의 비명이 머릿속에 울리면서 다른 소리들이 들리기 시작했다. 악몽을 가득 채웠던 비명, 애원, 입에 피를 머금은 채 뱉는 절망적인 신음이 귓가에 메아리쳤다.

눈을 감아 봐도 소용없었다. 어둠 속에서도 율란의 얼굴이 선했다. 나는 꼼짝도 할 수 없었다. 감염되어 죽어가는 사람들의 비명이 귓가를 떠나지 않았다. 우주선에 탄 모든 사람들이 공포에 질릴 대로 질려 소리를 지르고 욕을 하며 몸부림쳤다. 환각 속에서 자기 몸속에 돌아다니는 무언가를 찾아 몸을 긁어 피를 내고, 팔을 허우적거렸다. 한순간도 잊은 적이 없다. 간신히 억누를 순 있어도, 아예 떠오르지 않도록 만들 순 없던 기억이다. 과거의 기억에서 들려오는 소리와 함께 현실의 음성이 무전기 너머에서도 들렸다. 하지만 움직일 수도, 눈을 뜰 수도 없었다. 죽은 이들의 쪼글쪼글하고 인간성을 잃은 얼굴을 마주하는 것 말고는 난 아무것도 할 수 없었다.

"……뭐하냐!" 헨케가 버럭 성을 냈다.

"발작 증세일까?" 파냐가 걱정스러운 목소리로 말했다.

"이럴 시간 없어." 언제나처럼 자흐라가 재촉했다.

목소리를 높이지 않아도 잘 들린다고 말하고 싶었다. 단어 하나하나가 망치가 되어 내 두개골을 때리는 듯한 느낌이었다. 그들이 너무 큰 소리로 이야기한다고 생각했다. 수천 겹의 두려움과 고통 속에 꽁꽁 싸인 채 공포라는 가시에 목구멍과 가슴 안쪽을 난도질당하는 기분이었다. 목소리들이 모두 섞여 알아들을 수 없는 포효가 되고 있었다.

그 순간, 누군가 내 팔을 잡았다.

"자스." 바키르가 말했다. "자스, 정신 차려."

그는 내 팔꿈치를 잡았다가 손으로 팔과 어깨를 쓸어 올린 뒤 나를 당겨 옆에서 끌어안았다.

"숨 쉬어야 해. 그러다 정신을 잃겠어."

"우주복." 내가 말을 하려고 했지만 목소리가 잠겨 단어가 입 밖으로 나오지 않았다. 눈물 때문에 앞이 흐려졌다. 눈물을 닦아 내려고 손을 들었다가 애꿎은 헬멧만 두드리게 되었다. "우주복 때문에 안 돼."

"모험은 하지 말자." 바키르가 말했다. 그는 한 팔로 나를 감고 다른 손을 내 가슴팍에 올렸다. 장갑과 우주복을 위로 그의 금속 의수 손가락을 느낄 수 있었다. "숨을 쉬어야 해."

나는 그를 향해 고개를 기울였다. 헬멧끼리 부딪혔다. "쉬고 있어."

"숨을 쉬어야지 **말은 하지 말고.**" 그가 말했다.

걱정이 가득 감긴 진지한 목소리였고, 나는 코를 훌쩍이며 그가 시키는 대로 숨을 들이쉬었다가 내쉬었다. 내 주위로 움직임이 느껴졌고 흐린 시야 너머 사람들이 계속 위로 움직이는 모습이 보였다. 앞으로 세 개 층을 더 올라야 했다.

바키르가 마침내 말했다. "이제 괜찮아?"

"항상 뭐가 그렇게 두려우냐고 나한테 물었던 거 기억나?" 내가 말했다.

그는 내 팔을 가볍게 쓰다듬으며 말했다. "응."

그는 당연히 기억했다. 그가 잊으리라고 생각하지도 않았다. 고등학교 2학년이 시작될 무렵이었다. 인맥을 넓히라는 뜻으로 학교에서는 신입생들에게 룸메이트를 배정해주었다. 하지만 2학년이 되면, 룸메이트를 선택할 수 있었다. 나는 다른 친구가 없었고 누구를 선택할지 뻔했지만 바키르가 다른 친구와 지내고 싶어 할지도 모른다는 생각에 여름 방학 내내 걱정에 휩싸여 지냈다. 바키르가 그렇다고 이야기한 적도, 다른 룸메이트를 선택할지도 모른다는 뉘앙스를 풍긴 적도 없었다. 새 학기를 시작할 때가 오자 설렘과 두려움이 동시에 느껴졌다. 우리가 항상 함께 할 수도 있다는 생각에 설렜지만 같은 이유로 두렵기도 했다. 14살 때부터 내가 그에게 느끼는 감정이 그가 나에게 느끼는 감정과 다르다는 사실을 확실히 알고 있었다. 그가 고개를 숙인 채 숙제를 하거나 아침에 일어나 기지개를 켤 때 그에게 머무는 내 시선을 그가 느끼고 머잖아 그도 내 감정을 눈치 챌 것이다. 천성이 착해 나에게 못되게 굴지는 않겠지만, 그가 내 감정을 알고 나면 우리 둘 사이에 회복할 수 없는 금이 생길 테고, 결국엔 관계가 틀어질 수도 있었다. 나는 두려움을 안은 채 새 학기 첫날을 맞이했다.

그러던 어느 날 아침 눈을 뜨니 먼저 일어난 바키르가 팔꿈치를 무릎에 괸 채 그의 침대 가장자리에 앉아 나를 바라보고 있었다. 심장이 목구멍 밖으로 튀어나올 것 같았다. 그리고 그가 방을 옮기고 싶다고 이야기할 줄 알았다. 나와 지내는 게 불편하다고, 미안하지만 안 되겠다고 말하리라 예상했다. 그가 무슨 말을 할지는 뻔했다.

하지만 그는 예상했던 말 대신에 내가 악몽을 꾸는 것을 알게 되었고, 꿈에서 나를 그토록 두렵게 한 것이 무엇인지 알고 싶다고 했다. 그 역시 자신이 가장 두려워하는 악몽이 있다고 했다. 그 악몽에서 그는 황무지 끝자락의 난민 캠프에 살던 시절로 돌아갔다. 병든 여동생이 밤을 버틸 수 없을지도 모른다는 걱정에 휩싸여 밤을 지

새우던 때였다. 자식들의 병세가 나아지지 않아 부모님은 매일 눈물을 흘리셨고, 자신이 모르는 사이 여동생이 죽을까 봐 불안해서 숨조차 쉴 수 없던 시기였다. 바키르는 조용하고 슬픈 목소리로 한 번도 한 적 없던 그 이야기를 털어놓았다. 그는 돕고 싶다고 했다. 과거가 두려운 느낌이 무엇인지 이해하는 바키르는 내가 공포에 질린 모습을 보고 싶어 하지 않았다.

그날 아침 나는 그를 향한 나의 사랑이 식지 않으리라는 것을 깨달았다. 그날도, 그 후에도 영원히. 나는 나와 같은 감정을 느끼지 않는 그와 가슴이 찢어질 듯한 매일을 보내며 수천 번 소소하게 기뻐하기로 했고, 변하지 않겠다고 다짐했다.

3년 전 내가 그에게 준 답은 거짓은 아니었지만 빠진 부분이 있었다.

사람들이 우리 대화를 듣고 있다는 사실은 알았다. 같은 네트워크로 연결된 무전기를 차면 사생활 따위는 보장되지 않는다. 하지만 그 순간만큼은 죽음의 장소에서 속삭이는 우리의 대화를 모두가 듣고 있더라도 상관없을 것 같았다.

내가 말했다. "이거였어."

바키르는 눈썹을 치켜 올렸고, 상황이 이렇지 않았다면 심장을 뛰게 했을 표정이었다. "이거?"

"내가 항상 두려워하던 게 이거였다고." 내가 말했다. "여기에 돌아오고 싶지 않았어."

헬멧 뒤에 가린 그의 사려 깊은 검은 눈동자가 나를 바라보았다. 그는 한 번도 하우스오브위즈덤호에서 무슨 일이 있었는지 물어본 적이 없었다. 사람들이 알고 있는 것과 내 이야기가 다르다는 것을 알면서도 사막의 난민 캠프에 살았던 그의 어린 시절에 대해 내가 묻지 않듯, 한 번도 내 비밀을 캐묻지 않았다. 각자 겪은 무시무시한 과거에 관한 한 우리는 언제나 조심스러웠고, 서로의 곱지 않은 기억을 항상 염두에 두고 있었다. 그가 몰아세웠다면 비밀을 털어놓았을 수도 있지만 그를 원망하게 되었을 것이고, 그는 우리 사이를 예전으로 돌아갈 수 없게 만들었다는 죄책감에 사로잡혔을 것이다.

"여기서 나갈 거야." 바키르가 말했다. "반드시."

공황 상태에서는 거의 빠져나왔지만 아직 차디찬 두려움에 몸이 덜덜 떨렸고, 나는 그런 두려움을 몰아내는 방법은 알지 못했다. 가슴팍 위로 바키르의 손을 부드럽게 움켜쥐고 이제 손을 내려도 괜찮다고 했다. 바키르는 천천히 내가 말한 대로 했다. 그의 팔이 떨궈지자마자 나를 감싸던 그의 감촉이 그리워졌다. 내게 계획이 있다고 이야기해서 그의 말에 확신을 주고 싶었다. 하지만 모두가 우리 대화를 들을 수 있었고, 아직은 갈 길이 멀었다.

SPEC 연구 – 초등 교육 봉사 활동 #98832-V

공개 통신 기록[오디오/영상]

출처: 하우스오브위즈덤호, SPEC 연구

일시: 392년 7월 14일 10:01:34

제목: 과거로부터의 목소리 – 하우스오브위즈덤호 딥 스페이스 고고학

[M. 친 과 G. 라고가 크고 밝은 연구실에 서 있다. 뒤편으로 UC33-X의 선미가 보인다.]

친: 모두 좋은 아침입니다. 저는 밍슈 친 박사이고 이쪽은 제 동료 그레고리 라고 박사입니다. 연구 우주선인 하우스오브위즈덤호의 연구원들이지요. 저는 지질학자이고 라고 박사는 고고학자입니다.

라고: 지질학자와 고고학자가 왜 우주에 왔는지 궁금하실 것입니다. 우주에는 저희가 파헤칠 흙도 없는데 말이지요. 보세요. 그래서 손이 아주 깨끗하답니다. 얼룩 하나 없지요?

친: 하지만 우주에는 저희가 배울 것이 참 많답니다. 특히 같이 힘을 합치면 말이지요. 지금 저희는 아주 오래전에 시작된 이야기를 연구하고 있습니다. 몇백 년 전 사람들은 우주를 여행하려고 커다란 우주선을 만들었습니다. 지구와 비슷한 다른 행성을 찾고 있었지요. 새로운 보금자리를 찾길 바랐습니다.

라고: 그 우주선들 대부분이 어떻게 되었는지 우리는 모릅니다. 지구로 보내오던 메시지가 몇백 년 전 끊겼거든요. 우주는 아주 넓고, 우

주여행은 매우 위험합니다. 하지만 그 우주선들 중 하나가 어떻게 되었는지는 알지요.

[친과 라고가 UC33-X로 다가간다.]

라고: 이게 무엇인지 궁금하실 테죠. 그럴 만합니다. 처음 이 물체를 발견한 천문학자들도 이게 무엇인지 몰랐어요. 그들은 이것을 미확인 우주선 UC33-X라고 부르기로 했습니다. 우스꽝스러운 이름이지만 사람들 입에 붙어버렸지요. 천문학자들은 이 물체를 우리가 일반적으로 보는 방식과는 다르게 봤어요. 그들은 귀를 기울였어요. 이 물체가 전파 신호를 보내고 있었거든요. 여러분도 한 번 들어 보세요.

[고대 언어를 구사하는 여성의 목소리가 들린다.]

라고: 잘 들어보면 대부분의 단어를 알아들을 수 있어요. 여자는 메시지에서 우리가 고대 표준 중국어라고 부르는 언어로 이야기하고 있는데, 여러분이 다른 수업에서 배우고 있는 언어 중 하나인 중국어의 옛날 버전이라고 할 수 있지요. 이 여자는 아주 오래전 아주 멀리서 목소리를 녹음했고 우리가 들을 수 있도록 이 무인 탐사선에 실어 보냈어요.

친: 이 여자의 이름은 모르지만 그녀가 몇백 년 전 지구에서 출발한 *애절한저녁노래호*라는 우주선에 타고 있었다는 사실은 알지요. 그녀는 *애절한저녁노래호*의 기나긴 여정이 어땠는지 우리에게 알려주기

위해 이 우주선을 지구로 돌려보냈어요. 하지만 문제가 있었지요. 이 작은 우주선은 우주를 아주 오랫동안 떠돌아다니면서 엄청나게 추운 환경과 강력한 방사선과 예상치 못한 자기장과 맞닥뜨리게 되었어요. 무인 탐사선 컴퓨터 안에 있던 데이터는 너무 **오래되고** 심하게 손상을 입었지요. 그래서 제 친구 라고 박사가 나섰습니다.

라고: 우주 고고학자들은 땅을 파거나 유적을 찾아다니지는 않지만, 우주에 연구할 만한 유물이 없다는 뜻은 아닙니다. 이 메시지를 녹음한 사람들이 **우리에게 말하려 했던** 것을 들으려면 아주 오래 전 그들이 사용했던 기술을 알아야 하고 우주를 떠도는 동안 메시지가 어떻게 손상되었는지도 알아야 하지요. 이렇게 오래된 데이터를 복원해서 그들이 말하고자 했던 것들을 들을 수 있도록 만드는 특수한 기술들을 고고학자들은 많이 알고 있답니다.

친: 라고 박사, 이 여자가 뭐라고 하는 건가요?

라고: 좋은 질문이네요. 다시 들어봅시다. 이번에는 복원과 수리 과정을 거친 버전을 틀어드릴게요.

[여자가 고대 언어로 짤막하게 이야기한다.]

라고: 그녀 말로는 *애절한저녁노래호*에 타고 있던 사람들이 탐험할 만한 행성을 찾았다는군요.

친: 정말 멋지네요!

라고: 그렇지요. 이제 친 박사 차례입니다. 친 박사를 우리는 행성 지질학자라고 부릅니다. 행성과 달이 친 박사의 전문 분야이지요.

친: 아직 이 탐사선이 얼마나 멀리서 왔는지 그 안에 어떤 비밀이 담겨 있는지 모르지만 어느 방향에서 왔는지는 알지요. 망원경을 올바른 방향으로 놓으면 *애절한저녁노래호*가 발견했던 행성을 찾을 수 있지 않을까요? 그렇게 하면 태양계 밖에 있는 행성들에 관해 많이 배울 수 있고, 고대 인류가 우주선을 띄워 무엇을 찾았는지도 알 수 있을 것입니다.

라고: 오래전, 지구 연합 의회가 막 생겼을 때 설립자인 리응 마린은 이렇게 말했습니다. "과거는 거울이며 과거를 살펴야 우리 자신을 살필 수 있다." 오늘날의 지질학자와 고고학자들이 마음속에 새겨둬야 할 말입니다.

친: 이 수업에서 라고 박사와 나는 저 먼 곳에 있는 미스터리한 세계에 대해 우리가 무엇을 알아내려고 하는지 이야기하려고 합니다.

자흐라

말로 표현할 수 없는 죽음의 냄새가 내내 우리를 따라다녔다. 우주복은 밀폐되어 있고, 여태까지 하우스오브위즈덤호 안의 공기를 들이쉰 적은 없었다. 하지만 어쨌든 나는 정원에서 썩어가는 식물의 냄새, 부패된 시체의 썩은 내, 굳은 피에서 나는 톡 쏘는 철 냄새까지 모두 맡을 수 있었다. 혀끝에 맛이 느껴지는 것 같기도 했다.

셔틀이 폭발할 때 직접적으로 영향을 받지는 않았다. 에어로크의 벽과 셔틀의 위치를 생각하면 원래 받아야 했던 충격의 아주 일부에만 노출된 셈이었다. 하지만 몸을 잘못 움직이면 허리와 어깨에 깊은 통증이 찌릿하게 전해져 욱신거렸다. 골이 지끈거렸고 고개를 돌리면 헬멧의 불룩한 부분과 매듭 때문에 압박이 느껴졌다. 주의해서 움직이지 않으면 고통은 메스꺼움으로 변했다.

나는 니코를 좋아한 적이 없었다. 평생 사막에서 산 그는 뻔뻔한데다 잔인하기까지 했다. 애덤은 허락해 주지 않았지만 좀 더 침착하고 연합 의회의 시민 역할을 더 잘 해낼 수 있는 다른 사람을 뽑고 싶었다. 하지만 그런 니코라도 화염에 휩싸인 우주복에 갇혀 비명을 지르며 생을 마쳐서는 안 됐다. 항상 니코가 하는 행동만 따라 하던 바오도, 두려움에 떠느라 셔틀을 떠나지 못한 여자도 마찬가지였다. 그렇게 죽어도 싼 사람은 아무도 없었다. SPEC을 떠나기 전 그런 수모를 당하고도 우주로 돌아올 꿈을 놓지 않았던 보디카가 그렇게 죽음을 맞이해서는 안 됐다.

전에도 의회와 SPEC을 싫어할 만큼 싫어한다고 생각해왔지만 지금 느끼는 기분에 비하면 아무것도 아니었다. 너무 순진했다. 비밀을 지키기 위해서라면 우리 아빠를 죽였듯 자기 시민도 죽일 수 있는 놈들이라는 사실을 알았지만, 그래도 촉망받던 젊은 청년들을 죽이리라고는 생각하지 못했다.

급히 해결해야 할 걱정거리 때문에 분노와 슬픔을 밀어둬야 하는 상황은 그럭저럭 받아들일 수 있었지만, 장비를 전부 잃어버렸다는 사실까지 무시하기는 힘들었다. 각종 장비들, 의료 실험 장치, 음식과 물까지 하우스오브위즈덤호의 초기 탐사 동안 쓰려고 셔틀에 실어 온 모든 짐이 없어져 버렸다. 지금 들고 있는 무기와 우주복, 말라치의 만능키 말고는 아무것도 남지 않았다.

"여기야." 바타차르야가 말했다. 그는 시스템 코어 A-04라는 문패가 붙은 닫힌 문 앞에 멈춰 섰다. "하지만 이 문은 내가 못 열어."

정원에서 공황 상태에 빠진 후 회복되기는 했지만 그의 두려움은 전염병처럼 다른 사람들에게 퍼졌다. 사람들은 말을 거의 하지 않았다. 도망치려 하거나 명령에 반항하지도 않았다. 헨케는 겁에 질려 있었지만 드러내지 않으려고 애쓰는 듯했다. 두려움을 해소할 수 있게 인질들이 꼬투리라도 잡혀줬으면 하는 눈치였다. 인질들에게 지시하는 그의 말투에서나 심하다 싶을 정도로 인질을 세게 밀치고 큰 소리로 으르렁대며 내내 무기를 꼭 쥐고 있는 모습에서도 티가 났다. 나는 그가 고함을 지르며 인질을 괴롭히도록 내버려 두었다. 그렇게라도 하지 않으면 고요함에 잡아먹힐 것 같아 두려웠다.

말라치가 문에 달린 제어판을 두드렸다. 이제 화면에 붉게 빛나는 의료 검역 격리 발효 중이라는 글자가 익숙해졌다. 그는 만능키를 연결하고 작업을 시작했다. 문을 여는 데 점점 익숙해지고 있었지만 아직 막히는 부분이 있었다. 그는 긴장했음에도 민첩하게 움직이려 했다. 말라치가 우리를 실망시킨 적은 없다. 그가 국경에서 여러 번 입국을 거절당하고 사막에서 갈 곳을 잃은 채 외롭게 떠돌다 우리 앞에 나타난 6년 전부터, 단 한 번도 우리를 실망시킨 적이 없었다. 조급함을 억누르려면 그 사실을 떠올려야 했다. 그는 우리를 실망시키지 않을 테니까.

그때 화면에서 경고가 사라졌다. 문이 열리고 흐릿한 조명이 방안을 채웠다. 그 붉은빛도, 붉은빛이 물체에 떨어지며 만들어내는 암울한 붉은 얼룩도 모두 싫어지기 시작했다.

중앙 컴퓨터실은 지름이 약 10미터 정도 되는 원통형 유리 챔버를 둘러싼 C자 형태 방이었다. 투명한 벽 너머 우주선의 컴퓨팅 코어가 위아래로 길게 뻗어 있었다. 기계는 작은 푸른색, 흰색, 붉은색, 초록색 불빛을 깜빡이고 있었다. 낮게 윙윙거리는 소리가 들려왔다. 내내 너무 어둡고 너무 조용했던 터라 그런 신호들을 보니 마음이 놓이는 기분이었다. 우주선은 우리를 기다리고 있었다. 이제

깨우기만 하면 된다.

"너무 추운 게 마음에 걸려." 말라치가 말했다. "컴퓨팅 코어는 아직 작동 중이야. 안이 따뜻해야 한다는 소리지."

"나도 그렇게 생각했어." 대그가 말했다.

"우주선 전체가 추워." 파냐가 지적했다. "10년이나 버려져 있었으니까."

"알아. 하지만 시스템은……"

"쓸데없는 데 신경 쓰지 마." 내가 말했다. "무전기부터 시작해."

말라치가 망설이다 말했다. "그럴게."

방에는 시체 네 구가 있었다. 여자 두 명과 남자 두 명이었고, 모두 컴퓨터 앞에 앉아 있었다. SPEC 유니폼을 입은 그들 역시 다른 사람들과 마찬가지로 갈색 껍데기만 남은 채 미라가 되어 있었다. 정원에 있던 시체들과 마찬가지로 외상 흔적이 보이지 않았다. 여기에서도 폭력 사태는 일어나지 않은 듯했다.

나는 헨케에게 말했다. "이 사람들 치워 줘."

그는 말없이 끙 하는 신음을 뱉으며 시체들을 방 저편으로 끌고 가서 벽에 얼굴을 갖다 붙였다. 나는 그를 잠시 지켜보다가 인질들을 돌아보았다. 총을 꺼내지는 않았지만 총집에 손을 올리면서 긴장한 몸짓이 아니라 위협하는 것처럼 보이길 바랐다.

"바이러스가 사람들을 폭력적으로 만든다며?" 내가 바타차르야에게 말했다. "그런데 여태 부상 흔적이 없는 시체가 더 많았어." 숫자를 세어보지는 않아서 내 말이 맞는지는 확실하지 않았다. 하지만 상관없었다. 그는 여전히 거짓말을 하고 있고 나는 거짓말이라면 지긋지긋했다. 또 어떤 말이 거짓일지 끊임없이 의심하기도 지쳤다. "이 사람들도 질식한 건가? 정원에 있던 사람들처럼?"

"나도 몰라." 그가 답했다. "모르겠어."

"왜 대피하지 않았지? 정신이 또렷했으면 탈출을 했어야지."

"나도 모르겠어." 그가 다시 말했다. "그럴 수 없었나 보지."

"사태가 일어났을 때 여기에 있었잖아." 나는 이 우주선에 들어온 후부터 느꼈던 좌절과 두려움을 숨기며 목소리를 침착하게 유지하려고 노력했다. "이런 사람 본 적 있어? 상처 입지 않은 사람 말이야."

"아니." 그가 말했지만 말끝이 흐려졌다. 그는 잠시 아무 말도 하지 않았다. 헬멧 덮개 뒤에 가린 그의 표정을 더 정확하게 읽을 수 있었으면 했다. 그가 기억을 떠올리는지 거짓말을 꾸며내는지 알 수 없었다. "내가 마지막까지 여기 있지는 않았어. 내가 본 게 다는 아니야. 그리고……"

"그리고 뭐?"

"마지막으로 전송된 메시지에서 나하리 선장은 감염이 두 단계로 진행된다고 했어. 공황에 빠졌다가 침착해진다고 했어. 내 생각에는 이런 상황도 가능할 것 같아. 잘은 모르지만."

두려움에 잠겨 갈라지는 나하리 선장의 목소리와 단어 사이사이의 공백, 수 없는 한숨이 담긴 마지막 메시지를 나도 몇백 번은 들었다. 요란한 우주선 의료 경보음이 꿈속에서도 들릴 정도였다. "그런 말 한 적 없잖아."

"했어. 전체 메시지를 들으면 나와."

"우리도 전체 메시지를 들었어."

바타차르야는 고개를 저었다. "공개된 버전에는 빠진 부분이 있으니까."

"공개되지 않은 부분도 들었어." 내가 말했다. 말은 그렇게 했어도 마음속에서는 의심이 피어오르고 있었다. "말라치, 네가 이야기해."

말라치가 작업을 하다가 흘끔 위를 올려다보았다. "우리가 공개된 것보다 많이 알기는 하지. 하지만 전부를 안다고는 할 수 없어. 알잖아. 내가 애덤한테 경고하기도 했었고."

말라치는 외부 해커가 접근 제한된 파일을 빼돌리는 걸 SPEC에서 알게 되는 순간 계획 전체가 물거품이 되리라고 분명히 이야기했었다. 그러나 애덤은 걱정하지 않았다. 우리는 보안 드론의 허점을 발견하는 쾌거를 이뤘고, 정보가 워낙 조심스럽게 꽁꽁 숨겨져 있던지라 SPEC에서 감춰둔 가장 큰 진실을 밝혀냈다고만 생각했다.

하지만 바이러스의 진짜 정체는 몰랐다. 우리가 나하리 선장의 마지막 메시지를 전부 듣지는 못했을 수도 있다. 우리가 모르는 정보가 또 있을 수도 있다는 생각에 마음이 복잡해졌다.

"뭘 들었는지 모르겠지만 나하리 선장은 마지막 메시지에서 바이러스 증상에 두 단계가 있다고 했어." 바타차르야가 말했다. "그리고 같은 메시지에서 바이러스가 제프리-1인 것 같다고, 박사에게 책임이 있는 것 같다고도 했지."

"또 거짓말을 하는군," 헨케가 말했다. 그는 즐거움이 아닌 위협이 느껴지는, 들개를 떠올리게 하는 미소를 짓고 있었다. 애덤이 처음에 그를 농장으로 데려와 새 삶을 시작할 준비가 된 사람이라고 소개했을 때 보였던 미소였다. "이 새끼 말 들을 필요 없어."

"흠." 말라치가 목소리를 가다듬었다. "무전 연결됐어."

나는 몸을 홱 틀어 그를 보며 말했다. "홈스테드호랑 연결할 수 있어?"

"암호화만 된다면…… 자, 됐어. 홈스테드호, 여기는 하우스오브위즈덤호다. 들리나?"

우주복에 내장된 무전기에서 소음이 흘러나오다가 딸깍 소리와 낮게 두 번 삑 하는 소리가 귓가에 울렸다. 말라치는 이해할 수 없는 글자들이 화면에 스크롤되는 모습을 보면서 몇 가지 명령을 입력했다. 걱정하는 듯한 기색은 보이지 않았다.

"너희는 한마디도 하지 마." 헨케가 인질들에게 말했다. 그들은 헨케의 총에 시선을 고정한 채 말없이 고개만 끄덕였다.

나는 다시 한번 말했다. "홈스테드호, 여기는 하우스오브위즈덤호다. 들리나?"

또 한 번 딸깍 소리와 삑 소리가 들린 후 남자 목소리가 들렸다. "하우스오브위즈덤호, 여기는 홈스테드호다. 아주 크고 또렷하게 잘 들린다."

파냐가 안도의 웃음을 터뜨렸고 말라치가 미소 지었다. 홈스테드호의 선장인 오바르였다.

"선장, 목소리를 들으니 좋네요." 말라치가 말했다.

"거기 무슨 일 있어? 필그림 3호에서 조난 신호를 받았어. 궤도 통제실에서는 비상 무전을 켰고."

말라치가 나를 올려다보았다. 나는 몸을 앞으로 기울이다 멈췄고 바보가 된 것 같은 기분이 들었다. 굳이 컴퓨터에 대고 말할 필요가 없다는 사실을 깨달았기 때문이다.

"필그림 3호를 잃었어." 내가 말했다.

오바르는 한참 동안 조용했다. "자흐라, 너야? 뭐라고?"

"셔틀을 잃었다고. 폭발이 있었어. 셔틀은 파괴됐고." 나는 침을 삼켰다. 목소리가 갈라지는 건 싫었다. 애도는 나중으로 미뤄두면 된다. "보디카를 잃었어. 니코, 바오랑 인질들 몇 명도."

"말도 안 돼." 오바르가 말했다. "어떻게 그런…… **젠장.** 어쩌다 그랬어? 보안 드론 때문이야?"

"드론 공격은 없었어. 무슨 일이 있었는지 몰라. 내 생각에 폭발은 셔틀 안에서 일어난 것 같아."

"미사일일 수도 있어." 대그가 말했다. "셔틀 안에 미사일이 있었는지는 모르지만."

"우리가 셔틀을 장악했다는 건 오늘까지 아무도 몰랐어. 우리 목적지를 아는 사람도 없었고." 오바르가 말했다.

"알아. 하지만 알았던 것 같아." 어른들의 주의를 끌려는 아이처럼 들리지 않기를 바라며 최대한 강력하게 말했다. "폭발 때문에……" 나는 말을 멈추고 숨을 들이쉬었다. "셔틀이 산산조각이 났어. 그리고 안쪽에서부터 폭발했고."

"그래도 역시 미사일이 가능성이 커." 대그가 말했다.

모든 사람들이 듣는 가운데 대그가 내 말에 반박하는 게 마음에 들지 않았다. 나는 폭발을 직접 목격했지만 그는 아니었다. 하지만 지금은 그에게 잔소리를 할 때가 아니었다.

"보디카나 다른 사람들이랑 그 뒤로 연락이 닿질 않아. 죽은 것 같아."

"젠장." 무전기 너머에서 오바르가 한숨을 쉬는 소리가 들렸다. 그가 말하는 소리가 약간 멀게 들렸다. "애덤을 찾아. 애덤도 들어야 해." 그는 다시 내게 말했다. "남은 사람들은 괜찮고? 다친 사람 있어?"

폭발의 충격 때문에 아직도 머릿속이 울리고 온몸이 욱신거렸다. 셔틀에 실려 있던 의료 장비들이 있었다면 훨씬 편했을 것이다. 하지만 이런 식으로 생각해서는 안 됐다. 단지 멍이 들었을 뿐이고 부러진 데도 없었다. 더 심하게 아팠던 적도 있다. 이건 그렇게 큰일도 아니다.

내가 말했다. "나머지 사람들은 다치지 않았어. 인질은 바타차르야 의원 조카를 포함해 네 명을 데리고 있고. 폭발 전에 우주선으로 데려왔어."

"조상님께 절이라도 해야겠네." 오바르가 말했다. "전부 잃는 것보다는 낫지. 어떻게 이런 일이 일어날 수 있지? 어떻게 알아냈을까?"

말라치가 말했다. "보디카는 SPEC에서 잠행 우주선을 띄웠다고 확신했어. 존재도 위치도 확인할 수 없지만 우리가 레이더를 켜서 완전히 조사를 마칠 때까지는 조심해야 해. 보디카 말이 맞다면 가까이에 있을 거야. 당분간은 보안 드론이 막아주겠지만 홈스테드호가 접근할 수 있도록 하려면 시스템을 꺼야 해. 곧 그렇게 될 거고."

오바르가 낮게 휘파람을 불었다. "그 망할 놈들이 속임수를 쓸 거라고 생각은 했지만 셔틀을 공격하다니…… 젠장. **젠장!** 우리를 막으려고 자기네 애들까지 죽일 줄은 몰랐네." 그의 목소리가 애들이라는 단어를 말하며 갈라졌다. 오바르에게도 아이가 있었지만 아주 오랫동안 만나지 못하고 있었다. 사막에서 살 생각으로 연합 의회를 떠나면서 아내와 아이들을 남겨두고 왔기 때문이었다. 수년 전, 내가 태어나기도 한참 전 일이었고 시민이었던 사람들이 잠깐 가족을 방문하는 정도는 허락될 때여서 당시 사람들은 의회를 떠나더라도 가족들은 여전히 가끔씩 볼 수 있다고 생각했었다. 언제나 그렇듯, 의회는 말을 바꿨다. 잠깐 방문하려 했든 다시 이사를 하려 했든 오바르가 가족들에게 돌아가려 할 때마다 입국이 거절되었다. 오바르의 아이들은 이제 성인이 되었을 것이다. 그가 무슨 이유 때문에 의회를 떠났는지 물어본 적은 없었지만 별로 중요하지 않았다. 어떤 이유로도 아이들이 성장하는 모습을 보고 싶어 하는 아버지의 입국을 거부하는 의회를 두둔할 생각은 없다.

"아무도 생각 못 한 일이었어." 내가 말했다. "더 잘 살폈어야 했어."

"다시는 실수하지 않을 거야." 부드럽게 떨리는 음성으로 파냐가 말했다. "다시는."

"더 있어. 바이러스에 관한 이야기야." 내가 말했다.

"잠시만. 애덤이 왔어. 대장, 하우스오브위즈덤호와 교신 중입니다."

오바르는 잠시 동안 조용한 목소리로 방금 내가 한 이야기를 애덤에게 전달했다. 온 신경이 곤두섰다. 너무 많은 것을 잃었고 애덤이 어떻게 반응할지 알 수 없었다. 그가 깊은 슬픔에 빠지든 분노에 휩싸이든 모두 이해할 수 있었다. 가족들을 떠나 위장 신분으로

SPEC에 잠입한 이후 거의 한 달이나 그를 보지 못했다. 그의 표정도 목소리도 기분도 읽을 수 없는 지금 그의 변덕에 어떻게 대응해야 할지 알 수 없었다.

"자흐라." 애덤이 말했고 나는 긴장했다. 들판에서 먹잇감을 발견하고 급강하하는 매처럼 그가 내 이름을 불렀다. "잘 듣거라. 보디카는 이 임무가 얼마나 위험한지 함께 하기로 결심했을 때부터 알고 있었어. 가족들이 자유로워질 기회라면 위험을 감수할 만하다고 여겼고 자신의 희생이 헛되지 않으리라는 것도 알았지."

오래전 강제로 일을 그만둔 이후 보디카는 다시 하늘을 날 수 있기만을 간절히 바랐다. 과거에 있었던 아픔을 뒤로 한 채 다시 우주로 나오고 싶어 했다. 그녀는 이 임무와 우리의 꿈이 위험하다는 사실을 알면서도 행복한 마음으로 기꺼이 사지로 뛰어들 준비가 되어 있었다.

그러나 지금은 애덤과 입씨름이나 하며 그의 분노와 비난을 들어줄 때가 아니었다. 내가 말했다. "바이러스에 대해서도 말씀드려야 해요."

"아, 그렇지." 애덤이 픽 웃으며 말했다. "라고 박사의 유명한 바이러스 말이구나. 네가 항상 궁금해했었지."

애덤은 아빠의 이름에 힘을 주어 말했다. 무시해야 한다. 나나 아빠에 관한 이야기가 아니라는 것을 이해시켜야 한다. "우리가 생각했던 바이러스와 달라요. 증상이 제프리-1과 달라서 백신이 효과가 있을지 모르겠어요."

"자흐라." 애덤의 목소리에는 우리가 가야 할 길에 대해 내가 의심하거나 주저하거나 질문할 때마다 느껴지던 노여움이 섞여 있었다. 나는 어린아이가 된 듯 한껏 움츠러들었다. "자흐라, 아가, 우리가 그 우주선을 버린 겁쟁이들처럼 두려움에 떨어야 할까? 의회에 세뇌당한 정신 나간 놈의 기억 때문에 새 보금자리를 포기해야 할까?"

애덤이 지금 내 표정을 볼 수 없어 다행이었지만, 반대로 나는 그의 얼굴을 좀 볼 수 있었으면 했다. 그가 부드럽게 친절함을 베풀 때나 격렬한 분노를 느낄 때, 어떤 순간에 어떤 목소리로 이야기하는지 알았지만 광활한 우주를 사이에 두고 멀리 떨어져 있는 지금 나는 그가 무슨 생각을 하는지 도무지 알 수 없었다. 그는 우리 가족의 비밀을 10년이나 지켜주었다. 엄마가 죽었을 때도, 그녀가 한때 그레고리 라고의 아내 마리아 도브였다는 사실을 그 누구에게도 흘리지 않았다. 하지만 지구를 떠날 준비를 마치면서 그는 점점 자주 우리 가족 이야기를 꺼냈다. 모닥불가에서 조용히 이야기를 나누거나 SPEC 데이터를 조사하며 둘만 남게 되었을 때는 물론, 다른 사람들과 함께 있을 때도 불편해하며 꼼지락거리는 내 쪽을 향해 뒤틀린 미소를 지으며 은근히 이야기를 흘리곤 했다.

장이 뒤틀리는 느낌이 들고 턱 근육이 심하게 긴장하면서 머릿속이 다시 울리기 시작했다. 나는 말을 하기 전에 숨을 들이켰다.

"바이러스가 퍼지는 동안 폭동이 일어났나 봐요." 내가 말했다. "바이러스가 사람들을 미치게 만든 거 같아요. 서로 잔인하게 살해했고요."

"위대한 시험대에 오른 뒤 겁을 집어먹고 잔인한 행동을 했군."

"그것보다 상황이 심각해요. 바이러스 때문에 다들 정신이 나갔던 것 같아요. 여기가 안전한지부터 확인해야 해요." 내가 주장했다. "폭발 때문에 바이러스 검사 장비를 잃어버렸어요. 확실히 알기 전까지는 아무도 이곳으로 보내시면 안 돼요."

그 순간 내가 말실수를 했다는 것을 깨달았다. 파냐가 날카롭게 숨을 들이쉬었고 말라치는 깜짝 놀란 듯한 눈빛으로 나를 흘끔 보았다. 애덤에게 안 된다고 말할 수 없다는 것은 모두가 아는 사실이었다. 하지만 사람 10명이 죽고 셔틀이 폭파하고 SPEC에서 보이지 않는 우주선으로 우리를 쫓고 있다는 사실을 안 이상, 하우스오브위즈덤호는 우리가 꿈꿨던 희망 가득한 방주가 될 수 없었다. 대학살이 다시 일어날 가능성을 남김없이 제거하기 전까지는 안심할 수 없었다.

"대장, 들어보세요." 내가 재빨리 말했다. "그러니까 제 말은, 홈스테드호 사람들을 태우기 전까지……"

"바뀌는 건 없어." 애덤이 차가운 목소리로 말을 잘랐다. "넌 명령에나 따라."

"하지만 시간이 더 필요해요……"

"우리의 능력을 의심하는구나? 우리를 여기까지 이끌어 준 '우리의 꿈'에 대해 확신을 잃어버리기라도 했어? 지구에서 개처럼 쫓겨나고도 의심에 마음을 좀 먹었나?"

"아니요, 아니에요. 우리의 꿈은 현실이 될 거예요. 우주선은 우리가 차지할 거고요. 의심하지 않아요."

거짓말이었다. 머릿속이 의심으로 가득 차 있었고 앞으로 다가 올 시간들이 어떻게 흘러갈지 도무지 감이 잡히지 않았다. 모든 것이 변했다. 지상에서 열정적으로 세웠던 계획을 이제 써먹을 수 없게 되었다. 폭발이나 미지의 바이러스로도 안 된다면 애덤을 어떻게 이해시켜야 할지 알 수 없었다. 나는 무력하게 주위를 둘러보았다. 말라치의 휘둥그레진 눈에는 두려움이 서려 있었고, 어차피 애덤은 그의 말을 듣지 않을 것이다. 파냐는 내 시선을 피했다. 대그는 언제나 그렇듯 생각을 읽을 수 없는 표정을 차분히 유지하고 있었다. 헨케는 여전히 인질들을 보며 이죽거렸다. 나를 도와 애덤에게 맞서줄 사람은 없었다. 하우스오브위즈덤호에 타 있으면서도 애덤의 심기를 거스르는 것만큼 그들을 벌벌 떨게 하는 일은 없는 듯했다.

"자흐라, 이제 뭘 할지 말해보렴." 애덤이 말했다.

나는 할 말이 없었다. "우주선을 안전하게 만들게요. 홈스테드호가 도착하기 전에 준비를 마치겠습니다."

"모두가 이해할 거다." 애덤이 말했다. 조금씩 부드러워지는 그의 목소리에 속이 메스꺼워지면서 몸에 한기가 느껴졌다. "모두 열심히 일할 준비가 되었어. 하지만 너희들이 성공하지 못하면 시작조차 할 수 없겠지."

"안 그럴게요. 실패하지 않아요."

하지만 애덤은 내 말을 듣지 않는 것 같았다. "너희가 실패한다면 끔찍한 결과를 맞이하게 될 거야. 우리 모두에게 아주 끔찍한 결과겠지. 안고 갈 짐이라 생각해라. 돌아갈 수는 없어."

갑자기 목구멍이 탁 막히며 가슴이 찡하게 울렸다. "알아요. 혹시……"

혹시 제 동생들은 잘 있나요? 라는 질문이 목구멍까지 차올랐지만 감히 물어볼 수 없었다. 내게 화가 나 있는 그가 안와르와 나드라를 떠올려서 좋을 게 없었다. 내가 동생들을 살뜰히 돌본다며 칭찬해주는 날도 있었지만, 아이들에게조차 애덤 자신에게 쏟는 관심보다 더 관심을 쏟아서는 안 된다며 불같이 성을 내기도 하는 그였다.

"'가족'들은 잘 있나요?" 내가 물었다.

"복잡한 문제는 없었다." 애덤이 말했다. "말라치가 봤다는 우주선이 문제이기는 하지. 그들을 막아야 해."

"알아요." 내가 말했다. "인질 네 명을 데리고 있어요."

"바타차르야 가문 자식도 포함인가?"

"네. 있어요. 그를 이용하면……"

"그를 이용해서 SPEC이 가까이 오지 못하게 하도록."

나는 입술을 앙 다물었다. 애덤이 내가 생각했던 이야기를 그대로 하더라도 본인 의견처럼 말하도록 두는 편이 현명했다.

그는 말을 이었다. "나도 바타차르야 의원에게 조카 목숨을 위태롭게 하고 싶지 않으면 거리를 유지하라고 해야겠군. 그러면 한동안은 건드리지 않겠지."

무전기에서 두려움으로 헉하는 소리가 조용히 들려왔다. 곁눈질로 보니 헨케가 총을 올리고 있었다. 인질들이 우리 대화를 듣고 있다는 사실을 잊고 있었다. 그들이 들어서는 안 되는 이야기였다. 그들이 너무 쥐 죽은 듯 있는 바람에 말을 가리지 않고 쏟아내고 말았다. 아마추어 같은 실수였다. 수치스러워서 구역질이 날 것 같았다.

"빨리 오셨으면 좋겠어요." 내가 말했다. 열정이 담긴 것처럼 들리게 하려고 했지만 사실은 애덤에게 통제권을 넘기고 모든 결정을 내려야 하는 부담을 덜고 싶었다. 그는 리더 역할을 너무도 쉽게 해낼 수 있었지만 나는 아니었다.

"자흐라, 할 일을 해라." 그가 말했다. "실망시키지 마라."

"네."

"우리 운명이 네 손에 달려있다."

그의 목소리를 듣고 안정을 찾으려고 애썼다. 조금이라도 따뜻함이 느껴지면 그가 나를 믿고 있다는 생각으로 힘을 낼 수 있을 것 같았다. 하지만 그의 목소리는 얼음장 같았고 위로가 아닌 경고만 담겨 있었다.

오바르가 말했다. "애덤이 함교를 떠났어. '가족'들을 안심시키느라 바쁘거든."

나는 빠르게 눈을 깜빡인 다음 숨을 고르게 쉬려고 노력했다. "아무 일 없는 거지?" 내가 물었다.

"숙소는 좁고 음식은 썩어가고 다들 신경이 곤두서 있는 것만 빼면." 그는 일부러 별일 아니라는 듯 이야기하고 있었다. "더 힘든 상황도 견뎠어. 너희가 하우스오브위즈덤호에 탔다는 것만 알아도 사람들의 사기가 올라갈 거야. 너희가 우주선을 완전히 통제할 수 있게 되었다는 소식을 주면 더 도움이 될 거고."

"최대한 빨리 작업할게." 말라치가 말했다. "궤도 통제실에서 뭘 하는지 잘 지켜보자고. 모든 시스템을 구동할 수 있기 전까지는 공개적으로 무전을 보내거나 받아서도 안 될 것 같아."

"알겠어." 오바르가 말했다. "행운을 빌어."

말라치가 통신 화면을 두드려 무전 연결을 끊고 나를 올려다보았다. "걱정시키고 싶지 않아서 말 안 했는데 솔직히 컴퓨터 시스템에 만능키를 적용하는 데 얼마나 걸릴지 모르겠어. 한 층이라도 바이러스 없는 상태로 방역을 하는 데 얼마나 걸릴지는 더 모르겠고."

나는 그의 어깨에 손을 얹었다. 듣고 싶었던 말이 아니었지만 말라치는 집중해야 했다. "할 수 있는 만큼 해. 홈스테드호는 어쨌든 안전하니까."

"알겠어. 그렇네. 일단 의료 검역 격리를 해제하는 것부터 시작할게. 그럼 우주선 안을 좀 더 빨리 돌아다닐 수 있을 거야."

"그렇게 해." 내가 재빨리 고개를 끄덕였다. 내가 해야 했을 생각이다. 애덤의 말이 아직도 귓가에 맴돌지 않았다면 생각했을 텐데. 애덤은 내 손에 '가족'들의 운명이 달려 있다고 했다. 이 임무를 맡기로 했을 때 그런 부담을 기꺼이 지겠다고 생각했었다. 하지만 당장 욱신거리는 몸을 어찌할 방법은 없었고, 시간이 흐를수록 SPEC의 잠행 우주선이 가까이 오고 있는 것 같아 초조함이 밀려왔다. 그들이 미사일을 가지고 있을까? 우주선이 한 대가 아니라면? 우리를 막기 위해 죽인 사람들에게 미안한 마음은 있을까? 애덤은 바타차르야 의원이 조카를 지키기 위해서라도 우리를 내버려 둘 거라 믿지만 나는 솔직히 확신할 수 없었다.

나는 말라치가 일할 수 있도록 자리를 비켜주었다. 지구를 떠나기 전, 나는 우리가 하우스오브위즈덤호에 오르자마자 10년이나 버려진 우주선을 긴 침묵에서 깨우는 작업을 시작해 눈코 뜰 새 없이 바쁘게 지내게 되리라고 생각했다. 그런 고생도 우리 꿈의 일부였으니까. 우리는 어떤 노동을 하게 되든 두려워하지 않을 자신이 있었다. 고생이 두렵지 않았다. 의회의 통제 아래 사는 사람들은 평생 만나지 못할 사람들과 가보지 못할 장소를 위해 일생을 바쳐 일했다. 애덤은 사막에서의 삶이 더 고되기는 하지만 더 순수하다고 강조하곤 했다. 땅을 경작하면서 우리는 그 땅에서 나는 음식을 누가 먹게 될지 알았다. 토대를 쌓을 때는 그 위에 지어질 집에서 누가 살게 될지 알았다. 하우스오브위즈덤호에도 마찬가지여야 했다. 우리는 우리와 '가족'들을 위해 일할 준비가 되어 있었다. 할 수만 있다면.

그랬기에 이곳에서 문을 열 수도, 불을 켤 수도, 내부 온도를 영상으로 올릴 수도 없으리라고는 단 한 번도 상상해 본 적 없었다.

인질들은 통제실 바깥벽으로 몰아세워져 있었다. 헨케가 서 있으라고 한 위치 그대로였다. 한 사람씩 살펴보면 누가 얼마나 위험할지 판단할 수 있었으면 좋겠다고 생각했다. 여자 둘은 분노가 가득한 눈으로 나를 보다가 시선을 피했다. 나사르 바키르는 말라치가 작업하는 모습을 지켜보고 있었다. 바타차르야는 내 눈을 똑바로 쳐다보았다.

"그 남자는 누구였지?" 그는 우리가 자신을 죽일 수도 있다는 이야기를 못 들은 것처럼 부드럽게 물었다.

"닥쳐." 헨케가 말했다. "넌 알 필요……"

파냐가 말을 끊었다. "그는 애덤 라이트야. 우리 지도자지. 너희 지도자들이 사막에 있는 우리를 괴롭힐 때 우리를 지켜준 사람이야. 너희들이 섬기는 지구의 거짓말쟁이와 기만자들의 억압에서 우리를 해방해 준 사람이고."

"그게 도대체 무슨 말이야?" 여자 중 한 명이 말했다. 계속 울고 있던, 머리가 알록달록하고 키가 작은 여자였다.

뚱뚱한 다른 여자가 웅얼거리며 말했다. "우리가 누굴 섬긴다고?"

"너희 어디 출신이야?" 첫 번째 여자가 물었다. "황무지 출신이지?"

"황무지?" 파냐가 빙그르 돌아 그녀를 마주하며 말했다. 너무 빠르게 움직이는 바람에 콘솔을 붙잡아 회전을 멈췄다. "우리를 그렇게 생각하는 거야? 의회에 삶을 바치지 않는 우리를 황무지에 버려진 쓰레기라 생각하는구나?"

"아니야. 하지만 너희 북아메리카 사막 출신 아니야?" 여자가 말했다. "바키르랑 억양이 같은데?"

"인요 사막이네." 바키르 나사르가 말했다. "맞지? 북쪽 지역?"

"우리에 대해서 아는 척하지 마." 파냐가 말했다.

분노가 섞인 그녀의 목소리에서는 슬픔도 묻어났다. 그 슬픔이 너무 친숙해서 마음이 쓰였다. 파냐는 애덤을 만나 정착하기 전까지 사막 난민 캠프와 공동체 이곳저곳을 전전하며 평생을 살았다. 그러다 애덤과 함께 피땀 흘려 농장을 일궜고, 더 이상 농장에 머무를 수 없게 되자 마음 아파했었다. 더 나은 삶을 너무나 간절하게 꿈꾼 나머지 그 꿈이 가슴 한복판에 사라지지 않는 고통으로 박히는 기분이 무엇인지 그녀는 누구보다도 잘 알았다.

"그럼 말해 봐" 바키르 나사르가 말했다. "당신들은 누구지? 원하는 게 뭐야?"

"네 몸에 사막의 피가 흐른다고 우리를 위하는 척하지 마." 파냐가 말했다. 그녀는 비웃는 표정을 지었지만, 구름 한 점이 여름 하늘을 망칠 수 없듯 그녀의 얼굴은 주름이 져도 여전히 예뻤다. "너는 사막을 떠났잖아. 영원히 너를 사막에 사는 쥐새끼 취급할 저들 중 하나가 되기 위해 자유를 포기했지. 넌 아무것도 이해하지 못해. 너와 빌어먹을 의회 놈들에게 우리는 그저 쓰레기에 불과하잖아. 하지만 우리의 애덤 라이트는 너희의 지도자와 시민 그 누구보다 훌륭한 사람이야. 네가 아는 누구보다 대담하고 용감하지. 너희가 그의 앞길을 막는다면 가만히 두지 않을 거야."

종소리처럼 맑은 그녀의 목소리에서 자긍심이 느껴졌지만 나는 그녀의 미소가 마음에 걸렸다. 인질들이 두려움 이상을 느끼도록 몰아세우고 싶지는 않았다. 그들이 순종하게 만들어야지 무모해지도록 부추겨서는 안 됐다.

"우리는 당신들을 막으려는 게 아니야." 바타차르야가 말했다. "당신들이 하라는 대로 할게. 우리 이모한테 메시지라도 남겨줘? SPEC에게 가까이 오지 말라고 해줄까? 다 할게. 뭘 할지만 알려줘."

말을 하면서 나를 보는 그의 시선이 어쩐지 불안했다. 그에게 달려들어 눈을 내리깔라고 하고 싶은 바보 같은 충동이 들었다. 바타차르야 의원에게 조카의 메시지를 보내는 게 도움이 될지 해가 될지 알 수 없었다. 애덤이 SPEC이나 의회와 접촉해서 타협하는 데

방해만 될 수도 있었다.

"아직 아니야." 내가 말했다. "필요로 할 때까지 잠자코 있어."

"좋아. 그렇게 할게." 하지만 바타차르야는 마치 내 머릿속을 꿰뚫어 보는 것처럼 내게서 시선을 떼지 않았다.

나는 그에게서 돌아서서 대그에게 말했다. "우리는 인질들을……"

"아야." 여자 중 한 명이 불쑥 신음을 뱉었고, 그게 누구인지는 그녀가 한쪽 장갑을 들어 다른 쪽 팔을 잡았을 때야 알게 되었다. 사막을 황무지라 불렀던 키가 작은 여자였다. 그녀는 손가락으로 팔뚝을 지그시 눌렀다.

"다쳤어? 다른 여자가 물었다.

"아니. 느낌이 이상해서."

"어떻게 이상한데?"

"뭔가……" 첫 번째 여자가 고개를 저었다. "모르겠어. 그냥 이상해."

"다친 거 아니야?" 나사르가 말했다. "우주복이 찢어졌을 때 다쳤을 수도 있잖아."

"찢어진 건 이제 막혔어." 여자는 단단한 우주복을 잡아당기며 말했다. "아까 작게 구멍이 났었는데, 그때 뭔가가 들어온 것 같아."

다른 여자가 그녀의 손 쪽으로 팔을 뻗었다. "그럼 장갑을 벗어……"

"멀리 떨어져." 바타차르야의 목소리가 여태까지와는 달리 단호하고 날카로웠다.

"다쳤다잖아……. 자스, 왜 그래?"

바타차르야는 친구의 팔을 잡아 여자에게서 멀리 떨어뜨린 다음 뒤로 밀쳐 방 저편으로 보내버렸다. 그의 친구는 비틀거리며 손을 허우적거렸고 의자 등받이를 잡고 나서야 자리에 멈출 수 있었다. 바타차르야는 이번에는 여자 동료를 붙잡아 멀리 밀쳐냈다.

헨케는 총을 앞뒤로 휘두르며 인질들을 하나씩 겨눴다. "젠장, 가만히 있으라고 했지!"

밀쳐진 여자는 바타차르야의 손을 찰싹하고 때렸지만, 오히려 자기 몸이 회전하는 바람에 뭔가를 붙잡으려고 손을 허우적거리게 되었다. "그만둬! 뭐 하는 거야? 아리아나를 도우려는 것뿐이잖아."

"아리아나한테 가까이 가지 마." 바타차르야가 말했다.

"우주복 안에 진짜로 뭔가가 있는 것 같아." 키가 작은 아리아나라는 여자가 말했다. 그녀는 자기 팔을 때리고 잡아 뜯기 시작하더니 점점 더 광분하며 빙글빙글 돌았다. 가압 상태인 우주복은 팽팽하게 부풀어 있었고, 그녀는 우주복의 매끄러운 표면을 어쩌지 못하고 발을 동동 굴렀다. "안에 뭐가 있다니까? 젠장! 벗는 것 좀 도와줘!"

"헨케, 대그. 여자 좀 조용히 시켜." 내가 말했다. 두 사람은 총을 꺼낸 채 여자에게 다가갔다. "말라치는 다른 인질들 잘 지켜보고."

그는 망설이다가 의자에서 일어나서 총집에 꽂힌 총을 더듬거렸다.

"아리아나, 진정해야 도와줄 수 있어." 다른 여자가 말했다. 그녀는 바타차르야를 밀쳐내려고 했지만 바타차르야는 그녀의 손목을 꽉 잡고 있었다. "자스, 이거 봐. 도와줘야 해."

"그럴 수 없어." 바타차르야가 말했다. "아리아나는 감염됐어."

심장 박동 사이의 간격만큼 짧은 정적이 흘렀다.

"뭐라고? 그게 가능해?" 경계하며 한껏 높아진 날카로운 목소리로 말라치가 말했다.

"우주복이 찢어졌었어." 바타차르야가 말했다. "그때 감염됐겠지."

"겨우 바늘구멍 크기였어." 파냐가 의심 가득한 목소리로 말했다.

"거짓말이야." 헨케가 단호하게 말했다. "또 우리를 속이려는 거야. 바이러스는 공기로 전염되잖아."

"어떻게 퍼졌는지는 확실히 몰라." 말라치가 말했다.

"진짜로 우주복 안에 뭔가가 있어. 느껴진다니까? 좀 도와줘!" 아리아나는 원을 그리듯 회전하면서 자기 팔을 몇 번이나 움켜쥐었다. 그러다 갑자기 눈이 휘둥그레지더니 숨을 짧게 들이쉬고는 잠잠해졌다.

"아리아나?" 다른 여자가 말했다. "왜 그래?"

아리아나는 거칠게 속삭였다. **"움직이고 있어."**

"헛것이 느껴지나 보지." 대그가 말했다. 그는 기계 콘솔에서 멀어져 한 손으로 승무원용 의자들을 손잡이 삼아 밀며 여자에게 다가갔다. "붙잡게 도와줘."

헨케는 눈을 굴리면서 총을 꺼내 들고 아리아나에게 다가갔다.

"아리아나, 아무것도 없어." 나사르가 말했다. "바이러스 때문에 뭔가 있다는 생각이 들겠지만 아무것도 없어. 아리아나를 해치지

마. 제발. 그녀는 아픈 것뿐이야. 제발……"

"**이것 좀 꺼내 줘.**" 아리아나가 소리쳤다. 그녀는 두 손으로 헬멧 잠금장치를 열어 봉인을 풀고 벗은 헬멧을 멀리 날려 보낸 다음 우주복 목 부분을 미친 듯이 잡아당겼다. 뺨을 타고 눈물이 흘렀고 코 끝에 콧물방울이 반짝였다. 땀으로 젖은 머리칼은 헝클어져 있었다. "꺼내 줘! 꺼내 달라고! 움직이잖아. 여기 있잖아. 느껴져. **꺼내 줘!**"

"헨케! 대그!" 내가 날카롭게 쏘아 붙였다. "그만 꾸물대!"

헨케가 아리아나의 팔을 붙잡아 자기 쪽으로 홱 잡아 끌면서 양 손목을 붙잡아 그녀의 등 뒤로 가져가려고 했다. 하지만 그 전에 아리아나가 비명을 지르며 잡히지 않은 손으로 헨케의 팔과 어깨, 얼굴을 때리기 시작했다. 대그도 그녀의 팔로 손을 뻗었지만 그녀는 두 다리로 발길질을 해 그의 가슴을 정통으로 찼다. 그는 의자를 붙잡아 몸을 멈춘 다음 다시 그녀와 헨케 쪽으로 다가갔다. 헨케가 그녀의 뒤에서 두 팔을 잡고 대그는 그녀의 발을 잡아 그녀가 움직일 수 없도록 만들었다. 그녀는 등을 아치형으로 굽히고 발길질을 몇 번 더 한 다음 겁에 질린 동물이 낼 법한 소리를 내기 시작했다. 그녀는 추위에 기력을 빼앗긴 듯 숨을 헐떡이며 덜덜 떨었다. 땀에 젖은 머리카락에 얇게 서리가 생겼다.

"소란 그만 피워." 헨케가 말했다. "알아들어?"

아리아나는 고개를 가슴팍으로 떨궜다. 팔 근육은 긴장했고 목 힘줄도 불룩 튀어나왔다. 그녀의 턱이 굳게 닫혔다가 열렸다. 그녀는 가쁜 숨을 거칠게 몰아쉬었다. 그녀의 얼굴은 보이지 않았다.

"알겠어." 흥분이 가신 차분한 목소리로 그녀가 말했다. "알겠다고."

대그는 그녀의 발을 놓아주었고 잠시 뒤 헨케도 그녀의 손목을 놓고 팔뚝을 잡았다. "시키는 대로 해. 알겠어?"

아리아나는 헨케에게 붙잡힌 채 안정을 찾는 듯했다. "알겠어." 그녀가 말했다.

그때, 그녀가 눈으로 좇을 수도 없을 만큼 엄청나게 빠르게 몸을 회전하더니 헨케에게 돌진했다.

"젠장." 헨케가 소리치며 헬멧을 때리는 그녀를 피하려고 허리를 숙였다. 그러곤 아리아나를 붙잡으려 했지만, 그녀는 왼쪽 아래로 몸을 홱 숙여 헨케의 한쪽 팔 아래로 유유히 빠져나갔다. 수천 번은 연습한 것처럼 빠르고 매끄러운 동작이었다.

헨케에게서 멀어졌을 때 그녀의 손에는 총이 쥐어져 있었다. 헨케의 총집에서 총을 꺼낸 것이었다.

그녀는 총을 겨누며 말했다. "이제 네가 잠자코 있을 차례네."

그리고 그녀는 방아쇠를 당겼다.

총알이 헨케의 가슴에 정통으로 맞았다. 우주복을 관통한 총알은 축축하고 섬뜩한 소리를 내며 폭발했다. 그의 갈비뼈가 밖으로 터지는 소리, 폐가 마지막 숨을 들이쉬는 소리, 충격으로 쌕쌕거리는 소리가 귓가에 맴돌았다. 그는 뒤로 밀려나서 컴퓨터 코어가 들어 있는 유리벽에 쿵 소리를 내며 부딪쳤다. 헬멧의 얼굴 가리개 너머 헨케가 빠르게 눈을 깜빡이고 있었다. 그의 가슴팍에 동굴처럼 뚫린 구멍에서 붉은 피가 흘러넘쳤다.

방아쇠를 당긴 아리아나 역시 뒤로 밀려났지만 그녀는 그 반동을 이용해 우아한 몸짓으로 문 쪽으로 이동했고, 망설임 없이 제어판을 두드린 다음 문틀을 잡고 복도 쪽으로 몸을 밀었다. 그녀가 바깥쪽 제어판을 두드리자 문이 스르르 닫혔다.

모든 일이 순식간에 일어났다. 눈 깜짝할 새였다.

"우리를 완전히 가지고 놀고 있어." 대그가 말했다. 그는 내 대답도 듣지 않고 곧바로 아리아나를 뒤쫓았다. 1초쯤 후 파냐가 그의 뒤를 따랐다. 두 사람 모두 그녀를 추격하려 총을 빼들었다. 말라치가 방을 가로질러 헨케에게 달려갔지만 이미 그가 할 수 있는 일은 아무것도 없었다.

인질들의 비명이 뒤섞여 귀에 거슬리는 불협화음이 된 가운데, 나는 몸을 움직일 수 없었다. 헨케의 몸통이 안에서부터 폭발했다. 총은 그렇게 작동하도록 설계되어 있었다. 총알은 목표물을 멈추게 하되 관통하지는 않는다. 우주선 선체에 피해가 가지 않도록 하기 위해서였다. 진짜 공황 상태에 빠진 것 같던 아리아나가 갑자기 아주 빠르고 우아하게 몸을 움직였다. 그리고 헨케가 죽었다.

"말라치." 그를 부르는 내 목소리가 너무 연약하게 들렸다.

나는 천천히 몸을 돌려 방 구석구석에 헤드램프를 비췄다. 심장이 쿵쾅거리고 피가 거꾸로 솟는 듯했다. 나는 마음속으로 울부짖고 있었다. 복도에서 파냐와 대그가 어느 쪽으로 갈지를 놓고 싸우는 소리가 들려왔다.

"계획하고 있었던 거야." 대그가 말했다. "속임수였어. 도망칠 수 있는 길을 아는 거야."

두 사람은 이미 아리아나를 놓친 듯했다. 문 안으로 휘어져 들어온 그들의 그림자가 어두운 붉은 조명 아래 춤추듯 일렁였다.

"SPEC에서 보낸 침입자가 틀림없어." 파냐가 말했다. 반신반의하는 듯했지만 그래도 꽤 확신하는 눈치였고, 대그와 그녀 자신을 설득하는 동안 확신이 점점 커지는 듯했다. "확실해. 다 연기였어. 다른 사람인 척 연기한 거야. 셔틀도 걔가 폭파한 거고."

나는 하나도 우습지 않은 이야기에 갑자기 웃음이 터져 사레가 들리고 말았다. 속임수라니. 침입자라니. 말도 안 되는 생각이었다. 그녀는 대학원생이었다. 리응 펠로십 참가자들의 이름과 배경은 모두 공개되어 있었다. 그녀가 SPEC 사람일 리는 없었지만 나는 그녀에 대해, 그녀의 배경에 대해 아는 것이 없었다. 도망을 치는 사람이 생기더라도 그게 그녀일 거라고는 생각하지 않았다.

심장이 빠르게 쿵쾅거렸고, 나는 다시 한번 주변을 둘러보았다.

옆으로 이어지는 방은 없었다. 천장에 해치는 없었지만 벽 한쪽에 복도로 이어지는 문이 나 있었다. 다른 쪽으로 난 컴퓨터 코어로 향하는 문은 닫혀 있었다.

우리는 그 문이 잠겨있는지 확인하지 않았었다.

속임수가 아니라, 우리의 주의를 돌리려는 계략이었다.

"파냐!" 내가 소리쳤다. "대그! 좀 닥쳐!"

갑작스럽게 침묵이 찾아왔다. 말라치의 거친 숨소리가 들렸다. 그는 평소 습관대로 코를 훌쩍인 다음 숨을 들이쉬고, 내쉰 뒤 다시 훌쩍였다.

"놈들이 사라졌어." 내가 말했다. 나는 토할 것 같았다. 숨을 쉴 수 없었다. 헨케의 피가 모여 점점 커다란 핏방울이 되어가고 있었다.

파냐가 문가에 나타났다. "뭐라고?"

"조용히 해."

그때 날카로운 숨소리가 들렸다.

치지직거리는 소리, 딸깍 소리가 나더니 곧 침묵이 흘렀다. 우주복 무전기가 꺼지는 소리였다.

인질들이 도망쳤다.

[데이터 손상] 모두 우리 텐트에 머무르고 있지만 아무도 이유를 말해주지 [데이터 손상] 고고학 팀 두 명만 돌아왔다. 유적에서 다른 사람들을 잃어버렸는데 [데이터 손상] 가서 수색대에 일손이 필요한지 물어봐야 할 것 같다. 아직 구조물의 지형도 파악하지 못했다고 한다. 항공 데이터가 필요할 것이다. 계속 찾아보겠지만 우리가 과연 [데이터 손상] 의료 텐트는 정신없다. 다들 잠이 부족하다. 우리 모두 [데이터 손상]

— 기록 3, *애절한저녁노래호*, UC33-X로 전송

자스

시오마라가 헬멧 안에서 소리를 지르고 있었다. 그녀는 바로 내 뒤에 있었고, 두 번이나 그녀를 발로 찰 정도로 바짝 붙어 있는데도 무전기가 꺼져있어 목소리가 먹먹하게 들렸다. 그녀와 바키르가 따라오고 있는지 확인할 때만 뒤를 돌아보았고, 멈추지 않고 계속 이동했다.

납치범들이 따라올 수 없도록 컴퓨터 코어에서 최대한 멀리 떨어져야 했다. 그들은 아리아나를 쫓고 있었다. 무전기를 통해 그들이 서로 비난하고 말싸움하는 소리를 꽤 오랫동안 들었다. 그들은 아리아나가 SPEC에서 심은 요원이거나 우리가 탈출할 수 있도록 주의를 끌어주었다고 생각했고, 그 밖에도 여러 가지 엉뚱한 가능성을 생각했지만 나는 진실을 알았다. 필사적으로 허우적거리며 온몸을 긁어대다 미친 듯이 보호복을 벗어 던지는, 차분하던 사람이 갑자기 미친 사람이 되어가는 모습을 전에도 본 적 있었다. 공포에 질려 애원하는 소리도 들어 본 적이 있었다. 환각은 항상 똑같이 시작됐다. "옷 속에 뭔가 있어. 움직이고 있어." 그들의 절규는 내 머릿속을 떠난 적이 없었다. 아리아나는 감염되었다.

나는 시오마라와 바키르를 층계 사이에 숨겨진 미로 안으로 데려갔다. 발을 굴러 5층에 있는 컴퓨팅 접근실로 이어지는 문으로 올라가 손잡이를 비틀어 연 다음 방을 가로질러 5층과 6층 사이 유지보수 터널을 향해 나아갔다. 우리가 5층으로 도망쳤다고 생각하게 해야 한다. 우리를 찾느라 시간을 낭비하게 해야 한다. 나는 이 우주선을 잘 안다. 우리는 도망칠 수 있다.

아리아나가 감염되다니.

불가능한 일이었지만 나는 확신했다. 사람들은 라고 박사의 바이러스가 제프리-1의 변이이며 숙주가 죽은 다음 변성되도록 설계된 생물학 무기라고 알고 있다. 신속하게 숙주를 감염시켜, 신속하게 죽인 다음, 신속하게 사라지는 바이러스로 알려졌다. 하지만 SPEC의 결론은 잘못되었다. 감염자들은 환각과 공황 발작을 겪은 뒤 갑자기 폭력성이 폭발했고 그 후에는 으스스할 정도로 침착해졌다. 아리아나에게도 같은 증세가 나타났다. 바이러스의 정체가 무엇이든 여전히 우주선 안에 존재하는 게 틀림없었다.

금속 잡동사니로 만들어진 철조망을 끼끽거리며 지나는 동안 아리아나의 우주복이 거기에 찔렸다. 뾰족한 침에 감염된 사람의 피가 묻어 있었을 것이다. 스치기만 해도 감염이 될 수 있었다. 마른 피도 어쨌든 피다. 바이러스는 아리아나의 혈관 속에 새로운 보금자리를 꾸리고 다시 번성하기 시작했으리라.

어릴 적에는 마냥 신나는 장소였던 유지보수 터널이 지금은 폐소 공포증이 느껴질 것처럼 답답했다. 각층 사이의 공간은 2미터 높이였고 대부분 기계와 도관, 배선과 덕트, 필터와 히터, 냉각기, 정수 필터, 정전기 방지 및 자기소거 시스템이 가득 들어차 있었다. 기계에는 숫자와 문자 코드가 적힌 이름표가 붙어 있었다. L6는 6층을, S는 우주선의 우현을 의미했다. 그리고 화살표, 숫자, 기호가 더해져 있었다. 어릴 때는 그 코드들을 외우고 다녔다. 다니면 안 되는 구역 이곳저곳을 누비며 뿌듯함을 느끼곤 했었다.

나는 갈림길에서 멈춰 옆으로 이동해서 시오마라와 바키르를 기다렸다. 그리고 우주복의 환경 판독 값을 확인했다.

98kPa 5.7 C 80/20 습도 12%

아직도 춥지만 다른 복도나 방들보다는 따뜻했다.

나는 손을 들어 동료들을 조용히 시킨 다음 숨을 참고 라디오를 켰다.

"……사라졌어?" 대그의 목소리였다.

"찾을 거야." 자흐라였다. "지금 아리아나는 중요하지 않아."

"걔가 뭘 할 수 있을지 모르잖아."

"어차피 도망칠 수 없어. 무전기에도 접속할 수 없고. 뭘 할 수 있겠어?"

그들이 아리아나를 놓친 것 같았다.

"제발, 그만들 해. 우리끼리 싸우면 안 돼." 파냐였다.

"인질들은 나중에 다시 잡으면 돼. 우주선과 감시 시스템을 통제할 수만 있으면 별일 아니야." 다시 자흐라였다. "말라치?"

"말했잖아. 여기서는 못 해." 말라치가 말했다.

"가능할 수도 있댔잖아."

"알아. 미안해. 하지만 못 해. 함교로 가야 해."

그들은 여전히 4층 중앙 컴퓨터실에 있었다. 그리고 우주선 컴퓨터를 해킹하는 데 실패했다.

나는 무전기를 끄고 천천히 숨을 내쉰 다음 헬멧을 벗으려고 손을 올렸다.

바키르가 내 손목을 잡았다. 헬멧 얼굴 가리개에 가로막혀 목소리가 먹먹하게 들렸지만 그가 무슨 말을 할지는 확실했다. "대체 뭐하는 거야?"

"괜찮아." 내가 말했다. "이 안은 따뜻해."

"위험하잖아!"

"바이러스는 공기를 통해 전염되는 게 아니야. 혈액과 접촉해야만 전염돼."

"어떻게 알아?"

"어머니와 몇몇 사람들이 죽기 전에 알아냈어. 어머니는 사람들이 어떻게 병에 걸리는지 관찰하셨어. 항상 폭력적인 신체 접촉이 있었어. 다른 사람들과 같은 공기를 호흡한 나는 감염되지 않았고." 추워서 입김이 나면서 우리 둘 사이에 작은 구름이 피어올랐다. "공기로는 전염되지 않는다는 말이야. 알겠지? 그들은 모르는 이야기라 아무 말도 하지 않고 있었어. 그들이 모르는 게 또 뭐가 있는지 알아내는 중이고."

바키르는 나를 한참 동안 빤히 보더니 헬멧 봉인을 풀었다. "그럼 SPEC에서는 대체 왜 바이러스가 공기를 통해 감염됐다고 생각하도록 만든 건데?"

"모르겠어. 바이러스가 제피르-1이라는 이야기가 나왔을 때 나는 의식이 없는 상태로 병원에 있었어. 나한테 질문을 하기 시작했을 때쯤에는 이미 백신이 유통되고 있었어. 라고 박사는 죽은 다음이었고. SPEC에서는 자신들의 주장을 되짚어 볼 필요가 없다고 생각했고, 우주선에서 무슨 일이 일어났는지 본인들이 모른다는 사실을 사람들에게 알리는 건 의미가 없다고 생각했지."

시오마라가 헬멧을 홱 벗었다. "SPEC에서 뭘 했고 안 했고는 중요하지 않아. 아리아나를 도와야 해!"

그녀가 몇 분 동안 헬멧을 쓰고 외쳤던 말이 이제야 나를 움찔하게 만들 만큼 큰 소리로 귓전을 때렸다. "못해."

"그녀를 떠나면 안 됐어. 우리는……"

"못해." 내가 다시 말했다. "할 수 있는 게 없어. 너무 늦었어."

"모르는 거잖아! 여기서 무슨 일이 있었는지는 아무도 모른다고 방금 네가 말했잖아!"

"소리치지 마." 바키르가 한껏 소리를 낮춰 말했다. "다 들리겠어."

"상관없어. 우리 그럼……" 시오마라의 목소리가 갈라졌고 애써 눈물을 참느라 표정이 잔뜩 일그러졌다. "도움을 요청할 수 있어. 의사한테 데려가면……"

"이미 너무 늦었어." 내가 말했다.

"닥쳐." 시오마라가 내뱉듯 말했다. 그녀는 양손으로 나를 밀쳤다. "나는 포기 안 해. 절대 죽게 내버려 두지 않을 거야."

나는 그녀가 날 밀치도록 내버려 두었다. 그녀가 왜 화가 났는지 이해했다. 하지만 우리가 아무것도 할 수 없다는 것 또한 알았다.

"너는 알았잖아. 무슨 말이라도 했어야지." 그녀가 말했다.

"멍청한 소리 하지 마." 바키르가 말했다. 그는 시오마라의 팔을 잡고 뒤로 잡아당겼다. "그 사람들이 말을 들어줬을 것 같아?"

"그들한테 하라는 게 아니야." 시오마라가 말했다. "그 전에 모두에게 말했어야지! 여기가 어떤 상황인지 알았잖아. 왜 아무 말도 하지 않았지? SPEC은 그렇다 쳐. 너는 사람들에게 말했어야지."

"그래? 그랬다면 도움이 됐을까? SPEC에서 아니라고 해도 나를 믿어 주는 사람이 있었을까?" 내가 물었다. "의회와 SPEC에 맞서서, 라고 박사가 퍼뜨린 바이러스는 자는 동안 편하게 죽여주는 친절한 바이러스가 아니라 사람을 미치게 만들고 보이지 않는 벌레를 잡으려고 자기 관절을 스스로 부러뜨리게 만드는 나쁜 바이러스였다고 말했어야 해? SPEC에서 대학살의 증거를 보여주기 싫어서 무전 기록을 공개하지 않는 거라고 말했어야 하냐고? 우리 아버지가 식칼로 자기 몸을 긁는 모습을 눈앞에서 보고 나니 아무 말도 하고 싶지 않다고 말했어야 해? 한때는 저녁 식사를 함께하며 농담하고 웃고 떠들던 동료가 자기 논점을 증명하려면 사람들을 어떻게 죽여야 할까 내내 생각하는 바람에 이런 일이 생겼다고 이야기했어야 해? 내가 그랬으면 지금 이런…… 이렇게……"

"자스." 바키르가 말했다.

나는 말을 멈추고 시선을 내리깔았다. 손으로 얼굴을 문질렀다. 더럽고 차가운 우주복 감촉에 소름이 돋았다. 잠금장치를 풀어 잡아당기자 장갑이 마치 잘린 손처럼 소매 끝에 매달려 덜렁거렸다. 두 손으로 머리칼을 쓸어 넘기며 천천히 숨을 쉬려고 노력했다. 하지만 힘이 들었다. 가슴을 누가 쥐어짜는 것 같았다. 공기가 너무 차가웠다. 공황 상태에 빠지면 안 된다. 지금은 절대로.

마침내 고개를 들었을 때 시오마라는 눈물을 닦고 있었다.

"이걸 가져왔어." 그녀가 말했다. "어떻게 사용하는지는 몰라."

그제야 그녀가 빈손이 아니라는 것을 알아챘다. 그녀는 끝에 포크 살 같은 침이 박힌 작고 검은 물체를 들고 있었다. SPEC 안보부에서 타깃에 전기 충격을 주거나 타깃을 기절시킬 때 쓰는 진압용 무기였다. 바키르와 나는 물체를 빤히 보았다.

"어디에서 찾았어?" 바키르가 물었다.

그녀는 어깨를 으쓱했다. "승무원 옆에 있던 콘솔 안에 있었어. SPEC 승무원이 무장할 수 있는 줄도 몰랐어. 그냥 챙겼어. 지금도 작동하는지는 모르겠어."

"거기 그 버튼으로 충전이 됐는지 확인할 수 있어." 바키르가 손가락으로 버튼을 가리키며 말했다.

시오마라가 무기를 돌려 그에게 건네주었다.

"충전돼 있네." 무기를 조심스럽게 살펴보던 그가 잠시 뒤 말했다. "충전기에 전력이 남아있었나 보다. 공기가 차서 얼마 못 가겠지만 어쨌든 우리도 이제 무기가 생겼네?"

바키르는 무기를 다시 시오마라에게 돌려주려 했지만 그녀는 고개를 저었다. 그는 배터리를 따뜻하게 유지할 수 있도록 충격기를 목 부분을 통해 자기 우주복 안으로 집어넣었다.

"우주복을 확인해 봐." 내가 말했다. "구멍이나 찢어진 데가 있는지. 확실히 해둬야 해. 앞으로 뭘 하기 전에."

"알겠어." 바키르가 조용하게 말했다. "서로 확인해 주자."

찢어진 부분이나 자동 수선된 흔적은 없었다. 찔리거나 긁히는 느낌이 들었다는 사람도 없었다. 우리는 우주복을 살피고 또 살폈다. 어색하고 불안한 침묵이 흘렀다. 우주복이 손상되거나 피부가 찢어진 흔적은 어디에서도 찾을 수 없었다.

마침내 내가 말했다. "너희를 이곳에서 탈출시킬 수 있어. 하지만 그러려면 어머니의 실험실로 가야 해."

"왜 거긴데?" 바키르가 물었다. "모든 층에 탈출용 에어로크가 있지 않나?"

"의료 검역 격리 조치 때문에 잠겨 있어. 그리고 보안 드론이 꺼지지 않았다면 탈출용 우주복 가지고는 살아남을 수 없을 거야. 하지만 어머니의 작업실은 열려 있고 실험용 우주선이 두 대 더 있어. 그중 하나를 사용해서 빠져나갈 수 있을 거야."

"보안 드론은?" 바키르가 물었다. "그 우주선을 공격하면……"

"어머니의 우주선은 드론보다 빨라. 보안 시스템을 능가할 만큼 빠른 엔진이 내장된 우주선을 SPEC에서는 항상 못마땅해했지."

"아리아나를 두고 갈 수는 없어." 시오마라가 말했다. "놈들은 아리아나를 찾으면 죽일 거야."

"시오마라," 내가 부드럽게 말했다. "아리아나는 이미 끝났어. 바이러스에 감염되고 살아남은 사람은 없어. 감염되면 그걸로 끝이야."

시오마라가 고개를 저으며 여전히 눈물을 훔쳤다. "너도 모르잖아. 그게 뭔지조차 모르잖아. 알지도 못하면서."

나는 무슨 말이라도 하려고 했지만 바키르가 고개를 살짝 저으며 나를 말렸다. 그는 시오마라에게 말했다. "생각해 봐. 도울 방법이 있다면 뭐가 가장 좋은 방법이겠어? 아리아나는 우리한테도 총을 쐈어. 우리를 알아보지 못했던 거야. 그녀는 우주선 어디에든 갈 수 있어. 그러면 도움을 청했어야 말이 되지 않아? SPEC에서 의료팀 하나를 통째로 보내 줄 수도 있어. 아리아나를 잠깐 격리시킨 다음 진짜 도움을 줄 수 있다고. 납치범들이 뭐라고 하는지 들었잖아. 이미 우주선 하나가 가까이에 있고 더 오고 있을 수도 있다고. 셔틀에서 조난 신호가 전송되었겠지."

시오마라가 손으로 입을 훔쳤다. "도대체 셔틀에는 무슨 일이 있었던 걸까? 진짜로 미사일에 맞았을까? 아니면 드론일까?"

"SPEC에는 미사일이 없어." 내가 말했다. "공식적인 입장을 이야기하는 게 아니야. 진짜 없어. 이모랑 다른 의원들은 벌써 몇 년째 우주용 무기를 연구하지 않고 있어."

"셔틀을 공격하려면 우주용 무기 없이도 얼마든지 할 수 있어." 바키르가 지적했다.

"여자 중 한 명은 셔틀이 안에서부터 폭발했다고 꽤 확신하는 것 같던데."

"그건 그 여자 생각이고." 시오마라가 말했다. "젠장. 완전히 엉망진창이야. 도움을 청해야 해."

바키르가 말했다. "자스? 우리가 쓸 수 있는 무전기가 있어?"

"있을 거야." 시오마라는 내가 반박하길 기다리는 것처럼 턱을 앞으로 쭉 내밀며 말했다. "아는 걸 다 말해야지. 구조대가 준비를 완벽하게 해서 올 수 있게 하려면."

나는 고개를 끄덕였다. "그래. 무전기는 있어. 하지만 시스템에 접속할 수 있을지는 모르겠어."

"어디 있는데?" 바키르가 물었다.

"노력은 해 봐야지." 시오마라가 말했다.

가까이에 있었다. 아픈 기억을 모르는 체하려고 애써도 가까이에 그곳이 있다는 것을 직감적으로 알 수 있었다. 어릴 적 나는 각 층 사이에 있는 이 통로를 몇백 번이나 탐험했다. 여기는 내 놀이터였고, 비밀 요새이자 영토였다.

7층. 우현. 23번 방. 어린 시절에 살던 집. 우리 부모님이 나를 키운 숙소였다. 저녁 식사를 마치고 유치한 게임을 하던 곳. 나를 지구에 있는 학교에 보낼지를 놓고 어머니 아버지가 언쟁을 벌이던 곳, 아버지한테 읽는 방법을 배우고 어머니한테 분해할 만한 기계 부품을 얻은 곳이기도 했다. 우리가 8년 동안 한 가족으로 거의 모든 날을 행복하게 산 곳. 아버지가 돌아가시고 나서 아직 계시는 곳이기도 했다.

현관 코드는 바뀐 적이 없었다. 하우스오브위즈덤호의 보안실에서 개인 주거 공간의 비밀번호를 주기적으로 바꾸라는 알림을 보냈지만, 어머니는 새 비밀번호가 그물을 통과하는 물처럼 아버지의 머릿속을 스쳐갈 거라며 비웃곤 하셨다. 보안에 관해서는 걱정을 할 필요가 없었다. 우주선 안은 안전했으니까. 그래서 다들 그 알림을 무시하며 살았다.

그러나 나는 아직도 비밀번호를 기억했다. 2-9-9-7-9-2-4-5-8. 비밀번호를 누르는 손이 덜덜 떨렸다. 초속 299,792,458미터. 진공 상태를 지나는 빛의 속도였다.

우리는 의료 격리 시스템에 가로막히지 않았다. 말라치가 격리 시스템을 해제하면서 자신들이 이동 중인 층뿐만 아니라 우주선 전체 시스템을 해제한 모양이었다. 원한다면 그는 우리와 아리아나를 사냥감 몰 듯 몰아 원하는 곳에 가둘 수도 있지만 아직 그렇게 할 생각은 하지 못한 듯했다.

문이 열렸다. 방은 어두웠다, 전등 스위치를 찾으려고 손을 더듬거렸다. 빛이 어슴푸레하게 들어왔고 어둠을 완전히 몰아내기에는 부족했지만 적어도 붉은 빛은 아니었다. 환경 통제 시스템이 돌기 시작하면서 희미한 쉭쉭거리는 소리가 우리 주변을 채웠고, 공기가 순환되면서 따뜻한 공기가 오래 묵은 냉기를 밀어냈다. 말라치가 아직은 고칠 수 없다고 했던 작업 중 하나였다.

나는 다시 헬멧을 벗은 다음 장갑도 벗었다. 손이 아무 데나 닿지 않도록 조심했다. 닫힌 화장실 문 옆으로 피가 곡선을 그리며 흩뿌려져 있었고 피범벅이 된 손잡이에 찍힌 지문은 뭉개져 있었다. 비명을 지르며 그 문을 향해 달려가던 나를 어머니가 잡아당기던 기억이 떠올랐다.

어머니가 가장 좋아하던 스웨터가 한쪽 벽 그물에 걸려 있었다.

다른 쪽에는 아버지의 그림이 걸려 있었다. 실험실에서 기르고 계시던 아름다운 식물을 섬세하게 그린 그림이었다. 수업을 들을 때 사용하던 태블릿이 테이블에 부착된 고정 밴드 아래 얌전히 놓여 있었다. 마지막으로 사용했을 때 나는 별의 수명 주기에 대해 읽고 있었고, 간단하고 깔끔한 수식 몇 줄로 요동치며 이글거리는 태양 광선을 표현할 수 있다는 사실에 매료되었었다. 중력 수축을 표현한 식이었다. 수소는 중수소로, 그 다음에는 헬륨으로 핵 융합되며 수소가 없어지면 수축과 팽창 단계가 그 뒤를 따르고, 스스로 잡아 당기는 힘과 밖으로 뻗치는 힘이 충돌하면서 커다란 적색 왜성이 만들어진다는 부분을 읽으며, 어머니가 일을 마치고 돌아오면 물어볼 질문들로 머릿속이 가득 찼었다. 어머니가 늦게까지 일하는 날이면 이곳에서 아버지와 나는 둘만의 시간을 보냈다. 나는 어머니의 성을 물려받았고, 어머니처럼 별을 바라보길 좋아했지만, 아버지와 더 사이가 좋았다. 아버지 옆에 있으면 내가 어리석게 느껴지지 않았다. 아버지와 아버지가 기르는 식물들은 어머니가 다루는 엔진과 이론들보다 차분하고, 조용하고, 다가가기도 쉬웠다. 아버지는 우리가 지구로 돌아가면 북아메리카에 있는 세쿼이아 숲에 나를 데려가 주겠노라고 약속하셨었다. 아버지는 옆에 선 인간이 모기처럼 하찮게 보일 정도로 거대하고 우뚝 솟은 나무 사진을 보여 주시며 경외심 가득한 목소리로 나지막하게 지구에서 가장 큰 식물에 대해 설명하셨다.

우리 가족 숙소를 우주선의 시스템과 연결하는 컴퓨터가 아직 펼쳐진 채 놓여 있었다. 내가 화면을 두드리자 부드럽게 윙윙거리는 소리를 내더니 옅은 푸른빛을 내며 켜졌다. 공기가 데워지면서 살을 파고들 것 같던 냉기가 점점 희미해졌다. 우주선 내부가 그렇게 추워서는 안 됐다. 엔지니어들에게는 추위가 아니라 열기가 큰 숙제라고 어머니는 늘 말씀하셨었다. 우주선은 열기를 차고 넘치게 생산하는데 진공 상태에서 열을 방출하기는 어렵기 때문이었다. 콧물이 나고 귀가 따끔거렸다. 양손을 서로 비빈 다음 통신 명령 입력 화면을 띄웠다.

인터페이스를 해독할 수 있기까지 잠시 시간이 걸렸다. 사용한 지 너무 오래된 탓이었다. 외부 통신 표준 프로토콜에 따르면 발신 메시지를 기록한 다음 우주선의 중앙 통신 장치로 보내게 되어 있었고, 중앙 통신 장치에서는 메시지를 압축해 방출이 예정된 데이터에 포함시켰다. 우주선이 지구를 도는 궤도 위에 있을 때는 굳이 그럴 필요가 없었지만, 궤도 통제실의 통신 위성과 장비에 부담을 주지 않도록 언제나 같은 규정을 따르게 되어 있었다. 무엇을 해야 할지 기억이 나지 않았다. 시간을 허비할수록 점점 더 위험해질 것이다. 자신의 팔을 때리던 아리아나의 겁에 질린 목소리가 계속 떠올랐다. SPEC에서 접근할 수 없게 나를 볼모로 협박하자고 말하던 남자의 목소리도 떠올랐다. 모든 의문에 대한 답을 찾을 수 있을 것처럼 셔틀에서 하우스오브위즈덤호를 응시하던 자흐라의 눈빛이 떠올랐다.

해볼 만큼 다 시도했지만 매번 '금지된 작업'이라는 답이 돌아왔다. 공개된 교신 시스템에 연결이 되지 않았다. 응급 신호나 조난 신호도 보낼 수 없었다. 저장한 메시지를 자체 전송 방식으로 보낼 수도 없었다. 금지된 작업이라니. 중앙 컴퓨터 통제실에서 말라치가 무전기를 작동시킬 때 무엇을 했든 모든 통신 시스템을 개방하지는 않은 모양이었다.

바키르가 내 어깨에 몸을 부딪힐 정도로 가까이 다가와서는 컴퓨터 가장자리를 잡고 멈춰 섰다.

"마셔." 그가 말했다. "탈수될라."

그가 부엌에서 영양 음료 튜브를 찾아왔다. 그는 나와 시오마라에게 튜브를 하나씩 건넸다. 튜브가 무슨 맛인지는 아주 잘 알고 있었다. 달콤한 오렌지 맛이지만 끝에 쌉쌀한 화학 약품 냄새가 혀에 남았다. 내가 아플 때나 어머니가 식사를 거른 채 일에만 몰두하고 있을 때 아버지는 튜브를 마시게 하셨다. 튜브의 쌉쌀한 끝 맛을 생각만 해도 구역질이 났지만 꾸역꾸역 내용물을 삼켰다. 바키르 말이 맞다. 탈수되면 안 된다. 셔틀에서 점심을 먹은 후로 시간이 꽤 지나 있었다.

"뭐가 잘못됐어?" 어깨너머로 화면을 보며 바키르가 물었다.

"아무것도 전송이 안 돼." 내가 말했다. "계속 이 메시지만 뜨고."

'금지된 작업'이라는 메시지가 다시 나타났다.

"젠장." 시오마라가 말했다. "해결할 방법이 없어?"

"없을 거야. 여기서는 안 돼."

"내가 해볼게."

나는 옆으로 물러섰다. 두 사람 다 나보다 컴퓨터를 잘 다뤘고 몇 분이나 터미널 앞에서 머리를 굴렸지만, 시스템에서 발견한 정보라고는 393년 1월 4일에 나하리 선장이 직권으로 메시지 전송을 금지하는 명령을 내렸다는 사실 뿐이었다.

바이러스가 퍼지고 있을 때, 처음에는 무전을 송신하는 데 오류가 생기다가 나중에는 완전히 불가능해졌다. SPEC과 궤도 통제실은 의료 검역 격리 조치가 예측이나 통제를 할 수 없는 작업들과 충돌하면서 시스템이 손상되었거나 시스템에 연쇄적으로 오류가 발생했기 때문이라고 가정해왔다. 하지만 우리가 시스템에서 발견한 정보에 따르면 마지막 순간 우주선이 침묵한 이유는 의도적으로 내려진 조치 때문이었다. 나하리 선장은 우주선 전체의 통신 시스템을 일부러 차단했다.

"직권 명령을 어떻게 해제해야 하지?" 바키르가 물었다.

시오마라가 화면을 보며 인상을 찌푸렸다. "애초에 직권 명령이 왜 있는 거지? 선장이 그런 명령을 왜 내렸을까?"

"사람들이 시스템을 완전히 망가뜨리지 않도록 하기 위해서 아니었을까? 환각을 보고 망상에 빠져 있었다면 시스템을 보호하기 위해 이 방법 말고는 없었겠지."

바키르의 말이 맞는지 틀린지 몰랐지만 나는 고개를 저었다. 나하리 선장이 마지막 순간에 무슨 생각을 했는지는 절대 알 수 없었다.

"이것 봐." 시오마라가 화면을 가리키며 말했다. "메시지를 받을 수는 있어. 이렇게 해보면 어떨까…… 지금 교신 중인 채널이 있어."

바키르가 몸을 기울여 화면을 보았다. "SPEC인가? 뭐래?"

시오마라가 채널을 열었다. 애덤 라이트의 목소리가 컴퓨터에서 울려 퍼졌다.

"……우리가 꽁지 빼고 도망이라도 가야겠나! 약해빠진 너희처럼 겁을 먹기라도 해야겠느냐고. 하지만 우리는 그렇지 않아. **우리는 약하지 않아.** 이 우주선에 탄 사람들 모두 의회 유니폼을 입고 하수인 노릇이나 하는 네놈들보다 몇천 배는 강해. 네 놈들은 '가족'에 대한 우리의 마음을 이용해 우리를 망가뜨리려고 말뿐인 협박이나 남발하지. 하지만 너희는 그럴 수 없어. **우리가 가만히 두지 않을 테니까.**"

"SPEC이 아닌 것 같은데." 바키르가 조용히 말했다.

"항복하라고 요구하지만 그 대가로 돌아오는 건 고된 삶이겠지. 너희의 응석받이 아이들을 먹이자고 우리 삶을 희생하지 않을 거야. 너희들의 목표를 이뤄주기 위해 우리가 자유를 포기하고 노예가 되는 일은 없을 거야. 개미소굴에 들어간 곤충처럼 먹잇감이 되도록 허울뿐인 너희 사회에 우리 가족들을 보낼 생각도 없어. **네놈들의 제안은 거절하겠어!**" 낮은 함성 소리가 들렸다. 그는 홈스테드호에 타고 있는 사람들 앞에서 이야기하고 있는 모양이었다. "우리가 얼마나 굳건한지 상상도 못 할 거다. 항복하고 너희가 책임이라고 부르는 잔혹한 굴레를 쓰느니 차라리 목숨을 버리는 걸 택할 테다. 그런 우리를 너희는 참을 수 없겠지. 하지만 너희는 우리 아이들을 세뇌시킬 수 없어. 우리 아이들의 마음에 썩은 씨앗을 심을 수 없어. 우리의 아내들과 아이들은 절대 너희 손에 넘어가지 않을 거야!"

"역겨워." 시오마라가 말했다. 그녀는 이미 음료를 거의 다 마시고 튜브가 납작해지도록 빨고 있었다. "아내들과 아이들? 자기가 '붕괴'에서 사람들을 구한 위대한 지도자라도 된다고 생각하는 건가?"

함성이 더 요란하고 열광적으로 커졌다. 나는 볼륨을 줄였다. 애덤 라이트는 그 뒤로도 비슷한 말을 반복했다. 항복은 없다고. 굴복하지 않겠다고. 자신들은 용기가 있다고. 그리고 함성소리가 이어졌다.

"SPEC과 교신 중인가 봐." 내가 말했다. "항복을 요구한 사람이 없으면 항복하지 않겠다고 할 일도 없겠지."

"모르지." 시오마라가 말했다. "이 사람들에 대해 아는 게 없잖아. 뭘 원하는지도 모르고. 살 곳이 필요하다는 이야기는 거짓말이야. 이런 곳에서 살러 오는 사람은 없어. 원하는 게 따로 있겠지. 미치지 않았다면."

"거짓말하는 것 같지는 않아." 바키르가 말했다. "그들이 미쳤다고 생각하지도 않고."

조용한 목소리였지만 일부러 시오마라와 눈을 맞추지 않은 채 이야기하는 것을 보면 결코 아무렇지 않게 하는 말이 아니었다.

"그들을 변호하지 마." 시오마라가 말했다. "살인자들이라고!"

"변호하는 게 아니야. 단지 그들이 무엇을 원하는지에 대해 거짓말하는 것 같지는 않다는 거야."

"하지만 이 사람이 하는 말을 들어 봐. 그렇게 간절하게 우주로 가고 싶었으면 다른 사람들처럼 시민이 됐으면 됐잖아?"

"그렇게 쉽지 않아." 바키르가 말했다.

"그렇게 어렵지도 않은 결정이잖아. 의회에서는 노예를 금지하고 있어. 누군가를 세뇌시키지도 않고. 설마 너도 저렇게 생각하는 건 아니지?" 시오마라가 당황하고 화난 표정으로 바키르를 보았다. "다른 사람도 아니고 너는 의회에서 베푸는 것들에 감사해야지."

나는 숨이 탁 막혔고, 시오마라도 말을 뱉는 순간 자신이 무슨 소리를 하는지 깨달은 표정이었다.

"감사?" 바키르가 말했다. 그가 온화하게 말하려고 애쓸 때 나오는 말투였다. 우리가 처음 만난 열두 살 때부터 그 말투를 들어왔다. 우리는 각자 자신이 살던 곳에서 쫓겨 온 후 어린이 병원에 입원해 있었고, 이성적이기보다는 상처 입은 채 분노에 차 있었다.

"내 말은……"

"네 말이 맞아." 바키르가 여전히 부드러운 목소리로 시오마라를 전혀 쳐다보지 않고 말을 이었다. "부모님이 의회의 시민이 되지 않았다면 나는 죽었을 테니까. 부모님이 의회 시민권을 받는 데까지는 10년이나 걸렸고."

시오마라가 눈을 깜빡였다. "10년?"

"그리고 시민권을 기다리는 동안 난민 캠프에서 내 여동생과 남동생 모두 죽었어."

"몰랐어……" 시오마라가 말끝을 흐렸다. 그녀의 눈은 휘둥그레져 있었다. "하지만…… 전염병이 돌았을 때 아이가 있는 가족은……"

"가장 우선적으로 신청서를 처리해 주도록 되어 있지." 바키르가 말했다. "알아. 하지만 여동생이 아팠을 때 우리 할머니 중 한 분께서 난민캠프 의료 병동에서 약을 훔치다가 걸리셨거든. 그래서 할머니의 보호관찰 기간이 끝날 때까지 가족 전체가 범죄자 취급을 받았어. 아기가 먹을 약을 훔친 죄로." 분노에 찬 바키르의 목소리가 처음으로 높아졌다. "그 사람들은 자기들이 황무지로 쫓아버린 살인자나 강간범, 테러리스트들과 우리 할머니를 똑같이 취급했어. 우리 부모님은 아무것도 훔치지 않았는데도 온 가족이 그런 취급을 받았지. 시오마라, 신청서가 받아들여지는 건 절대 쉬운 일이 아니야. 쉬웠던 적은 단 한 번도 없어."

시오마라가 말없이 바키르를 쳐다보았다. 그녀가 얼마나 충격을 받았는지 알 것 같았다. 그녀는 바키르를 잘 몰랐다. 잠시 알고 지내는 동안에는 바키르가 분노를 감추기 위해 쓰고 있는 가면만 봤을 뿐이었고, 바키르의 가면은 뒤에 무엇이 숨어 있는지 본 사람이 거의 없을 정도로 철저했다. 그는 누군가가 북아메리카 대륙의 난민들을 세계 사회에 기여할 수 있는 의회의 시민으로 만들려면 엄청난 지원이나 교육, 훈련, 특별한 보살핌이 필요하기 때문에 의회 자원이 낭비된다는 이야기를 할 때면 그 가면을 썼다. 교수들이 거드름 피우며 동화되지 않은 분리주의자의 자식을 의회 학교에 들이면 위험하다는 이야기를 할 때, 바키르가 경고도 없이 짐승으로 변해 으르렁거리기라도 할 것처럼 그의 눈치를 살피며 느릿느릿 말할 때도, 바키르는 그 가면을 썼다. 중학교 친구들이 바키르가 매번 싸움을 건다고 비난했을 때도, 선생들이 나를 따로 불러 바키르에게 숙제를 보여줘서 좋을 게 없다는 이야기를 할 때도, 사실은 그 반대여서 바키르가 나보다 똑똑하고 공부도 열심히 하며 참을성 없이 폭발하는 쪽은 항상 나라는 말을 선생들이 믿지 않았을 때도, 바키르는 그 가면을 썼다. 리옹 펠로십 관계자들과의 인터뷰를 나보다 세 번이나 더 거쳐야 했던 그에게 그곳에서 무슨 질문을 받았는지 물은 적이 있었다. 그는 일그러진 미소를 지으며 걱정할 것 없다고, 프로그램이 다양성을 갖춘 것처럼 보이도록 하려면 난민 출신 학자가 필요할 테니 자기는 반드시 선발될 것이라고 이야기했었다. 이런 일들을 겪는 동안 바키르는 내가 아는 그의 맨얼굴과는 다른, 화나지도, 성가시지도, 상처받지도 않은 무표정한 얼굴의 가면을 조심스럽게 완성했다.

시오마라는 살육의 현장이었던 버려진 우주선에서 사는 게 낫다고 생각할 만큼 끔찍한 삶을 사는 지구인이 있다고 상상조차 하지 못했을 것이다. 그녀는 그런 상상을 할 필요가 없었고, 우주선에서 끔찍한 사건을 직접 겪은 나 역시 마찬가지였다. 바키르의 가면이 벗겨지고 어떤 초신성보다 강렬하고 끔찍하게 타오르는 분노가 드러나자 나는 입을 닫았다. 그가 분노하도록 내버려두었다. 내가 할 수 있는 말은 없었다. 나는 그의 트라우마를 상상조차 수 없었다. 하우스오브위즈덤호에 오지 않았다면 그 역시 내 어린 시절의 트라우마를 상상할 수 없었을 것이다. 이제 바키르는 내 악몽이 무엇으로 채워져 있는지 확실히 더 잘 알게 되었으리라.

하지만 우리 세 사람 중 납치범들이 이런 짓을 벌이는 이유를 이해할 사람은 한때 그들과 비슷한 삶을 살았던 바키르뿐이었다.

"그리고 확실히 해두자면," 바키르의 말투는 섬뜩할 정도로 침착하게 돌아와 있었다. "나도 그 남자는 미친 괴물이라고 생각해. 그리고 우리를 여기로 데려온 사람들은 살인자가 맞아. 하지만 그들이 지구에서 멀리 떨어진 안전한 보금자리를 원한다는 말은 거짓말이 아니라고 생각해. 게다가 의회의 통제 밖에 있는 사람들은 달리 우주로 나올 방법이 없어."

시오마라가 망설이다 고개를 끄덕였다. "알겠어. 하지만 왜……"

쿵 하고 큰 소리가 나자 그녀가 말을 멈췄다. 우리는 모두 화들짝 놀랐고, 겁에 질린 채 빙글빙글 돌면서 닫힌 문밖으로 이어진 복도 쪽을 바라보았다.

"문 잠겼어?" 시오마라가 속삭였다.

쿵 하는 소리가 한 번 더 들렸다. 현관문 쪽에서 들리는 소리가 아니었다.

소리는 화장실에서 들려왔다.

아버지, 나는 절망적인 공포에 휩싸인 아이가 되어 아버지를 떠올렸다.

내가 그 단어를 입 밖으로 뱉었다는 사실을 시오마라가 되묻고서야 깨달았다. "뭐라고? 저 안에?"

딱딱한 물체가 문에 부딪히는 것 같은 소리였다. 쿵 하는 소리가 한 번 들리더니 소리가 사라질 때쯤 속삭이는 듯한 긁는 소리가 들렸다.

나는 문을 뚫어져라 보았다. 그 문은 10년 동안 내 악몽 속에서 몇 번이나 닫히고, 닫히고, 또 닫혔다. 그때마다 나는 이곳에 다시 돌아오게 될지 모른다는 두려움에 식은땀에 절어 잠에서 깨곤 했다.

그날 아버지의 손에는 칼이 들려 있었다.

한 손에는 칼이 들려 있었고 다른 팔에는 상처가 나 있었다. 아버지의 옷소매가 상처에서 나온 피로 물들었다. 눈은 휘둥그레져 있었고, 공포에 질린 목소리는 한껏 높아져 있었다. 어머니가 아버지의 뺨을 찰싹 때렸고 내 방 문 앞에서 그 모습을 지켜본 나는 충격을 받았었다. 부모님은 폭력을 쓰시는 분들이 아니었다. 단 한 번도 나를 때리시거나 서로에게 폭력을 휘두른 적이 없었다. 하지만 그 날 어머니는 아버지를 때렸고 아주 잠시, 아주 잠시 아버지의 정신이 돌아왔다. 세상에서 가장 짧고 잔인하게 느껴지던 순간이었다. 아버지는 웅얼거리는 것을 멈추고 어머니를 바라보다 내게 시선을 옮겼다. 무슨 말이라도 할 것처럼 숨을 들이켰지만 그냥 헐떡이는 숨으로 그치고 말았다. 아버지는 한 마디도 뱉지 않고 화장실로 도망쳤다. 손에는 아직 칼을 들려 있었다.

신원: 로이, 비노드
직함: 식물학 및 원예학과장
위치: 개인 생활 공간 7.23-S
사망 시간: 393년 1월 3일 17:37:04
사인: 미확인

화장실 문이 다시 덜컥거리더니 딱딱한 물체가 문 안쪽을 긁는 듯한 소리가 들렸다.

"대체 저 안에 뭐가 있는 거야?" 점점 더 커지는 시오마라의 목소리가 내 귓전을 때렸다. "저 안에 사람이 있을 수 있다고?"

"자스." 바키르가 말했다. "아닐 거야."

"뭐가 아니라는 거야?" 시오마라가 말했다.

"알아." 내가 말했다. 아니, 말하려고 했지만 웅얼거리는 소리로 입안에 머물렀다.

화장실 안에 확실히 무언가가 있었다. 문에 계속 부딪히고 있었다. 얼음이 갈라지는 것 같은 소리가 희미하게 들렸다.

"가자." 바키르가 말했다. 그가 내 팔을 잡아당기면서 시오마라를 현관 쪽으로 밀었다. "가. 가라고. 여기서 나가자고!"

우리는 겁에 질려 서로 뒤엉키고 부딪히며 방 안을 가로질렀다. 시오마라가 제어판을 두드려 문을 열고는 갑자기 뒤로 돌았다. "내 헬멧!" 몸을 돌리며 힘을 너무 준 나머지 그녀는 자리에서 계속 빙글빙글 돌게 되었고, 팔을 뻗어 문틀을 잡으려 했지만 손이 닿지 않았다.

"내가 가져올게." 시오마라를 문 쪽으로 밀며 내가 말했고 바키르가 그녀의 뒤를 따랐다.

화장실에서 쿵 하는 소리가 한 번 더 들려왔다. 문이 흔들렸다. 공포에 휩싸여 얼어붙은 채 문을 바라보고 있는데 문이 열리기 시작했다. 심장이 미친 듯이 뛰기 시작했고 마음속으로 아니야, 아니야, 아니야를 되뇌었지만 두려움 아래 숨어 있던 철없는 소년은 내심 간절히 바라고 있었다. 아버지일 수도 있다.

10년이 흘렀다. 불가능한 일이었다. 문이 힘겹게 열리고 있었다. 쪼글쪼글하고 시커넣고 문 가장자리를 잡을 수 없을 정도로 뻣뻣하게 굳은 손가락이 열린 틈 사이로 모습을 드러냈다. 문은 지독하게 느린 속도로 몇 센티미터가 열리고 또 몇 센티미터가 열렸다. 소맷자락과 튀어나온 손목뼈 부분이 보였다. 구부러진 손에 붙은 반쯤 해동된 고기 같은 살점이 문을 여는 동안 낮고 축축한 소리를 내며 찢어졌다.

팔이 더 보였다. 손목에 난 깊게 벤 자국 세 개 위에 피딱지가 앉아 있었고 얼어 있던 피부와 지방과 근육은 서서히 녹고 있었다. 아버지의 팔이었다. 아버지가 겁에 질린 채 **"꺼내 줘, 꺼내 줘, 혈관 안에 있어. 아미타, 이것 좀 꺼내게 도와줘. 꺼내줘, 꺼내줘, 꺼내줘."**라고 미친 사람처럼 소리치며 팔을 처음 칼로 그었을 때 나는 내 방 문가에서 아버지를 지켜보고 있었다. 어머니가 뺨을 때리자 정신이 돌아온 아버지는 피가 잔뜩 묻은 손으로 더듬거리며 화장실 문을 닫았다. 아버지가 잠잠해지자 우리 숙소 밖에서 나는 비명 소리가 들렸다. 아버지는 자신의 손목을 그으면서 아무 소리도 내지 않았다. 자신이 무엇을 하고 있는지 똑똑히 알고 있었으니까.

팔꿈치에 손이 와 닿았다. 내 귀에 들리는 소리라고는 현실이라 믿기 힘든 쿵쿵거리는 노크 소리와 끽끽거리며 문이 열리는 소리뿐이었다. 바키르가 나를 복도로 잡아당기며 내 손에서 시오마라의 헬멧을 빼앗았다. 몸서리가 쳐질 정도로 한기가 느껴졌다. 알아차리지 못하는 사이 숙소가 많이 따뜻해져 있던 탓이었다.

화장실 문이 덜컹거리는 소리가 갑자기 멈췄다. 뒤를 돌아 열린 문틈 사이를 살폈다. 뱃속에서 희망과 공포와 메스꺼움이 뒤엉키는 기분이었다. 살짝 열린 화장실 문과 아버지의 피 묻은 지문이 뭉개진 자국, 얼어붙은 손이 보였다. 손은 더이상 움직이지 않고 있었다. 나는 눈도 깜빡이지 않고 손을 뚫어져라 보았고 한기와 눈물 때문에 눈이 따가웠다. 손가락들이 다시 구부러지기를 바라면서도 구부러질까 두렵기도 했다. 복도에서는 우리가 빠르게 헐떡이며 숨을 쉬는 소리 말고는 아무 소리도 들리지 않았다.

시오마라가 헉 하고 숨을 들이쉬며 말했다. "**아리아나.**"

나는 몸을 돌려 헬멧과 헤드램프 방향을 틀었다. 아리아나가 복도 코너를 돌고 있었고 복도를 가로질러 뻗은 빛에 그녀의 우주복이 환하게 빛났다. 짧은 머리는 얼어붙어 뻣뻣해져 있었고 밖으로 드러난 살갗 위에는 얇게 얼음이 얼어 있었다. 그녀는 눈을 깜빡이지 않았다. 그녀의 눈썹에 반짝이는 얼음 결정이 붙어 있었다.

"아리아나." 시오마라가 다시 말했다. "괜찮아?"

아리아나는 아직 헨케의 총을 가지고 있었지만, 자신이 총을 가지고 있다는 사실조차 잊은 듯 총을 옆구리 아래로 덜렁거리도록 대충 매고 있었다.

"아리아나, 뭐라고 말 좀 해." 시오마라가 앞으로 움직이기 시작했지만 바키르가 그녀를 막았다. "아리아나? 뭐라고 말 좀 해 봐."

"우리를 어떻게 찾았을까?" 바키르가 말했다. 그는 우리 둘을 모두 붙잡으려 한 손은 내 손목을, 다른 손은 시오마라의 손목을 쥐고 있었다. "아리아나가 우리를 따라왔다면 저들도 따라왔을 수 있어."

화장실 문이 덜컹거렸다. 아리아나가 날카롭게 고개를 돌려 벽을 보았다. 마치 벽 너머에서 들려오는 소음이 무엇 때문인지 아는 것처럼 아주 오랫동안 뚫어지게 벽에 시선을 고정했다. 그리고 총을 메고 있지 않은 쪽 손을 움직여 자기 몸 앞으로 들어 올리고는 손가락을 구부려 공기 중에 있는 무언가를 붙잡았다. 그리고 손목을 돌리더니 손을 옆으로 움직였다.

뒤통수를 한 대 얻어맞은 느낌이었다.

그녀는 문을 여는 시늉을 하고 있었다.

그녀는 화장실 안에 있는 존재가 하는 행동을 따라 하고 있었다. 피부가 반쯤 얼어 있지 않고 말랑했다면 화장실에 있는 존재는 그녀처럼 행동했을 것이다. 그녀는 보이지 않는 문을 옆으로 밀었고, 그녀의 움직임에 맞춰 화장실에서 소리가 들려왔다. 그녀는 고개를 옆으로 기울인 채 앞을 바라보았다.

"아리아나?" 시오마라가 두려움에 덜덜 떨며 말했다. "내 말 들려?"

아리아나의 얼굴에는 감정이 전혀 없었다. 미소, 찡그린 표정, 눈썹 주름을 만드는 근육들이 모두 얼어붙고 두뇌에서 아무 명령도 받지 못한 피부 껍데기만 남은 듯했다. 그녀의 입은 열린 채 축 늘어져 있었다.

"아리아나, 제발. 뭐라고 말 좀 해봐. 너는 지금 아파. 알겠어? 우리가 도와줄 수 있어. 우리가 널 도와야 해." 시오마라가 나와 바키르를 쳐다보았다. "제발. 지금 아무도 공격하고 있지 않잖아. 자해하지도 않고. 침착하잖아. 우리가 도와줄 수 있을 거야."

시오마라의 목소리에 담긴 희망이 내 가슴을 후벼 파는 듯했다. 몸 안에 내재된 본능과 머릿속의 모든 기억들은 어서 뒤돌아 도망치라고 외치고 있었다. 아리아나가 잠잠하다고 해서 끔찍하고 치명적인, 핏빛 폭력에서 안전하다고 할 수는 없었다. 하지만 그런 본능은 시오마라의 말에 담긴 진실에 지고 말았다. 아리아나는 공격하지 않고 있다. 우리를 따라왔을 뿐이다. 어쩌면 내가 보지 못한 바이러스의 두 번째 단계인 것 같았다. 나는 사람들이 미쳐 날뛰며 망상에 빠진 채 자기 자신과 다른 사람들을 해치는 모습만 봤다. 어두운 우주선 복도를 소름끼칠 정도로 조용히 누비며 다른 사람들을 따라다니는 모습은 보지 못했다. 시오마라가 맞을 수도 있다. 아리아나는 공포에 휩싸여 폭력적으로 변하는 발병 단계에서 죽지 않고 살아남았다. 우리는 그녀를 살릴 수 있을지도 모른다.

그때 아리아나가 말하기 시작했다.

"비노드, 그 칼 가지고 뭐 하는 거예요?" 아리아나가 말했다.

"뭐라고?" 시오마라가 깜짝 놀라며 말했다. "지금 아리아나가 뭐라고 했어?"

나는 답할 수 없었다. 혈관에 흐르는 피가 차갑게 식는 것 같았다.

아버지의 죽음에 대한 기록은 없었다. 개인 주거 공간에는 영상이나 음성 감시 장치가 없었기 때문이다. 어머니와 나를 빼면 아버지의 마지막 순간을 본 사람도 없었다.

아리아나가 다시 말했다. "비노드, 그 칼 가지고 뭐 하는 거예요?"

어머니가 아버지에게 마지막으로 한 말이었다. 어머니가 아버지의 뺨을 때리기 전, 아버지가 화장실 문을 닫고 들어가 목숨을 끊기 직전에 마지막으로 하신 질문이었다.

나는 아무에게도 말하지 않았다. 이모에게도, 조사관들에게도, 바키르에게도, 그 누구에게도 말하지 않았다. 항상 혼자만 간직하고 있던, 과거 기억에서 울리는 메아리 같던 소리가 아리아나의 무표정한 얼굴과 느슨하게 풀린 입에서 뿜어져 나오는 연기구름과 함께 흘러나오고 있었다.

"비노드, 그 칼 가지고 뭐 하는 거예요?" 아리아나가 또다시 말했다. 어떤 억양도 없는, 감정이 담기지 않은 말투였다. "자스, 방으로 돌아가거라. 자스, 방으로 돌아가거라."

메스꺼움이 밀려오고 분노가 치밀었다. 감히 어머니가 했던 말들을 따라하다니.

숙소 안에서 덜컹거리는 소리가 한 번 더 들려왔다. 기괴한 각도로 뻣뻣하게 굳은 아버지의 팔이 화장실 문틈 사이로 삐져나와 있었다. 어깨로 문을 밀려는 것 같았지만 꼬인 실에 매달린 인형처럼 팔만 뻗을 수 있을 뿐이었다. 시오마라가 들릴 듯 말 듯한 소리로 신음을 뱉었다. 내 손목을 잡은 바키르의 손에 힘이 들어갔다. 나는 아리아나 쪽을 돌아보았다.

시오마라의 헤드램프에서 나오는 빛은 여전히 아리아나의 얼굴을 비추고 있었고, 아리아나의 밝은 갈색 피부는 얇은 얼음 막으로 덮여 창백해 보였다. 그녀가 눈을 찌푸리는가 싶었지만 얼굴의 다른 부분은 움직이지 않고 그대로였다. 그녀의 피부에 잔물결이 생겼다. 왼쪽 뺨에 붙은 얼음 막이 녹았고, 관자놀이를 향해 약한 파동이 일고 있었다.

아리아나가 아무 소리도 내지 않고 우리에게 눈길조차 주지 않은 채 몸을 돌려 어둠 속으로 도망치기 직전, 잔물결은 이마와 머리카락의 경계선 뒤로 사라졌다. 그녀의 피부밑에 가느다랗고 빠르게 움직이는 물체가 돌아다니고 있었다.

UCE 보안 위원회 – 기밀 자료 참조 #R3459322-C32

증인 진술서 기록 기밀자료 [음성]

출처: 하우스오브위즈덤호 사건 특수 조사 위원회

일시: 393년 1월 22일 09:00:00

[확인된 신원 – 특수 조사 위원회: 진술서 섹션 c03.2 참조]

조사 위원장: 기록을 위해 성함과 직함을 말씀해 주시죠.

증인: 북미 연합 교통 위원회의 1급 보안 책임자 알폰소 디트리히입니다.

조사 위원장: 이 증언을 하는 동안 당신이 알고 있는 모든 진실을 말하고 특별조사위원회에 의도적으로 오해의 소지가 있는 진술을 하지 않겠다고 약속합니까?

증인: 네.

조사 위원장: 그럼 시작하죠. 1월 17일에 이스트 프레시디오 베이에 있는 프레몬트 스테이션의 2번 플랫폼에서 있었던 일에 대해 말씀해 주시죠.

증인: 그날 제 업무 시작 시간은 17시였고 대략 17시 45분쯤 프레몬트 스테이션의 도보 순찰을 시작했습니다.

두 번째 위원: 순찰을 혼자 나가셨습니까?

증인: 네. 동료들과 무전 연결은 되어 있었지요. 보안 프로토콜이 상향되어서 30분마다 보고를 해야 했어요.

두 번째 위원: 총기나 진압용 무기로 무장하고 있었나요?

증인: 아니요, 당연히 아니었죠.

두 번째 위원: 보안 프로토콜이 상향 조정된 상황에서도 말입니까?

증인: 국경 근처에 있으면 목숨을 잃을 수도 있다는 두려움을 항상 느끼리라고 생각하시겠지만 실상은 그렇지 않습니다. 프레시디오 베이는 안전한 곳이에요. 저희 목적은 사람들을 돕는 것이지 겁주는 게 아닙니다.

세 번째 위원: 이해합니다. 계속하시죠.

증인: 약 19시 30분경 2번 플랫폼 입구에서 한 여성이 제게 다가와서 도움이 필요한 사람이 있다고 알려주었습니다. 그녀는 그 사람이 최근에 시민권을 획득한 난민일지도 모른다고 생각했습니다. 몸이 좋지 않아 보인다면서 의료진에게 보여야 할 것 같다고 걱정하더군요.

두 번째 위원: 동료들에게 도움을 요청했습니까?

증인: 예? 아니오, 당연히 아닙니다. 여성은 도움이 필요한 남자 한 명이 있다고 했어요. 그래서 도우러 갔습니다. 플랫폼에 거의 사람이 없어서 그 남자를 찾기는 쉬웠어요. 그는 혼자였습니다.

조사 위원장: 남자를 알아보았나요?

증인: 처음에는 알아보지 못했습니다. 밤에 비가 쏟아졌는지 모자가 달린 외투를 입고 있었어요. 두 손으로 머리를 감싼 채 몸을 숙이고 있었고요. 무기를 가지고 있지는 않은 것 같았고 짐이나 가방도 없었어요. 저는 다가가서 도움이 필요하냐고 물었습니다.

두 번째 위원: 그때는 알아보셨습니까?

증인: 네. 그때 그 남자가 그레고리 라고라는 것을 알아챘습니다. 이름을 부르지는 않았지만 제가 알아봤다고 해서 놀라지는 않았을 것 같았어요. 도움이 필요하냐고 묻자 그가 "너무 늦을 거예요. 일을 잘

못 처리했어요. 제가 잘못 했어요."라고 하더군요.

세 번째 위원: 다시 한번 말씀해 주시죠, 디트리히 씨. 확실하십니까? 라고 박사가 사무관님께 너무 늦을 거라고 말했다고요? 이미 너무 늦은 게 아니라요?

증인: 네. 확실합니다. 그게 무슨 뜻이냐고 묻자 그는 '그들이 이해하지 못할 줄 알았다'고 하더군요. 우리가 이해할 수 있는 사람을 찾아보겠다고 했습니다. 그의 아내와 아이들이 그가 집으로 돌아오길 기다린다고도 했고요. 그 말을 하지 말았어야 했는데.

조사 위원장: 왜죠? 구두 협상 프로토콜 아닌가요?

증인: 그렇죠, 하지만 제가 가족 이야기를 꺼내자, 라고 박사는 자리에서 벌떡 일어섰어요. 그는 눈에 띄게 괴로워했어요. '너무 늦었다. 이미 실패했다. 내가 너무 오만했다. 모두를 실망시켰다. 미안하다고 전해달라'라고 하더군요. 그러고는 선로로 뛰어들었습니다.

조사 위원장: 그가 도주나 자살을 할 생각이었다고 생각하십니까?

증인: 자살이라고 생각합니다. 그는 기차가 오는 것을 알고 있었어요. 뛰어내릴 타이밍을 엿보고 있었죠.

자흐라

5층. 꽉 닫힌 대피용 에어로크 해치 옆에 옹기종기 모인 시체 가족이 보였다. 부상을 당하거나 감염 흔적이 없는 아빠, 엄마, 그리고 젖먹이 아기가 보였다.

6층. 얼굴이 갈가리 찢긴 남자가 보였다. 그가 사용했을 금속 조각이 미라처럼 변한 손가락에 아직 쥐어져 있었다. 사다리 충계였다. 벽에 붙은 사다리에서 뜯어내 자기 살점을 찢는 데 쓴 것 같았다.

헨케의 시체는 뒤에 남겨두고 왔다. 우주복이 그의 피로 얼룩져 있었다. 헬멧 얼굴 가리개 부분에 스프레이로 뿌린 것처럼 피가 튀었고 팔과 가슴팍에도 기다랗게 핏자국이 났다. 대그와 파냐는 아리아나가 난리를 피운 이유가 다른 사람들에게 탈출할 기회를 주기 위해서였다고 생각했다. 말라치는 아무 말도 하지 않았다.

판단이 서지 않았다. 아리아나가 감염되었다고 말하는 바타차르야의 목소리에서 느껴지던 두려움이 가짜인 것 같지는 않았다. 아리아나가 공황상태에 빠진 척을 했다고도 생각하지 않았다. 그리고 무엇보다 감염되었을 가능성이 있다는 정도로 상황을 일축해서는 도움이 될 것 같지 않았다. 조심해야 했다. 피부에서 따끔함과 가려움이 느껴질 때마다 두려움이 스멀스멀 피어올랐다.

우리는 배의 함교로 향하고 있었다. 말라치는 우주선을 완전히 장악하려면 모든 시스템을 잠근 직권 명령을 해제해야만 한다고 했다. 일이 이렇게 흘러가서는 안 됐다. 몇 년이나 계획을 세운 데다, 모든 측면에서 발생할 수 있는 여러 가능성까지 꼼꼼히 살펴왔는데, 이래서는 안 된다. 이제 보니 우리가 몰랐던 것들이 너무 많았다.

7층. 죽은 남자 두 명이 창문 가득한 방에서 창밖 너머 별을 바라보고 있었다. 둘 중 한 사람의 얼굴에는 멍과 상처가 가득했다. 얼어붙은 주먹으로 여전히 자신의 머리카락을 움켜쥐고 있는 남자에게 흠씬 두들겨 맞은 모양이었다. 말라붙은 피와 뼈와 뇌 조각이 창문과 의자, 제어판, 방 한가운데 고정된 추상 조각상 위에 마구 튀어 있었다.

헨케. 바오. 니코. 보디카. 그들을 잃었다. 셔틀은 사라졌고, 인질들도 사라졌다. 우리는 이 우주선을 장악하지도 못한데다, 홈스테드호는 위험에 노출되었으며, SPEC에서 우리를 쫓고 있었다. 게다가 헨케의 총을 든 여자가 어둠 속을 떠돌아다니고 있었다. 어쩌면 그녀는 SPEC 요원일 수도 있다. 혹은 그저 운이 좋았을 수도 있고, 어쩌면 분노를 유발하는 바이러스에 감염되었을 수도 있다. 어떤 경우든 내가 실패했다는 사실은 달라지지 않는다. 속에서 씁쓸한 신맛이 올라왔다. 모든 일이 옳은 방향으로 돌아가리라 믿는 것은 어린아이들이나 멍청이들뿐이고, 나는 어린아이가 아니다. 그러니 인질들이 나를 바보로 만들도록 내버려 둬서는 안 됐다. 같은 실수를 두 번 반복하지는 않을 것이다.

8층. 엄마 목소리가 들렸다.

한 손을 벽에 짚고 멈춰 섰다. 뒤에서 비추는 헤드램프 빛 때문에 길고 구불구불한 내 그림자가 어둠 속까지 드리워졌다.

"여길 봐." 주방 벽면 스크린에 띄워진 하우스오브위즈덤호 사진을 손가락으로 가리키며 엄마가 말했다. 평소와 같은 말투였고, 내가 기억하는 엄마는 바람에 살랑이는 낙엽처럼 부드럽게 속삭이듯 말했다. "한동안 아빠가 일할 곳이야. 중요한 일을 하실 거란다."

"자흐라?" 말라치가 말했다. "무슨 일이야?"

나는 넓은 복도 벽을 양손으로 번갈아 밀며 다음번 층간 해치 표지판을 따라 다시 움직이기 시작했다. 컴퓨팅 코어를 떠난 후 우리는 거의 말을 하지 않았다. 인질들이 실수로라도 위치를 노출할 가능성이 있어서 무전기를 끌 수 없었고, 그들이 우리 이야기를 엿듣고 있다면 어떤 정보도 주고 싶지는 않았기 때문이다. 딱히 할 말이 없기도 했다. 우리는 10층에 있는 함교로 가야 했고, 빨리 움직여야 했다. 계획 덕분에 의견 다툼할 거리가 거의 없다는 사실에 약간이나마 안심이 되었다. 8층에는 넓고 곧게 뻗은 복도가 있었다. 주거 공간이나 휴식 공간, 정원은 없었다. 간격을 두고 달린 문들 너머에는 연구실이 있었고, 각 문에는 작고 깔끔한 문패가 붙어 있었다.

행성 항로 연구실, 궤도 계산실, 광물 자원 평가실

어렸을 때 나는 아빠와 함께 우주 살며 모험을 하고 싶어 했고 이 복도를 지나는 상상을 수천 번 했었다. 나중에 아빠가 돌아가시고 엄마까지 세상을 떠난 뒤에는 나드라, 안와르와 함께 이 복도를 걷는 상상을 했고, 그들이 거의 기억하지 못하는 아빠와 그들의 기억 속에서 항상 슬픔에 잠겨 있는 엄마에 대해 무슨 이야기를 해줄지 떠올리곤 했었다.

극미중력 연소 연구실, 천체 역학 연구실, 탐색 로봇 공학 연구실

지체할 시간이 없었지만, 우리는 그 장소를 발견하고 말았다.

딥 스페이스 고고학 연구실

나는 벽에 붙은 손잡이를 잡았다.

이곳에 오게 되다니.

"자흐라?" 파냐가 말했다. "뭐 잘못됐어?"

"이럴 시간 없어." 말라치가 내 어깨너머로 문패를 읽으며 말했다.

그는 이성을 잃고 있었다. 우리가 컴퓨팅 코어를 떠날 때부터 느끼고 있었다. 대그는 항상 그렇듯 조용하고 굳건했고 파냐의 목소리에는 언제나처럼 가벼운 걱정이 섞여 있었다. 하지만 말라치 두려움은 점점 날이 바짝 섰고 이제까지 그에게서 본 적 없는 분노가 되어 있었다. 말라치의 마음속에는 '가족' 대부분이 품고 있는 화가 없었다. 말라치가 농장에 처음 도착했을 때, 그는 오랫동안 떠돌아다니느라 발에 물집이 잡히고 입술은 부르터 있었고, 요구하는 것만 많고 주는 것은 거의 없는 의회의 시민권 처리 절차에서 여러 번 모욕을 당한 뒤라 영혼도 피폐해져 있었다. 그때조차 그는 웃음을 잃지 않았고 휴식을 취할 수 있다는 사실에 감사하며 사람들에게 마음을 열었다. 그러나 그 미소와 감사하는 마음, 열린 태도는 이제 사라지고 없었다. 하우스오브위즈덤호에 모두 짓밟힌 듯했다.

"여기에서 전염이 시작됐어." 내가 말했다. "문을 열어줘."

말라치는 내 말을 무시하며 움직이지 않았다. "왜? 애덤이……"

"애덤은 여기 없잖아." 내가 말했다. "문 열어."

얼굴 가리개 뒤 말라치의 얼굴에 비친 표정이 무슨 뜻인지 알 수 없었다.

"바이러스에 대해 우리가 알던 모든 건 다 거짓으로 밝혀졌어." 내가 최대한 차분하게 말했다. "거짓말은 이제 신물 나. 우리가 뭘 할 수 있는지 봐야겠어. 여기에 아무것도 없으면 머무르지 않을 거야. 파냐랑 대그는 계속 이동하면서 다음 층으로 가는 길을 찾아 봐."

"당연히 그래야지." 파냐가 말했다. "오래 안 걸릴 거야."

그녀는 대그를 향해 고개를 까딱했고 두 사람은 복도를 따라 계속 이동했다.

"문 열어줘." 내가 세 번째 말했다.

결국 말라치는 내 말에 따랐다. 말라치가 의료 검역 격리를 우회하기 위해 작업하는 동안 경직된 그의 어깨를 지켜보면서, 말라치가 다시 안심하며 희망을 가지도록 만들어줄 말을 찾아보았다. 하지만 나에게도 희망은 거의 남아있지 않았다.

때문에 나는 아무 말도 하지 않았다. 곧 문이 열렸다. 말라치는 내가 지나갈 수 있도록 옆으로 비켜주었다.

어두운 방이 천천히 어슴푸레한 붉은색 빛으로 채워지면서 창문에 비친 우리의 희미한 그림자가 보였다. 창문을 마주 보고 한 줄로 길게 늘어선 워크스테이션들이 보였다. 시체는 없었다.

나는 헤드램프를 끄고 창밖을 내다보았다. 잠시 후 말라치도 나를 따라 헤드램프를 껐다.

방은 커다란 정육면체 모양이었다. 중앙에는 금속 받침대 세 개 위에 UC33-X가 올려져 있었다.

미확인 우주선 UC33-X라는 이름은 재건년 385년, 포보스에 있는 우주 망원경이 지구를 향해 부드럽게 날아오고 있던 탐사선을 발견한 뒤 붙여졌다. 탐사선은 아무런 경고도 없이 태양계의 가장자리로 접근했다. 이 탐사선이 먼 우주에서 왔다는 사실을 알아냈을 때, SPEC의 과학자들은 혼란에 빠졌다. 혼란스럽지만 놀라운 일이기도 했다. 이 탐사선이 애절한저녁노래호라는 고대 우주선에서 인간의 손으로 제작되었다는 사실에 안도하는 사람들이 있는가 하면 실망하는 사람도 있었다. 초등학교 때 친구들과 둥그렇게 둘러앉아 선생님이 '붕괴' 전 시대에 제작된 세대 우주선을 주제로 쓴 아동용 도서를 읽어주시는 것을 들은 적이 있었다. 선생님은 기력을 다해가는 행성에서 다른 별을 찾아 떠났던 고대 인류가 얼마나 용감하고 훌륭했는지, 그들에게서 메시지를 받은 것이 얼마나 흥미로운 일인지 설명하셨다. 하지만 선생님도 그림책도 세대 우주선이 특권층과 엘리트 계층을 위해 만들어졌다는 사실이나, 탐사에서 돌아온 우주선은 없으며 발사된 후 이삼십 년 안에 실패했으리라고 믿는 사람들이 많다는 불편한 진실은 이야기해주지 않았다.

아빠는 UC33-X가 도착했을 때 매우 흥미로워하셨다. 그에게 UC33-X는 선물이었다. 아빠는 평생 우주선 조선소 유적이나 폐인 공위성 잔해, 조각조각 남은 기록들, 송신 무전의 메아리 등을 조사하셨고, 고고학자로서 인류 역사에서 재앙이나 마찬가지였던 분열 이전의 흔적을 찾기 위해 할 수 있는 모든 활동을 하시면서 붕괴 전 우주 탐사 역사를 연구했다. 붕괴에서 살아남은 의회의 설립자들을 우상처럼 생각하셨던 아빠에게 있어, UC33-X는 지구를 떠나 살아남은 이들이 있었다는 증거이자, 그들이 자신들의 발견을 메시지로 보내올 만큼 여전히 고향 행성을 아끼고 있다는 증거이기도 했다. 아빠가 하우스오브위즈덤호에 왔던 이유는 수백 년 동안 거친 우주 환경에서 손상된 메시지를 복구하고 해독해 메시지를 보낸 사람들에 대해 알아내기 위해서였다.

SPEC에서는 아빠가 데이터와 연구 결과를 동료 과학자들에게 숨겼다고 주장했다. 위대한 발견을 할 수 있다는 기대에 부풀어 점점 이기적으로 변한 아빠가 영광을 독차지하기 위해 다른 과학자들의 연구를 방해했다는 것이다. 사실이 발각되어 우주선에서 쫓겨나게 되자 격분한 나머지 우주선에 탄 모두를 학살하는 복수를 실행했는데, 어쩌면 수개월 또는 수년 전부터, 혹은 '붕괴' 전 시대의 생물학 무기를 연구했을 때부터 이런 테러 계획을 세워두고 적당한 대상을 물색하고 있었을 가능성도 있다고 SPEC에서는 주장했다. 그가 종잡을 수 없는 사람임에도, 이를 더 일찍 알아차리지 못해 죄송하다며 사죄까지 했다.

아빠가 먼 우주에서 인류가 살아남았다는 증거를 찾기 위해 평생을 바칠 만큼 인류를 사랑했다는 사실은 안중에도 없었다. 의회를 인류가 과거보다 나아질 수 있는 증거로 여기며 좋아했다는 사실 또한 신경 쓰지 않았다. 비록 인류가 자신과 지구를 파멸 직전까지 몰고 갔지만, 자신들의 폭력성 때문에 폐허가 된 환경을 돌아보고 더 현명하고 따뜻한 세상을 재건했다는 사실은 언제나 아빠에게서 자부심을 끌어내는 원천이었고 아빠가 낙천적일 수 있는 이유이기도 했다. 의회는 아빠를 비난하면서도 그레고리 라고란 인물이 실제로 어떤 인간이었는지는 전혀 신경 쓰지 않은 것이다.

지난 10년 동안 희망 하나 없는 듯한 순간에도, 난 아빠가 결백하다는 확신 하나로 버텨왔다. 하지만 어슴푸레한 붉은 조명에 둘러싸여 유리벽에 비친 유령 같은 나 자신을 마주한 지금의 내게는, 그보다 더 큰 확신이 필요했다. 누군가 하우스오브위즈덤호에 바이러스를 퍼뜨렸고 바로 이 실험실이 그 시작점이다.

"증세가 나타나기 직전에 남긴 기록을 보고 싶어." 내가 말했다.

말라치는 내가 말을 끝내기도 전에 이미 워크스테이션으로 향하고 있었다. 나는 실험실을 더 잘 살펴보려고 유리벽 쪽으로 몸을 당겨 다가갔다.

UC33-X는 선수부터 선미까지 길이가 7미터였고 뭉툭한 뿔 모양의 선수와 부채꼴 모양으로 퍼진 선미를 제외하면 돌출되거나 부착된 장비가 거의 없는 매끈한 원통형이었다. 우주를 빠르게 가로지를 수 있게 한 솔라 세일(태양광의 압력을 이용해 우주선의 자세를 안정시키고 추진력을 얻도록 하는 돛—옮긴이)이 제거되고 날씬한 몸체만 남아 있는 상태였다. 과학자들은 탐사선을 해부하고 있던 모양이었다. 옆쪽으로 패널이 열려 있었고 계기판과 내부에 연결된 철사와 금속 장치들이 보였다. 탐사선 꼭대기의 열려 있는 부분 옆으로 작업대와 의자가 놓여 있었다. 작업대에 줄로 묶인 도구들이 가시가 달린 덩굴처럼 둥둥 떠 있었다.

그들은 몇 년 동안 태양계 바깥쪽 경계에서 태양을 향하고 있던 탐사선을 추적한 끝에 전염병이 돌기 8개월 전에 하우스오브위즈 덤호에 UC33-X를 실을 수 있었다. 그 8개월 동안 지구로 돌아오면서 아빠와 다른 고고학자들은 탐사선을 연구하고, 분류하고, 측정하고, 평가했고, 재료를 분석하고 온전하게 작동이 되는지 확인했다. 그들은 절대 서두르지 않았다. 안에 들어 있는 내용물이 손상될까 성급히 파헤치고 싶은 마음을 꾹꾹 누른 채 전염병이 퍼지기 한두 달 전에야 본체를 분해하기 시작했다. 우리 가족에게 전달된 녹화 영상에서 아빠는 잔뜩 신이 난 채 환하게 웃고 계셨고, 동료들과 함께 거둔 성과에 만족하고 계셨다.

"내부 문을 열 수 있어." 말라치가 말했다.

그는 나를 바라보았고 그의 시선이 유리창 위 내 손이 놓인 지점에 고정되었다. 넋을 놓고 탐사선을 바라보다 들키자 당황한 나는 얼른 유리창을 밀어 멀어졌다.

"해 봐." 내가 말했다.

딸깍하는 기계음이 조용히 들리며 문이 쉽게 열렸다. 나는 몸을 밀어 탐사선 쪽으로 다가갔지만, 방향을 잘못 계산하는 바람에 탐사선에 부딪히며 멈춰 섰다. 죄책감이 밀려들었다. 몸통으로 박치기를 하기에는 너무 소중한 물건이었다. 아빠가 봤더라면 경악을 하셨을 것이다. 탐사선 선체는 매끈했다. 장갑이 표면에서 미끄러질 정도였다. 몇 센티미터씩 조심스럽게 몸을 당기며 워크스테이션과 도구들 쪽으로 이동했다.

컴퓨터 단말기 앞에서 드디어 시체들을 발견했다.

하나는 UC33-X의 반대편을 둥둥 떠다니고 있었다. 하우스오브 위즈덤호 패치가 달린 평범한 점프슈트를 입고 있었다. 희고 긴 머리칼이 머리통 주변을 떠다녔다. 가슴 앞으로 팔을 꼰 채 탐사선과 평행하게 공중에 누워 있었다. 발에는 아무것도 신지 않고 있었고 손도 역시 맨손이었다. 미라처럼 피부가 마르지만 않았다면 평화롭게 자는 것처럼 보였을 것 같았다. 말라비틀어진 피부와 흰 머리 때문에 나이가 아주 많아 보였다. 점프슈트에는 이름이 적혀있지 않았지만 나는 그녀를 알아보았다. 고고학자인 마리스카 서머 박사였다. 아빠와는 함께 학창 시절을 보낸 친구이기도 했다. 겉으로 보이는 상처는 없었고 무기로 보이는 물건도 들고 있지 않았다. 폭력의 흔적은 전혀 없었다.

하지만 두 번째 시체는 달랐다. 남자 시체였고 다른 쪽 벽에 화물 고정용 끈으로 고정되어 있었다. 가스통 밸브가 그의 입을 막고 있었다. 바짝 마른 얼굴에 화상 흔적이 있었다. 가스통 밸브 주변으로 늘어나 있는 입술은 시커멓게 변해 갈라져 있었다.

"별론데." 말라치가 말했다. "도대체 저건…… 저건 액체 헬륨이야? 무슨 일이 있었던 거지?"

시체를 수도 없이 마주하며 춥고 어두운 묘지 같은 공간을 계속 지나다 보니 이 백발 여자, 정원에서 본 서로를 끌어안고 있던 사람들, 그리고 컴퓨팅 코어의 승무원들의 고요한 죽음 역시 폭력적인 죽음만큼이나 심란하게 느껴졌다. 거의 모든 장소에 널브러져 있는 잔혹하게 죽은 이들을 보는 데는 거의 무감각해져 있었지만, 끔찍하게 죽은 남자 코앞에서 평온하게 팔짱을 낀 채 잠든 서머 박사의 시체에서는 눈을 뗄 수가 없었다.

말라치의 목소리가 귀에 들어왔다. "시스템에 마지막으로 입력된 기록을 찾았어. M. 서머 박사의 개인 기록이야."

워크스테이션 화면이 깜빡였다. 파란 화면이 사라지자마자 서머 박사의 얼굴이 등장했다. 그녀는 내가 생각했던 것보다 젊어 보였다. 밝은 갈색 피부에는 입가와 눈가처럼 웃을 때 주름이 지는 부위에만 주름이 있었다. 눈은 충혈되고 뺨에는 눈물이 고여 있었다. 말을 시작하기 전 그녀는 숨을 들이켰다.

"내가 마지막 남은 사람인 것 같다." 남반구 오세아니아 대륙 억양을 쓰는 그녀의 목소리는 가늘고 부드러웠다. "한 시간 넘게 아무 소리도 듣지 못했고, 밖은 조용한 상황이다. 선장은 의료 검역 격리 조치를 내린 후론 아무런 응답이 없다. 사울에게 일어난 일을 선장에게 설명했다. 그를 다치게 하고 싶지 않았지만, 나를 공격하는 그를 막아야 했다. 그가 공격을 멈추지 않았기에, 어떻게 할 방법이 없었다. 선장에 이 모든 상황을 이야기했다. 그의 죽음은 모두 내 책임이다. 그의 아이들에게 너무 미안할 뿐이다. 정말, 정말 미안하다고 전해주길 부탁한다. 그게……" 그녀는 시선을 내리깔고 왼쪽을 바라보았다. "73분 전이었다. 이 기록을 찾을 때쯤 여러분은 밖에서 무슨 일이 있었는지 알아냈을 거다. 내가 지금 아는 것보다 훨씬 많이. 하지만 이 기록을 찾은 여러분이 누구든 우리가 절대 부주의하지 않았다는 사실을 알아주었으면 좋겠다."

나는 유리에 비친 말라치를 흘끗 보았지만 그는 화면만 바라보았다.

"우린 부주의했던 게 아니다." 서머 박사가 다시 한번 말했다. "취해야 할 모든 예방 조치를 취했다. 우리는 애절한저녁노래호에 탔던 사람들이 마냥 너그럽기만 했다고 믿는 멍청이가 아니니까. '붕괴' 이전에는 폭력적이고 이기적인 인간들이 많았다. 때문에 이 탐사선을 우주선에 싣기 전에 인간이나 외계인으로부터 온 바이러스 또는 박테리아로 오염된 흔적이 아주 조금이라도 있는지 조사를 선행했다. 하지만 아무것도 찾지 못했다. 그래서 해를 끼칠 리 없다고 믿고 말았다. 여러 단계로 연구를 진행하며 완전히 안전하다는 확신이 들 때만 다음 단계로 넘어갔다. 그레고리 라고가 뭐라고 하든 그의 주장을 흘려들은 적은 없었다."

아빠의 이름이 들리자 가슴이 쿵쾅거렸다.

"그레고리가 우리에게 화가 났다는 것도 알았다. 하지만 그는 우리를 믿지 않았고 더 심각하게도 우리가 자기 지도를 따를 만큼 똑똑하다고 생각하지도 않았다. 오만함은 항상 그의 결점이었다. 그는 우리가 모두 함께 일할 수 있는 환경을 만들었어야 했다. 우리가 그의 지시를 따르지 않게 된 이유는 그가 우리에게 데이터를 모두 공개하지 않았기 때문이다."

서머 박사는 아빠에게 화가 나거나 아빠를 두려워하는 것 같지 않았다. 아빠를 비난하는 것처럼 들리지도 않았다. 그녀는 엄지와 검지로 콧등을 잡으며 말했다.

"그레고리, 네가 일생에 단 한 번이라도 자신의 영광을 조금 포기하고 우리를 더 믿어줬더라면 좋았을 텐데." 서머 박사는 그 대목에서 카메라를 똑바로 쳐다보았다. 그녀의 깊고 부드러운 갈색 눈에 눈물이 고여 있었다. "학교 다닐 때, 피오피오타히에 다이빙하러 갔던 거 기억해? 네가 21세기에 만들어진 로켓의 파편을 발견했었지. 지도에 로켓의 위치가 잘못 표시되어 있었던 바람에 너는 그게 미확인 로켓이거나 아직 아무도 찾지 못한 로켓의 파편이라 생각했어. 하지만 다른 사람들이 이미 수천 번 탐구했던 것과 같은 로켓이라는 사실을 알았을 때 엄청 실망했지."

서머 박사는 다시 말을 멈추고 목소리를 가다듬었다. 그녀는 오른쪽을 보다가 팔을 뻗었다. 팔이 카메라 앵글 밖으로 나갔지만, 그녀가 탐사선을 만지고 있다는 것을 알 수 있었다.

"가라앉은 로켓을 찾으러 갔던 날 밤, 우리는 별이 빛나는 하늘 아래 배 위에 앉아 있었어. 기억나? 잊을 수 없는 밤이었다고 생각해. 벌써 수년이 지났지만 정말 아름다운 날이었어. 하늘은 맑았고 별이 밝게 빛났어. 우리는 언제나 그렇듯 세상 이치를 다 안다는 듯 떠들었었지. 너는 잃어버린 우주선에 관해 이야기했어…… 그때도 네가 이야기하고 싶어 하는 주제는 그것뿐이었어." 서머 박사가 입술을 꾹 다물면서 코로 숨을 들이쉬었다가 내쉬었고, 내쉬는 숨결에 축축하고 떨리는, 차마 누르지 못한 흐느낌이 섞여 있었다. "너는 '붕괴' 전 시대의 사람들에 관해 이야기했고, 그들이 우주선 폭발 사고를 여러 번 겪고도 우주로 기어코 나갔다는 것 자체만으로도 놀랍다고 했지. 그들이 부를 축적하고 말도 안 되는 이유로 전쟁을 벌이고 서로를 죽이는 데 얼마나 집착했는지에 관해서도 이야기했고. 전 세계적으로 증오와 잔인함, 실패가 널리 퍼져 있었다고 했어.

고장 난 우주선과 로켓들이 모두 우리 발밑에 장난감처럼 흩어져 있다고 했지. 그들이 남기고 간 우리가 수습해야 할 과제 중 하나라면서.

그리고 넌 말했어. 그들이 서로를 죽이고 전 세계에 독을 퍼뜨리는 것 말고는 잘하는 게 없었다는 사실을 알지만, 그 바보들이 저 캄캄한 어둠 속 어딘가에 살아남았길 바란다고 했어. 너는 그들이 어떤 사람들인지 알면서도 그러길 바랐어."

"그레고리." 서머 박사가 몸을 앞으로 기울이며 말했고 그녀의 흰 머리칼이 얼굴 옆에서 일렁였다. "네가 우리에 대한 믿음을 언제부터 잃어버렸는지 모르겠어. 하지만 나는 네가 바다 위 그날 밤을 기억하길 바라. 이 안에서 무슨 일이 있었는지 사람들에게 말할 때가 오면, 너는……"

갑자기 경보음이 크게 울려 퍼졌다. 나는 화들짝 놀라며 주변을 둘러보았지만 곧 영상 속에서 나는 소리라는 것을 깨달았다. 서머 박사는 화면 아래를 내려다보았다. 다시 한번 경보음이 울렸고 그녀 주변으로 밝은 흰색 빛이 번쩍이기 시작했다. 그녀는 어깨를 툭 떨궜다.

"이런." 경보음이 잠깐 멈춘 틈에 그녀가 조용히 말했다. "뭔지 모르겠다. 이런 소리는……"

귀를 찢을 듯 울부짖는 경보음이 다시 시작되었다.

"……훈련에서 쓰였다. 하지만 여기에는 화재 진압 중이라는 표시가 뜬다. 내 생각엔 선장이……"

또 한 번 경보음이 귓전을 때렸다.

"……나에게는 그렇다. 이렇게 하면 속도를 늦출 수 있을 것이다."

서머 박사는 경보음을 기다렸지만 이번에는 아무 소리도 들리지 않았다. 대신 낮게 쉭쉭거리는 소리가 들리기 시작했다. 그녀 뒤에서 깜빡이던 흰색 경광등도 깜빡임을 멈췄다. 고개를 들고 주변을 둘러보는 그녀의 얼굴 구석구석과 몸짓 하나하나에서 패배감이 엿보였다. "이게 릴리안의 결정이라면 여러분은 그녀를 살인자가 아닌 영웅으로 기억해주길 바란다. 부디 그녀를 용서해 주시길. 우리 모두를 용서하길."

그녀는 앞으로 손을 뻗다가 잠시 멈추고 다시 카메라를 바라보았다. 그녀는 더 할 말이 있는 것처럼 입을 떼더니 결국 고개를 저으며 '녹화 종료'라고 말했다.

화면이 검게 변했다.

"자흐라." 말라치가 말했다.

"기다려."

생각할 시간이 필요했다. 서머 박사는 아빠와 그가 하는 일에 대해 알았다. 그녀는 아빠를 평생 친구라고 생각했고 소중한 사람이라 여겼다. 또한 전염병을 아빠의 탓으로 돌리지도 않았다.

바이러스가 지구에서부터 시작됐다고 생각하지 않기 때문이었다.

"다시 재생해 봐." 내가 말했다. "서머 박사가 뭐라고 했는지 들었어?"

"자흐라." 긴장한 말라치의 목소리가 평소답지 않게 높아져 있었다. 나는 고개를 돌렸다.

대그와 파냐가 바깥방으로 들어와 말라치 옆에 서 있었다. 세 사람은 유리창에 비친 유령 같은 내 그림자 뒤에서 붉은색 휴면 조명을 받아 빛나고 있었다.

"파냐, 대그, 너희도 들어야 해. 바이러스에 관한 이야기야. 말라치, 기록을 다시 재생해 봐."

말라치가 나를 똑바로 바라볼 뿐 아무 말도 하지 않았다.

"자." 파냐가 입을 열자 말라치가 움찔했다. "가 봐. 너도 자흐라랑 안에 남아."

말라치가 콘솔 의자에서 일어난 뒤에야 파냐가 말라치의 등에 무기를 겨누고 있었다는 사실을 알아차렸다. 대그도 총을 꺼내 옆구리에 들고 있었다. 나는 총을 번갈아 보며 이야기했다.

"뭐 하는 거야?" 바보가 된 기분으로 내가 물었다.

대그는 손을 뻗어 말라치의 총을 총집에서 꺼냈다. 나도 무기를 가지고 있다는 사실이 너무 늦게 기억났고, 서툰 손짓으로 총집에서 총을 꺼내는 데도 한참이 걸렸다. 총을 어디에 겨눠야 할지도 알 수 없었다.

"제발 화내지 마, 자흐라." 파냐가 말했다. "네 잘못은 아니야."

"대체……"

"아니." 나와 말싸움이라도 하는 것처럼 그녀가 말을 잘랐다. "너는 너무 무르고 확신이 없어. 애덤에게도 그 점을 경고하려 했지만, 그는 네게 기회를 주고 싶어 했어. 말라치, 들어가. 애덤은 너희 둘 모두에게 기회를 주고 싶어 했어."

말라치가 문 쪽으로 몸을 당기다가 천천히 일부러 몸을 멈췄다.

"파냐, 너……"

"닥쳐." 대그가 말했다. 그는 컴퓨터에서 말라치의 만능키를 뽑았다. "안으로 들어가."

"뭐가 문제인지 말해줘." 애원하며 말하는 내 심장은 요동치고 있었다. "원하는 걸 말해. 임무가 잘 돼가고 있지는 않지만 아직 바로잡을 수 있어. 시간이 있잖아."

"우리가 바로잡을게." 동정과 후회가 섞인 부드러운 목소리로 파냐가 말했다. "네가 아니라 우리가 할 거야. 애덤이 도착할 때까지 우리가 모든 준비를 마칠 거야. 네가 입힌 손해를 메꿀 거야. 애덤과 '가족'이 다시 희망을 가질 수 있도록 할 거고. 네 총 대그에게 줘."

나는 총을 고쳐 쥐었다. 뭘 해야 할지 갈피를 잡을 수 없었다. 파냐와 대그를 다치게 하고 싶지는 않았다. 두 사람은 내 친구이자 가족이었다. 두렵고 혼란스러워 좌절하고 있지만 그들은 여전히 나의 가족이었다. 그들을 다치게 할 수는 없었다. 셔틀에서 내가 죽인 소년을 계속 생각했다. 그의 머리가 피 구름이 되어 사라지는 광경이 떠올랐다. 그를 죽일 때 나는 마치 그가 인간이 아닌 것처럼 조금도 망설이지 않았다. 파냐한테는 그렇게 할 수 없었다. 파냐는 나에게 사막에서 살아남는 법을 알려줬고, 평생 깨달은 지혜를 아낌없이 내게 나눠줬다. 엄마가 돌아가셨을 때 나를 위로해 줬고, 애덤의 신뢰를 잃었을 때 그를 화나게 하지 않는 방법을 알려줬으며, 내가 이 임무를 맡는 것을 사람들이 반대할 때 그녀는 손을 들고 목소리를 높여 나를 지지해줬었다.

파냐는 총을 말라치의 머리 뒤에 가져다 댔다. 목소리가 눈물에 젖어있었다. "자흐라. 일 어렵게 만들지 말자."

"파냐, 그러지 마. 말라치를 다치게 하지 마. 내가 문제를 해결하게 도와줘."

"인질들을 여기로 데려오면 안 됐어." 대그가 말했다. 그의 목소리에는 미안한 마음도, 동정도, 분노도 섞여 있지 않았다. 그는 마치 자신의 말이 명백한 사실인 것처럼 말했다. "애덤이 지시한 곳에 인질들을 두고 왔다면 헨케는 아직 살아 있을 거고 무장한 여자애가 우주선을 돌아다니고 있지도 않았을 거야. 게다가 이제 너는 별로 중요하지도 않은 일에 정신이 팔려있군."

"중요하지 않은 일이 아니야." 내가 재빨리 말했다. "들어봐……"

"이 임무를 맡기에는 넌 너무 경험이 없어." 대그가 말했다. "너에 대한 애정 때문에 애덤의 판단이 흐려진 거야. 그의 실수야."

말라치가 말했다. "네 말이 맞아. 자흐라는 준비가 덜 됐어. 하지만 너희는 아직 우리 도움이 필요해. 아직은……"

"그리고 너," 대그가 말했다. "여태 모든 단계에서 실패를 거듭했지. 지금쯤이면 우주선을 통제할 수 있어야 했어. 벌써 몇 시간 전에 우리 것이 되었어야 해."

"노력하고 있었어." 혼란스러워하며 내가 말했다. "너희도 봤잖아! 왜 늦어지는지 말해줬……"

"자흐라." 파냐가 말했다. "자흐라, 아가. 말라치를 죽이게 만들지 마. 네 총 대그에게 줘."

나는 워크스테이션에 기대어 대그에게 총을 밀어 보냈다. 총은 빙글빙글 천천히 돌며 미끄러지듯 허공을 가로질렀다. 말라치가 움찔하는 모습을 보았다. 그는 뭔가를 하려다가 결단을 내리지 못하고 움직임을 멈췄다. 대그가 총을 잡아 총집에 넣었다.

"너희 둘 다." 대그가 말했다. "우주복 벗어."

"뭐라고?" 내가 말했다.

"들었잖아. 우주복 벗으라고."

"하지만……"

"너희가 우리를 따라오게 할 수 없으니까." 파냐가 미안한 듯 말했다. "더 이상 말씨름하지 말자. 우리는 할 일이 있어. 할 일이 많아. 네가 안전하게 여기 있어 주면 좋겠어."

"감염될 거야." 두려움 때문에 한껏 높아진 목소리로 내가 말했다. "그렇게는 못 해."

"여기는 안전하지 않아." 말라치가 항변하듯 말했다. "바로 여기에서 바이러스가……"

파냐가 총으로 말라치의 머리를 밀었다. "더 이상 말씨름하기 싫다고 했잖아."

말라치의 손이 옆구리 쪽에서 움직이면서 머리가 미세하게 흔들렸다. 그는 주변을 둘러보며 뭔가 하려 했다. 도망치려는 듯했지만, 만약 그렇게 되면 파냐가 그를 쏠 것이었다. 말라치는 파냐의 말을 허투루 들을지 모르지만 나는 파냐가 빈말을 하는 게 아니라는 사실을 알았다. 파냐는 언제나 진실한 사람이니까. 내 실수 때문에 말라치가 죽게 할 수는 없었다.

나는 헬멧 잠금장치를 풀고 잡아당겼다. 매섭게 찬 공기가 뺨을 때리는 것 같았다. 겉옷 아래 입고 있던 얇은 천으로 만들어진

SPEC 유니폼은 땀으로 흠뻑 젖어 있었다. 나는 곧바로 덜덜 떨기 시작했다. 장갑도 헬멧도 없이 우주복 한 겹에 양말 한 켤레만 걸치게 되니 발가벗겨진 듯 무력한 느낌이 들었다. 말라치도 나를 따라 비상 우주복을 벗었다.

대그는 우주복과 헬멧과 부츠를 한데 모았다. 파냐가 헬멧 하나를 잡아 목 부분을 우리 쪽으로 향하게 들었다.

"자흐라. 내가 너한테 어떤 벌을 줘야 할지 걱정하도록 만들지 말았어야지." 파냐가 말했다. 왜곡된 목소리가 헬멧 스피커 밖으로 작게 흘러나왔다. "이런 부담을 지고 싶지 않았어. 앞으로 오랫동안 내게 고통스러운 기억이 될 거야."

대그가 연구실을 나서며 문을 닫았다. 단단한 금속이 부딪치는 소리가 화들짝 놀랄 정도로 크게 나더니 잠금장치가 잠겼다. 나는 말라치를 향해 몸을 틀었다. 말라치는 눈이 휘둥그레진 채 날카로운 시선으로 빠르게 방 안을 훑으며 제어판과 패널, 구석과 벽을 샅샅이 살폈다. 내쉬는 숨결이 구름이 되어 공기 중으로 흩어졌다. 나는 그에게 사과하고 싶었지만, 말을 할 수가 없었다. 페로 바이러스가 들어올지도 모른다는 생각 때문에 숨도 제대로 쉴 수 없었다. 이가 딱딱 소리를 내며 떨리지 않게 하려고 힘을 주느라 턱이 아팠다.

창문 너머에서 파냐와 대그가 어슴푸레한 붉은 조명 아래 이야기를 나누고 있었다. 대그가 몸짓을 했고, 파냐가 망설이다 고개를 끄덕였다. 대그는 패널에 명령어를 입력했다.

실험실 조명이 갑자기 꺼지더니 휴면 조명의 붉은 빛이 어둠을 몰아냈다. 조명이 다시 들어왔을 때 바깥쪽 방은 비어있고 복도로 향하는 문은 닫혀 있었다. 두 사람은 우리를 두고 떠났다.

말라치가 말했다. "우리……"

우리가 뭘 해야 할지 이야기를 나누기도 전에 경보음이 울렸고, 나는 너무 큰 소리에 움찔하며 거의 머리를 때리듯 귀를 막았다. 허둥대느라 몸이 천천히 회전했다. 회전을 멈추려고 한 손을 뻗어 탐사선의 금속 받침대 중 하나를 잡았다. 붉은빛이 밝고 눈부신 흰 빛으로 바뀌었다. 그리고 잠시 정적이 흘렀다.

내가 물었다. "뭐였지?"

경보음이 다시 울리면서 귀를 바늘로 찌르는 것 같은 고통이 느껴졌다. 다시 경보음이 멈췄을 때는 여전히 귀가 얼얼했고, 말라치의 말소리가 먹먹하게 들릴 정도였다. 그래도 무슨 말을 하는지는 알아들을 수 있었다.

"화재 진압 경보야." 그가 말했다. "산소를 빼내고 있어."

정적을 깨고 부드럽고 고른 쉬쉬 소리가 들려왔다. 서머 박사의 길고 긴 마지막 기록에서 났던 소리와 같았다. 밝은 흰 빛도 마찬가지였다.

그들은 우리를 질식시킬 작정이었다. 말라치는 이미 움직이고 있었다. 그는 몸을 틀어 문 쪽으로 발을 굴렀다.

"안전장치가 있을 거야." 그가 말했다. "이대로……"

경보음이 악을 쓰며 울리기 시작했다.

"……누군가 갇혔을 때를 대비해서." 그가 말을 마쳤다.

그는 미친 사람처럼 문 옆에 달린 패널을 두드렸지만 문은 굳게 닫혀 꿈쩍도 하지 않았다. 경보음이 다시 한번 울렸다. 아주 오랫만에 밝은 빛 아래서 본 그는 지치고 긴장되어 보였다.

"도와줘!" 그가 소리쳤다.

나는 워크스테이션과 기기들, 벽에 줄지어 배치된 컴퓨터를 살폈다. 그를 도와야 한다. 그러나 나는 안전장치라는 것이 어떻게 생겼는지 알지도 못했다. 이건 그저 충성심 테스트를 받거나, 벌을 받는 수준이 아니었다. 파냐와 대그는 돌아오지 않을 것이다. 이렇게나 빨리 처분 결정을 내리다니. 이렇게나 빨리 우리를 떠나다니.

"자흐라!" 다시 알람이 울리자 말라치가 소리쳤다. "자흐라, 정신 차리고 좀 도우라니까!"

나는 재빨리 위를 올려다보았고 고개를 너무 빨리 움직이는 바람에 약간 어지럼증이 밀려왔다. 말라치가 그렇게 화를 내며 날카롭게 말하는 것을 들어 본 적이 없었다. 그의 목소리에는 흔들림이 없었고 평소처럼 불안하게 떨리지도 않았다. 나는 눈을 한 번 깜빡인 뒤 고개를 끄덕였다. 찬 공기 속에서 산소가 점점 사라지자 정신이 아득해져왔지만 집중해야 했다. 탐사선 지지대를 밀어 몸을 움직인 다음 워크스테이션 칸막이를 잡고 멈춰 섰다. 금속 칸막이에는 손에 통증이 느껴질 정도로 냉기가 서려 있어 동상에 걸릴 것 같았다. 나는 몸을 틀어 열려있는 탐사선 패널을 붙잡았다. 그러고는 더 빨리 움직이려고 의자 위로 발을 굴러 탐사선의 반대쪽으로 몸을 날렸다.

중간쯤에서 서머 박사의 시체를 붙잡았다. 연구실 저편 벽 쪽으로 이동하는 동안 그녀의 점프슈트 주머니를 뒤졌다. 첫 번째 주머니에서는 금반지와 함께 반쯤 먹다 남은 단백질 바와 작은 나사 두

세 개를 발견했다. 다른 주머니에서는 기껏 해봐야 십 센티미터 남 짓한 주머니칼 하나가 나왔다. 나는 좌절하며 신음을 뱉었다. 우리 는 나갈 방법이 필요했다. 시간도 더 필요했다. 쉭쉭거리는 소리가 커졌다. 나는 움찔하면서 등을 돌리려고 했지만 벗어날 수는 없었 다. 다른 시체 머리 바로 위 높은 벽에 환기구 패널이 있었다.

패널의 가장자리에 유입/배출이라고 적혀 있는 딱지가 깔끔하게 붙어 있었다.

서머 박사의 팔을 붙잡고 바닥을 구른 다음 죽은 남자의 어깨를 발판 삼아 차게 굳은 그녀의 시체를 끌고 위로 올라갔다. 그는 감 염되었다. 그가 감염되었다는 사실이 머릿속에서 북소리처럼 울 려 퍼졌지만 천장까지 가려면 발판이 필요했다. 머리가 어질어질했 고 경보음의 날카로운 비명이 칼날처럼 귀에 박혔다. 너무 발을 세 게 구르는 바람에 환기구 바로 옆 천장에 몸이 닿았다. 서머 박사의 백발이 민들레 씨앗처럼 사방으로 퍼져 일렁거렸다. 둥둥 떠다니던 머리카락이 입에 들어오자 기침이 났고 피부에 부드러운 머리카락 의 촉감이 느껴지자 몸을 움찔했다. 그녀의 눈가에 팬 주름, 속눈썹 가닥가닥이 다 보일 정도로 그녀의 얼굴과 내 얼굴이 가까이에 있 었다.

박사가 갑자기 멀어지자 나는 소리를 질렀고, 내 비명은 다시 시 작된 경보음에 묻혔다. 말라치가 박사를 끌어내리려 하고 있었다. 내가 무엇을 하려는지 눈치를 챈 것 같았다. 우리는 함께 그녀의 시 체를 공기 배출구 위에 놓았다.

"완전히 막을 수는 없을 거야." 말라치가 헐떡거리며 한 단어씩

뱉었다.

나도 알고 있었다. 단지 시간을 벌려고 했을 뿐이다. 귀에 들리는 경보음, 숨을 쉴 때마다 떠오르는 무서운 현실, 살을 할퀴는 것 같은 추위 때문에 심장이 쿵쾅거리고 생각이 흐려졌다. 유리창을 깰 수도 있겠지만 유리를 부술만한 도구가 아무것도 없었다. 나갈 길은 문 하나뿐이었다.

인간 한 명이 지나갈 수 있을 정도의 문 하나.

나는 말라치를 보았다. "저 탐사선을 안으로 어떻게 들여왔을까?"

그의 대답은 경보음이 지르는 비명에 묻혔지만, 그는 내 손을 잡고 바닥 쪽으로 당겨 반대쪽 손으로 탐사선 지지대를 붙잡았다. 상황이 긴급해지자 그는 한껏 집중해 움직였고, 결정을 내릴 때마다 의심하는 그의 버릇도 자취를 감춘 듯했다.

"층 사이에 공간이 있어." 그가 설명했다. "거기로 이어지는 패널을 찾아야 해."

우리는 바닥 패널 가장자리를 따라 손을 더듬거렸지만 느슨한 부분은 찾을 수 없었다. 추위 때문에 손가락이 붓고 마비된 느낌이었고 시야도 흐려지기 시작했다. 내가 나사 네 개로 고정된 패널 하나를 찾았다. 손가락으로 패널을 가리키자 말라치가 고개를 끄덕였다. 말하느라 낭비할 숨이 없었다.

나는 다시 워크스테이션 쪽으로 몸을 밀었다. 도구가 필요했다. 드라이버나 드라이버 대신 쓸 만한 무언가가 필요했다. 도구가 묶인 줄을 샅샅이 살피기도 힘들어서 바닥으로 도구 전체를 끌어당기며 손으로 더듬거렸다. 주변이 뱅뱅 도는 듯했고 두통이 점점 심해지며 머릿속이 쿵쾅거렸다. 나는 건조한 기침을 참지 못하고 거칠게 뱉기 시작했다. 너무 추운데도 땀이 흘렀다. 거리 감각이 없어져 탐사선 몸체에 머리를 부딪혔지만, 부딪히는 소리는 경보음과 솜뭉치를 끼운 듯 둔해진 청각 때문에 들리지 않았다.

말라치가 전동 드라이버를 찾았지만 추위 때문에 이미 배터리가 방전된 지 오래여서 손으로 직접 나사를 돌려야 했다. 그는 첫 번째 나사를 느슨하게 만든 뒤 다음 나사를 풀기 시작했고 나는 시린 손으로 서툴게 나사를 완전히 풀어 뽑은 다음 공중에 떠다니도록 두었다. 나사 네 개를 모두 제거한 뒤 드라이버 머리를 패널 가장자리에 끼워 넣어보려 했지만 드라이버 끝이 너무 두꺼웠다. 그는 좌절하며 욕을 뱉었다. 얕게 들이쉬는 모든 숨에 절망이 배어 있었다.

나는 다시 도구들을 뒤져 패널을 뜯을 수 있을 만큼 얇은 무언가를 찾느라 아까운 시간을 허비했고, 마침내 서머 박사의 주머니칼이 생각났다. 발을 굴러 몸을 띄운 다음, 주머니칼을 가지고 내려와 얼른 펼쳤다. 서두르느라 손바닥을 베었지만 다른 통증들에 비하면 잠깐 뜨겁고 따끔한 정도의 고통은 아무것도 아닌 것처럼 느껴졌다. 나는 짧고 얇은 칼날이 부러질까 최대한 조심하며 패널 가장자리에 쑤셔 넣었다.

별로 큰 힘이 필요하지도 않았다. 패널 반대쪽의 압력은 여전히 정상이었고 숨 막히는 실험실 안으로 공기가 밀려 들어왔다. 밀봉이 뜯어지면서 패널이 들어 올려졌다.

패널 밑에는 전선과 튜브들, 아무 표시가 되어 있지 않은 빨간색 손잡이 말고는 아무것도 보이지 않았다.

"이제 어떻게 하지?" 경보음 사이 짧은 정적이 흐르는 동안 내가 말했다.

답이 없었다. 말라치는 눈을 뜨고 있었지만 초점을 잃고 멍하니 허공만 응시했고, 가쁘게 숨을 쉬며 몸 전체를 덜덜 떨었다. 나는 손을 뻗어 빨간 손잡이를 잡아당겼다. 아무 소득 없이 몇 번을 신경질적으로 잡아당기고 나니 손잡이가 조금 돌아가는 듯한 느낌이 들었다. 수동 크랭크였다.

나는 손잡이를 최대한 빨리 돌렸다. 베인 상처에서 나온 피 때문에 손잡이가 미끌거렸다. 처음에는 아무 일도 일어나는 것 같지 않더니 제어실에서 위쪽으로 불어오는 따뜻한 바람이 느껴졌다.

헐떡거리는 소리가 들렸다. 나나 말라치의 숨소리와는 다른 기계적인 바람소리였다. 더 커다란 패널이 바닥으로 내려가기 시작했다. 벌어진 틈새로 우리를 감싼 공기보다 따뜻한 공기가 쉭쉭거리는 소리를 내며 밀려들어 와 피 묻은 내 손 위를 스쳤다. 나는 당장 몸을 기울여 작은 틈으로 들어오는 공기를 들이마시고 싶었지만 계속해서 손잡이를 돌렸다. 바닥 패널이 몇 센티미터씩 아래로 내려가 옆으로 치워질 때까지 크랭크를 돌렸다. 처음에는 너무 천천히 움직여 아무 변화가 없는 듯 보였지만 곧 큰 틈이 벌어지기 시작했다. 마음이 조마조마했다가 아찔해졌다가 정신이 탁 들었고, 큰 구멍이 나타났다. 바닥 아래쪽 공간은 캄캄했다.

"말라치." 내가 말했다. 그는 아직도 눈을 뜨고 있었지만 아무 반응이 없었다. "말라치! 나갈 수 있어!"

그가 공허하게 눈을 깜빡이고 한 손을 움찔거리면서 무슨 말을 하려는 듯 입술을 달싹거렸지만, 그의 입에서 나오는 소리는 단어가 아니라 알아들을 수 없는 웅얼거림이었다. 나는 그의 어깨를 붙잡고 바닥 50센티미터 아래 구멍으로 그를 머리부터 밀어 넣었다. 공기 흐름과 반대로 그를 밀어 넣기가 생각보다 힘들었지만 어쨌든 나도 따라 들어갈 수 있을 만큼 그를 멀리 보낼 수 있었다.

말라치의 다리를 옆으로 밀고 구멍에 몸을 집어넣으니 강한 바람 같은 공기가 내 주변 따라 흘렀다. 말라치는 신음하며 내 이름을 불렀고 그의 목소리를 듣자 안심이 되면서 심장이 뛰었다. 나는 크랭크를 찾으려고 다시 더듬거렸고 열 때만큼 미친 듯이 닫는 쪽으로 손잡이를 돌려 빛을 차단하고 공기가 더는 연구실 안으로 흘러 들어가지 못하게 막았다. 들어오는 빛이 아주 약해질 때쯤 쉭쉭거리는 소리가 점점 높아졌고 나는 크랭크의 마지막 몇 바퀴를 돌렸다.

주변이 고요하고 캄캄해졌다.

나는 크랭크를 놓고 어둠 속에서 손을 더듬거려 손잡이 하나를 찾았다.

"자흐라?" 말라치가 말했다. 목소리에 여전히 기운이 없었고 발음도 분명하지 않았다. 내쉬는 숨에는 기침이 섞여 있었다. "너를 불안하게 하고 싶지는 않아. 하지만 나 앞이 안 보여."

나는 어쩔 수 없이 웃음을 터뜨렸다. 폐에 공기가 채워지고 혈관에 산소가 전달되는 와중에 웃기까지 하려니 고통스러웠다. 축축한 추위가 피부에 느껴지고 손이 아프면서 숨을 쉴 때마다 금속의 쓴맛이 느껴졌다. 묵은 공기가 답답했다.

"자흐라?" 말라치가 다시 나를 불렀다.

"응." 내가 말했다. "나도 안 보여. 빛이 없어서 그래."

"이건…… 이런, 젠장." 무언가가 둔탁한 쿵 소리를 내며 금속에 부딪치는 소리가 들렸다. 그가 머리를 다친 게 아니길 바랐다. "우리 유지보수 터널 안에 있는 거야?"

"그런 것 같아." 내가 말했다. "빠져나올 방법을 네가 알 거라고는 생각하지 않았어."

"음." 그가 말했다. "나도 마찬가지야."

나는 다시 웃음을 터뜨렸지만 웃음 소리가 너무나 거칠고 지쳐있었다. 곧 흐느끼게 될 것 같아 얼른 입을 닫았다. 내가 실패했다는 생각에 심장박동이 혈관을 울릴 때마다 머리가 지끈거리고 마음이 쓰렸지만 절대 울지 않겠다고 다짐했다.

나는 장님이 된 것 같은 기분으로 손을 아래로 아래로 뻗어 말라치의 손을 꼭 잡았다. 몇 초 후 그도 내 손을 꽉 쥐었다. 나는 눈을 감았다. 우리 둘은 서로에게 딱 붙은 채 씁쓸하고 소중한 공기를 들이쉬며 어둠 속에 머물렀다.

아무것도 도움이 되지 않는다. 다들 너무 고통스러워하고 있다. 다른 그룹은 보호 격리를 벗어나 유적지로 도주했다. 우리가 [데이터 손상]다고 생각할 때마다 우주선에 있는 사람들은 우리가 보낸 샘플로 뭘 해야 할지 갈피를 잡지 못한다. 그들이 내려오는 것은 안전하지 않고 우리가 돌아가는 것도 마찬가지다. 내가 여기에서 죽게 되리라는 것은 알았지만 이렇게 죽을 줄은 몰랐다. 이렇게 빨리 죽을 줄도 몰랐다. 수십 년은 살 수 있을 줄 알았다. 평생을 여기에서 보낼 수 있을 거라 생각했다.

— 기록 4, 애절한저녁노래호, UC33-X로 전송

자스

그녀는 사라졌다. 그녀의 피부 아래에서 잔물결을 발견한 우리가 충격으로 숨을 들이쉬는 1초도 되지 않는 사이 아리아나는 몸을 틀어 복도를 가로지르기 시작했다.

"**기다려!**" 내가 외쳤다. 나는 논리적인 이성이 아닌 야생적인 본능을 따르고 있었다.

그녀는 믿을 수 없을 정도로 빨랐다. 이쪽 벽에서 완벽한 각도로 도약해 저쪽 벽으로 이동했고 평생을 우주에서 산 사람처럼 부드럽게 움직였다. 어떻게 필요한 동작을 예측하고 각각의 동작과 반응을 계획하는지 알 수 없었다. 그녀는 뒤도 돌아보지 않았다. 우리가 외치는 소리를 들었다면 무시하기로 한 것 같았다.

심장이 쿵쾅거리며 요동쳤다. 어머니가 했던 말이 아리아나의 입에서 흘러나왔다. 화장실 문에서 들려오던 덜컹거리는 소리와 쿵쿵대는 소리가 떠올랐다. 아버지가 아니었다. 아버지일 리가 없었다. 문을 쥐던 끔찍하게 생긴 손이 생각났다.

아리아나의 피부 아래에 있던 그것이 떠올랐다.

아리아나의 속도를 따라잡을 수 없었다. 난 10년이나 우주선을 떠나 있기는 했지만 그래도 바키르와 시오마라보다는 빠르게 움직일 수 있었다. 뒤에서 들려오던 그들의 외침이 곧 멀어졌다. 나는 멈추지 않았다. 어머니가 예전에 했던 말을 그대로 되풀이한 아리아나를 놓칠 수는 없었다.

나는 한 손으로 헬멧을 잡고 있었고, 헤드램프 불빛으로 여기저기를 비췄다. 내쉬는 숨이 찬 공기를 만나 소용돌이치는 구름이 되었다. 7층을 구석구석을 연결하는 복도들은 짧았고 곧게 뻗은 부분도 거의 없는 데다 공용 공간과 벽장으로 군데군데 끊겨 있었다. 주거 공간에서만큼은 계산되고 딱딱한 느낌 대신 부드러운 분위기를 주려 했던 우주선 제작자들의 노력이 엿보였다. 어린 시절에는 놀기 좋은 복도였지만 지금은 짜증만 났다. 나는 문틀 가장자리를 잡아 방향을 바꾸고 두 발을 굴러 구부러진 복도를 돌 추진력을 얻었다. 몇 미터 앞에 더 큰 방으로 이어지는 복도가 나 있었다.

아리아나는 그곳 문가에서 멈춰 서 있었다. 어슴푸레한 붉은 조명 아래 그녀의 윤곽이 보였다. 그녀의 무지개색 머리칼이 방 안에서 새어 나오는 몇 가닥 빛 줄기 아래 빛났다. 그녀는 가만히 멈춰 서서 내게 등을 보인 채 돌아보지 않았다. 나는 그녀와 불과 몇 미터 간격을 두고 멈춰 섰다.

아리아나의 오른쪽 어깨너머로 지구가 보였다.

그곳은 아버지의 정원 중 한 곳이었다. 7층 가장자리에 있는 그 방에는 거대한 눈처럼 생긴 창문이 우주선 바깥쪽을 향해 나 있었다. 한때는 담쟁이덩굴과 꽃 넝쿨이 땋은 머리처럼 만발해 있었고, 단단한 나뭇가지들을 감싸며 섬세한 착생 식물이 자라고 넓은 잎 지붕 아래로 시원한 그늘이 드리워지던 곳이었다. 별이 보이는 방향으로 작은 벤치들이 놓여 있고 푸르른 초록빛과 다채로운 색이 조화를 이루던, 촉촉한 공기와 끝없이 이어지는 황혼을 즐길 수 있는 조용하고 사색하기 좋은 장소였다.

아버지는 우주선의 시간대가 저녁으로 접어들 때면 식사를 마치고 이곳에 나오기를 좋아하셨다. 대부분의 날이 그랬지만 어머니가 늦게까지 일을 하고 계시면 나도 아버지를 따라 나오곤 했다. 아버지는 나에게 더 건강한 꽃이 피도록 덩굴을 가지치기하는 방법이나 새잎이 돋을 수 있도록 오래된 잎을 쳐내는 법, 식물을 살아있는 예술 작품이 되도록 기르는 방법을 가르쳐주셨다. 나는 아버지가 원하는 만큼 관심을 보인 적은 없었다. 내 관심은 언제나 창밖의 별에 쏠려있었기 때문이다.

다른 모든 장소와 마찬가지로 정원은 죽어있었다. 덩굴은 색을 잃고 바싹 말라 있었고 끝없이 이어진 겨울 날씨에 이파리에는 잔뜩 구김이 져 있었다. 추위 속에서도 희미하게 썩는 냄새가 났다.

내 손 위에 포개지던 아버지의 따뜻했던 손, 내 손에 쥔 차가운 금속 가위의 감촉, 깔끔하게 잘린 줄기가 기억나면서 이 방이 얼마나 아름다웠는지, 아버지가 정원을 돌보며 얼마나 즐거워하셨는지가 머릿속에 떠오르자 갑자기 분노가 치밀었다. 우주선에 타고 있던 과학자들 중에는 비웃는 투로 아버지를 정원사라 부르는 사람들도 있었지만 아버지는 그 말이 칭찬인 것처럼 웃기만 하셨다. 살아

있는 모든 것들이 보호받고 소중히 다뤄져야 할 우주에서 정원사로 불리는 게 부끄러운 일은 아니라 생각하셨다. 어둠만 있던 곳에 생명이 번성할 수 있게 하는 일이 어째서 부끄럽겠냐고 하셨다.

아리아나는 입구 안으로 몸을 밀어 천천히 가운데 창문 쪽으로 이동했다. 그리고 몸을 멈추려고 두 손으로 창을 짚었다. 마치 유령이 끼는 장갑처럼 그녀 손가락 주변에 김이 서렸다. 그녀는 아직도 내가 아주 가까이 있다는 것을 알아채지 못한 듯 조용히 지구를 바라보았다. 멀리 떨어져 있는 지구는 뻗은 손 뒤에 숨길 수 있을 정도로 작아져 있었다.

어렸을 때 나도 바로 그 창문에 같은 자세로 서서 낯익지만 이해할 수 없는 것투성이인 풍경을 바라보곤 했다. 하우스오브위즈덤호에 살았던 8년 동안 이 우주선은 태양계를 가로질렀다. 붉은 먼지 덩어리처럼 생긴 화성이 창밖으로 지나가는 모습을 지켜보았고, 거대한 광산 정착지 때문에 안쪽에서 빛이 새어 나오는 어두운 바윗덩어리 세레나도 보았다. 연구기지가 꼭 꽁꽁 언 얼굴에 난 흠집 같았던 유로파 역시 보았다. 가짜 유리로 만든 창에 손이 닿을 때 느껴지던 매끈한 감촉이 아직 느껴지는 듯했다. 태양과 그 위성들 너머 우주가 무엇을 품고 있을지 추측하시던 아버지의 목소리도 들리는 듯했다. 아버지는 우주 멀리로 여행할 수 있을 때까지 살게 될 나를 부러워하시며, 분명 나만의 발견을 할 수 있을 거라 말씀하셨었다.

"어디로 갔지?" 시오마라의 목소리가 복도에서 들려왔다.

"바로 앞이야." 바키르가 말했다. "이쪽인 것 같은데?"

"확실해? 여기는……"

"여기." 내가 말했다. 소리를 치지는 않았다.

그들이 가까이 다가왔지만 아리아나는 인기척을 느끼지 못한 듯했다. 쭉 편 맨 손가락을 창문에 댄 채 넋을 놓고 지구를 바라보고 있었다. 그녀의 얼굴은 보이지 않고 입김만 보였다. 등 뒤에서 부츠 신은 발로 벽을 구르는 소리가 들렸다.

"여기서 뭐 해? 왜 멈췄어?" 시오마라가 거친 목소리로 속삭였다. 그러고는 놀란 듯 목소리가 높아졌다. "아리아나? 너 괜찮아?" 그녀는 내 팔을 신경질적으로 밀치며 앞으로 나아가려고 했다. "내가 가볼게. 도와줘야 해. 너도 알아봤잖아."

"알아본 게 아니야. 그건—"

"너 대체 왜 그래? 아리아나가 말하는 거 들었잖아! 아리아나!" 시오마라가 내 팔 아래를 지나 정원 입구에서 멀어졌다. 나는 그녀를 붙잡았지만 시오마라는 내 손을 피할 만큼 빠르게 움직였다. 바키르는 시오마라를 쫓으려는 내 팔을 붙잡았다. 내 팔을 쥔 그의 차고 단단한 금속 의수가 느껴졌다.

"하지 마." 그가 말했다. "가까이 가지 마."

시오마라가 쿵 하는 소리와 함께 아리아나 왼쪽으로 몇 미터 떨어진 유리창에 몸을 부딪쳤다. "아리아나, 들려? 괜찮아?"

한참 동안 아무 반응이 없었다. 나는 아리아나가 다시 폭력적으로 변해 난동을 피울까 두려워서 숨을 참았다. 학살이 일어난 동안 이런 모습을 보인 사람은 없었다. 내가 본 사람들은 모두 환영을 보면서 폭력적이고 통제가 불가능한 상태로 변했다. 비명과 고함을 지르고 도와달라고 애원하며 친구와 동료를 공격하고 자기 팔다리를 조각냈었다. 나하리 선장이 봤을 이 모습은 내가 상상한 것보다 훨씬 섬뜩했다.

그때 아리아나가 고개를 돌렸다.

바키르는 숨을 들이쉬며 내 팔을 놓았다. 그의 금속 손가락이 문가에 부딪히는 소리를 듣고 나는 곁눈질을 했다. 바키르는 시오마라가 가져온 진압용 무기를 꺼내느라 한 손을 문가에 댄 채 몸을 지탱하고 있었다.

"아리아나." 시오마라가 조용히 말했다. "내 말 들려?"

고통스러운 정적이 짧게 흐른 후 아리아나가 입을 열었다. 하지만 시오마라의 말에 대한 답이 아니었다. 그녀는 다른 언어로 알 수 없는 말을 따발총처럼 내뱉었다.

시오마라가 깜짝 놀라서 눈을 껌뻑였다. "뭐라고? 얘가 뭐라는 거야? 무슨 언어야?"

아리아나가 다시 말을 이었다. 단조로운 어조로 억양이 없었지만 알아들을 수 있는 단어도 있었다. 멜로디 없이 읊는, 속으로는 리듬을 타게 되지만 귀에는 영 거슬리는 익숙한 노래 가사 같았다.

"아리아나, 이해가 안 돼." 시오마라가 애원하듯 말했다. 그녀는 아리아나에게 손을 뻗었다가 두려움에 덜덜 떨며 뒤로 물렀다. "무슨 소리를 하는 거야? 내 말 이해 못 하겠어?"

"중국어 방언 같은데." 바키르가 말했다. "그런데 성조가 없어. 올바른 중국어가 아니야."

가슴이 조여 오면서 귓가에 맥박 소리가 울렸다. "고대 중국어야." 내가 말했다.

"뭐라고? 아리아나는 고대 중국어를 할 줄 몰라. 현대 중국어로도 간신히 대화만 이어갈 수 있는 정도야."

하지만 난 확신 할 수 있었다. "애절한저녁노래호에서 받은 메시지를 읊은 거야."

그녀의 입에서 나오는 단어들을 나는 셀 수 없이 많이 들었다. "우리 조상들이 떠나온 지구는 죽어가고 있다." 몇 광년 밖에서 UC33-X를 통해 자기 목소리를 보낸 여성은 지구에서 쓰이지 않은 지 몇백 년은 된 이상하게 딱딱한 사투리를 쓰며 누구도 이해하지 못하는 억양으로 말했다. "머지않아 새로운 세계의 토양에 뿌리를 내릴 것이다." 오랜 여정을 견뎌온 안부 메시지를 복원하고 데이터를 조사하는 일은, 아마 바이러스만 아니었다면 그레고리 라고 박사의 업적이 되었을 것이다. "우리 마음속은 희망으로 가득 차 있다."

"아리아나? 무슨 일이야? 그런 말을 왜 하는 거야?" 시오마라가 다시 손을 뻗었다가 아리아나가 그녀의 손가락을 뚫어지게 응시하자 손을 얼른 뒤로 물렀다. "미안. 미안. 뭐라고 말 좀 하면 안 될까? 그냥……"

아리아나가 한 손은 창가를 짚고 한 발은 바닥에 댄 채 몸을 회전하더니 앞으로 돌진했다. 너무 빨리 움직이는 바람에 시오마라는 반응할 시간조차 없었다. 손가락을 쫙 편 손을 앞으로 뻗은 채 시오마라의 얼굴로 돌진한 아리아나는 그녀의 우주복 옷깃을 잡아챘다. 아리아나가 시오마라를 가까이 잡아당기자, 바키르가 나를 밀며 앞으로 나아갔다. 시오마라는 비명을 지르며 아리아나를 때렸지만 소용없었다. 아리아나는 그녀를 잡고 놓아주지 않았다. 그녀는 시오마라를 자기 쪽으로 끌어당기고는 손가락을 구부려 손톱을 세우고 그녀의 얼굴을 향해 휘저었고 그동안 나는 움직일 수도, 숨을 쉴 수도 없었다. 또, 또다시 이런 일이 일어나고 있다는 생각 말고는 다른 생각을 할 수도 없었다. 몇 초 안에 시오마라가 감염될 것이고 그녀는 겁에 질려 몸부림치며 자신의 피부를 찢을 것이다.

크게 딱 소리가 났다. 아리아나가 움찔하더니 순간 얼어붙었다. 그리고 곧 모든 근육이 마비된 채 강하게 떨기 시작했다.

시오마라는 아리아나의 손아귀에서 벗어나려고 옷깃을 비틀며 두 발로 그녀의 몸통을 밀쳐냈다. 이제 아예 몸을 가눌 수 없게 된 아리아나가 그대로 밀려나며 빙그르 회전했고, 그녀의 팔에서 반짝이는 진압용 다트가 눈에 들어왔다.

바키르는 전기 충격기를 내리지 않은 채 약간 비틀어 충전 상태를 확인한 다음 다시 방향을 바로 잡아 아리아나를 겨냥했다. 아리아나의 팔과 다리가 계속 움찔거리며 떨렸고 얼굴이 일그러졌다. 그녀의 얼굴이 비틀어지는 것은 경련 때문만이 아니라 그녀의 몸속에 침범해 민첩하게 요동치는 물체가 일으키는 파동 때문이기도 했다. 목덜미와 옆얼굴을 따라 떨림이 전해지다가 곧 피부밑에서 아무 움직임도 보이지 않게 되었다. 아리아나는 미세한 경련이 몸 전체를 훑는 동안 덜덜 떨었다. 눈은 뜨고 있었지만 초점이 없었고 입은 굳게 닫은 채 거칠게 숨을 쉬고 있었다.

나는 문 안으로 들어가 시오마라를 붙잡고 그녀를 아리아나에게서 떼어냈다.

"피부 다친 데 있어?" 신경질적으로 그녀를 살피며 내가 물었다. "긁혔어? 피가 묻은 건 아니고? 침이 튀기지는 않았어?"

시오마라는 고개를 저을 뿐 나를 밀쳐내지는 않았다. 그녀는 축축이 젖은 숨을 들이쉬며 눈물을 닦았다. "아니, 그런 것 같지는 않아."

그녀는 턱을 들어 고개를 이쪽저쪽으로 돌렸다. 장갑을 끼고 있어서 노출된 부위는 얼굴뿐이었다. 상처나 긁힌 자국은 보이지 않았다.

"뭘 한 거야?" 시오마라가 바키르에게 물었다. "대체 어떻게…… 그런 물건을 쓰는 방법은 어떻게 안 거야? 아리아나가 다친 거 아냐?"

바키르가 자기 손에 들려 있는 무기를 내려다보았다. "충격 모드로 해놓으면 아프긴 더럽게 아프지만 영구적으로 손상을 입히지는 않아."

"아니 어떻게……" 시오마라가 말을 멈추고 고개를 저었다. 그러고는 나를 밀어냈다. "나는 괜찮아. 피부를 건드리지도 않았어. 우주복까지만 닿았어. 도움을 요청해야 해. 지금은 우리를 해치지 못하니까 우리가 도와야지."

나는 아리아나를 바라보았다. 의식을 잃게 할 정도로 무기가 강력할 리 없었지만, 그녀는 무슨 일이 일어나고 있는지 인식하지 못하는 것 같았다, 하지만 아무도 공격하고 있지 않기도 했다.

왼쪽으로 지구를, 오른쪽에는 죽은 정원을 두고 창문 가까이에 붙어 있으니 잠시 어지럼증이 밀려와 방향 감각을 잃고 비틀거렸다. 저 멀리 떨어진 파란색과 초록색 구슬 위로 추락하기 전 잠시 멈춰 있는 것 같은 느낌이 들었다. 이렇게 간단했던 걸까? 가능할 것 같지 않았다. 분명히 감염되지 않은 사람들은 감염된 사람들을 기절시키려고 했었을 것이다. 직접 본 적도 없고 파드마바티 이모가 보여준 기록에서도 볼 수 없었지만 우주선에 실린 무기라고는 진압용 무기뿐이었다. 누군가는 시도했을 것이다. 적어도 누군가 한 사람은 시도했을 것이다. 하지만 전염병이 퍼지는 것은 막을 수 없었다.

그러나 시오마라의 말이 맞았다. 잠시나마 아리아나가 옴짝달싹 못 하는 동안 그녀를 도울 수도 있었다. 우리가 상대해야 하는 감염자는 수백도 아니고 단 한 명이니까. 하지만 무엇부터 해야 할지 알 수 없었다. 마치 아리아나 자신에게 아무런 의미도 없는 것처럼 공허한 목소리로 반복해서 말하던 문장들이 계속 떠올랐다.

"아직 완전히 정신을 잃지는 않았어." 시오마라가 말했다. "자스, 널 알아봤어."

"아니야." 내가 말했다.

"네 이름을 말하기는 했어." 바키르가 말했다.

나는 고개를 저었다. "아니. 그런 게 아니었어."

"흠, 망할 고대 중국어만 한 건 아니었어." 시오마라가 말을 끊었다. "아마도 아직 헛것이 보이거나 하는 것 같아. 하지만 우리한테 한 이야기는 맞아. 널 봤고, 그리고……"

"아니야. 그런 게 아니야. 우리한테 이야기한 게 아니야."

"너도 모르잖아……"

"난 알아." 내가 시오마라의 말을 단호하게 끊으며 말했다. "아리아나가 했던 말은 우리 아버지가 돌아가시기 전 부모님이 했던 대화니까. 마지막으로 서로 나누시던 대화였어."

나는 시오마라를 바라보다 바키르에게 시선을 돌렸고 말이 없는 두 사람이 이해했기를 바랐다.

"기록한 적 없는 말들이야. 누구한테 말한 적도 없고. 조사관들한 테도, 의사한테도, 우리 이모한테도, 너한테도 말한 적 없었어." 나는 바키르를 바라보았다. "아무한테도 말한 적 없어. 하지만 아리아나는 그 말을 정확하게 되풀이했어."

"칼에 대해서 이야기하던데." 바키르가 조용히 말했다.

휴면 조명 아래 우리는 붉은 입김을 뱉어냈다. 아리아나의 몸이 둥둥 뜨면서 한쪽 부츠 앞코가 마르고 얼어붙은 잎사귀 뭉치에 부딪혀 바스락거리는 소리를 냈다.

"그 당시 난 내 방에 있었어." 내가 말했다. "그때까지는 뭐가 잘 못된 줄도 몰랐어. 사람들이 병에 걸리고 있다는 건 알고 있었지만…… 그런 병일 줄은 몰랐어. 사람들은 연구실이나 다른 곳에서 화학 물질이 유출됐다고 생각했어. 아직 의료 격리 조치는 없을 때였어. 아버지는 집으로 돌아와서 나와 함께 계셨고 어머니가 집에 돌아오셨어…… 그때 어머니가 한 말이야. '비노드……'" 아버지의 이름을 부르려니 목소리가 갈라졌다. "비노드, 그 칼 가지고 뭐 하는 거예요?' 나는 무슨 일인지 보려고 밖으로 나갔고 어머니는 나더러 방에 들어가 있으라고 했어."

나는 머리카락을 손으로 헤쳐 얼어붙은 땀을 털어냈다. 어머니의 얼굴에 드리워지던 공포를, 공황 상태에 빠지기 전 정신이 돌아온 짧은 순간에 아버지 얼굴에 스치던 두려움을 기억하고 싶지 않았다.

"아버지는 감염되어 있었어." 내가 말했다. "아버지는 자신이 감염되어 있다는 걸 잘 아셨어. 스스로 화장실로 들어가서 문을 잠그셨으니까. 무슨 일이 일어났는지 보지는 못했지만 소리는 들을 수 있었지."

힘겨운 숨소리, 쿵쿵거리는 소리. 꼴깍대는 소리. 아버지는 비명 한 번 지르지 않으셨다.

"그런 증상이 나타나는 바이러스가 있어?" 바키르가 말했다. "아니면 아리아나한테 나타나는 증상이나."

시오마라가 고개를 저어 서리가 앉은 레게머리를 흔들었다. "바이러스라고 생각하지 말아야 해. 아리아나 몸에서 돌아다니는 걸 봤잖아. 바이러스가 아니야." 시오마라의 눈물은 말라 있었고 목소리도 커졌다. "의료진과 SPEC이 틀렸어. 피부밑을 다니는 게 보일 정도로 크잖아. 그리고 감염이 되고 나면 빠르게 자라는 것 같아. 기계적인 부분이 적어도 약간은 있는 것 같고. 생명공학 기술로 만들어진 기생충이야."

"이게 생명공학 어쩌고라면," 바키르가 말했다. "완전히 기계적일 수도 있어. 만약 무전기나 송수신기를 갖추고 있다면……."

"우리 부모님이 하신 말을 녹음했을 수도 있지." 내가 말했다.

시오마라가 조심스럽게 고개를 끄덕였다. "체온과 화학 반응 변화에 의해 작용하는 의료 신경 장치가 있어. 그런 장치가 아리아나의 몸속에 들어가면 조건이 맞을 때 휴면 상태에서 깨어나 다시 기능하기 시작하는 거야. 다른 사람에게 신호를 감지했을 수도 있어.

예를 들면……" 그녀는 몸을 움찔하면서 나를 바라보았다. "너희 아버지한테서 말이야. 우리가 방을 따뜻하게 만들었고 깨어나기 좋은 조건이 만들어진 거지. 활성 상태가 되는데 기온이 중요한 역할을 할 수도 있어. 아리아나의 몸에 든 장치는 아마 너희 아버지의 몸에 든 장치가 깨어나는 걸 감지했던 것 같아. 그래서 거기까지 따라왔던 거고."

"젠장." 바키르가 말했다. "환각을 본 게 아니었어. 사람들 전부."

"굉장히 높은 수준으로 신경을 통제할 수 있는 장치야. 뇌 시스템과 자율 신경계를 통제하는 거야. 자율 기능도. 숙주를 장악하고 움직이고 말할 수 있게 만드는 거지. 그게 가능하기는 해? 그런 기술이 있어? 뇌와 기계 사이 소통에 관해서는 네가 잘 알잖아." 시오마라가 바키르에게 말했다.

"조금." 바키르는 마지못해 수긍하는 것처럼 답했지만, 그가 겸손하게 자신을 낮추고 있을 뿐이라는 사실을 나는 알았다. 그는 금속 의수 손가락을 구부리며 생각에 잠긴 채 얼굴을 찌푸렸다. 잠시 후 그는 "불가능하지는 않아. 하지만 신경 공학 인터페이스는 반대 방향으로 작동해. 뇌에서 신호를 받아 외부 장치를 통제하는 식이지. 그 반대로 신호를 보내는 방식에 대한 연구라…… 기계 장치로 높은 수준의 뇌 기능을 통제할 수 있다는 소리는 들어본 적이 없어. 근육 경련이 생기게 하거나 발작을 일으키거나 하는 완전히 전기적인 효과를 일으키기는 쉬워. 하지만 말을 하고 의사결정을 하고 사람을 따라 할 수 있는지는…… 모르겠어. 들어본 적이 없어."

"게다가 시체에는 더더욱 불가능하고." 내가 말했다.

바키르가 내 팔에 손을 얹었다. "모르겠어. 아리아나의 몸속에 들어있던 물체는 눈에 보일 만큼 컸잖아. 신경계에 신호나 생물학적인 신호가 입력되지 않아도 서툴게나마 움직임을 조종할 수 있을 정도까지 크게 자랄 수도 있지.

"가능하다고 가정하는 수밖에." 시오마라가 말했다. 그녀가 손을 목 높이까지 올리자 나는 긴장하면서 그녀의 얼굴에서 꿈틀거리거나 불편한 움직임이 있는지 살폈다. 그녀는 우주복 칼라를 정돈하려고 했을 뿐이었다. 내가 빤히 쳐다보는 것을 안 그녀는 손을 멀리 치웠다. "생명공학 기술로 만들어진 기생충이라면 아리아나를 도와줄 수 있을 거야. 꺼낼 수 있으니까."

아리아나는 신음했다. 목소리라기보다 숨소리에 가까운 작은 소리였지만 그래도 방심할 수는 없었다. 손톱을 바짝 세우며 구부리고 있던 손가락의 힘이 풀렸다. 그녀는 다시 신음하며 머리를 좌우로 저었고 뭔가 말을 하려는 듯 입술을 달싹였다.

그녀의 눈이 번쩍 떠졌다.

"이런," 아리아나가 말했다. "이런, 꿈인 줄 알았어."

아리아나가 눈을 깜빡였다. 조금 전까지 한 번도 깜빡이지 않던 눈을 아주 빠르게 떴다 감았다 했고, 곧 쉭쉭 소리를 뱉으며 눈을 미친 듯이 비벼댔다. 그녀는 먼지가 잔뜩 묻은 채 추위에 뻣뻣해진 자기 손을 보더니 몸을 부르르 떨었다. 눈은 여전히 깜빡이고 있었다.

"아리아나?" 시오마라가 말했다. 목소리에는 희망이 섞여 있었다. "괜찮아?"

아리아나는 다시 젖은 눈으로 시오마라를 보았다. "이게…… 무슨……" 그녀는 바키르와 나, 우리를 둘러싼 죽은 정원, 그리고 창밖으로 아주 작게 보이는 저 먼 지구로 차례로 시선을 옮겼다. "꿈이 아니었지? 그렇지?"

정신이 돌아온 것 같았다. 톤이 높고 리우 억양이 강해 공격적인 편인 아리아나의 평소 말소리였다. 의식을 잃고 말을 내뱉는 동안에는 그런 특징들이 하나도 들리지 않았었다.

"아니야." 시오마라가 말했다. 그녀의 눈에 눈물이 고였고 침착하려고 애쓰느라 표정이 한껏 일그러졌다. "아니었어. 괜찮아? 다쳤어?"

아리아나는 다시 자기 손을 살폈다. 그러더니 눈물을 터뜨렸다.

시오마라가 아리아나에게 와락 달려들었다. 갑자기 움직이느라 엉거주춤한 자세로 아리아나에게 팔을 두르는 바람에 두 사람은 함께 둥근 창문에 몸을 부딪쳤다. 바키르가 시오마라의 어깨를 붙잡아서 꼭 끌어안은 채 창문에서 튕겨 나온 두 사람을 멈춰주었다.

아리아나는 짧게 헐떡거리며 흐느꼈고 '이런, 오 이런, 이런'이라고 끊임없이 중얼거리며 숨 가빠했다.

"괜찮아." 시오마라가 중얼거렸다. "괜찮아."

그녀가 아리아나의 머리 위로 시선을 들어 나를 뚫어져라 보았을 때, 그녀가 눈으로 하는 말을 읽을 수 있었다. 아리아나는 여기 있다. 내가 틀렸다. 그녀를 구할 수 있었다.

방법만 알았다면 사람들을 모두 구할 수 있었다.

477명을 살릴 수 있었다. 우리 아버지와 어머니도 살릴 수 있었다. 마음속 저편에서 작은 떨림이 전해졌다. 말을 하려고 입을 열기가 겁이 났다. 토하거나 비명을 지를 것 같았다. 나는 아리아나에게서 멀어졌다. 그녀가 괜찮았으면 했지만 가까이 있고 싶지는 않았다, 느껴본 적 없는 한기가 느껴졌다.

"아리아나, 무슨 일이 있었던 거야?" 바키르가 조용히 말했다. 그는 말하면서 내 쪽을 보고 있었다. 그는 내가 뒤로 엉거주춤 물러서는 모습을 보았다. "무슨 일이 있었던 건지 말해줄 수 있어?"

아리아나는 시오마라의 어깨에 묻고 있던 얼굴을 들어올리기 전, 떨리는 숨을 몇 번 들이켰다. 그녀는 눈가에서 눈물을 닦으며 거친 손의 감촉에 눈살을 찌푸렸다. "모르겠어. 뭔가가⋯⋯ 멈출 수 없었어. 느껴지기는 했지만 멈출 수 없었어⋯⋯"

"뭔가 잘못됐다고 느끼기 시작했을 때부터 말해 봐." 바키르가 말했다. "우주복이 철조망에 걸렸었지?"

아리아나는 왼손을 내려다보았다. "아주 조금. 작은 스크래치 정도였어. 내 생각에는⋯⋯ 아무것도 느껴지지 않다가 갑자기 뭔가가 느껴졌어. 환각이 아니었어." 그녀는 날카롭게 시선을 들더니 나를 뚫어지게 쳐다보았다. "진짜로 뭔가가 있었어. 피부밑을 돌아다니는 게 느껴졌어. 처음에는 작았는데 점점 커졌어. 상상이 아니야."

나는 아무 말도 할 수 없었다. 누군가 목구멍을 조이는 것 같은 느낌이었다.

"그걸 몸 밖으로 빼내야겠다는 생각 말고는 아무 생각도 나지 않았어." 아리아나가 말을 이었고 목소리가 점점 커졌다. "마치⋯⋯ 조금 전까지 멀쩡했는데 한순간에 그걸 없애야겠다는 생각 말고는 아무 생각도 안 났던 것 같아. 평생 그렇게 두려웠던 적이 없어. 다른 생각이 아무것도 나질 않았어. 심장이 멎을 것 같았어.”

시오마라가 말했다. “생명공학 기술로 만들어진 기생충이라고 생각해. 라고 박사는 바이러스 대신 그걸 우주선에 실은 거야. 우리가 세운 가장 그럴듯한 이론이야.”

“아마도.” 아리아나가 말했다. “내가 아는 건 그게 변했다는 거야. 마치 스위치를 누른 것처럼. 여전히 두려웠지만 아무것도 할 수 없었어. 깨어있었지만 내 손을 움직일 수도 고개를 돌릴 수도 없었어. 아무것도 할 수 없었어. 마치 내 머릿속에 갇혀서는……” 그녀는 숨을 몰아쉬며 말끝을 흐렸다. 시오마라가 그녀의 어깨를 토닥여주었다. “멈출 수 없었어. 그게 자기 멋대로 행동하는 것을 멈출 방법이 없었어.”

“끔찍하네.” 시오마라가 속삭였다.

“‘멋대로’라니?” 내가 묻자 아리아나는 놀란 듯했다. 나는 좀 더 부드럽게 다시 물었다. “‘멋대로 행동하는’이라고 했잖아. 그게 무슨 뜻이었어?”

“내 말은…… 이런, 젠장. 어떻게 설명해야 할지 모르겠어.” 아리아나의 목소리는 여전히 지쳐있었고 시오마라의 팔을 쥔 손이 덜덜 떨렸다. “진짜…… 진짜 그랬어. 스위치가 들어오면 피할 수 없이 압도당하는 느낌만 남는 거야.”

“명령이 들려?” 바키르가 물었다.

“아니, 아니. 아무것도 못 들었어. 다들 이야기하고 있을 때 단어를 이해하지도 못했어.”

“하지만 말을 하던데.” 시오마라가 지적했다. “우리에게 말을 했잖아."

아리아나는 고개를 저었다. "나는 안 했어. 그게 말한 거야. 마치…… 입력값과 출력값이 있는 것처럼. 그런 느낌이었어. 어떻게 설명해야 할지 모르겠어. 입이 움직이고 소리도 밖으로 나오지만 그냥 소음이나 마찬가지지. 젠장, **젠장.** 내가 한 말을 어떻게 내가 모를 수 있지? 정해진 순서가 그래서 그렇게 소리를 내고 움직이는 것 같았어. 그리고 갑자기 뭔가가 생겼어. 뭔가 다른 것. 입력값이 더 많아졌달까. 방향을 바꿀 이유 같은 게 생긴 것 같았어."

바키르가 나를 힐끗 보았다. "우리가 어쩌다 다른 기계인지 뭔지를 깨웠다고 생각해. 네가 들었다는 게 그것 때문일 수 있어."

"여기는 어떻게 온 거야?" 시오마라가 물었다. "그게 가라고 한 곳이 여기야?"

아리아나는 재빨리 창문 쪽을 바라보았고, 저 먼 곳에 있는 약하디약한 지구를 차마 볼 수 없다는 듯 시선을 피했다. "모르겠어. 그게 왜 여기로 왔는지. 그게 무슨 행동을 왜 하는지 이유는 알 수 없어. 이유는 없어. 충동만 있지. 내가 조절할 수 없는 충동."

"하지만 그게 원하는 게 뭘까?" 시오마라가 말했다.

"그것을 설계한 사람들이 원하는 게 뭔지를 알아야겠지." 바키르가 말했다. "진짜 중요한 질문은 그거 아냐? 라고 박사와 공모한 사람이 누구든 그가 누구에게서 훔쳤든, 그걸 누가 만들었든 이유가 있을 거야."

우리는 일찌감치 아리아나의 피부밑에서 요동치던 그것의 목적을 생각하기 시작했었다. 지각없는 병원체라 여겼던 것을 결핍과

욕구가 있는 지각이 있는 생명체로 보기 시작한 것이다. 하지만 그
것은 설계를 통해 만들어진 물체였다. 목적을 가지고 창조한 물체.
인간 여자의 몸에 스며들어 신체와 언어와 의지를 통제하는 힘을
빼앗을 수 있는 물체를 만든 누군가가 있다니. 혼란을 빚는 것이 목
표가 아니라면 그토록 폭력적인 행동, 피와 두려움으로 대체 무엇
을 달성할 수 있는지 이해할 수 없었다.

　바키르는 좌절감이 섞인 숨을 뱉었다. "뭔가 목적이 있다고 하더
라도 이건 시험용일 거야. 라고 박사가 아직 완성되지 않은 상태의
뭔가를 훔쳤는지도 모르지. 계속 모니터링해야 하거나 통제해야 할
수도 있고. 기능이 오작동하고 있을 수도 있어. 아직은 잘 모르지
만."

　아리아나의 표정은 조심스러웠다. "마치…… 피할 수 없는 걱정
거리가 있을 때, 머릿속에 계속 생각이 떠오르잖아. 문제를 어떻게
해결할지 모든 단계를 떠올리잖아. 그런 느낌이었어. 그게 내게 시
킨 모든 행동은 마지막을 향해 가며 거치는 단계 같았어."

　"마지막에는 뭐가 있는데?" 내가 물었다.

　"나도 모르겠어." 아리아나는 그렇게 말하면서도 다시 지구 쪽을
슬쩍 쳐다봤다. "내 의지로 움직이고 있다고 생각했어. 뭔가…… 프
랙탈 같은 게 보였어. 내 주변을 둘러싸고 프랙탈 같은 이미지가 사
방에 펼쳐져 있었고 가운데는 원이 보였는데, 그게 뭐였는지는……
나도 잘 모르겠어. 우주선 안을 이동해야겠다는 생각을 왜 했는지
기억나지 않아. 단지 그렇게 해야만 할 것 같았어. 나는 원으로 다가
가야 했어. 나는 그것이 원하는 게 뭔지도 알 수 없는데, 어떻게 그

렇게 쉽게 나를 통제할 수 있지?"

"그것한테 유리한 점이 있었지." 바키르가 말했다. "시행착오를 겪을 대상이 몇백이 있었잖아."

"모르는 거야." 시오마라가 말했다. "확실한 건 없고 그래서 도움이 필요해. 자스가 우주선에서 나갈 방법을 알아. 그리고 SPEC에서도 지금쯤 우주선 가까이 왔을 거고."

하지만 나는 하우스오브위즈덤호가 어떻게 생겼는지 생각하고 있었다. 각 층과 연구실, 복도와 유지관리 터널을 떠올렸다. 한때 우주선 구석구석을 속속들이 알았다. 모든 층의 공간이 어떻게 분할되어 있는지, 층 사이에 어떤 공간이 숨어있는지 알았다. 나는 유지관리 터널, 숨을 쉬는 것 같던 아버지의 거대한 농업 연구실 공간, 아늑한 주거 구역, 동떨어진 구역에 있던 어머니의 탁 트인 작업실을 떠올렸다.

커다란 원이 있는 장소는 우주선에 한 곳뿐이었다. 중심에 과녁처럼 자리 잡은 곳이었다.

"내 생각에는," 내가 입을 열었고 모두 나를 쳐다보았다. 나는 목소리를 가다듬었다. "내 생각에는 그게 너를 함교로 데려가려고 했던 것 같아."

우리는 몇 분마다 납치범들의 위치를 확인하면서 최대한 빨리 함교로 이동했다. 정원을 나오기 전 납치범들은 8층 딥 스페이스 고고학 연구실에 있었고, 우리가 10층에 도착했을 때 파냐와 대그는 9층에 있는 잠긴 복도를 열 것인지 아니면 다른 길을 찾을 것인지를 놓고 입씨름을 벌이고 있었다. 우리는 그들보다 앞서 있었다.

함교는 우주선의 다른 공간들과 마찬가지로 추웠지만 조명이 달랐다. 어두운 붉은색 휴면 조명과 함께 푸른 조명이 빠르게 깜빡이고 있었고, 초록 조명과 깜빡이는 밝은 백색 조명도 켜져 있었다. 희미하게 웅웅거리는 소리가 들려왔다.

눈에 익은 나하리 선장의 사진이 보였다. 하우스오브위즈덤호를 통솔하는 임무를 맡고 한참 후에 찍은 사진이었다. 사진 속 그녀는 함교 중앙에 서 있었고 뒤에 있는 거대한 창밖으로 화성의 붉은색 표면이 보였다. 창문에서 반쯤 돌아선 그녀의 옆모습은 수심에 잠겨 있었다. 카메라 앵글 밖에 승무원이 열댓 명쯤 더 있었겠지만 사진 속에는 그녀 혼자뿐이었다. 그녀는 외롭고 조용하고 매우 진지해 보였다. 누구나 밑에서 일하고 싶어 할 만한 사령관의 모습이었다. 그녀 뒤에 보이는 벽 한 면을 가득 채운 화성의 모습은 실제 창문을 통해 보이는 풍경이 아니었다. 신경 중추나 다름없는 함교는 위험한 선체 외부와는 아주 멀리 떨어진 우주선 중앙에 위치되어 보호받고 있었고, 함교에서는 카메라와 센서에서 전송되어 화면에 비치는 이미지로만 바깥 경치를 볼 수 있었다. 그렇지만 함교의 반을 차지하는 개방 공간에는 의자와 워크스테이션, 선장의 자리가 그 화면을 향해 바라보도록 반원형으로 배치되어 있었다. 사람들은 언제나 무언가를 향하고 싶어 하는 법이니까.

거의 가망이 없어진 상황에서조차 나하리 선장은 하우스오브위즈덤호가 오랫동안 천천히 자유 낙하하게 될 경우 충돌할 수 있는 지구, 달, 궤도 위 정거장을 비롯한 모든 것들을 보호하기 위해 우주선이 궤도에 안전히 남아있도록 조처해두었고, 이는 그녀의 영웅적인 면모를 보여주는 한 예시가 되었다. 함교는 그녀가 절망적인 마지막 결정을 내린 장소였고 생을 마감한 곳이기도 했다. 그녀는 다른 이들과 함께 마지막을 맞이했다.

"젠장, 뭐야." 바키르가 말했다. 그리 큰 소리가 아니었지만 채찍질 소리처럼 정적을 깼다. "이게 뭐야, **젠장.**"

함교에는 시체가 스무 구 이상 있었다. 아버지의 정원을 나온 이후 마주친 시체를 다 합친 것보다도 많았다. 시체들은 여기저기 흩어져 있지 않았고 폭력의 흔적도 없었다. 두려움에 떨며 옹기종기 모여 있지도 않았다. 그들은 모두 자리에 앉아 있었다. 고정 끈으로 몸을 의자에 잘 고정한 상태로 손은 컴퓨터 위에 올려진 채였다. 모두 눈을 뜨고 각자 앞에 놓인 화면을 바라보고 있었다.

그들 역시 우리가 발견한 다른 시체들처럼 쪼글쪼글 말라 있었지만 서로 싸우거나 도망치려고 했거나 겁을 먹은 흔적은 없었다. 자기들에게 닥칠 운명을 알았던 것 같은 흔적도 없었다.

"우주선을 조종하다가 죽은 것 같은데." 시오마라가 말했다.

바키르가 말을 덧붙였다. "부상당한 것 같지도 않아."

처음에 보기에는 그랬다. 다른 곳에서 보았던 잔혹하고 치명적인 광경은 아니었다. 하지만 섬뜩할 정도로 정돈된 상태로 자리를 지키고 있는 시체들을 살펴보니 세세한 것들이 보였다. 소매를 걷어 올린 한 시체의 앞 팔뚝에 손톱으로 긁은 자국이 보였다. 옷깃은 찢어진 채 열려 있었고 귀와 코에서 피가 흘러 말라붙어 있었다. 제어판 위에 올려진 작고 가느다란 손가락은 검붉은 얼룩이 나 있었다.

그 작은 손이 무엇을 의미하는지 깨닫기 전까지 몇 초 동안 시선을 떼지 못했다.

그녀는 함교의 승무원이 아니라, 어린아이였다.

피부가 마르면서 생긴 주름 때문에 알아보지 못했지만, 내가 아는 아이였다. 그녀의 이름은 제사민이었다. 세상을 떠날 당시 12살이었고 우리는 같은 선생님 밑에서 함께 수업을 들었다. 그녀도 나도 서로에게 호감이 있진 않았지만, 우주선에는 우리 또래가 없었다. 절친은 아니지만 낯선 사람이나 학급의 다른 이들보다는 친하다고 생각했다. 제사민은 우주에서 사는 것을 싫어했다. '붕괴' 이후 멸종 위기에 처한 코끼리, 기린, 호랑이 같은 거대한 동물들을 돌보고 싶어 했지만 우주선에는 동물을 위한 공간이 없었다.

제사민은 운항 통제 컴퓨터 앞에 앉은 채로 죽었다. 그녀 옆에 내가 아는 남자가 있었다. 우주선의 식량 과학자 중 한 명이었다. 그의 이름은 기억이 나지 않았다. 우리 아버지와 함께 일하며 토마토와 시금치 유전자를 결합하고 우주에서 당근이 생존할 수 있는지 논의하기도 했던 사람이었다. 제사민만큼이나 그도 함교에 있을 이유가 없었다.

"여기 있으면 안 되는 사람들이야." 내가 말했다. "함교 승무원이 아니거든."

바키르는 대번에 내 말을 이해했다. "감염이 되었던 거야. 이건……"

"'그것'이 시킨 일이야." 내가 말을 마쳤다. "여기로 오는 것. 우주선을 조종하는 것 모두 말이야."

그것은 아리아나가 자신보다 덩치가 두 배 큰 남자를 공격하고 무기를 훔치고 죽이도록 만들 수 있었다. 타본 적 없는 우주선을 속속들이 아는 것처럼 이곳저곳을 누비며 문을 열고, 해치를 열고, 도망을 치도록 할 수도 있었다. 10년 전 기억을 저장하고 전달해 몸을 움직이도록 할 수 있었다. 처음 바이러스가 퍼졌을 때 우주선을 격리시키고 데이터 전송을 방해하도록 할 수 있었다. 그게 가능했다면, 그것이 숙주로부터 필요한 기술을 학습할 수 있었다면 충분히 우주선을 조종할 수도 있었다.

"뭐가 어쨌다고?" 시오마라가 말했다. 그녀와 아리아나는 함교의 저편으로 이동해 있었다. 그들은 길쭉한 유리벽에 다다랐다.

"회의실이야." 내가 말했지만 아직 시선은 제사민과 다른 사람들에게 머물러 있었다. 기생충은 크기가 작았다. 바늘로 찔린 구멍을 통해 피부 속에 침입하고 뉴런과 전기 신호 수준에서 작동할 수 있을 만큼 작았다. 그리고 숙주가 세상과 소통하도록 만들었다.

"여기 누군가가 있어." 아리아나가 말했다.

"두 명이야." 시오마라가 말을 멈췄고, 사뭇 달라진 목소리로 말을 이었다. "자스."

나는 의자를 하나씩 짚어가며 함교를 가로질렀다. 죽은 이들의 얼굴이 모두 합쳐져 흐릿해졌다. 온몸에 한기가 스며들어 뼈까지 얼어붙는 느낌이 들었고, 조심성 없이 빨리 움직이다가는 다시 한 번 온몸의 뼈가 산산조각이 날 것 같았다. 하지만 현실을 외면할 수도 없었다. 시오마라와 아리아나의 숨 때문에 회의실 유리벽에 뿌옇게 김이 서렸다. 시오마라가 유리창을 문질러 닦았다.

나하리 선장이 탁자 머리맡 자기 자리에 앉은 채 죽어 있었다. 쪼글쪼글 말라비틀어진 그녀의 손가락 끝 바로 앞에 태블릿이 둥둥 떠다니고 있었다.

그리고 그녀 옆, 일등 항해사 자리에 어머니가 앉아 계셨다.

내부 통신 자료 참조. [알 수 없음/손상됨]

출처: *하우스오브위즈덤호 SPEC 연구*

일시: 393년 1월 4일 11:01:37

함교: 한동안 조용했다. 사람들이 조용해졌다. 얼마 전까지도 엄청나게 시끄러웠다. 비명이 아니라 말소리였다. 그들은 말을 하고 있었다. 마치……

엔지니어링 12-009: 죽은 사람의 말 같았지.

함교: 누구지? 위치는?

엔지니어링 12-009: 나야, 릴리안. 나 아미타야.

함교: 젠장. 당신 어디야? 당신…… 진짜 아미타 맞지?

엔지니어링 12-009: 감염되지 않았어. 내 몸 속에는 아무것도 없어.

함교: 젠장, 너무 다행이야. 비노드도 같이 있어?"

엔지니어링 12-009: 그이는 죽었어.

함교: 아들은? 아이는……

엔지니어링 12-009: 내가 방금 아이를 죽게 만든 것 같기도 해.

함교: 아미타? 무슨 말이야?

엔지니어링 12-009: 최대한 빨리 우주선 밖으로 내보냈어야 했어. 내가 따라간다고 하기 전까지 안가겠다고 떼를 썼어. 대피 시스템이 폐쇄되는 바람에 타이거에 실어서 보냈어야 했어. 가속 시스템 조정 작업이 아직 덜 끝났는데. 내가 아이를 죽게 만들었는지도 몰라.

함교: 드라이 독에 있는 거야? 당신 우주선에 액세스할 수 있어? 어서 떠나야 해. 여기에서 무슨 일이 있었는지 전해야지.

엔지니어링 12-009: 선장, 여기서 무슨 일이 있었지? 내가 무슨 말을 하겠어? 붕괴 이전부터 인류가 품어 왔던 원대한 꿈을 이뤘다고?

함교: 사람들에게 경고를 해야……

엔지니어링 12-009: 아니면 우리가 꿈을 향해 다가가 봤더니 모두 신기루에 불과하더라고 이야기해야 할까? 그들이 지각이 있는 생명체처럼 보여? 잘 살펴봐.

함교: 지금 보고 있어. 그들은 함교를 차지했어. 요제프의 딸 제사민이 여기 있어. 운항 통제 컴퓨터를 맡고 있지.

엔지니어링 12-009: 우리는 공격당하고 있어. 느껴져.

함교: 맞아. 그들이 항로를 바꿨어. 조종을 능숙하게 하는 것 같지는 않아. 몇 시간 있으면 안정 궤도를 벗어나게 될 거야.

엔지니어링 12-009: 그들이 환경 통제 시스템도 장악했어?

함교: 아니. 건드리지 않았어. 저들은 추진 시스템과 운항 통제 시스템에만 관심이 있어.

엔지니어링 12-009: 영구적으로 안정적인 궤도를 찾아 항로를 계산해.

함교: 아미타, 나는 우주선 통제권을 잃었어.

엔지니어링 12-009: 알아. 안다고. 하지만 계산해 둬.

함교: 왜? 그걸로 뭘 할 수 있는데?

엔지니어링 12-009: 내가 그쪽으로 갈게. 가서 설명할게.

[통신 기록 자동 보존 시스템에 의해 보관됨]

자흐라

말라치와 나는 어둠 속에서 숨을 쉬었다.

해치 밖에서는 아직도 경보음이 울렸지만 소리는 먹먹하게 들렸다. 냉기와 퀴퀴한 냄새가 섞인 공기가 살면서 맛본 공기 중 가장 달게 느껴졌다. 말라치는 무슨 말인가 하려고 하다가 한참 동안 기침을 하고 말았다. 나는 그를 안심시키려고 조용히 손을 꼭 잡았지만 아직 말을 할 용기는 나지 않았다. 죽을 듯이 기침하는 소리가 친숙하게 들렸다. 말라치와 내가 처음 만나던 날 들었던 기침 소리였다. 겨울의 황혼이 내린 사막에서 걸어온 이방인은 내 답이 무엇일지 아는 것처럼 도움을 청했다. 농가 가장자리에서 중심부까지 우리가 닦아 놓은 길을 다 걷고 난 후에야 그가 애덤을 만나 처음 자기 이야기를 하기 시작했을 때, 그에게 말을 더듬고, 시선을 피하고, 결정을 내리기 전 망설이는 습관이 있다는 사실을 알게 되었다. 말라치는 그동안 열심히 배우고, 남들보다 앞서고, 쓸모 있는 사람이 되기 위해 노력했다고, 의회 시민권을 받으려고 여러 번 시도했다고 말했다. 의회에서 거절 당할 때마다 받은 상처를 견뎌낸 그의 심장에는 흉터가 겹겹이 쌓이고 있었다. 말라치는 우리가 의회의 변덕에 농락당한 그를 탓하지 않는다는 사실을 깨닫기 전까지 자신의 과거를 수치스러워했다. 애덤은 의회에서 쓸모없다고 생각하는 불쌍하고 가련한 사람들을 원했기에, 당연히 말라치를 받아들이게 되었다.

어둠 속에서 기운을 차리는 동안 나는 모든 일을 기억하고 또 했다. 말라치가 농장과 가족 일원에 얼마나 쉽게 스며들었는지 잊어버릴 정도로 그는 우리와 오랫동안 함께했다. 누구도 말라치를 위협적이라고 느끼지 않았고 애덤도 마찬가지였다. 그를 두려워했던 유일한 사람은 보랏빛 황혼 속에서 그를 마주한 나뿐이었고, 그런 나에게 그는 의심과 총으로도 당해낼 수 없는 미소를 지어 보였더랬다.

"빛이 필요해." 말라치가 말했다. 뺨에 느껴지는 그의 숨결이 따뜻했다. "내가…… 네 쪽으로 팔을 좀 뻗어야 할 것 같은데."

나는 철제 사다리에 몸을 딱 붙였다. 그는 내 뒤로 손을 뻗다가 실수로 내 얼굴에 팔꿈치를 부딪쳤고 조용히 사과했다. 그의 폐에서 숨이 새어 나오는 소리와 사다리가 삐걱대는 소리가 들렸다. 그의 심장 뛰는 소리까지 들리는 것 같았다.

"아, 이제 됐어."

푸른색 빛이 어둠을 밝혔다. 말라치가 제어판을 찾은 모양이었다.

"걔들과 함께 갈 수 있었잖아." 내가 말했다.

말이라기보다 거칠게 숨을 내쉬는 소리에 가까웠지만 그는 깜짝 놀라며 내 쪽을 보았다. 햇빛 아래에서 연한 갈색을 띠는 그의 피부가 지금은 창백하고 아파 보였다. 갈색 곱슬머리는 축축하게 젖어 머리에 찰싹 달라붙어 있었다. 입술은 여기저기가 부르트고 갈라져 있었다.

"뭐라고?" 그가 되물었다.

"너도 그들이랑 같이 갔어야 한다고. 설득할 수 있었어. 그들은 네가 필요하니까."

"자흐라." 말라치가 말했다. 그는 숨을 한 번 들이쉬고 천천히 내쉬었다. "그들은 우리를 죽이려고 했어."

"옳다고 생각한 일을 하려고 했을 뿐이야. 애덤이 했을 만한 일이라고 생각하는 일을 한 거라고."

"어느 쪽이야?"

"뭐가 어느 쪽이냐는 거야?"

"자기들이 옳다고 생각하는 일을 하는 거야, 아니면 애덤이 했을 만한 일을 하는 거야? 너는 그 둘이 같다고 생각해?"

"임무에만 몰두하고 있어서 그래."

"대체 네가 왜 그들을 감싸는 거야? 너한테 그런 짓을 했는데? **너를 죽이려고 했다고.**"

나는 그의 말투와 태도에 깜짝 놀라 그를 빤히 보았다. 제어판에서 새어 나오는 빛이 그의 옆얼굴을 비췄다. 그는 못마땅하다는 듯 입꼬리 한쪽을 올린 채 목 힘줄이 드러날 정도로 턱을 꽉 물고 있었다.

"내가 언제……"

나는 입을 닫았다. 숨을 들이쉬고 내쉬었다. 할 말이 넘치기도 하고 없기도 했다. 그들은 가족이었다, 우리는 공동의 목표를 향해 노력하기로 했고 평화롭고 굳건한 삶을 함께할 예정이었다. 그 약속이 깨진 것은 내가 실패했기 때문이었다.

어쩌면 그들이 배신했기 때문일 수도 있을까?

"나는…… 모르겠어. 생각을 좀 해야겠어." 내가 말했다.

말라치는 몇 초 동안 제어판을 노려보다가 손가락을 뻗었다. 유지관리 터널에 희미한 붉은 빛이 채워졌다. 끔찍한 붉은 조명 때문에 언젠가 내 눈에서 피눈물이 나지 않을까, 그래서 눈이 영원히 붉게 물드는 것은 아닐까 궁금해졌다.

"여기에서 나가야 해." 말라치가 내게서 멀어져 사다리 아래로 내려가면서 머리 위쪽에 있는 방의 바닥을 들어 올리는 데 사용하는 큰 롤러를 지나쳤다. 어두운 터널은 세 갈래로 갈라졌고 각 터널 안에는 구불구불한 튜브와 환기통, 배관이 서로 얽히고설키며 이어졌다. 네 번째 터널은 '우주선 내부 수송'이라는 팻말이 붙은 무거운 철문으로 막혀 있었다. 연구실로 탐사선을 들일 때 사용한 터널인 것 같았다. 어디로 향하든 지금은 닫혀 있어 우리는 이용할 수 없었다.

말라치가 열려있는 통로들을 내려다보았다. "여기 어딘가에 해치가 있을 거야. 그렇게 멀지 않은 곳에."

"말라치, 멈춰" 나는 그의 발 한쪽을 붙잡았고, 그가 발을 구르자 움찔했다. "기다려."

"여기 계속 있을 수는 없어."

"알아. 안다고, 하지만…… 무슨 뜻이었어?"

"뭐가?"

"애덤에 관한 이야기. 파냐와 대그가 하고 있는 일에 관한 이야기 말이야."

그는 고개를 돌려 나를 바라보았다. "내가 무슨 말을 하길 바라? 뭔가 잘못됐다는 건 너도 알잖아. 전부 다 잘못됐어. 시작부터 틀렸어."

심장이 너무 세차게 뛰어서 목구멍 밖으로 튀어나올 것 같았다. "다 잘못되기만 한 건 아니야." 내가 저항이라 하기도 애매할 정도로 소심하게 대꾸했다. "왜 그렇게 말하는지 모르겠어."

말라치가 짧게 숨을 내쉬었다. "아니, 넌 알아. 내가 굳이 설명해주지 않아도 돼. 너도 생각할 능력이 있어. 애덤이 너에게 어떻게 생각하라고 지시하게 할 필요도 없고, 그들이 너를 이런 상황으로 몰 정도로 모든 게 잘못됐다는 사실을 나더러 설명해달라고 할 필요도 없다고."

그들. 그들. 말라치는 우리라는 말을 쓰지 않고 있었다.

"사람들은 날 어디로 몰아넣지 않았어." 나는 떨고 있었고 침착하려고 애쓰느라 온몸이 쑤셨다. "내가 이 자리에 있고 싶었던 거야. 내가 원했다고. 나는 바보가 아니야. 내가 이런 책임을 맡은 건 애덤이 부탁했기 때문이야."

"부탁?" 말라치가 말했다.

응. 그러고는 생각을 고쳐먹었다. 아니.

좌절이 섞인 부정이었다. 아니.

마음속 깊은 곳 나만 볼 수 있는 곳이라 해도 거짓을 담고 싶지는 않았다. 애덤은 자기의 바람대로 해달라고 부탁하는 사람이 아니다. 그는 명령하고, 선포하고 결정하는 사람이다. 그의 지혜를 이해하지 못하는 사람이 있으면 벌을 내렸다. 동의하지 않는 사람에게는 등을 돌렸다. 그는 내게 이 임무의 리더를 맡아달라고 부탁하지 않았다. 내가 이 임무를 맡게 될 것이라고 이야기했고 내가 자랑스럽게 받아들이자 미소 지었다. 그의 명령은 내 바람과 완전히 맞아떨어졌다. 나는 아버지의 명예를 되찾고 싶었다. 그래서 마음속에 피어오르는 의심을 거두고 나이가 더 많고 경험도 풍부한 '가족'들의 항의도 무시하면서, 갑작스러운 홍수가 사막의 협곡을 휩쓸듯 애덤의 확신 하나로 모든 우려를 씻어내 버렸다. 항상 그런 식이었다. 왜냐하면 애덤은 우리보다 훨씬 대단한 사람이었으니까. 비록 우리가 이해하지 못하더라도 그의 지식과 지혜는 우리를 보호한다. 그토록 힘겹게 사는 동안 가족을 하나로 묶을 수 있었던 교리였다. 별을 향해 가겠다는 우리의 꿈을 가능하게 해준 진실이기도 했다. 어떤 시련이 닥치든 애덤은 우리를 보호해 줄 것이다.

하지만 애덤은 그러지 못했다. 그는 우리가 하우스오브위즈덤호에 탑승했을 때 어떤 위험에 처하게 될지 몰랐다. 애덤은 이 작전을 계획하는 동안 의구심이 생기거나 의문에 답해야 할 때면 자신이 의회의 의원들보다 의회에 관해 더 속속들이 알며, 자신이 모르는 비밀은 없다고 여러 번 강조했었다. 하지만 의회는 바타차르야가 목격한 진실을 숨겨왔다. 하우스오브위즈덤호를 얼마나 가까이에서 관찰하고 있었는지도 숨겨왔다. 바이러스가 희생자들에게 무슨 짓을 했는지 역시 숨겨왔다.

나는 오랫동안 아무 말도 하지 않았다. 말라치가 한숨을 쉬었다 "네가 멍청하다고 생각하지도, 이 모든 게 네 잘못이라고 생각하지도 않아."

심장이 아프도록 떨려왔다. "하지만 내 잘못이 맞아. 나는 SPEC에서 셔틀을 공격할 줄 몰랐어. 알았어야 했어. 내가 위험을 깨달았다면 보디카, 니코, 바오는 아직 살아있을 거야."

말라치가 오랫동안 나를 쳐다보았다. 그의 어두운 눈은 지쳐 보였다. "진짜 SPEC이 그랬다고 생각해?"

"하지만…… 보안 시스템이 우리를 들여 보내줬잖아. 드론은 아니었어."

말라치가 내 팔을 어루만졌다. 나는 그의 손을 내려다보았다. 살을 에는 추위 속에 있다 보니 따뜻하지도 않은 그의 손가락이 살에 닿자 불에 데는 것 같은 느낌이 들었다.

"자흐라. 생각해 봐. 호흡을 가다듬고 생각을 한번 해 봐."

나는 그가 시키는 대로 했다. 적어도 노력했다. 노력했지만 마음이 너무 무거웠다. 우주선과 셔틀 사이를 건너지 못하고 죽은 여자의 비명 소리가 귓가에 맴돌았다. 방아쇠를 당기자마자 남자의 머리통이 사라지며 튀기던 붉은 핏방울이 떠올랐다. 우주로 다시 가게 되었다는 사실을 알았을 때 보디카가 짓던 웃음이 생각났다. 필그림 3호에서 끔찍한 불길이 맹렬히 치솟을 때 니코가 지르던 비명 소리가 들렸다. 허리와 갈비뼈가 아픈 지는 너무 오래되어서 이제는 통증이 내 피부와 피에서 떼어낼 수 없는 몸의 일부가 된 것 같았다.

내가 죽인 남자는 폭발이 집어 삼켜버렸다. 내가 저지른 범죄가 다른 범죄로 덮이자 안심하는 내가 추하게 느껴졌다.

"네가 무슨 이야기를 하는지 모르겠어." 내가 말했다. 그의 말의 의미를 생각하기에 나는 너무나 피곤했다. "무슨 뜻인지 말해줘."

"SPEC은 미사일이 없어. 그리고……"

"모르잖아." 내가 말했다. "비밀 무기가 있잖아. 드론 보안망은 세상에 알려야만 하는 상황이 오기 전까지 비밀이었어."

"그래. 하지만 만약 그렇다고 하더라도 너 역시 폭발이 셔틀 안에서 시작된 것 같다고 했었잖아. 바깥이 아니라 안에서. 대그가 아니라고 할 때도 너는 그렇게 이야기했어. 본 사람은 너뿐이야. 네가 본건 네가 잘 알지." 말라치가 망설이는 학생을 타이르는 선생님처럼 침착하게 말했다. "SPEC에서 셔틀을 공격할 거라 생각해? 우리를 막고 싶으면 왜 시비타 스테이션을 공격하지 않았지? 진짜로 SPEC이 승객들을 위험에 빠뜨릴 수 있다고 생각하는 거야? 연구원들을? 무슨 일이 일어났는지 철저하게 조사할 수 있는 권력이 이모를 둔 유명한 남자도 타고 있었는데? SPEC이나 의회에서 그런 짓을 왜 하겠어?"

나는 내가 해야 할 말을 잘 알았다. 그들이 세상에 휘두를 수 있는 폭력에는 한계가 없다. 애덤은 집회를 마칠 때면 우리가 몸을 숙이고 불길하게 내리깐 목소리로 웅얼거리는 그의 말을 듣도록 만들곤 했었다. "그들은 자신의 아이들을 희생할 것이다. 자신의 어머니와 자유를 희생할 것이다. 그들을 과소평가하지 말라. 그들이 피로 권력을 얻는다는 사실을 단 한 순간도, 절대, 영원히 잊지 말라." 나는 그의 말을 한 치의 의심도 없이 믿었다. 그들은 우리 가족과 아버지를 무너뜨렸고 10년 동안 아무런 책임도 지지 않았다. 엄마는 눈을 감을 때까지 아버지의 명예가 회복되는 모습을 보지 못하셨다. 그리고 우리 가족은 그 수많은 가족 중 하나일 뿐이었다. 우리 가족에게 일어난 일은 아무런 제한 없이 권력을 행사할 수 있는 의회에서 원하면 언제든 누구에게든 일어날 수 있는 일이었다. 그래서 우리는 떠나야만 했다. 그래서 하우스오브위즈덤호가 필요했다. 애덤의 확신과 정의감으로 타오르는 그의 눈빛, 우리에게 부당한 대우를 한 이들을 향한 분노로 모든 의심을 거둘 수 있었다.

말라치는 나를 빤히 보았다. 애덤이 그 질문을 했다면 의심과 두려움이 암세포처럼 퍼지기 전 뿌리를 뽑기 위해 던지는 시험이라고 생각했을 것이다. 하지만 말라치에게는 어떤 답을 해야 할지 알 수 없었다. SPEC에서 셔틀을 공격하지 않았다면…….

니코가 화물을 준비했고 겁먹은 여자를 사다리에 올리려고 했다. 두 사람은 옥신각신하고 있었다. 그는 총을 들고 그녀를 협박했고 몇 발을 쐈다. 적어도 두 발, 어쩌면 더 쐈을 수도 있다. 총성이 몇 발이나 들렸는지 기억이 나지 않았다. 보디카가 그를 나무랐지만 폭발 때문에 그녀의 말은 중간에 끊기고 말았다. 해치에서 불길이 솟구쳤다. 니코. 여자. 짐 꾸러미.

"우리 짐에 폭발물은 없었어." 답이라기보다 질문에 가까운 투로 내가 말했다.

"없었어야 했지. 하지만 너는 짐을 싣지 않았고, 나도 마찬가지야. 니코나 바오도 그렇고. 대그와 헨케가 짐을 실었지."

대그는 애덤이 실으라는 것이라면 뭐든 실었을 것이고 헨케는 무기를 더 실을 수 있다면 기뻐했을 것이다. 니코는 몰랐을 수도 있다.

그는 언제나 조심성이 없었지만 그렇다고 하더라도 위험할 줄 알았다면 폭발을 일으킬 수 있는 화물에 대고 총을 발사하지는 않았을 것이다. 대그와 헨케가 소중한 가족의 생명을 위험에 빠뜨리려고 했을 리 없었다. 우리는 보디카가 필요했고, 니코도, 바오도 필요했다. 누구도 다른 사람으로 대체할 수 없었다. 사고였어야 했다.

"하지만 대체 왜?" 내가 말했다. "우리는 폭발물이 필요하지 않아. 우리가 필요한 건 장비들이지. 그리고 대그가 왜 아무 말도 하지 않았겠어?"

"우리가 쓰려고 한 게 아니었을 거야."

"인질들을 다 죽이는 거 아니었나?" 헨케가 했던 말이 떠올랐다.

"애덤은 애초에 인질들을 풀어줄 생각이 없었어." 말라치가 말했다.

나는 인정하기 싫은 마음에 고개를 저었다. 하지만 애덤의 계획을 머릿속에 너무 쉽게 그릴 수 있었다. 애덤이라면 셔틀을 멀리 보낸 다음 학생들을 찾아가라고 SPEC에 연락했을 것이다. 구조 우주선이 가까이 오면 미소 지었을 것이고, 셔틀과 구조선이 동시에 폭발하는 모습을 지켜보며 흐뭇해했을 것이다. 그리고 그들이 마땅히 배워야 할 교훈을 주었다고 이야기했을 것이다.

"하지만 헨케를 죽인 여자는," 내가 절망적으로 말했다. "어떻게 그럴 수 있어? 학생인 줄 알았지만 아마도…… 그녀는 아마……"

"바타차르야가 한 말이 맞는 것 같아. 우주복이 찢어지면서 몸이 긁혔을 때 어떤 식으로든 감염이 되었던 거야. 그래서 환각을 보고 자학을 했겠지. 운 좋게 헨케를 속였을 테고. 헨케가 부주의했어."

헨케는 언제나 자신감 넘치는 미소를 지으며 시비 거리를 찾는 사람이었다. 그 여학생보다 덩치가 두 배는 컸으니 그녀가 위협이 되리라고는 생각하지 않았을 것이다.

"자흐라." 말라치가 말했다. "여기 머물 수는 없어. 계속 움직여야 해."

그도 나만큼이나 피곤해 보였다. 두 사람만 있는 어둠 속에서 눈을 감고 쉬고 싶었다. 한기를 떨칠 수 있을 때까지, 머릿속 통증이 사라지고 목구멍에서 느껴지는 공포의 맛이 사라질 때까지 푹 자고 싶었다. 마지막으로 내 자신을 위해 옳고 그름을 판단한 게 언제였는지 기억나지 않았다. 잔혹하게 살해당한 뒤 껍데기만 남은 시체가 된 것처럼 춥고 공허했다. 나드라와 안와르가 이쪽으로 오고 있다. 나는 그 아이들을 안전하게 지켜주기로 약속했었다. 평화롭게 살게 해주겠다고 약속했었다. 우리는 이곳에서 함께 행복하게 살기로 되어 있었다.

하지만 우리가 꿈꾸던 새로운 인생과 별들 사이에서 누릴 아름다운 자유는 우리가 지상을 떠나기 전 이미 가망이 없었다. 셔틀에 오르던 바타차르야의 얼굴에 비쳤던 두려움과 아리아나가 공황 상태에 빠졌을 때 그의 목소리에 묻어나던 공포를 이제 이해할 수 있었다. 그는 오만했던 우리가 보지 못했던 것들을 이미 알고 있었다. 하우스오브위즈덤호는 성지가 아니라 심연이었다. 이 심연에서 거의 500명이 목숨을 잃었다. '가족'들을 여기로 데려오면 또 다른 300명의 목숨이 심연으로 사라질 것이다.

문에는 위성 간섭 측정실이라는 문패가 붙어 있었다. 말라치는 전용 데이터 전송 링크가 있을 거라며 그 연구실로 가자고 했다. 그에게 어떻게 아느냐고 묻지 않았다. 연구실 안은 마치 연구원들이 아무 일 없이 일과를 마치고 퇴근한 것처럼 깨끗하게 비워져 있었다.

말라치가 무전기를 작동시키는 동안 나는 보관함들을 뒤져 소매에 하우스오브위즈덤호 패치가 붙어 있는 니트 스웨터와 외투 한 벌을 찾았다. 외투는 말라치에게 잘 맞았지만 스웨터는 내가 입기에 너무 컸다. 하지만 외투도 스웨터도 한기를 막아주기에는 역부족이었다.

"무전 연결했어." 말라치가 말했다. "그리고 이건…… 젠장."

"왜 그래?"

"수신된 무전이 있어. 들어봐."

스피커를 뚫고 칙칙거리는 소리와 함께 여자의 목소리가 들렸다. "여기는 SPEC 궤도 통제실 소속 우주선 판공호다, 하우스오브위즈덤호에 불법으로 침입한 인물들에게 알린다."

"잠행중인 우주선인가? 얼마나 가까이에 있어?" 내가 물었다.

말라치가 고개를 저었다. "나도 모르겠어."

"하우스오브위즈덤호에 탑승해 있으면 당신들과 인질들의 목숨이 모두 위험해진다. 인질들을 안전하게 반환하고 홈스테드호가 안전할 수 있는 길을 찾을 수 있도록 즉시 통신 채널을 열기 바란다. 여기는 SPEC 궤도 통제실 소속 우주선 판공호다, 하우스오브위즈덤호에 불법 침입한 인물들에게 알린다……"

여자의 목소리는 기계음처럼 느껴질 정도로 잔잔했지만 나는 겁에 질렸다. 그녀가 얼마나 나긋하게 이야기하든 애덤도 위협을 알아챘을 것이다. 애덤에게 그 메시지는 자신의 생각이 맞았다는 증거였다. 그들은 언제나 우리를 쫓고 있다. 우리를 절대 가만히 두지 않을 것이다. '가족'은 겁에 질리고 아이들은 울고 애덤은 분노할 것이다. 그녀는 홈스테드호의 안전이라는 말을 하지 말았어야 했다. 홈스테드호의 사람들에게 반감만 일으켰으리라.

말라치가 말했다. "답신이 있어. 한 시간 전에 보냈네."

한 시간. 우리는 서로 소통한 지가 너무 오래되었다. 나는 살짝 고개를 끄덕였다.

"우리를 감히 범죄자 취급하다니." 애덤의 쩌렁쩌렁한 목소리가 스피커를 뚫고 나오자 나는 화들짝 놀랐다. "우리가 아이들을 위험에 빠뜨린 것처럼 몰아가는군? 평생을 너희 군홧발 아래 짓밟혀 산 우리에게 너희의 법을 들먹이다니, 말을 아끼고 겸손을 챙기는 게 좋을 거야. 네놈들의 거짓말에는 신물이 났어. 우리는 우리를 옥죄던 사슬을 스스로 끊었다. 우리는 자유를 지키기 위해 위대한 희생을 할 준비가 되어 있어. 너희가 만든 감옥으로 우리 발로 들어가는 것보다 더 끔찍한 삶은 없을 테니까."

품고 있는 줄도 몰랐던 약간의 희망마저 산산조각이 났다.

"우리를 노예로 만들기 위해 너희 아이들을 희생할 준비가 되어 있나?" 애덤은 비웃듯 질문을 뱉었다. 보이지 않아도 멸시로 뒤틀린 그의 표정이 눈앞에 선했다. "가서 너희 주인님께 물어보시지. 총애하는 아이들을 몇 명이나 죽일 수 있냐고. 어떤 놈부터 죽여야 하냐고."

메시지가 끝났다. 심장이 목구멍 밖으로 튀어나올 것처럼 쿵쾅거렸다. 우리 사이에는 수십만 킬로미터의 텅 빈 우주가 펼쳐져 있었지만, 나는 애덤이 바로 내 옆에서 화를 내는 것처럼 겁을 먹었다.

"우리가 이야기해야 해." 나는 고통스럽게 마른침을 삼켰다. "여기가 너무 위험하다는 사실을 애덤에게 이해시켜야 해."

말라치는 움직이지 않았다. "홈스테드호와 교신하자는 거야?"

말 속에 가시가 느껴져 나는 그를 쳐다보았다. "여기 오면 안 돼. 알잖아. 너도 아직 보안망을 끄지 못했고 성공한다 하더라도……"

"알아." 말투는 부드러웠지만, 그의 목소리에 내 안의 공포가 더 단단한 매듭을 지었다. "하지만, 자흐라……"

"'가족'들이 듣지 않을 거라 생각하는구나." 내가 말했다.

"애덤은 듣고 싶지 않은 이야기는 누가 해도 듣지 않아. 자흐라, 애덤은 저들이 우리를 노예로 만든다고 했어. 이성적인 상태가 아니야. 그는 드론 공격에도 눈 하나 깜짝하지 않을 거고 바이러스로도 그를 막을 수는 없을 거야."

"그는 단지……" 단지 뭐란 말인가? 애덤이 언제까지 허풍을 떨지 그의 믿음은 어디에서 시작되었는지 더 이상 알 수가 없었다. 의회를 향한 그의 증오를 추진력 삼아 불가능했던 꿈을 향해 달리고 있을 때는 신경 쓰지 않았다. 애덤이 '가족'과 내 동생들을 위험에 빠뜨리는 게 아니라 보호하고 있다고 생각했으니까.

"판공호에 무전을 연결해야 해." 말라치가 말했다. "무슨 일이 일어나고 있는지 이야기해야지."

나는 그를 빤히 보았다. "애덤과 이야기해보지도 않고 SPEC에 연락을 하겠다고?"

"애덤은 듣지 않을 거야."

"안 들을 수도 있지만 홈스테드호를 조종하는 사람은 애덤이 아니야. 오바르는 말을 들어줄 거야. 가족들을 위험에 처하게 하지 않을 거야. 모두 안전하길 바라니까."

말라치가 제어판으로 고개를 돌렸다. "알겠어. 시도해 보자. 화상으로 할까?"

"응." 내 얼굴을 보이는 게 나을 것 같았다. 입이 마르고 머리가 아팠고, 몸 전체가 욱신거리는 것을 보니 분명 보라색으로 멍이 들고 있을 것 같았다. 얼굴을 보이면 우리 상황이 얼마나 절망적인지 오바르를 이해시키는 데 도움이 될 것이다. "계속해."

암호화된 메시지를 전송하는 데 걸린 시간은 단 몇 초였지만 오바르의 얼굴이 화면에 나타나기까지 시간이 더디게 흐르는 느낌이었다. 오바르의 표정은 어두웠고 머리도 헝클어져 있었다. 우주복 목 부분도 느슨하게 풀어져 있었다. 주변에서 시끄러운 소음이 들렸다.

"대체 다들 어디에 있었어? SPEC에서 우리를 쫓고 있어. 보디카가 봤다는 잠행 우주선이 진짜였어." 오바르가 말했다.

"알아." 말라치가 말했다. "우리도 경고 메시지를 들었어."

"좋은 소식이 있다고 해 줘."

"애덤과 이야기를 해야겠어." 내가 말했다.

홈스테드호에 갑자기 정적이 내렸다. 오바르는 눈을 가늘게 뜨고 나를 보았다. 그의 뒤로 젊은 남자 두 명이 나타나 몸을 기울이더니 화면을 내려다보았다. 불안한 생각이 스치며 닭살이 쭈뼛 돋았다.

"대그는? 헨케는 어디 있어?" 오바르가 물었다.

"헨케는 죽었어." 내가 말했다 "인질 중 한 명에게 살해당했어. 애덤과 당장 이야기해야 해."

오바르가 젊은 남자 중 한 명에게 고갯짓을 했고 남자는 얼굴을 한 번 찌푸린 다음 오바르의 명령에 따랐다. 그는 너무 어려 보였고 엄청나게 겁을 먹은 것 같은 얼굴로 함교를 떠났다.

"SPEC 우주선이 얼마나 가까이 있어?" 말라치가 물었다.

"25만 킬로미터." 오바르가 단호하게 말했다, "더 이상 숨어 다니지 않아. 그보다 가까울 수도 있고. 보여?"

"시스템을 전산망에 연결하는 데 문제가 생겼어." 말라치가 말했다.

"별로 좋지 않네. 애덤이 좋아하지······" 오바르는 어깨너머를 보며 말했다. "자흐라예요."

"자흐라!"

심장이 떨렸다. 나는 깜짝 놀라며 조용히 신음을 뱉었다. 그리고 망설임 없이 화면으로 다가갔다. 애덤의 목소리가 아니었다. 말라치는 내가 뭔가를 잘못 건드려 교신이 방해되기 전에 내 손을 붙들었다. 잠시 이성을 잃은 채 나를 그들에게서 떼어놓는 말라치를 원망했다.

화면에 안와르가 먼저 나타났다. 쌍둥이들을 마지막으로 본 지 몇 달이 지났고 그동안 그들의 15번째 생일이 지났다. 안와르는 그새 키가 컸고 검은 머리칼도 많이 자라 그의 얼굴 주변에 곱슬거리며 휘날렸다. 그러지 않아도 소년 같이 호리호리했던 팔다리가 더 가늘어져 있었다. 그는 경계하듯 소리 없이 웃어 보였다. 그가 어색하게 손을 들어 올리며 인사했다.

"자흐라." 내가 기억하는 것보다 더 낮고 굵은 목소리로 그가 말했다. 그는 무슨 말을 해야 할지 지시를 기다리는 것처럼 어리둥절한 표정으로 옆을 힐끗 보았다. 그가 함교에 있을 이유는 없었다. 아이들은 안전한 객실에 있어야 했다.

잠시 후 나드라가 화면에 나타났다. 애덤도 함께였다. 그의 팔이 나드라의 야윈 어깨에 둘려 있었다. 애덤은 웃고 있었지만 나드라는 아니었다. 그는 나드라를 밀어 오바르 뒤에 서도록 했고 나드라는 어깨를 구부정하게 숙이며 앞으로 다가왔다.

"자흐라. 어서 좋은 소식을 전해다오!" 애덤이 말했다. "여태 너무 오래 기다렸구나."

그의 목소리는 밝았고 신이 난 것 같은 톤이었지만 눈에 광기가 서려 있었다. 나드라가 그의 곁에서 멀리 떨어지려고 몸을 기울이는 모습이 마음에 걸렸다. 마치 나를 똑바로 보기 힘들다는 듯 화면을 바라보다 재빨리 시선을 피하는 모습도 마음에 걸렸다. 우주를 건너 그녀를 애덤에게서 끌어당겨 데려온 다음 웃음을 터뜨릴 때까지 꼭 안아주고 싶었다. 우리가 하우스오브위즈덤호에서 함께 보금자리를 만들 수 없겠지만 그 어디에 있더라도 서로 떨어져 있는 것보다는 나았다.

나는 말라치의 손을 잡아 그의 온기로 마음을 진정시키려고 했다. 나는 카메라를 똑바로 쳐다보았다. "좋은 뉴스는 없어요, 애덤.

전부 나쁜 뉴스뿐이에요."

애덤이 실눈을 떴다. 어깨를 쥔 애덤의 손에 힘이 들어가자 나드라가 눈살을 찌푸렸다.

그가 말했다. "자흐라, 우리 운명이 너에게 달렸어. 무슨 일이 있었는지 말해보아라."

"여기 오시면 안 돼요." 내가 말했다. "하우스오브위즈덤호는 너무 위험해요. 안전하게 만들 수 없어요. 헨케가 죽었고 바이러스를 막을 방법도 없어요. 인질 한 명이 감염되었는데 공기가 아니라 긁힌 상처로 감염이 되었어요. 아주 살짝만 접촉이 있어도 감염이 될 수 있어요. 여기 사람들은 그냥 아팠던 게 아니에요. 그보다 훨씬 안 좋아요. 전염병이 아니에요. 학살이었어요."

애덤은 옷소매에 주름이 질만큼 나드라의 어깨를 꽉 쥐었다. "자흐라. 아가. 네가 과민반응하는 것뿐이야. 너는 네가 무슨 말을 하는지도 모르는 거다. 파냐와 대그는 어디에 있지?"

"과민반응이 아니에요." 내가 말했다. "SPEC에서 못 찾은 정보를 찾았는데 과학자 한 명이 죽기 전에 저장한 기록이에요. 바이러스는 제프리-1이 아니에요. 전혀 달라요. 여기는 안전하지 않아요. 아이들을 여기에 데려올 수는 없어요."

"네 입에서 나오는 헛소리가 네게는 들리지 않는가 보구나." 목소리를 한껏 높여 경고하듯 애덤이 물었다. "'가족'을 안전하게 보호하려는 척하지 마라. '가족'을 압제자들의 손에 넘기는 게 안전하다는 거냐? 우리가 스스로 굴레를 써야 안전하다는 건가? 너는 두려움과 비겁함에 휘둘리고 있어."

"아니에요." 내가 말했다. "저희가 알아낸 정보를 말씀드릴게요. 여기가 왜 새로운 보금자리가 될 수 없는지도요. 애덤, 여기서 우리는 불을 켤 수조차 없어요. 보안망을 끌 방법도 없고요. 셔틀이 접근할 수 있었던 이유는 유전자 신분증이 있었기 때문이에요. 하지만 홈스테드호는 드론의 공격을 받을 거예요. 드론은 홈스테드호를 완전히 망가뜨릴 만큼 강력할 거예요. 드론을 뚫을 수 있다고 해도…… 셔틀에 탄 사람들은 끔찍한 일이 일어나 전부 죽었어요. SPEC에서 바이러스에 대해 이야기한 내용은 전부 거짓말이었어요. 감염된 인질은 긁힌 상처를 통해 감염되었어요. 헨케를 죽이고 도망쳤고 지금 우주선 어딘가를 돌아다니고 있겠죠. 아무것도 할수 없어서 그녀를 찾을 수도 없어요. 이해하세요? 피부를 살짝 긁혔을 뿐인데 미치광이가 되었다고요." 나는 덜덜 떨며 숨을 들이쉬었다. 나는 말라치의 손을 아프도록 꽉 잡았지만 그는 손을 빼지 않았다. "제 말을 들으세요. 제발요. **여기 오시면 안 돼요.**"

함교의 다른 승무원들이 각자 자리를 떠나 애덤 주변으로 모여들었다. 믿지 못하겠다는 표정을 짓는 사람이 있는가 하면 공포 가득한 표정을 짓고 있는 사람도 있었다. 안와르는 나를 빤히 보았고 나드라도 마침내 바닥에서 시선을 떼고 위를 올려다보았다.

"애덤, 이런 판단을 맡길 정도로 자흐라를 믿으셨잖아요." 말라치가 말했다. "말을 들어주세요."

"이제야 거의 다 이룬 꿈을 포기하라 하는구나." 애덤이 말했다.

"다 같이 살아남길 바라니까요." 내가 쏘아붙였다.

"내가 일군 모든 것을 파괴하려 하는구나."

"우리가 미쳐서 서로를 죽이지 않았으면 좋겠어요."

"네 동생들을 압제자들의 감옥에 보내도 상관없다는 뜻이냐? 네가 이렇게 변하다니. 이제 너에게는 우리가 동물만도 못 한 게냐? 나와 떨어져 있는 동안 권력에 미치기라도 한 거야?"

"애덤." 오바르가 망설이며 말했다. 그는 어깨너머를 힐끗 넘겨다보았다. "바이러스가 여전히 위협이 될 수 있다면……"

"맞아요." 말라치가 말했다. "확실히 위험해요."

"겁쟁이들 같으니." 애덤이 분노에 차 일그러진 표정으로 퉁명스럽게 말을 뱉었다. "너희는 나약하고 멍청한 겁쟁이들이야. 저 거짓말쟁이 사기꾼 놈들보다 더 끔찍하게 나를 배신하는구나. 저들은 잔인할 뿐이지만 너희는 그보다 훨씬 악질이야. 나를 도와주리라고 내가 믿도록 만들었으니까."

"애덤, 잠깐 시간을 두고 생각해 보시죠. 계획을 점검할 시간이 필요해요." 오바르가 말했다.

"**그럴 시간 없어!**" 애덤이 으르렁거렸다. 나드라는 그의 손아귀에서 빠져나와 안와르의 품에 안겼다. 그리고 그의 어깨에 얼굴을 묻었다. "나는 **이미** 명령을 내렸고, **너희는 따르면 돼.**"

"우리가 도망쳐야만 했다는 거 알아요." 내가 말했다. 하지만 내 시선은 애덤이 아니라 오바르를 향해 있었다. 내 목소리는 거칠었고 몸 전체가 떨렸다. 나는 오바르가 내 말을 들어주길 간절히 바랐다. "보금자리를 찾으려고 했죠. 하지만 여기는 아니에요. 여기는 죽음의 덫이에요. 오바르. 제발요. 가족들을 데려오면 안 돼요."

"끔찍한 일이네." 목소리에 지친 기색이 역력한 오바르는 이제까지 본 어떤 모습보다 훨씬 나이 들어 보였다. "더는 꿈을 이루기 위해 아등바등하지 않아도 된다고 생각하자마자 더 나은 꿈을 새로 찾아야 하게 생겼으니." 그는 힐끗 아래를 내려다보며 컴퓨터에 뭔가를 입력했다. "선장이 전한다." 그의 목소리가 떨렸다. "곧 항로 수정을 위해 저중력 추진을……"

뼈가 부러지는 것 같은 소리가 엄청나게 크게 들렸다. 오바르의 머리가 옆으로 푹 꺾이면서 피가 솟구쳤다. 안와르가 비명을 질렀고 함교의 승무원들은 고함을 지르며 서로 뒤엉키고 밀치며 화면에서 멀리 떨어졌다.

총에 맞은 오바르의 얼굴 반쪽이 사라지고 없었다. 핏자국과 산산조각이 난 뼈 사이에 남은 갈색 눈 하나가 공허하게 앞을 응시했다.

애덤이 오바르의 몸을 옆으로 밀치며 카메라를 바라보았다. 그가 손에 무기를 들고 있는 줄도 몰랐었다. 그의 창백한 눈동자가 거칠게 이글이글 타올랐다. 피와 두개골과 뇌 찌꺼기가 그의 얼굴에 잔뜩 튀어 있었다. 그는 침을 튀겨가며 고함을 쳤다.

"정말 역겹구나. 이 반역자 놈들. 너희는 죽음을 택했어. 배신을 택했어. 자흐라, 너는 네 아비만큼 나약하구나. 너는 네 손에 피를 묻혀 네 아비가 저지른 어떤 하찮은 범죄보다 훨씬 더 끔찍한 범죄를 저지르게 될 거야. 이제부터 일어나는 모든 일은 다 너 때문이다. 네가 모든 걸 다 망쳤어."

"아니요!" 내가 다시 목소리에 힘을 주어 말했다. "애덤, 제발요. 제 말 좀 들어주세요. 들으셔야 해요. 제발……"

그가 교신을 끊었다.

[데이터 손상] 착륙 일정이 잡혔다고 선장이 공표한 이후 놀이방 이모들이 불러주시던 오래된 노래가 계속 떠올랐다. 모두가 웃음 띤 얼굴로 축하하며 파티를 열고 계획을 세웠다. 뇌리에 박힌 노래를 떨쳐낼 수가 없다. *우리 앞에 놓인 숲에 희망과 기쁨이 있네. 우리 앞에 놓인 평원에 희망과 기쁨이 있네. 희망과 기쁨.* 그들은 무엇이 우리를 기다리고 있는지 몰랐다. [데이터 손상] 잠다운 잠을 잔 지 오래되었다. 사람들은 조용해졌다. 차라리 비명이 더 낫다. 비명 소리를 들으면 적어도

[데이터 손상]

— 기록 5, *애절한저녁노래호*, UC33-X로 전송

자스

하우스오브위즈덤호에 타기 전 기억은 거의 나지 않는다. 하지만 하우스오브위즈덤호로 떠나기 얼마 전, 다람살라가 내려다보이는 언덕 위에 있는 이모의 호숫가 집에서 보낸 맑고 조용한 밤이 기억에 남아 있다. 시원한 공기가 살갗을 간지럽히고 머리 위로 별들이 빛났다. 나는 호숫가 선창 위에 어머니와 나란히 있었다.

"어디에 있어요?" 곧 새집이 될 우주선이 어디 있는지 보고 싶었던 내가 물었다.

어머니의 팔이 내 어깨를 따뜻하게 두르고 있었고, 긴 머리칼이 내 볼을 간지럽혔다. 어머니는 잔뜩 신이 난 목소리로 답했다. "여기에서는 안 보여. 너무 멀리 있거든. 하지만 저 위에 있단다. 우리를 기다리고 있지."

우리 여정이 내게는 휴가철 여행보다 조금 긴 여행처럼 느껴졌다. 나는 네 살이었고 떠날 날이 다가오자 긴장한 모습으로 엄청난 에너지를 내뿜으며 떠날 채비를 하시는 부모님을 보며 당황했었다.

나는 우리가 얼마나 오래 우주에 머무를 거냐고 물었다.

어머니는 웃으며 말씀하셨다. "아주 오래오래 있게 될 거야. 하지만 우리가 저 위에 일단 도착하고 나면 아마 다시 돌아오고 싶지 않아질걸. 엄청난 모험을 하게 될 거야. 볼 것도 많고. 기다려 보렴."

어머니는 내 뺨에 키스했다. 나는 어머니의 품 안에서 버둥거렸다. 나도 어머니를 따라 웃어야 하는지 알 수 없었다.

"오, 자스." 어머니가 말했다. "우주를 누빌 생각을 하니 너무 신이 나는구나."

어머니의 죽음을 수천 번 상상했지만 상상 속에 이런 장면은 없었다.

사령관실에 앉아 있는 두 사람은 너무도 평온해 보였다. 우리 어머니와 선장은 마치 일상적인 회의를 하려고 앉았다가 영원히 일어나지 못한 것 같은 모습이었다.

나는 항상 어머니가 아버지처럼 공포에 질려 자기 몸을 찢으며 돌아가셨으리라고 생각했다. 솟구치는 피와 처절한 비명을 떠올리곤 했다. 무슨 일이든 철저하게 계획하는 어머니가 공포에 질려 이성을 잃은 모습을 상상했다.

나는 문 쪽으로 움직였다. 시오마라가 내 손을 잡았고 바키르가 말했다. "자스, 기다려." 나는 그를 무시했다. 내가 건드리자 패널이 초록빛으로 빛났고 문이 열렸다. 나는 문을 지나쳐 책상의 이쪽 끝에 부딪히며 멈춰 섰다.

이 방에 들어와 본 적은 없지만 함교를 방문했을 때 밖에서 바라본 적은 한 번 있었다. 축하 행사가 열렸고 부장급 연구원들이 모두 초대되었다. 어머니는 다른 엔지니어들과 앞으로 있을 추진력 테스트에 관해 이야기하셨지만 엔지니어들이 하는 이야기에는 별 관심이 없던 아버지는 바깥 풍경을 비추는 거대한 화면을 응시하고 계셨다. 우리는 목성을 지나고 있었다. 진짜 목성은 훨씬 더 멀리 있었지만 함교 화면에 확대된 목성의 모습은 웅장함 그 자체였다. 아버지의 머리 크기만큼 확대된 목성의 붉은 눈이 끊임없이 소용돌이쳤다. 여덟 살인가 아홉 살쯤이었고, 아이처럼 호기심 어린 아버지의 표정이 약간 창피하게 느껴질 나이였지만 그렇다고 목성에서 시선을 뗄 수 있을 만큼 성숙하지는 않았다.

바키르가 나를 따라 사령관실 안으로 들어왔다. 너무 조용해서 그가 말하기 전 생각을 정리하며 마른침을 삼키는 소리가 들릴 정도였다. "감염된 것 같지 않아." 그가 말했다.

나는 말 없이 고개를 끄덕였지만 알 수 없는 노릇이었다. 함교에 있던 감염된 사람들도 모두 자기 자리에 차분히 앉아있었다.

"저것 봐." 그가 테이블 너머를 가리켰다. "두 분이 뭘 하고 있었는지 알 수 있을까?"

선장의 손끝에 있는 태블릿에서 붉은빛이 천천히 꺼졌다 켜졌다 하고 있었다. 아직 우주선 전력과 연결이 되어 있는 모양이었다. 어머니와 엔지니어들이 작업실에서 쓰는 것과 같은 태블릿으로 극한의 기온에도 견딜 수 있고 대기 조건이 변화하거나 여기저기 부딪치고 던져져도 괜찮도록 만들어진 고사양 태블릿이었다. 손상된 부분이 있는 데이터가 전송될 때처럼 생각이 자꾸만 끊겼지만, 애써 떠올려 보았다. 저건 어머니가 가져온 태블릿이다. 어머니의 태블릿. 그리고 다시 생각했다. 어머니는 왜 내 뒤를 따라오지 않았을까?

어머니는 약속하셨다. 나를 따라오겠다고.

테이블 가장자리를 돌아가서 태블릿을 잡았다. 바키르는 내 뒤까지 쫓아왔고 아리아나와 시오마라는 문가에서 우리를 지켜보았다. 어머니의 작업복에 얼룩진 피를 빼면 이 방에 피는 보이지 않았다. 태블릿은 깨끗했다. 하지만 여전히 조심스러웠다. 아리아나를 볼 때마다 피부밑에 꿈틀거리는 무언가가 있는지 살폈다. 시오마라와 바키르의 얼굴을 보면서도, 장갑을 끼지 않은 내 손을 보면서도 혹여 그 움직임이 있는지 살폈다. 나는 태블릿을 켰다.

화면에 어머니의 얼굴이 나타나 나를 바라보았다. 검은 머리칼을 엉성하게 뒤로 묶은 모습이었다. 어머니의 눈에 지친 기색이 역력했다. 숨을 들이쉬려 했는지 아니면 말을 하려 했는지 입이 살짝 열려 있었다. 멈춰 있는 영상 기록 장면이었다. 한쪽 모서리에 날짜와 시간이, 반대편에는 위치 표식이 찍혀있었다.

393년 01월 04일 12:35:19. *하우스오브위즈덤호*, SPEC 연구.

나는 시작 부분으로 영상을 돌린 다음 재생했다. 화면에 어머니와 나하리 선장이 모두 나타났다. 두 사람은 지금 자리에 그대로 앉아있었다. 선장이 먼저 말했다.

"*하우스오브위즈덤호* 선장 릴리안 푸트넘 나하리다." 그러고는 목소리를 가다듬은 다음 말을 이었다. "이 메시지를 받았다면 이미 무슨 일이 있었는지 알고 있을 것이다. 이 영상을 남기는 이유는 우리가 하려는 일에 대해 변명하기 위해서가 아니라 그런 결정을 내릴 수밖에 없었던 이유를 설명하기 위해서다. 이 영상을 전송할 수 있을지도 알 수 없다."

어머니가 자세를 고쳐 앉고 카메라를 똑바로 쳐다보았다. 찢어진 옷깃 가장자리가 뺨에 닿아 있었다. "우리는 여러분이 지난 24시간 동안 있었던 일의 여파를 조사하리라 생각한다. 우리가 무엇을 할 수 있는지 말해주겠다. 현재 우리는 보안망을 가동시켜 우주선을 격리했다. 구조하려는 시도조차 너무 위험하기 때문이다."

어머니의 얼굴을 다시 보고 목소리를 듣자 가슴 한복판에 신성이라도 생긴 것처럼 오래전에 다 나은 골절을 따라 고통이 분출되는 것 같았다. 어머니의 말투는 평소와 같았지만 어쩐지 전혀 어머니 같지 않았다. 어머니의 모습에서는 일하실 때 엿보이던 열정이나 내가 우쭐해 할 정도로 면도날처럼 날카로운 지성이 보이지 않았다. 논쟁을 벌일 때 드러나던 확고한 의지나 아버지와 나, 이모, 가까운 친구들만 들을 수 있었던 짓궂은 웃음소리도 모두 빠져있었다.

나하리 선장이 말했다. "하우스오브위즈덤호는 알 수 없는 인물 또는 인물들에 의해 공격을 받았다. 공격 수단은 혈액을 통해 전염되는 신경 공학적으로 설계된 병원체 또는 장치이며, 타깃으로 삼은 인물의 신경을 완전히 통제할 수 있다. 출처도, 목적도 알 수 없다. 감염된 사람들은 대부분 즉시 사망하며 감염 초기 단계에서 자해로 부상을 입었다. 고의로 다른 사람들을 감염시키기 위한 행동을 하기도 한다. 그런가 하면…… 알 수 없는 매개체에 완전히 장악된 사람들은 이렇게 행동하기도 한다."

선장은 태블릿을 카메라 쪽으로 돌려 함교의 모습을 비췄다. 컴퓨터 화면들에는 지도와 항로 정보, 우주선 시스템과 엔진에서 받은 피드백이 띄워져 있었다. 모든 화면에 빨간색 경고 표시가 떠 있는 것을 보니 우주선은 안전한 상태가 아니었다.

곡선 책상 위에 놓인 컴퓨터 앞에 사람들이 앉아 일을 하고 있었다. 말을 하는 승무원은 없었다. 옆 사람에게 눈길을 주는 사람도 없었다. 고개를 돌리거나 주위를 둘러보는 사람도 전혀 없었다. 제어판과 화면 사이에서 손만 번개처럼 빠르게 움직일 뿐이었다. 그들은 모두 화면에서 시선을 떼지 않고 임무를 수행했다.

우리의 생각이 맞았다는 사실을 확인시켜주기는 했지만 여전히 매우 불길한 광경이었다. 열두 살인 제사민도 우주선을 몇백 번은 조종해본 사람처럼 운항 제어판 위에서 손을 놀리고 있었다. 놀란 표정이 얼굴에 고정된 것처럼 그녀의 입이 살짝 열려 있었다. 눈도 깜빡이지 않았다.

"누가 그들을 왜 조종하는지 모른다." 나하리 선장이 말했다. "하나가 기능을 할 수 없게 되면 눈으로 보이는 소통이 없이 다른 이들이 해당 임무를 맡는다. 그들을 격려하거나 움직이지 못하게 하거나 멈추려고도 해 봤다. 여태까지 모두 실패했다."

어머니는 선장에게서 태블릿을 받았다. 명령어를 입력하는 동안 거대해진 손이 잠깐 카메라를 가렸다. "저들은 우리가 보고 있어도 신경 쓰지 않는 것 같다. 우리가 여기에 있다는 사실도 신경 쓰지 않는다. 자기들이 우주선을 통제할 수 있다는 사실도 신경 쓰지 않는 것처럼 보인다. 그들이 뭘 하는지 볼 수 있는 이유다."

화면이 바뀌고 색색의 선들이 어지럽게 그려진 운항 디스플레이가 나타났다. 어머니의 생각을 따라잡기가 버겁다는, 어릴 적에는 익숙했던 기분을 새삼 느끼며 그 화면이 무슨 의미인지 이해하려 애썼다.

"적대 세력은 우주선의 운항 제약 사항을 바꾸고 있다. 충돌 방지 메커니즘을 비활성화했고 대기 보정률을 0으로 줄였다. 가속 댐퍼도 모두 제거했다. 어떻게 했는지 알 수 없지만 그 결과는 알고 있다. 짧게 말하면 우주선 주행 시스템에서 행성과 충돌하지 않도록 막아주는 자동 및 수동 컴포넌트를 모두 비활성화시켰다. 적대 세력은 이 우주선을 지구에 충돌시키려 하고 있다."

"안 돼." 나는 마치 어머니가 들을 수 있기라도 한 것처럼 속삭였다.

잠깐 동안 아무 말이 없었고 정적 속에서 맥이 풀린 목소리로 아리아나가 말했다. "나는 그게 지구의 풍경에 감탄한다고 생각했어."

"우리는 우주선의 운항 및 주행 시스템 통제권을 되찾지 못했다." 나하리 선장이 말했다. "시도할 때마다 저들에게 막혔다. 한 명을 제거하면 바로 그 자리가 대체된다. 저들의 소통을 방해할 방법도 없다."

"마지막으로 시도할 방법이 하나 있다." 어머니가 말했다. "우주선을 안정적인 궤도에 올려놓을 수 있을 만큼 충분히 오랫동안 적대 세력을 무력화하려고 한다."

"공기 격리 프로토콜을 시작한다." 선장이 말했다.

두 사람은 우주선 전체 공기를 작은 구역별로 격리시켰다. 하지만 두 사람은 기생충이 공기가 아니라 혈액을 통해 감염된다는 사실을 알았다. 나는 상황을 이해하려고 애쓰며 화면을 뚫어져라 보았다.

어머니가 숨을 들이쉬었다. "새로 항로 계산을 마쳤다. 2초마다 운항 시스템이 리셋될 것이다. 이 방법이 먹힐 것이다. 저들에게 막히지만 않는다면…… 우리 생각대로 될 것이다."

"좋아." 나하리 선장이 말을 멈추고 어머니를 바라보았다. "좋아. 우주선 전체에 화재 진압 프로토콜 실시."

"이런, 안 돼." 바키르가 중얼거렸다. 영상에서 경보음이 울리기 시작했다.

화재 진압 프로토콜을 실행하면 장소에 따라 산소가 이산화탄소 또는 아르곤으로 바뀌게 되어 있었다. 연료를 빼앗아 불을 끄는 방식이었고, 불길이 걷잡을 수 없이 번질 때 사람들을 안전하게 대피시킨 후, 폐쇄된 구역에서 반드시 필요할 때만 사용되어야 했다.

중앙 컴퓨터실에 있던 승무원들과 정원에 있던 사람들처럼 감염을 피한 사람들이 우주선 전체에 흩어져 있었다. 그들은 자기 업무 공간이나 안전한 장소에서 희망을 가지고 서로를 위로하고 있었다. 구조대가 오길 기다리고 있었다.

어머니와 선장은 우주선 자체 시스템을 기생충을 물리칠 무기로 사용할 방법을 찾아냈다. 하지만 그러자면 우주선에 타고 있는 모두를 질식시킬 수밖에 없었다.

"끝났다." 선장이 말했다. 그녀는 패배감 가득한 나직한 목소리로 마지막 말을 뱉었다. 그러고는 우리 어머니를 바라보며 팔을 뻗어 어머니의 손을 잡았다. 두 사람은 손가락과 손가락이 서로 엉키도록 손을 맞잡았다.

"다른 방법이 있었더라면 좋았겠지만," 어머니가 말했다. "우리를 용서하길."

기록은 그렇게 끝났다. 어머니의 얼굴이 다시 정지된 이미지가 되었다. 어머니의 눈은 맑았고, 입을 벌어져 있었고 묶인 머리에서 잔머리가 삐져나와 있었다. 쿵쾅대는 심장 박동이 목구멍까지 느껴졌다.

아리아나가 정적을 깨고 입을 열었다. "그게 나한테 하려던 짓이 이건가? 자기들이 하려던 짓을 이어가도록 만드는 거? 그들이……"

"이 우주선은 길이가 1킬로미터야." 시오마라가 말했다. "대기권에서 산산조각이 나든 어디에 충돌하든 그 영향은 재앙이 되었을 거야. 수십만 명이 죽었겠지. 생물이 대량으로 멸종이 될 수도 있었어. 아마…… 아마 두 번째 '붕괴'가 되었을 거야."

생각만 해도 끔찍하지만 상상하기는 너무 쉬웠다. 메시지는 10년 동안 찾지 못했던 답의 한 부분이었고 나머지 답도 곧 찾을 수 있을 것 같았다. 태블릿 화면이 어두워졌다.

"이 영상을 SPEC에 보여야 해. 이 영상과 교신이 중단된 후 기록된 데이터 전부. 모두가 알아야 해." 나는 다른 사람들을 보며 그들이 이해해주길 바랐다. 탈출하는 데 방해가 되는 부담스러운 요구였다. "그러고 나면 떠나자."

다행히 반대하는 사람은 없었다. 그리고 모두 할 일을 찾기 시작했다.

"그날 이후 모든 시스템 명령과 작업이 보관된 시스템 보관함을 뚫을 수 있어." 바키르가 말했다. "시스템에서 아직 요약본을 컴파일링하고 있다면 그렇게 오래 걸리지 않을 거야."

시오마라가 콘솔로 향하며 말했다. "나는 의료 정보를 모을게."

"내 몸속에서 그놈을 꺼내는 데 도움이 될 수도 있겠네." 아리아나가 입술을 떨며 용감하게 미소를 지어 보였다. "좋은 생각 같아. 우리가 할 수 있는 걸 다 전달하자. 나는 개인 기록과 메시지를 찾을게."

개인 기록들에 어떤 내용이 담겨 있을지 상상조차 할 수 없었다. 얼마나 많은 사람들이 사랑하는 사람들에게 마지막 메시지를 남겼을지, 얼마나 많은 눈물과 작별인사가 담겼을지, 두려움과 절망 속에서 뭐라고 인사를 남겼을지 상상할 수 없었다. 아리아나는 마땅히 해야 할 일을 맡겠다고 했고 그렇게 하지 말라고 할 수 없었지만 마음 한편으로는 그녀를 말리고 싶은 마음도 있었다. 유가족들은 이미 고통받을 만큼 받았다. 죽은 사람들은 이미 세상에 없고, 그들의 목소리를 이 거대한 무덤 밖으로 끌고 나가서는 안 된다. 마지막에 그들이 어떤 고통을 겪었는지 알려봐야 유가족에게는 어떤 위로도, 위안도 되지 못할 테니까. 나는 아무 말도 하지 않았다. 내가 결정할 일이 아니었다. 나에게 남겨진 메시지는 아니지만 어쨌든 나는 우리 어머니의 마지막 메시지를 봤다. 아버지의 마지막 말도 마음속에 담아두고 있었다. 마음의 평안을 가져다주지 못하더라도 다른 사람들도 마땅히 그럴 수 있어야 했다.

"이런 짓을 하고 싶어 하는 사람이 있다는 게 이해가 안 가." 아리아나가 불쑥 말을 꺼냈다. "대체 무슨 이유일까?"

"SPEC에서 라고 박사를 왜 비난했는지는 알지만 이제는 말이 되지 않아." 시오마라가 말했다. "복수심 때문에 할 만한 짓은 아닌 것 같은데."

"데이터를 훔친 것보다 더 엄청난 일이 일어났을 수도 있지, 혹시……" 바키르가 말했다.

"그가 숨긴 데이터가 뭔지 알아보자고? 그래, 내가 찾아볼게." 내가 대신 말을 마쳤다.

대학살이 있기 전 UC33-X에서 찾아 복원된 기록은 단 두 개만 대중에게 공개되었다. 라고 박사가 동료들에게 숨긴 채 혼자 연구했던 나머지 데이터는 그의 행적에 대한 조사를 마쳐야 찾을 수 있었다. 하지만 그가 배에서 쫓겨난 지 이틀 후 대학살이 일어났고 그 후 불과 며칠 만에 그는 자살로 생을 마감했다.

나는 자료 보관소에서 대중에 공개된 적 없는 복원된 기록을 더 발견했다. 전부 합쳐 몇백 단어도 되지 않는 짧막한 문장들이었다. 나는 문장을 한 줄씩 빠르게 읽어 나갔다.

그리고 천천히 다시 한번 읽었다.

"젠장." 바키르가 내 어깨너머로 글을 읽고는 나직이 욕을 뱉었다. "그들이 찾은 행성에 관한 기록이네."

"그들이 행성을 찾았다는 건 이미 알고 있었잖아." 시오마라가 말했다.

"고고학 발굴 활동이 있었는지는 몰랐지."

시오마라가 답을 하려고 입을 열며 우리 쪽을 돌아보았다. "하지만 그 말은······"

"외계 문명의 유적지를 찾았다는 소리지."

잠깐 동안 아무도 말을 하지 않았다. 밀실 공포증을 일으킬 듯하던 답답함이 사라지는 기분이 들면서 죽은 이들의 시체와 꺼지지 않는 붉은 빛, 핏자국도 잊혀졌다.

'붕괴' 전 세상이 혼돈과 어둠 속으로 빠져들고 있을 때, 충분한 자원을 가지고 있던 이들은 지구와 비슷한 행성이 있다는 걸 찾아내곤, 그곳으로 항해할 세대 우주선을 띄웠다. 그들은 인류가 지구에 저지른 것과 같은 만행으로 망가지지 않은 새로운 보금자리를 찾길 기대했다. 하지만 우주선들은 하나둘씩 소식이 끊겼고 다른 행성에서 생명체를 찾을 수 있으리라는 기대도 희미해져 갔다. '붕괴' 이후 살아남은 사람들은 지구에 다시 문명을 세우는 데 집중했다. 전 세계 각지의 의회 건물 입구에는 리옹 마린이 수백 년 전 첫 번째 의회를 열 때 남긴 유명한 말이 새겨져 있다. '첫째, 우리는 보금자리와 우리 자신을 치유한다.'

하지만 다시 별을 향해 도약하기 시작한 인류는 여전히 새로운 보금자리를 꿈꿨다. 사람들은 끊임없이 호기심을 품고 하늘을 올려다보며 그 꿈으로 어두운 밤하늘을 채웠다. 라고 박사가 복구한 메시지는 그를 인류 역사상 가장 위대한 발견을 한 인물로 만들어줄 수 있었다. 그는 쏟아질 찬사를 독차지하기 위해 동료들에게서 기록을 숨겼다. 이렇게 놀라운 발견 앞에서 인간이 저지를 만한 하찮은 실수였다.

애절한저녁노래호는 한때 외계 문명이 둥지를 틀었던 행성에 도착했다. 하지만 그들은 자신들이 발견한 무언가에 의해 말살되었고, 지구에 안부 인사를 전하기 위해서가 아니라 경고를 하기 위해 UC33-X를 보냈다.

우리는 함교를 떠났다. 구부러져 끝이 보이지 않는 춥고 어두운 복도가 양쪽으로 이어져 있었다. 나는 왼쪽으로 꺾어 벽에 붙은 손잡이를 잡으며 12층으로 가는 더 빠른 길을 생각해내려고 애썼다. 가동 중인 우주선에서 나는 웅웅거리는 소리와 각종 소음으로 가득 찼던 함교를 벗어나자 부자연스러운 정적이 다시 시작되었다. 다음 손잡이로 손을 뻗다가 앞쪽에서 흔들리는 불빛을 발견했다.

다른 사람들에게 경고하려고 팔을 바깥쪽으로 뻗었다. 흔들리던 빛은 안정적인 광선으로 바뀌었다. 함교를 떠나기 전 납치범들의 대화를 확인하지 않았다. 헬멧과 무전기가 벨트에 아무렇게나 매달려 있었다. 멍청하게도, 멍청하기 짝이 없게도 납치범들을 까맣게 잊고 있었다.

복도를 타고 목소리가 들렸다. "들었어?"

파냐였다. 마이크에 울리거나 무언가에 막힌 것 같은 먹먹한 소리가 아니었다. 헬멧을 벗은 모양이었다.

아무 답 없이 벽에 장갑이 스치는 소리만 들려왔다. 누군가 마찰을 활용해 움직임을 멈추려 하고 있었다. 광선이 흔들림 없이 곧게 뻗어 나왔다. 구부러진 복도의 안쪽 벽에 몸을 밀착시키고 다른 동료들에게도 똑같이 하라는 손짓을 했다.

"무슨 소리가 들렸어." 파냐였다. 그녀가 다 들릴 듯한 소리로 속삭였고, 무슨 말인지 이쪽에서도 알아들을 수 있었다. "못 들었어?"

"조용히 해." 머리가 벗어지고 웃음기 없는 석상 같은 표정을 한 대그라는 남자였다. "확인해 볼게. 여기서 기다려."

자흐라나 말라치의 목소리는 들리지 않았다. 앞에 보이는 불빛이 움직였고 복도에 한 사람의 그림자가 길게 드리워졌다. 나는 동료들에게 몸을 돌려 반대 방향으로 돌아가라고 다급히 손짓했다. 가장 마지막에 따라오고 있던 바키르가 이제 맨 앞에 있게 되었다. 함교 입구에 다다랐을 때 그는 나를 힐끔 보더니 고개를 까딱하며 말없이 질문을 던졌다. 나는 계속 가라고 손짓했다. 시오마라가 바키르 바로 뒤를 따랐다. 그 뒤를 따르던 아리아나의 소매가 손잡이에 걸리고 말았다. 그녀는 신경질적으로 소매를 잡아당겼다. 나는 걸린 소매 부분을 빼주려고 손을 뻗었다. 아리아나가 나를 보다가 자기 손으로 시선을 옮겼고 잠깐 동안 손가락을 오므렸다. 그녀에게 다쳤냐고 묻고 싶었지만 차마 용기가 나지 않았다. 나는 그녀를 앞으로 밀었다. 바키르와 시오마라는 이미 구부러진 복도 저편으로 사라지고 없었다.

함교 입구를 막 지났을 때 우리 뒤에서 비치는 빛이 밝아졌다.

앞에서 시오마라의 목소리가 또렷하게 들려왔다. "저기, 좀……"

놀라서 고함을 치느라 그녀는 말을 마치지 못했다. 아리아나가 벽에 발을 굴러 비명이 들리는 쪽으로 몸을 움직였다. 나는 그녀 바로 뒤를 쫓았다. 어두운 붉은 조명 아래서 그림자들이 서로 엉켜 너울거렸다.

바키르가 소리쳤다. "이거 봐!" 구부러진 복도를 돌자 대그가 바키르의 팔을 붙잡고 있었다. 우리가 파냐의 헤드램프 빛을 피해 도망치는 동안 대그는 소리 없이 민첩하게 복도 반대쪽으로 돌아온 모양이었다.

바키르가 대그의 얼굴과 가슴팍, 무기를 쥔 손을 때리려고 했지만 대그는 그의 주먹을 가볍게 피했다. 그는 의수를 잡고 바키르를 휘둘렀고 바키르는 비명을 질렀다. 뭔가에 금이 가는 소리가, 부서지는 소리가 들렸고 대그가 그를 놓아주었다. 바키르는 벽에 몸을 부딪쳤다. 그 충격으로 그는 비명 소리보다 소름끼치는 낑낑대는 신음을 뱉었다. 그의 얼굴이 보이지 않았다. 그는 손잡이를 잡거나 자세를 고치려고도 하지 않은 채 본능적으로 몸을 웅숭그렸다. 내가 그에게 다가가 등을 쓰다듬자 그는 다시 고통에 찬 비명을 지르기 시작했다.

시오마라가 대그에게 발길질을 하며 부츠로 정확히 그의 머리를 겨냥했고 아리아나는 그의 팔을 잡으려고 앞으로 다가갔다. 대그는 옆으로 몸을 피했고 시오마라는 그의 어깨를 찬 다음 몸을 옆으로 회전했다. 대그가 시오마라의 발목을 잡고 그녀를 멀리 날려 보냈다. 그녀는 끙하는 소리를 내며 벽에 내다 꽂혔고 곧 벽에서 가장 가까운 손잡이에 손을 뻗었다. 대그에게 얼굴을 맞은 아리아나는 맥없이 빙글빙글 돌며 멀리 날아갔다. 코와 입술에서 피를 흘리며 잠깐 정신을 잃은 아리아나는 나를 지나쳐 우리 바로 뒤를 쫓던 파냐가 있는 오른쪽으로 둥둥 떠갔다.

파냐가 아리아나의 턱 바로 밑 목을 쥐었다. 아리아나는 옆으로 몸을 비틀며 파냐의 손을 깨물었고 파냐는 깜짝 놀라며 비명을 질렸다.

"그만해." 대그의 차분한 목소리가 복도를 울렸다. "너희 모두. 멈춰."

그에게 붙잡힌 시오마라의 뒤통수에 총구가 바짝 겨눠져 있었다. 파냐는 아직 아리아나의 목을 잡고 있었다. 나는 고통으로 정신을 못 차리는 바키르를 떠날 수가 없었고, 그에게서 멀어질까 한 손으로 벽에 꼭 매달려 있었다. 그의 의수가 부자연스러운 각도로 그의 옆을 둥둥 떠다녔다. 바키르는 숨을 몰아쉬었다. 힘겹게 숨을 마셨다가 애를 쓰며 내뱉었고 모든 숨에 희미한 신음이 섞여 있었다.

"할 일이 많아." 파냐가 침착하게 말했다. 그녀는 아리아나를 밀며 총을 겨눴다. "함교로 가. 너희 모두."

[데이터 손상] 초대라고 생각했다. 우리의 낙원으로, 인류애가 남아있는 세계로 오라는 뜻이라고 생각했다. 우리가 발견한 아름다운 행성을 보러 오라는 초대라 생각했다. 우리는 그 정도로 멍청하기 짝이 없었다. 거기 살았던 사람들은 그게 누구였든, 무엇이었든 아름다움에 미쳐있었다. 그들의 손길이 닿은 모든 곳에서 느낄 수 있다. 한때는 아름다운 행성이었을 것이다. 그리고 우리는 이 행성을 처음 발견한 사람들이 아니다.

— 기록 6 *애절한저녁노래호, UC33-X로 전송*

자흐라

"다시 연결해 줘." 나는 컴퓨터를 마구 때렸다. 안와르의 비명 소리가 아직도 귓가에 맴돌았다. "다시 연결해!"

"자흐라." 말라치가 내 손을 잡았다.

나는 그의 손을 뿌리쳤다. "이야기를 해야 해. 이해시켜야 해."

"안 들을 거야." 말라치가 말했다. "자흐라. 애덤은 네 말을 듣지 않을 거야."

그의 말이 틀리길 바랐다. 바로잡을 방법이 없을 정도로 실패했을 리가 없었다. 애덤은 전에도 불같이 화를 낸 적이 있었다. 비합리적이고 위험한 결정을 내렸었다. 상처받은 사람들을 치유하는 것은 우리 책임이었다. 우리의 지도자가 되길 자청하는 애덤이 우리를 이끄는 데만 집중할 수 있도록 인생의 하찮은 문제들을 해결하는 것도 우리 책임이었다. 실패하면 그 즉시 큰 벌을 받았다. 채찍질을 당할 때도, 추방이 결정된 사람들이 내쳐질 때도, 범죄자는 벌을 받아도 싸다고 우리 자신을 설득했었다. 애덤이 시키는 일을 제대로 하지 못하는 사람은 충직하지 못한 사람이라고 생각했다.

양쪽 폐 사이 가슴팍 한가운데 단단한 응어리가 맺힌 것 같았다. 애덤이 시킨 일은 뭐든 해왔다. 하지만 알고 보니 우리의 꿈은 거짓을 바탕으로 세워져 있었다. 애덤이 무엇을 하든, 무슨 말을 하든, 어떤 벌을 내리든 그 사실은 변하지 않았다.

"뭐라도 해야 해." 내가 말했다. 단어들이 내 목구멍을 할퀴는 것 같았고 눈물 때문에 눈이 시렸다.

"SPEC에 연락할 거야." 말라치가 말했다. 망설임 없이 말하는 그의 목소리에서 의심은 조금도 느껴지지 않았다. "기다리고 있는 우주선에 연락할 거야."

"SPEC에서 우리를 왜 도우려 하겠어?" 내가 믿을 수 없다는 듯 말했다. "그런 놈들이 아니야. 우리를 감옥에 넣겠지. 가족들을 다 떼어놓을 거라고. 너도 알잖아. 네가 잘못 생각하고 있는 것 같아."

"우리는 도움이 필요해." 그의 목소리는 차분하고 단호했고 표정은 진지했지만 어쩐지 그의 말에 피부가 쭈뼛 서는 느낌이 들었다.

"기다린다니 무슨 말이야?" 내가 물었다. "뭘 기다려? 우리를 기다린다는 뜻이야?"

"자흐라. 시간이 많지 않아."

"우리가 이리로 올 줄 알았다고 생각해? 그렇다면 네가 말한 대로…… 시비타 스테이션에서 막을 수도 있었어." 떨리는 목소리가 잠기면서 거친 속삭임으로 변했다. "조금 전에 네가 말했잖아. 멈추려고 했으면 멈출 수 있었어."

"자흐라." 말라치가 나직이 말했다.

그가 내 이름을 더 이상 부르지 못하게 해야 했다. "우리가 여기로 오는지 어떻게 알았을까? 네가 말한 거야? 그들한테 갔었어? 보안망을 통과할 수 있었던 것도 그것 때문이었어? 그들한테 무슨 약속을 받아냈지?" 목소리 톤이 점점 올라가고, 손이 덜덜 떨리고, 분노가 폭풍처럼 몰려왔다. 그는 아니라고 하지 않았다. 의심을 받아 놀라는 기색도 없었다. 내가 예상했던 반응 중에서 가장 최악이었다. "우리가 그렇게 싫었어?"

"널 싫어하지 않아." 말라치가 말했다.

"거짓말 집어치워. 너는 우리를 배신했어. 그들이 뭘 해주겠다고 했지? 시민권을 준다고 했나? 애덤을, 우리를 배신한 대가가 그거야?"

"자흐라. 그게 아니야. 나는 SPEC 사람이야."

나는 그를 뚫어져라 보았다. "뭐라고?"

"나는 어릴 때부터 의회 시민권을 가지고 있었어."

"하지만 넌…… 네가 우리를 찾아왔잖아."

"그게 내가 찾던 거였으니까. 농장으로 잠입하는 게 내 임무였으니까."

나는 말문이 막혔다. "믿을 수가 없어."

사실은 믿을 수 있었다. 모멸당한 기분을 견딜 수가 없었고, 가슴이 쪼개질 것 같은 실망감을 감출 수 없었다. 그가 SPEC 요원이었다니. 그는 내내 반역자였다. 시민권을 신청했다가 국경에서 거절당했다는 이야기, 그래서 희망을 버렸다는 이야기는 모두 거짓이었다. 그런 그를 여태 나는 친구라고 생각했다.

"왜 그랬어?" 내가 물었다. "왜 그런 짓을 했어? 애덤을 잡으라고 널 보낸 거야?"

말라치는 고개를 저었다. "애덤을 찾는 건 내 임무가 아니었어. 그와는 아무 관련이 없어. 의회는 애덤을 신경 쓰지 않아. 신경 쓴 적도 없고. 사막에는 애덤처럼 곧 비참하게 무너질 왕국을 세우는 사람이 많아. 그는 의회의 타깃이 아니야. 내 말 이해해? SPEC은 애덤과 그의 추종자들에게는 관심이 없어."

"하지만 습격도 있었고, 전염병이 퍼졌고, 실종된 사람들도 있었어."

애덤은 언제나 의회의 계략에 당하지 않으려면 그들보다 한 수 앞을 봐야 한다고 이야기했다. 농사를 지을 수 없는 이유는 저들이 밭에 독을 뿌렸기 때문이라고 했다. '가족'들이 없어질 때면 애덤은 의회에서 그들을 빼돌렸다고, 아무도 모르는 기지의 지하에 숨겨진 취조실로 데려가 우리 비밀을 캐내기 위해 고문을 하려 한다고 했다. 훈련, 정찰, 한밤중에 있을 공습에 대비한 준비와 우리의 안전과 안보에 방해가 되는 이들에게 내려지던 처벌들이 떠올랐다.

말라치의 목소리는 안타까움에 젖어 있었다. "그는 자기가 '가족'에게 필요한 존재라고 아주 잘 설득해왔지."

"널 믿을 수 없어." 내가 다시 말했다.

하지만 나는 우리 농장이 의회 군인들에게 둘러싸인 모습을 본 적이 없었다. 사이렌 소리와 마음을 단단히 먹으라는 애덤의 경고만 들었을 뿐이다. 독이 든 음식이나 물을 먹은 적도 없었다. 말라가는 사막의 황무지에서 생계를 이어나가기가 얼마나 힘든지 배웠을 뿐이다. 의회에서 보낸 요원에게 가족들이 끌려가는 모습을 본 적도 없었다. 그들은 제 발로 사막을 떠났고, 다시 돌아오지 않았을 뿐이었다.

모두 거짓말이었다. 우리는 위험에 처했던 적이 없었다. 우리는 애덤의 마음속에서 달아오른 편집증이 만들어낸 감옥에 갇혀 있었을 뿐이다. 그를 쉽게 믿은 것이 우리의 가장 큰 약점이었다.

"그럼 뭘 찾고 있었지?" 내가 물었다. "SPEC에서 우리에게 원했던 건 뭐야?"

"나는 너와 너희 가족을 찾고 있었어." 숨이 멎을 것만 같았다. "내 임무는 그레고리 라고 박사의 미망인을 찾는 거였어. 마리아 도브."

누군가 소리 내어 엄마의 이름을 부른 것이 너무 오랜만이었다.

"SPEC 정보부에서는 너희 어머니가 남편이 저지른 일에 대해 아는 게 있으리라 생각했어. 그가 누구와 공모했는지, 보안이 철저한 자료실에 봉인되어 있어야 할 붕괴 전 생물학 무기를 어떻게 얻었는지 알아내려 했어. 도브 박사는 면역학을 연구하고 있었지. 일하면서 여러 실험실을 방문했고."

"단츠마이어 병을 연구하셨지." 내가 힘없이 말했다. "그 병이 엄마의 연구 분야였어. 치료제를 찾고 있었지. 의회에서는 북아메리카 사람들에게만 나타나는 병이라며 연구에 꼭 필요한 자원을 투자해주지 않았고, 엄마는 못마땅해하셨어. 이곳에서 무슨 일이 일어났는지는 전혀 모르셨어. 하지만 의회는 믿어주지 않았어. 엄마가 가는 병원마다 쫓아다니며 괴롭혔어."

"알아." 말라치가 말했다.

"우리를 가만 두지 않았어. 그래서 엄마가 우리를 데리고 사막으로 갔던 거고."

"알아." 말라치는 목소리를 가다듬었다. "너희 어머니가 아는 게 없다는 사실을 확인했을 때, 우리는 이미 애덤의 계획을 알고 있었어. 관찰하면서 보고를 계속하라는 명령이 내려졌어. 얼마나 진행이 될지 지켜보자는 거였지. 간섭은 하지 않게 되어 있었어."

"네게 내려진 명령이겠지." 그는 아무 말도 하지 않았다. "계속 우리라고 이야기하네. 하지만 네 임무였어. 너는 우리를 감시하는 스파이였지."

"자흐라." 그가 말했다. 내 이름을 듣고 처음으로 덜 아문 상처가 찢어지는 것 같은 아픔이 느껴졌다.

6년 전, 누덕누덕한 옷을 입은 꼬질하고 굶주린 청년이 사막에서 걸어 나왔고, 그것은 단순한 우연이 아니었다. 수 킬로미터에 안에 따뜻한 빛을 발하는 장소는 우리 농장뿐이었고, 그가 결코 우연히 농장을 찾았을 리는 없었다. 보초를 서는 사람 중 내가 덜 위협적이어서 나를 따라 바위투성이 길을 맨발로 걸었던 것이 아니라 그는 줄곧 나를 찾고 있었다. 나는 애덤과 '가족'에게 그를 데려갔다. 우리는 의회의 손아귀에서 놀아나며 겪었다던 그의 고충을 넋을 놓은 채 들었다. 엄마는 그에게 따뜻한 차를 건넸고, 감사 인사를 하는 그에게 미소를 지어 보였다. 엄마는 언제나 필요한 사람들에게 위안이 되려고 노력했다.

"그들 밑에서 얼마나 오래 일했어?" 내가 물었다.

"9년."

마지막 빛을 내며 타던 장작에서 불꽃이 꺼지듯 가슴 속에 남아 있던 마지막 희망이 구겨지는 듯했다. 그는 실제 나이보다 어려 보였다. 그에게 이 임무를 맡긴 것도 친절하게 미소를 짓는 갈색 눈동자와 곱슬머리를 가진 그가 위협적으로 보일 리 없었기 때문일 것이다.

눈물 때문에 시야가 흐려졌다. "왜 우리를 막지 않았지? 이미 어떤지 알았다면 우리를 여기로 오도록 만든 이유가 뭐야?"

"자흐라." 말라치가 말했다. 그는 내 쪽을 향해 뻗으려는 듯 손을 들었다가 곧 다시 내려놓았다. "이럴 줄 몰랐어. 맹세해. 정말 몰랐어. SPEC에서 자기 사람들에게도 숨기고 있는 비밀이 있을 줄은 전혀 몰랐어."

"누군가는 알았겠지. 네가 충성을 바치는 누군가는 알았을 거야. 아무도 몰랐다는 게 말이 돼?"

"관찰하고 보고하라는 임무였어." 말라치가 말했다. "그리고 데이터를 찾아오고."

"데이터를 찾다니, 우주선 데이터 말이구나. 여태 그러고 있었던 거야?"

아주 잠깐 동안 말라치의 입술이 쓴웃음을 지으며 뒤틀렸다. "파냐가 만능키를 가져갈 때까지는 그랬지."

말라치가 거짓말을 하고 있지 않다면 우리는 SPEC 정보부에서 요원을 우주선에 싣기 위한 방편으로 이용당한 셈이었다. 10년 동안 의회에서 승인을 거부해 온 임무이기도 했다.

"너는 여기 있으면 안 되잖아." 내가 말했다. "공식적으로는. 아니야?"

말라치의 미소가 사라졌다. "그거 알아? 나도 잘 모르겠어. 나도 내 상관이 알려준 것들만 알아. 여기 오기 전까지 나는 그가 나에게 모든 이야기를 다 해줬다고 생각했어. 그런데 지금은⋯⋯" 그가 날카롭게 숨을 내쉬었고 그의 숨이 옅은 흰색 구름이 되어 흩어졌다. "SPEC에는 하우스오브위즈덤호에 오려고 수년 동안 준비한 사람들이 많아. 내 생각에는 그중에 기다리다 지친 사람이 있었던 것 같아."

그가 거짓말을 하면 알아챌 수 있다고 믿었다는 사실이 가장 끔찍하게 느껴졌다. 하지만 그는 6년 동안 심지어 나보다 훨씬 의심이 많은 사람들에게까지 거짓말을 해왔다. SPEC 조종사였던 보디카를 설득했고, 어둠 속에서 스파이와 반역자를 찾던 애덤을 설득했다. 우리 모두 그에게 설득당했다.

"엄마는 아무것도 몰랐어." 내가 말했다. "그리고 아빠는 아무도 죽이지 않았고. 네 임무는 시작하기 전부터 아무 의미도 없었다는 뜻이지."

"이제는 알아. 모두에게 알릴 거야. 전 세계에 알릴 생각이야. 자흐라, 약속할게. 사람들에게 진실을 알릴게. 하지만 우리 둘이서는 할 수 없어. 판공호에 연락해야 해. 샤반 선장이 도와줄 거야."

그는 동의를 구하지 않았다. "판공호, 여기는 하우스오브위즈덤호다. 샤반 선장, 듣고 있나?" 그는 장비를 조작하고는 다시 시도했다. "판공호, 여기는 하우스오브위즈덤호다. 들리는가? 이해가 안 가. 무전기는 작동하는데 새 명령 코드 때문에 교신이 막혔어. 젠장."

주위를 둘러싼 벽과 기계에서 낮게 윙윙거리는 소리가 들려왔다. 소리와 함께 진동이 느껴졌다. 뼛속에서, 목구멍 저 아래에서, 눈 뒤에서 진동이 전해졌다. 나는 황급히 주변을 둘러보았지만 말라치의 시선은 컴퓨터에 고정되어 있었다.

"젠장." 그가 다시 말했다. 그가 명령 여러 개를 입력했지만 아무 일도 일어나지 않았다. "젠장, 젠장, 젠장!"

"무슨 일이야? 이 소리는 뭐야?" 내가 물었다.

"우주선에서 나는 소리야." 말라치가 말했다. "깨어나고 있는 거야. 파냐와 대그가 함교에 있어."

뱃속이 뒤틀리는 것 같았다. "그 둘이 우주선을 조종한다고?"

"아직." 말라치가 미소처럼 보이기도 하고 찌푸리는 것 같기도 한 표정으로 말했다. "만능키로 해결할 수 있는 단계는 여기까지야. 더 가기 전에 막아야 해."

함교를 빙 두르는 고리 모양 복도가 환한 백색 빛으로 밝혀져 있었다. 우주선 어디를 가나 우중충해 보이도록 만들었던 어두침침한 붉은색 휴면 조명이 못마땅했었는데 눈이 부시도록 빛나는 비상등이 켜지자 하우스오브위즈덤호는 더욱 을씨년스러웠다. 시체는 없었지만 피가 여기저기 튀어 있었고 벽에는 피 묻은 손으로 문댄 자국들이 찍혀 있었다. 구석에 떠다니는 버려진 도구들과 긁힌 자국이 난 문, 구겨진 벽, 이리저리 튀어나온 전선들이 눈에 띄었다.

말라치와 나에게 계획이 있었다고 한다면 우리가 받아야 할 것보다 후한 평가를 받는 셈이었다. 우리에게는 오직 함교로 가야 한다는 생각뿐이었다. 파냐와 대그가 우주선 통제권을 쥐고 하우스오브위즈덤호에 홈스테드호를 들이게 할 수는 없었다.

"이쪽으로 와. 움직여."

나는 위쪽에서 들려오는 대그의 목소리에 가던 길을 멈췄다. 그는 인내심을 잃은 것 같은 목소리로 단호하게 말하고 있었다.

그의 말에 대꾸하는 여자 목소리가 들렸다. "알겠다고, 그래, 간다니까."

나는 살짝 놀랐다. 그들이 인질을 찾은 모양이었다. 나는 구부러진 벽을 짚으며 함교 입구까지 이동했다. 말라치가 바로 내 뒤에 있었다. 그가 무슨 생각을 하는지 알 수 없었다. 이제껏 나는 그가 누군지 몰랐고, 지금 그는 자기의 가면을 벗어던졌다. 말라치라는 이름이 진짜인지조차 알 수 없었다. 그가 고개를 끄덕이며 나더러 문을 통과하라고 재촉했다.

가장 먼저 우리를 발견한 사람은 파냐나 대그가 아니었다. 헨케를 죽인 여자, 헨케의 무기를 빼앗아 달아난 아리아나였다.

"저 여자가 여기서 뭘 하는 거지?" 말라치가 말했다. 그의 목소리에도 놀란 기색이 묻어났다.

파냐와 대그가 우리를 향해 고개를 돌렸다. 대그는 총을 치켜든 채 인질들을 지키고 있었다.

파냐는 컴퓨터 앞에 앉아 있었다. 그녀는 고개를 들어 올렸고, 표정이 밝아졌다. "이런! 너희를 다시 보다니 너무 기뻐!"

나는 믿지 못하겠다는 표정으로 그녀를 빤히 보았다. "우리를 봐서 기쁘다고?"

"저 여자가 여기에서 뭘 하냐니까?" 말라치가 아리아나를 가리키며 다시 물었다. "감염됐잖아. 여기 있으면 안 돼."

그녀는 감염된 것처럼 보이지 않았다. 두려워하는 듯했고, 약간 화가 난 것 같았지만 정신은 멀쩡해 보였다. 헨케의 총을 들고 있지도 않았다. 그녀와 다른 인질들은 함교 저편 유리벽에 등을 기댄 채 앉아 있었다. 바타차르야의 친구 나사르는 심하게 다친 상태였다. 의수가 끔찍하게 꺾여 있었고 어깨에서 흐른 피가 셔츠 깃까지 적시고 있었다.

유리벽 너머에는 열 구, 열다섯 구, 아니 스무 구는 되는 시체가 좁은 공간에 아무렇게나 쑤셔 넣어져 있었다. 팔다리와 얼굴들이 퍼즐처럼 뒤엉켜 있는 광경에서 나는 시선을 뗄 수 없었다.

파냐가 웃음을 터뜨렸다. "순진한 소리 하지 마. 쟤는 감염된 적이 없어. 다른 인질들이 탈출할 수 있게 도왔을 뿐이지."

"아니야." 아리아나가 말했다. "이미 이야기했어. 나는 감염되었었다고."

"알아. 바이러스에 대해 더 알아냈어." 말라치가 말했다.

"보여줄 수 있어." 절망에 찬 울부짖음에 가까운 목소리로 내가 말했다. "연구원 중 한 명이 남긴 메시지가 있었어. 파냐, 대그, 제발 들어봐. 저 여자는 감염되었어. 혈액 속에 바이러스가 있는 거야. 피가 문제였어."

"내 눈에는 멀쩡해 보이는데." 대그가 말했다.

"왜냐하면 우리가 기생충을 잠재웠으니까." 바타차르야가 말했다. "효과가 영원히 지속될지는 모르겠지만."

"참 편리한 변명이지." 파냐가 말했다. 그녀는 총이 아닌 검은색 무기를 집어 들었다. 살상용이 아닌 진압용 무기였고, 우리가 우주선에 실은 무기도 아니었다. "이걸 사용했다지 뭐야. 하지만 이건 우주선 어디에나 있는데 예전에는 누구에게도 도움이 되지 않았잖아. 내 말이 틀려? 말라치, 이리 와. 네 도움이 필요해."

"너희를 돕지 않을 거야." 내가 못 믿겠다는 듯 말했다. "우리를 죽이려고 했잖아!"

말라치가 대답을 하기 전에 파냐는 진압용 무기를 함교 저편으로 날려 보낸 뒤 총집에서 총을 빼 들었다. 그녀는 총구를 내게 겨눴다.

"자흐라. 짜증 내지 마. '가족'의 이익에 반하는 범죄를 저지른 사람은 반드시 처벌을 받는 거 너도 알잖아. 자 말라치, 이리 와서 홈스테드호가 안전하게 접근할 수 있도록 보안망을 꺼."

몸이 덜덜 떨릴 정도로 화가 치밀었다. "하지만 그것…… 기생충이라 불렀었지? 바이러스가 아니라? 아무튼 그것들의 활동을 멈출 수 있다면……"

"말도 안 되는 소리를 하는 거야." 대그가 말했다. "듣지 마."

"아니라고!" 시오마라가 말했다. "제발, 말을 좀 들어!"

기생충이라니. 서머 박사는 모르고 있었다. 하지만 그녀는 바이러스가 애절한저녁노래호에서 보낸 무기라고 생각했다. 당연히 기생충도 바이러스처럼 무기가 될 수 있었다.

파냐가 인내심을 잃고 손짓했다. "말라치, 두 번 물어보게 하지 마."

"원하는 게 뭐야?"

"보안 드론부터 해결해야 해. 그리고 우주선 조종을 맡아."

그는 어깨를 으쓱하며 내 앞을 지나치면서 아주 잠깐 의도를 알아차릴 수 없는 눈길을 보냈고, 파냐의 컴퓨터 쪽으로 이동해 그녀의 어깨 언저리에서 멈춰 섰다. 파냐는 말라치의 손목을 꽉 잡은 채 몸을 틀어 의자를 벗어나서는 말라치를 마주 보았다. 그녀는 말라치가 움찔할 정도로 손목을 꽉 쥐었고 손톱 끝이 말라치의 살을 파고들면서 피가 나기 시작했다. 핏방울은 말라치의 손목을 움켜쥔 그녀의 때 묻은 손가락을 타고 방울방울 떨어졌다. 파냐의 손에는 깨끗한 반달 모양으로 물린 자국이 있었다. 나는 인질들 중 누가 그녀를 물었는지 궁금해졌다.

"시키는 일 말고는 아무것도 하지 마." 파냐가 말했다. "알아들어? 괜히 일을 복잡하게 만들지 마."

말라치는 그의 팔을 잡아 빼려고 했다. 하지만 파냐는 그의 팔을 더 꽉 붙잡았다.

"알아들었냐고?"

"알아들었어." 그가 말했다. "이제 놔 줘."

파냐는 누군가를 겁줄 때 항상 하던 것처럼 한쪽으로 고개를 기울였다. 어릴 때는 내가 그녀를 엄청나게 실망시켰다는 생각에 그녀의 그런 모습을 보기 두려웠지만, 지금은 공허한 냉랭함 말고는 아무것도 느껴지지 않았다. 언제나 평온함을 주던 그녀의 침착함이 지금은 마치 공격 태세를 갖춘 뱀의 눈에 비치는 냉혹함처럼 느껴졌다.

그녀는 말라치의 손목을 놓아주었다. 말라치는 자리에 앉아 일을 시작했고 자료를 이것저것 불러오고, 화면을 전환했다. 그가 너무 빨리 움직여서 파냐의 지시를 따르고 있는지 아닌지조차 알 수 없었다. 아닐 수도 있었다. 그는 SPEC의 요원이었다. 자기가 할 일을 할 뿐, 그녀의 명령에 따르지 않을 것이다. 하지만 그렇다고 확신할 수는 없었고, 파냐도 그러길 바랐다.

"기생충에 관해 말해 봐." 내가 바타차르야에게 말했다. "어떻게 죽였지?"

"자흐라, 걔들 비위 맞춰주지 마." 파냐가 느릿느릿 말했다.

"전기 충격." 바타차르야가 말하며 아리아나를 힐끗 쳐다보았지만 그녀는 아무 말도 하지 않았다. 그녀는 계속 대그 쪽을 바라보았고, 시선은 대그의 총에 고정되어 있었다. 바타차르야가 말을 이었다. "생명공학 기술이 적용되었어. 전기 충격 때문에 힘을 잃은 것 같아."

"우리도 어쩌다 알게 됐고." 시오마라가 말했다.

그들은 도망쳤었다. 그러다 다시 붙잡혔고 지금 머리에 총이 겨눠진 채 시체로 가득한 방을 등지고 앉아 있었다. 그들이 거짓말을 하는지 알 수 없었다. 거짓말을 할 이유가 있는지도 짐작할 수 없었다. 내가 그들의 입장이었어도 납치범들을 꼬드기기 위해 무슨 말이든 했을 것 같았지만, 지금 그들이 하는 말이 파냐에게 먹히고 있는 것 같지는 않았다.

"대그, 입 닥치게 해." 파냐가 말했다. 그녀는 총구로 말라치의 어깨를 쿡 찔렀다. "그래서? 나머지 시스템을 다시 시작할 수 있겠어?"

"내가 아는 한 우주선 엔진은 정상적으로 작동하고 있어." 말라치는 화면에 시선을 고정한 채 우리 중 누구도 돌아보지 않았다. "시스템이 오류가 있다는 경고가 여러 개 있는데 심각한 문제는 아니야. 우주선은 계속 움직일 거야. 알고 싶은 게 이거야?"

파냐는 말라치의 어깨 위로 몸을 기울이고 팔로 컴퓨터를 잡아 몸이 떠다니지 않도록 했다. "우리의 목표는 전과 같아. 너와 자흐라는 목표를 잃은 것 같지만 말이야. 우리 임무는 명확해. 홈스테드호와 만날 거야. 어서 보안망을 꺼."

잠시 정적이 흐른 뒤 말라치가 말했다. "했어. 드론이 선체 위에 있는 도킹장으로 돌아오려면 몇 분이 걸리겠지만 어쨌든 보안망은 해제됐어."

"당장 교신 연결해."

말라치가 망설였다. "오바르가 죽었어. 누구에게……"

파냐가 말라치의 뺨을 올려치면서 날카로운 소리가 들렸다. "시간 끌지 마. 홈스테드호와 연결해."

말라치는 맞은 자리를 더듬거리다가 컴퓨터 위로 손을 가져갔다. 그러고는 화면에서 몇 센티미터 떨어진 지점에서 손을 멈췄다.

"파냐." 그가 부드럽게 말했다.

그는 파냐의 손목을 잡았다. 그녀가 아래를 내려다보았다. 그녀의 피부밑에 무언가가 움직이고 있었다. 살갗을 뚫을 듯 불룩 튀어나온 작고 둥근 돌이 그녀의 팔목에서 팔꿈치를 향해 굴러가는 것처럼 보였다.

잠시 세상이 멈춘 듯 모두 1초쯤 숨을 죽이다가 한순간 일제히 움직이기 시작했다.

대그는 인질들을 겨누던 총을 망설임 없이 들어 올려 파냐를 겨눴다. 말라치는 파냐의 팔을 비틀어 등 뒤로 올린 다음 그녀의 얼굴을 통신 패널 위에 쿵 내려놓았다. 잠시 정신을 잃은 파냐는 다른 손에 쥐고 있던 총을 놓쳤다. 나는 총을 집어 들기 위해 재빨리 움직였다. 파냐는 괴성을 지르면서 말라치에게 마구 발길질을 하며 버둥거렸다.

"이거 놔! 이게 뭐 하는 짓이야? **놓으라니까!**"

말라치가 그녀를 더욱 꽉 붙잡았다. "너는 감염됐어."

그녀 얼굴에 꾸밈없이 놀란 표정이 스쳤다. "아니야!"

"파냐. 내 말 들어!"

대그가 그의 뒤로 다가가서 파냐의 다른 팔을 붙잡고 컴퓨터에서 그녀를 떨어뜨렸다. 그녀는 비명을 지르며 몸부림쳤고 공포에 질려 씩씩대며 소리쳤다. "이거 놔! 대그, 말라치가 하는 말 믿지 마. 날 도와줘!"

대그는 잠깐, 아주 잠깐 망설였다. 그 짧은 순간이면 충분했다. 파냐는 한 팔을 비틀어 빼 그에게 주먹을 날렸다. 그녀의 주먹이 대그를 때리지는 못했지만 대신 말라치의 뺨을 쳤다. 대그는 그녀의 팔을 잡아 다시 등 뒤에 고정하려고 했다. 욕을 뱉으며 몸부림치는 동안 혀를 깨물었는지 입술이 갈라졌는지 피가 섞인 분홍색 침이 튀었다. 말라치는 그녀를 다시 붙잡기 전 얼굴을 닦으려고 잠시 멈춰 섰다.

"안 돼!"

함교에 고함 소리가 쩌렁쩌렁 울렸다. 바타차르야의 목소리였다.

곧 시오마라도 합세했지만 내가 반응을 하기도 전에 아리아나가 옆에서 말라치를 향해 돌진했다. 그녀는 의자를 붙잡고 방향을 틀어 다시 말라치에게 다가갔다. 표정은 넋이 나가 있었고 입을 살짝 벌린 채 눈도 깜빡이지 않았다.

그녀 몸속에 아리아나는 없었다. 바이러스, 기생충, 뭐라고 부르든 그것이 돌아와 있었다.

아리아나의 어깨가 말라치의 가슴팍 중앙을 쳐 그를 파냐에게서 떨어뜨렸다. 말라치는 재빨리 몸을 틀어 아리아나에게 손을 뻗었고 어디라도 붙잡아 그녀를 들어 올리려고 아리아나의 짧은 머리칼과 얼굴 쪽으로 손을 허우적거렸다.

"다치게 하지 마!" 시오마라가 비명을 질렀다.

"충격기." 바타차르야가 말했다. "충격기를 사용하라고!"

말라치와 아리아나에게서 멀리 떨어져 있던 대그는 한 손으로 파냐와 씨름하면서 다른 손으로 벨트에 꽂혀 있던 진압용 무기를 찾아 잡았다. 그는 파냐의 팔을 등 뒤로 비틀었고 그녀는 당장 멈추라고, 놓으라고 소리를 질렀지만 대그는 무시했다. 손에 쥔 파냐의 총이 따뜻했다. 누구를 겨눠야 할지 혼란스러웠다. 파냐가 보여줬던 다른 진압용 무기는 함교 반대편 천장 쪽으로 빙글빙글 돌며 이동하고 있었다.

아리아나는 말라치의 손아귀에서 벗어나 양손으로 그의 목을 쥐려 했다. 대그가 그녀에게 팔을 들어 올렸고, 곧 부러지는 것 같은 소리가 크게 들렸다. 아리아나가 몸을 홱 틀었고, 몸 전체가 뻣뻣해졌다. 그녀의 피부 바로 아래에서 푸른빛이 거미줄 모양으로 빛났다.

잠깐이었지만 말라치가 그녀를 밀어내기에는 충분했고 아리아나는 이제 아예 움직임을 멈췄다. 눈이 휘둥그레진 채 입은 벌어져 있었고, 으스스한 푸른빛이 희미해져 갔다. 팔과 다리는 모두 뻣뻣하게 움직임이 없었다.

"됐다." 파냐는 숨을 헐떡이고 있었다. "전기 충격기가 먹혔어. 나는……"

아리아나가 움직임이 흐릿하게 보일 정도로 빠르게 몸을 회전시켰다. 그녀는 말라치의 얼굴에 갈퀴질하듯 손을 휘둘러 귀를 잡은 다음 전보다 더 빠르게 움직였다.

대그가 충격기를 다시 작동시켰지만 이번에는 푸른빛이 아주 짧게 반짝한 것 말고는 아무 효과도 없었다. 그녀의 얼굴에는 여전히 아무 표정이 없었다. 말라치가 그녀의 손아귀에서 빠져나가기 위해 얼굴을 때리고 손목을 잡는데도 눈 하나 깜짝하지 않았다.

"이제 난동을 그만 피우시겠습니까." 아리아나가 단조로운 목소리로 말했다. "이제 난동을 그만 피우시겠습니까. 이제 난동을 그만 피우시겠습니까."

"안 돼." 시오마라가 가쁜 숨을 몰아쉬며 말했다. **"안 돼."**

아리아나와 말라치는 서로를 놓아주지도, 빠져나가지도 못한 채 원을 그리며 돌고 또 돌았다. 아리아나의 등이 보이자 나는 망설임 없이, 두 번 생각하지 않고 총을 들어 발사했다. 총의 반동 때문에 몸이 뒤로 회전했다. 그러다 콘솔에 세게 부딪히는 바람에 다친 등과 다리에 고통이 전해졌다. 말라치와 아리아나는 여전히 뒤엉킨 채 몸싸움하며 움직이고 있었고, 총알은 몇 센티미터 차이로 아리아나를 비껴갔다. 총알이 위쪽 팔뚝을 스치자 파냐가 비명을 질렀다. 그리고 그녀 뒤에 있던 대그의 가슴에 꽃이 피듯 붉은 자국이 번졌다.

총알은 그 자리에서 폭발했다. 대그의 팔과 어깨를 찢은 다음 파냐와 함께 그를 유리방으로 이어지는 열린 문 뒤로 밀어냈다. 대그의 피가 구름이 되어 두 사람을 감쌌고 두 사람은 뒤엉킨 채 둥둥 떠 있는 시체들에 부딪혔다.

말라치가 손을 휘두르다 운 좋게 아리아나의 턱을 쳤고 아리아나는 그에게서 멀리 밀려났다. 그는 가장 가까이에 있는 의자를 잡고 몸을 비틀어 반동을 준 다음 아리아나가 힘을 회복하기 전에 등을 세게 걷어찼다. 그 힘에 유리방 안으로 밀려난 아리아나는 파냐와 대그에게 가서 몸을 부딪쳤다.

대그의 심장은 아직 펌프질을 계속하며 부상당한 부위 밖으로 피를 밀어냈지만 점점 강도가 약해졌고, 그의 표정에서는 점점 생명의 빛이 꺼지고 있었다. 둘 사이에 껴 비명을 지르던 파냐는 이제 아리아나를 밀어내려고 애쓰며 낑낑거리고 있었다.

아리아나가 두 손으로 파냐의 손목을 움켜쥐었다. "이제 난동을 그만 피우시겠습니까." 그녀가 말했다.

파냐가 아리아나의 얼굴에 침을 뱉고 그녀의 다리를 찼다. "나는 감염되지 않았어! 이 여자 좀 치워 줘! 이 여자 좀 치워 줘! **자흐라! 도와줘!**"

하지만 파냐가 대그의 피를 잔뜩 뒤집어쓴 채 비명을 지르며 몸부림치는 동안에도, 팔에 난 상처에서는 천천히 피가 배어 나오고 있었고, 그녀의 어깨 각진 부분에서 쇄골까지 꿈틀거리는 움직임도 나타나기 시작했다. 처음에는 작은 구슬 같았던 그것들은 곧 직선으로 길게 늘어났다.

말라치는 얼굴에 튄 피를 닦으며 패널로 가서 출입구를 닫았다.

"말라치." 내가 떨리는 목소리로 말했다. 나는 총을 들어 올렸다.

그는 나를 바라보았다. "왜? 자흐라, 뭘 하려는……?"

"파냐의 피로 범벅이 되었잖아."

"알아, 안다고. 하지만 넌 도움이 필요해."

"파냐는 네 살을 찢었어. 얼굴에 침도 뱉었고."

"**알아.**" 그가 다시 한번 다급하게 이야기했다. "우리는 시간이 필요해. 내가……"

파냐가 비명을 질렀다. 그녀는 대그의 몸통을 내리치며 피 구름 속에서 팔을 휘저으면서 비명을 지르고 또 질렀다. 그녀가 비명을 지르며 무슨 말을 하는지 알 것 같았다. "**나오고 있어. 제기랄. 나오고 있어!**"

파냐의 팔에 난 상처에서 머리칼 같은 가느다란 은색 물체가 밖으로 빠져나왔다. 머리카락만큼 가는 물체는 번들거리는 피 속에서 날카롭게 반짝였다. 전선처럼 생겼지만 살아 움직이는 생명체처럼 움직였고 무언가를 찾는 듯 보였다. 기생충은 파냐의 위쪽 팔뚝에 묻은 핏덩어리에서 빠져나오며 몸을 이리저리 비틀고 구부렸다.

피로 엉망이 된 살점 속에서 한 가닥이 더 등장하더니 마치 미지의 땅에서 냄새로 길을 찾듯 천천히 미끄러지듯 움직이기 시작했다. 둘 다 아주 가늘고 생김새도 거의 같아서 실이나 머리카락으로 착각할 수도 있었지만, 목적을 가진 듯 움직이고 있었다. 넘쳐나는 피와 죽음에 둘러싸여 있는 그것들이 터무니없이 작고 가늘어 보였다. 몸을 구부리고 꺾을 때마다 은빛 몸체에 빛이 반사되었다.

파냐의 피부 아래로 한 가닥이 더 꿈틀거리며 목과 턱, 광대뼈를 지나 눈가로 질주했다. 그녀의 비명은 숨이 멎는 듯한 헐떡거림이 되어 멈췄다. 그녀는 눈을 부릅떴다. 밝은 은색 물체가 푸른빛으로 깜빡이더니 그녀의 얼굴 전체가 축 늘어졌다.

나는 망설이지 않고 움직여 문 쪽으로 발을 굴렀다. 그들이 방을 나오지 못하게 문을 닫아야 했다. 하지만 나보다 문에 가까이 있던 말라치가 한발 빨랐다. 그는 몸을 회전시켜 문 안쪽으로 들어가선, 문틀을 잡고 돌아서서 안쪽 패널을 잡았다. 그가 명령을 입력했다. 파냐와 아리아나는 아무 표정 없이 그를 바라보았고 말라치가 무엇을 하는지도 모르는 듯했다.

"이제 난동을 그만 피우시겠습니까." 파냐가 말했다. 아리아나도 곧 같은 말을 반복했고, 두 사람은 서로의 메아리가 되어 있었다. "이제 난동을 그만 피우시겠습니까."

파냐가 말라치를 향해 다가가 등을 힘껏 치자 그는 화들짝 놀랐다. 말라치의 머리가 유리벽에 부딪혀 쿵 하는 소리가 났지만 그는 곧 정신을 차린 후 파냐를 밀쳐냈다.

"SPEC에 연락해야 해." 자신을 움켜쥐려는 파냐의 손을 피하며 말라치가 말했다. "자흐라!"

"이제 난동을 그만 피우시겠습니까." 파냐가 말했다. 그녀는 말라치의 팔과 어깨를 향해 손가락을 휘두르며 그를 할퀴고 잡아 뜯었다. 그녀의 얼굴에는 아무 표정도 없었다. 팔뚝에 난 상처 밖으로 나왔던 은색 벌레는 다시 꿈틀거리며 상처 속으로 들어갔고, 꼬리를 휘두르며 혈관 속으로 숨어버렸다. "이제 난동을 그만 피우시겠습니까. 이제 난동을……"

말라치는 파냐의 머리채를 잡고 뒤로 당긴 다음 벽에 그녀의 얼굴을 처박았다. 그는 그녀가 몸싸움을 멈출 때까지 계속해서 유리벽에 머리를 내다 꽂았다. 그녀의 아름다운 얼굴과 예쁜 광대뼈, 하늘색 눈동자는 이제 찢어진 입술과 코에서 뿜어져 나온 피로 엉망이 되어 있었다. 말라치는 그녀를 밀친 다음 자신을 붙잡으려는 아리아나를 피해 다시 문으로 향했다. 그러고는 서둘러 화면을 두드렸다.

문이 완전히 닫히고 잠기면서 철컥하는 소리가 들렸다. 그는 명령어를 여러 개 입력하고는 아리아나가 그의 목을 낚아채려 하자 주먹으로 제어판을 부쉈다.

"자흐라! SPEC에 연락해야 해. 보안망은 꺼졌어. 그들이 와서 널 데려갈 거야. 알겠어?" 그는 다시 한번 아리아나를 피해 아직 대그의 손에 쥐어져 있는 충격기로 손을 뻗었다.

"난…… 알겠어!" 대답은 했지만 손이 덜덜 떨렸다. "무전기는 어디……"

"저쪽에서 연락해 올 거야. 이제 이 우주선은 네가 조종해야 해."

"하지만 그들은 절대……"

"설득해야지." 그가 말했다. 그가 아리아나를 향해 충격기를 작동시켰지만 이번에도 아무 소용이 없었다. 그녀는 말라치의 다른 팔을 붙잡아 자기 쪽으로 끌어당겼다. 그의 발길질에 배를 정통으로 맞고도 그녀는 눈 하나 꿈쩍이지 않았다. "우주선 안에 뭐가 있는지 설명해야 해."

"알아." 내가 답했다. 피범벅이 된 파냐의 얼굴에서 가느다란 은색 실이 나타났다. 그것은 몸을 뒤틀고 구부리며 춤추듯 핏덩어리들을 지나쳤다.

"아니. 들어봐. 절대 저들이…… 너, 바타차르야" 말라치는 유리창을 주먹으로 두드렸다. "저들이 숨기도록 내버려 두지 마. 어떤 것도. 이모에게 다 이야기해. 알아들었어?"

바타차르야가 짧게 고개를 끄덕였다. "알겠어."

"전처럼 너한테 거짓말을 시키도록 내버려 두지 마." 말라치가 말했다.

바타차르야가 다시 한번 고개를 끄덕였다.

"자흐라."

나는 마른 침을 삼켰다. 아직 총을 들고 있었다. 손에는 아직 땀이 차 있었고 긴장하고 있던 탓에 손가락이 아팠다. 유리벽에 총을 쏠 수도 있다. 그를 꺼낼 수 있다. 아직 늦지 않았을 수도 있다. 더 강도가 센 충격을 가하거나 의사에게, 누구에게라도 도움을 받으면, 어쩌면……

"자흐라, 미안해. 사람들에게 진실을 알려. 너는 그럴 자격이 있어. 나는 절대 너를……"

그가 갑자기 말을 멈췄다. 한쪽 손이 본능적으로 그의 목을 쥐었다. 입술이 달싹거렸지만 쉰 소리 말고는 아무 소리도 나오지 않았다. 그는 눈을 부릅뜬 채 재빨리 주변을 돌아보았다. 한쪽 팔은 여전히 그를 붙잡고 놔주지 않는 아리아나에게 고정되어 있었다. 그는 벽에 대고 발을 구른 다음 대그의 벨트에 매인 총을 향해 한 손을 뻗었다. 눈 깜짝할 새 그는 아리아나에게 총을 겨누고 방아쇠를 당겼다. 아리아나의 가슴통이 피를 튀기며 갈기갈기 찢어졌다.

그리고 역시나 눈 깜짝할 새에 말라치가 총을 자신에게 겨눴다. 총구는 그의 턱 밑을 겨눴고 그다음 순간, 그의 머리가 사라지고 없었다.

귀를 찢을 듯한 총성이 들린 후 유리방 안에서 들려오는 소리는 파냐의 망가진 얼굴에서 들려오는 꼴깍거리는 소리와 쌕쌕거리는 소리뿐이었다. 그들 주위를 감싼 핏방울 구름 속에서 은색 벌레들이 천천히 우아한 춤을 추듯 몸을 뒤틀고 있었다.

인질들은 모두 넋이 나간 채 아무 말도 하지 않았다. 바키르는 다치지 않은 팔로 입을 막고 있었다. 시오마라는 벽을 손으로 짚은 채 유리벽 앞에 있었다. 차가운 유리에 따뜻한 피부가 닿으면서 손가락 주변에 김이 서려 있었다.

"죽었어." 바타차르야가 조용히 말했다.

"알아."

"이게 유일한……"

"알아." 시오마라가 말했다. 그녀의 숨결에 유리가 뿌예졌다. "저것들이 끔찍하게 싫어."

서로 잘 알지 못하는 세 사람과 총 한 자루. 나는 내 손에 쥔 총을 내려다보았다. 셔틀에서 남자를 죽일 때 사용했던 것과 같은 무기였다. SPEC 보안 부서에서만 제한적으로 사용할 수 있는 이런 무기와 탄약은 어떤 면에서는 시비타 스테이션과 필그림 3호에 탑승할 때 필요한 가짜 신분보다도 마련하기 어려웠다. SPEC은 사람들이 우주로 나갈 수 있게 유도하지만 무장한 채 우주로 나가는 것을 원하지 않았다. 오늘이 오기 전까지 나는 사람을 죽여본 적이 없었다. 그럴 의도는 없었다고 나 자신을 설득할 수도 있지만, 오랫동안 나를 움직여 온 그런 교활한 거짓말을 계속할 힘이 더는 남지 않았다. 죽는 사람이 생길 수도 있다는 사실은 알고 있었다. 하지만 우리의 꿈이 그들의 목숨보다 덜 중요하다고 나 자신을 설득해왔다. 우리는 모든 의심이 사라질 때까지 애덤의 격정적인 연설에 고개를 끄덕이며 우리의 계획과 책략을 반복해서 이야기하고 또 했다.

모두 사라졌다. 이 임무를 위해 내가 선발한, 나 때문에 이 끔찍한 장소로 오게 된 모두가 죽었다. 우리는 우주선 통제권을 장악하지도 못했다. 홈스테드호는 아직 위험을 향해 돌진하고 있었고 나는 내 말을 들을 이유가 전혀 없는, 나를 싫어할 이유가 차고 넘치는 낯선 이들 세 명과 홀로 남았다.

나는 서머 박사가 연구실에서 남긴 말 말고는 가진 게 없었다. 그녀의 말은 의회에서 주장하는 범죄가 아빠와는 아무런 관련이 없었다는 증거였다. 아빠의 명예는 되찾을 수 있다. 이 세상에, 나드라와 안와르에게 아빠가 어떤 존재였는지 올바르게 기억되도록 할 수 있다. 하지만 혼자서 할 수는 없었다. 세상은 내 말을 믿어 주지 않을 테니까. 내가 저지른 일을 생각하면 더더욱.

나는 꾀죄죄하고 지쳐 보이는 바타차르야 안에서, 부모님의 장례식 때조차 눈물 한 방울 보이지 않던 상처받은 아이를 찾아보려고 했다. 한때 그 아이의 모습을 보고 왜 그렇게 내가 분노했었는지 기억도 나지 않았다.

나는 이쪽 손에서 저쪽 손으로 총을 바꿔 잡은 다음 힘이 잔뜩 들어가 있던 손가락을 오므렸다가 폈다. 한때 내 인질이었던 그들은 내가 무엇을 하는지 보고 반응했다. 바타차르야는 다친 친구에게로 향했다. 시오마라는 내게서 고개를 돌리며 인상을 찌푸렸다.

"젠장, 엿이나 먹어." 그녀가 지친 목소리로 말했다. "할 만큼 했잖아?"

나는 총을 돌려 총구를 잡은 다음 바타차르야에게 내밀었다. 그는 움직이지 않았다.

"바이러스…… 아니, 기생충은 UC33-X에서 왔어."

바타차르야가 답했다. "우리도 알아." 그가 나를 조금 더 자세히 살폈다.

"그게…… 그게 퍼지기 시작한 연구실에서 서머 박사가 남긴 기록을 찾았어. 그녀는 말하려고 했어. 모두에게 알리려고 했다고. 그래서 메시지를 남겼던 거야."

"네가 무슨 상관이야?" 시오마라가 말했다. "원하는 게 뭔데?"

내가 대답하지 못하리라고 생각하는 것 같은 경멸이 가득 담긴 말투였다. 하지만 나도 더 이상 바라는 게 없었다. 내가 원했던 모든 것, 안식처라 생각했던 집, 별들 사이에 있는 새로운 보금자리, 나드라와 안와르와 함께하며 그들이 안전하다는 확신을 가질 수 있는 삶, 그들과 함께 우주를 바라볼 수 있는 창문, 모든 것들은 불가능한 일이었다. 사막 하늘을 가르는 번개만큼도, 산자락을 격렬하게 울리고 곧 사라져버리는 우렁찬 천둥소리만큼도 오래 지속될 수 없는 헛된 꿈이었다.

"사람들이 진실을 알았으면 좋겠어." 내가 말했다. "그리고 홈스테드호가 이리로 오지 못하게 막고 싶어. 그게 다야."

마침내 바타차르야가 내 손에 쥐어진 총에 조심스럽게 손을 뻗었다.

자스

피가 묻어 번들거리는 은색 실타래가 춤을 추며 천천히, 세상을 탐색하려는 듯 죽은 숙주 밖으로 빠져나왔다. 아리아나의 팔을 당기는 은색 실 한 가닥의 움직임에 그녀의 손가락이 구부러졌다. 다른 실 한 가닥은 파냐의 볼 근육을 움찔거리게 만들었다. 시체를 헤집고 다니는 기생충은 마치 꼭두각시를 잡아당기는 실 같았다.

총으로 무엇을 해야 할지 몰라서 일단 벨트에 쑤셔 넣었다.

"당장 널 죽일 수 있어." 시오마라가 자흐라에게 말했다.

"시오마라." 바키르가 말했다. 그의 목소리는 내쉬는 숨이라고 해도 좋을 만큼 힘이 없었다. 그는 최대한 빨리 의료진에게서 우리가 할 수 있는 것보다 전문적인 도움을 받아야 했다.

시오마라가 나를 쳐다보다가 자흐라에게 시선을 옮긴 후 말했다. "우리한테 허튼짓한다면……"

"안 할게." 자흐라가 말했다.

"아까 그 남자는 뭐라는 거야? 숨기도록 놔두지 말라니?" 시오마라가 물었다.

"말라치는……" 자흐라가 마른침을 삼켰다. "그는 SPEC 요원이었어. 나도 오늘 알았어."

"불가능해." 시오마라가 말했다. "SPEC에서 이런 일이 일어나도록 허락했을 리가 없어. 너희를 막았겠지."

다들 더 이상 죽은 사람들을 쳐다보고 있지 않았지만 나는 그들에게서 시선을 뗄 수 없었다. 피부밑 얇은 주름이 말라치의 팔과 아리아나의 삐죽삐죽한 무지갯빛 머리칼 밑, 파냐의 목 오목한 부분을 따라 그림자처럼 움직였다. 화장실 문 뒤에서 아버지의 몸을 움직인 것이 무엇인지, 똑같이 기생충에 지배당한 아리아나보다 아버지의 동작이 서투를 수밖에 없던 이유도 이해할 수 있었다. 아버지는 숨이 붙어 있지 않았고, 생각이나 지각도 없었다. 단지 죽은 숙주의 껍데기를 조종하려는 우아한 은색 벌레만 있었을 뿐이다.

"멈추고 싶지 않았겠지." 내가 말했다.

시체들에서 간신히 눈을 떼고 보니 살아있는 사람들이 나를 뚫어져라 보고 있었다.

"SPEC에서 몇 년 동안 다시 이곳을 찾고 싶어 했지만, 의회에서는 전부 차단해왔어." 내가 설명했다. "무슨 수를 써서라도 여기로 오려고 했던 이들이 있었을 거야."

"그게 무슨 말이야? 아무도 모르게?" 시오마라가 말했다.

"모르겠어. 가능하기는 해."

"말라치도 그렇게 생각했어." 자흐라가 말했다.

비밀로 남겨진 진실과 사람들이 믿는 이야기에 어떤 차이가 있는지 여러 관점에서 생각하면서 이모는 과연 무슨 생각이었을지 추측해 보려고 했다. 규모가 큰 관리 조직이라면 으레 그렇듯, SPEC 안에도 파벌이 있었다. 그중에는 다시 하우스오브위즈덤호를 찾는 임무가 위험을 감수할 만하다고 확신하는 사람들도 있었다. 하우스오브위즈덤호 때문에 피해를 보는 사람이 한 명이라도 더 생겨서는 안 된다고 믿는 우리 이모를 비롯한 의회 사람들은 그들을 제지해 왔다.

곱슬머리에 갈색 눈을 한 젊은 남자가 SPEC 정보부 요원이리라고는 의심도 하지 않았다. 물론 내가 눈치챌 정도였다면 그는 여기까지 오지도 못했을 것이다. 나는 말라치가 작업하고 있던 통신 장비 쪽으로 이동해 의자에 앉아서 자리에 몸을 고정하기 위해 발을 묶었다.

"뭘 하려는 거야?" 시오마라가 나를 따라오며 물었다.

"도움을 요청해야지. 여기서 나가야 해."

"대피용 우주복을 사용하면 안 되나?" 시오마라가 물었다.

"SPEC에 먼저 연락해서 경고를 해야지."

"관공호라는 우주선은 뭐야?" 바키르가 고통에 지친 목소리로 물었다. 상처를 살펴려고 우주복을 벗었다간 더 위험해질 수도 있었다. 대그가 그를 얼마나 다치게 했는지 알 수는 없었지만, 우주복 아래 튀어나온 어깨 부분이 모두 뒤틀리고 각이 진 데다 의수가 끝나는 자리에서는 피도 배어 나오고 있었다.

"움직이지 마." 내가 말했다. "부상이 더 심해질 수 있어."

나는 화면을 보면서 내가 보고 있는 화면이 무슨 의미인지 알아내려고 애썼다. 눈을 빠르게 깜빡이며 손으로 비볐다. 말라치의 말은 사실이었다. 우리는 우주선을 조종할 수 있었다. 직권 명령도 걸려 있지 않았고 격리 프로토콜도 해제되어 있었다. 무전기도 작동하는 상태로 대기 중이었다.

나는 채널을 열었다. "음, 판공호, 여기는 하우스오브위즈덤호다. 들리나? 누구든 내 말이 들리나? 여기는 하우스오브위즈덤호다."

바로 응답이 왔다. SPEC 유니폼을 입은 여자가 앞쪽 화면에 나타났고 실물보다 크게 확대된 얼굴이 어렴풋이 보였다. 하우스오브위즈덤호에 비하면 판공호의 함교는 너무 깨끗하고 환해서 어린아이들의 상상하는 우주선의 모습처럼 비현실적으로 보였다. 땋은 머리를 왕관처럼 두른 여자의 옷깃에 선장을 의미하는 별 표시가 붙어 있었다. 유니폼은 빳빳했고 표정은 경계하는 듯했다.

"들린다. 하우스오브위즈덤호." 그녀가 말했다. "저는 판공호의 선장 샤반입니다. 자스빈더 바타차르야 군이시죠?"

안심이 되면서 속이 메스꺼웠다. "그렇습니다."

"안전한 상태인가요? 현 상태 설명 바랍니다."

"일단 우리는 안전해요." 그 말이 사실이길 바라며 내가 답했다. 움직일 때마다 피부가 가렵고 목 뒤가 따끔거리기는 했지만, 어쨌든 나는 긁힌 상처나 부상이 없었고 피부밑을 기어 다니는 물체도 없었다.

"혼자가 아닌가요?" 샤반이 물었다.

"네 명이 있어요." 나는 잠시 망설이다 덧붙였다. "SPEC 요원은 사망했고요."

내 말을 들은 그녀의 표정이 어떤 의미인지 파악할 수 없었다.

"적대 세력에 요원이 잠입해 있는 줄은 우리도 최근에야 알았습니다." 선장이 거짓말을 하는지는 알 수 없었다. "적대 세력 중에서 아직 위협이 되는 인물이 있습니까?"

"없어요. 저희 이모와 이야기를 하고 싶은데요."

"적대 세력이 무력화되었습니까?"

"네. 이모와 이야기할 수 있게 해주세요."

"바타차르야 군, 침착해야 합니다." 샤반 선장이 말했다. "무슨 일이 있었는지 설명할 수 있겠습니까?"

"이모에게 이야기할게요. 이모에게 연락할 수 있을 텐데요."

선장은 짧게 고개를 끄덕였다. 그녀의 표정은 여전히 읽을 수 없었다. "물론입니다. 중위, 바타차르야 의원 위치 파악 바람. 이제 무슨 일이 있었는지 설명해주시죠."

"홈스테드호라는 우주선 소식은 들었나요? 그들이 아직 여기로 오고 있나요?"

"지금은 홈스테드호와 교신이 두절되었습니다. 다시 시도하고 있지만 우리 경고를 듣고 계획을 수정한 듯 보입니다. 우주선은 아까부터 항로를 조정하고 있습니다. 후방 추진 시스템이 아직 켜져 있고요."

"여기로 오고 있나요? 감속하지 않고?" 내가 물었다.

"아직까지 감속은 시작하지 않은 것으로 보입니다." 샤반 선장이 말했다. "항로를 수정하고 있어 새로운 궤도를 알 수 없지만 하우스 오브위즈덤호에 접근하려는 것처럼 보이지는 않습니다. 바타차르야 군, 안심하십시오. 우리가 여러분을 그곳에서 **빠져나오도록** 할 것입니다. 여러분을 집으로 데려다줄 팀이 준비되어 있습니다. 이해 됩니까?"

물론 이해했다. 나는 고개를 끄덕이며 서두르라고 말하고 싶었 고, 그들이 와서 우리말을 들어주리라고, 구조대가 멋지게 우리를 구해주리라고 믿고 싶었다. 암스트롱시티에 도착해서 우리 이야기 를 할 수 있기를 바랐다. 삶도, 각자의 연구도 다시 시작할 수 있기 를 바랐다. 내가 연구하고 있던 수십억 년 전 찬란하게 타오른 퀘이 사(블랙홀이 주변 물질을 집어삼키는 에너지에 의해 형성되는 거대 발광체 — 옮 긴이)는 다시 내 마음을 **빼앗아** 내가 캄캄한 우주 너머의 아주 오래 되고 아주 먼, 아무도 다가갈 수 없는 작은 불빛에 집중하도록 만들 수 있을 것이다. 기억도 고통도 두려움도 없이, 아주 쉽게.

하지만 우리를 구조하려는 사람들이 하우스오브위즈덤호로 오 게 된다면, 기생충이 있다는 사실과 그 기생충이 어디에서 왔는지 를 알게 된 이상 그들이 가만히 있을 리 없었다. 구조대는 주의를 기울일 것이다. 보호복을 입고 밀폐된 공간에서 프로토콜에 따라 연구를 할 것이다.

목 뒤에서 무언가 꾸물거리는 것처럼 간지러운 느낌이 들었다.

연구실이 몇 도 정도 따뜻해질 수도. 유리병이 깨져서 손가락을 벨 수도 있을 것이다. 사고는 언제든 일어날 수 있으니까.

기생충에 감염되면 무슨 일이 일어날지 알고 싶어 할 수도 있다.

위험을 통제할 수 있다고 생각할 수도 있겠지.

"다른 방법이 있었으면 좋았을 걸." 어머니는 그렇게 말했었다.

샤반 선장은 카메라를 등지고 함교 승무원 한 명과 이야기를 나눴다. 외교용 우주선과 비상 발사에 관해 이야기하는 것 같았다. 그녀가 다시 나를 향해 말했다. "바타차르야 의원이 연결되었습니다. 의원님은 외교용 우주선을 타고 암스트롱으로 가고 계십니다."

화면이 깜빡였고 파드마바티 이모가 나타났다.

이모가 화를 내는 모습을 본 적이 있었다. 지쳤을 때, 아플 때, 불안할 때 이모가 어떤 얼굴로 온 세상에 자기 상태를 숨기는지도 보았다. 하지만 이모가 지금처럼 늙고 지쳐 보인 적은 없었다. 이모는 위엄 있어 보여야 할 때만 입는 밝은 초록색과 금색이 섞인 사리를 입고 있었다. 장신구도 모두 착용하고 있었지만, 군데군데 흰 머리가 섞인 검은 머리가 아무렇게나 땋아져 있었고, 눈 밑에는 다크서클이 내려와 있었다. 이모는 마치 우주를 넘어 나를 만질 수 있을 것처럼 카메라를 향해 손을 뻗었다. 이모의 손이 떨리고 있었다.

"다쳤구나." 이모가 말했다.

"괜찮아요." 내가 말했다. 목소리가 떨렸지만 너무 피곤해서 떨림을 감출 힘조차 없었다. "파드마바티 이모, 제 말을 믿어주셔야 해요. 이곳에 사람들을 못 오게 해야 해요."

"샤반 선장이 홈스테드호를 막을……"

"홈스테드호뿐만 아니라 판공호, SPEC, 누구도요. 아무도 오게 해서는 안 돼요. 막아야 해요."

"자스." 이모가 말했고, 가슴 밑 심장에 금이 가는 것 같았다. 이모는 나를 애칭으로 부른 적이 없었다. 애칭은 유치하다고 여기는 줄 알았었다. "무슨 말이니?"

"바이러스가 아니에요. 질병이 아니에요. 생명공학 기술로 만들어진 기생충이에요. 자가 복제가 가능해요. 우리 중에 피부를 살짝 긁혔을 뿐인데 감염된 사람이 있었어요. 그게 스스로 통제할 수 없는 행동을 하도록 그녀를 조종했어요. 어머니와 나하리 선장은 그 사실을 알고 메시지를 남기셨어요."

"아미타가 메시지를 남겼다고?" 들릴 듯 말 듯한 목소리로 이모가 말했다.

"네." 하지만 이모한테 남긴 메시지도, 내게 남긴 메시지도 아니라고 말하고 싶었지만 입 밖으로 말할 수 없었다. 어머니의 메시지는 어머니의 일과 인생이 늘 그랬듯 더 큰 목적이 있었다. "가져다 드릴게요. 데이터도 있어요. 마지막에 전송되지 못한 데이터예요. 하지만 구조팀이나 다른 사람들을 막아주셔야 해요. 다들 여기가 어떤 곳인지 몰라요. 안전하지 않아요."

이모는 잠시 아무 말도 하지 않았다. "네가 한 말로 SPEC을 설득하기 어렵다는 것 알잖니. 그들은 오랫동안 하우스오브위즈덤호에 다시 가고 싶어 했어. 의문에 대한 답을 기다린 사람들이 많단다."

"알아요. 알죠." 사람들은 라고 박사가 UC33-X에서 무엇을 찾았는지 알고 난 후 더욱더 하우스오브위즈덤호를 다시 찾고 싶어 했다. "하지만 적어도 기다리라고 할 수 있지 않나요? 우리가 본 것들을 설명할 때까지만이라도요. 의문에 대한 답은 저희가 줄 수 있고, 사람들이 여기에 오는 건 너무 위험해요."

이모는 다시 한번 말을 멈췄다가 고개를 끄덕였다. "할 수 있는 일을 해보마."

이모는 지키지 못할 약속은 하지 않는 사람이었다.

샤반 선장이 대화에 끼어들었다. "홈스테드호가 궤도 수정을 마친 것 같군요. 측면 추진기의 불꽃이 몇 분간 멈췄어요. 우주선은 현재 프로비던스 스테이션으로 향하고 있어요. 홈스테드호의 승무원이 착륙 이후 안보부 직원에게 항복하겠다는 뜻을 밝혔습니다."

무전기 너머로 들리지 않을 정도로 조용하게, 자흐라가 짧고 날카로운 숨을 들이쉬는 소리가 들렸다.

"하우스오브위즈덤호의 메인 도킹 영역으로 올 수 있나요?" 샤반 선장이 물었다. "평가에 따르면 그곳이 우주선 사이에 밀폐된 통로를 놓기 가장 안전한 장소인 것으로 보이는데, 만약 올 수 없다면……"

"아뇨." 내가 말했다. "그렇게 오래 기다릴 수 없어요. 대피용 우주복이 있지만 표류하는 상태로 몇 시간은 기다려야 합니다." 그리고 SPEC에서 우리를 찾으러 올 구실을 주게 될 것이었다. "어머니의 실험용 소형 우주선을 타고 떠날게요."

샤반 선장의 눈이 휘둥그레졌다. 여태 봤던 반응 중에서 가장 격렬한 반응이었다. "절대 안 됩니다. 안전하지 않아요. 절대……"

"할 수 있어요. 할 거고요." 내가 말했다. "방법이 있는 이상 더 이상 여기에서 기다리지 않을 거예요. 그리고 저희를 데려가신 후에는 완전 격리시켜야 해요. 저희가 감염되지 않았다는 게 확실해질 때까지 누구에게도 노출되어서는 안 됩니다."

"바타차르야 군, 만약 그게……"

"꼭 그래야만 해요. 파드마바티 이모 곧 뵈어요. 사람들을 꼭 설득시켜주세요."

내 눈에 맺힌 눈물을 이모가 보기 전에 얼른 교신을 마쳤다. 이제 화면에는 궤도 위 하우스오브위즈덤호, 판공호, 홈스테드호, 프로비던스 스테이션의 위치가 표시되었다. 달과 지구도 보였다. 화면 안의 모든 것들이 너무 작아 보였다.

오랫동안 아무도 말을 하지 않았다.

바키르가 입을 열었다. "사람들이 이모 말씀을 들을까?"

나는 얼굴을 문질렀다. "우리가 여기를 나가면 사람들을 설득하기가 더 쉬울 거야. 어머니의 작업실은 12층에 있어. 멀지 않아."

문에 피가 문대져 있었다. 길게 늘어진 손자국이었다. 누군가 피가 잔뜩 묻은 손으로 벽을 짚은 채로 끌려가거나 잡아 당겨진 것 같았다. 갈색이 된 피는 거의 가루가 되어 날릴 정도로 말라붙어 있어 있었다. 조심스럽게 핏자국을 피했다.

천천히 긴 잠에서 깨어나듯 조명이 들어왔다. 어머니의 작업실은 우주선 우측에 있는 엄청나게 큰 공간이었다. 2층 높이였고 어머니의 실험용 우주선 세 대를 나란히 놓을 수 있을 정도로 넓었다. 무중력 상태에서 작업을 쉽게 할 수 있도록 사방에 사다리와 손잡이가 달린 통로가 우주선들을 둘러싸고 있었다.

남아 있는 우주선 두 대가 핀에 꽂힌 나비처럼 지지대와 버팀대로 고정된 채 우리 위에 어슴푸레하게 나타났다. 겉으로 보이는 모습은 둘 다 어머니가 나를 태웠던 타이거와 거의 똑같았다. 껍데기 아래 어떤 점이 다른지는 기억이 나지 않았다. 어머니가 말을 해준 적이 있는지도 확실하지 않았다. 왜냐하면 어머니는 내가 12살이 될 때쯤에 자신의 업적을 이어받으리라는 희망을 거의 버리실 수밖에 없었으니까.

오른쪽에 시체가 한 구 있었다. 팔은 난도질되어 피부가 띠처럼 너덜거렸고 목에도 베인 흔적이 있었다. 얼룩진 피 때문에 점프슈트는 흰색이 아니라 갈색이 되어 있었다. 그녀의 이름은 리나였고, 살아 있을 때 크고 호탕하게 웃으며 야한 농담을 잘하던 연료 연구원이었다. 우리 어머니와 같은 생각을 하고 실험용 우주선을 타고 도망치려 했지만 이미 너무 늦었던 모양이었다. 그녀 몸속에는 이미 기생충이 살고 있었다. 재활용 쓰레기장에서 찾은 금속 조각으로 기생충을 꺼내려다가 피를 너무 많이 흘려 목숨을 잃었을 것이다.

나는 가장 가까운 워크스테이션으로 이동해서 화면을 두드린 다음 10년이 지난 비행 스케줄을 불러왔다. 전염병이 퍼진 다음 날 타이거의 주행 효율성 테스트가 예정되어 있었다. 이틀 뒤에는 브라민의 운항 테스트가 있을 예정이었다. 자칼은 예정된 스케줄이 전혀 없었다. 대신 공기 필터, 온도계, 고중력 의자 위치 같은 우주선 환경 시스템과 관련된 수리 일정이 잡혀 있었다.

브라민에 관한 정보를 찾았다. 테스트는 외부 비행, 대기 및 재배치, 명령에 따라 복귀까지 총 세 단계로 이루어져 있었다. 비행경로는 L2 라그랑주 점에 있는 무선국 근처까지 이어져 있었다. 아픈 머리를 손가락으로 눌렀다. 피로가 심한 상태가 계속되어 집중이 잘 되지 않았다. 충분할 것 같았다. 우주선 항로를 어떻게 바꾸는지는 몰랐지만 동료들이라면 재배치 단계에서 비행을 중단할 수는 있을 것 같았다.

"좋아" 내가 숨을 들이쉬었다. 한기 때문에 목구멍에 동상이 걸릴 것 같았다. "시오마라, 바키르, 너희는 저 우주선에 타."

시오마라는 우주선을 바라보았지만 바키르는 나를 보고 있었다. "너는?"

"나는 다른 우주선에 탈게." 내가 말했다. "너희 우주선을 먼저 발사할 거야."

나는 브라민 가까이 가서 안으로 들어갔다. 작은 조종석이 놀랄 만큼 친숙하게 느껴졌고 보고 있자니 정신이 아득해질 만큼 고통스러웠다. 나는 제어판을 찾아 비행 전 시퀀스를 불러왔다. 조명을 켜고 온도를 올렸다. 공기를 정화시키고 좌석의 반응형 충격 흡수재도 테스트했다.

시오마라는 알아서 올 수 있었지만 바키르는 도움이 필요했다. 나는 바키르의 다치지 않은 팔 아래로 머리를 넣어 내 목 뒤에 그의 팔을 둘렀다. 다친 어깨를 건드리지 않도록 조심스럽게 허리를 잡았지만 그는 조금만 움직여도 움직일 때마다 고통이 더해지는 듯했다. 끙끙거리는 소리나 헐떡이는 소리도 더 이상 억누를 수 없는 듯했다. 실험용 우주선이 대피용 우주복보다 그에게 안전할지 알 수 없었지만 어쨌든 그를 의사에게 더 빨리 데려갈 수는 있었다.

시오마라가 조종석에 앉아 어머니의 메시지가 담긴 태블릿과 우주선 데이터가 든 저장 장치를 안전 칸에 넣었다. 나는 바키르를 시오마라 뒤에 있는 항해사 석에 앉혔다. 그는 부러진 어깨가 좌석 쿠션에 닿자 쌕쌕거렸다.

"미안해." 내가 웅얼거렸다. "미안해. 그런데 어쩔 수 없어. 똑바로 앉지 않으면 더 아플 거야."

"알아." 그가 이를 악물고 답했다. "젠장. 나도 알아. 네 엑스레이 사진을 보여준 적 있잖아, 기억나? 나한테 자랑하려고 보여준 거였지?"

"시끄러워." 내가 살짝 웃으며 말했다. "나는 12살이었어. 그리고 너는 멋지다고 생각했고."

그의 부러진 어깨가 눌리지 않으면서 의수가 다친 부위의 살점과 뼈를 당기지 않도록 조종석 어깨띠를 맬 방법은 없었다. 나는 어쩔 수 없이 어깨띠를 조였다. 바키르가 이를 꽉 깨물고 눈을 감았다. 차라리 그가 기절한다면 오히려 덜 힘들 것 같았다.

"따라올 거지?" 바키르가 물었다. 여전히 눈을 감은 채, 거의 속삭이듯 꺼져가는 목소리로 말했다.

"그럼." 내가 말했다.

나는 그의 얼굴로 손을 뻗어 축축하게 젖은 그의 머리카락을 이마에서 머리 뒤로 쓸어 넘겼다. 그는 머리를 내 손 위에 기댔다. 축축한 그의 피부가 너무 차가웠다. 나는 그에게서 시선을 뗄 수 없었다. 그의 턱선, 굵고 진한 눈썹, 중학교 1학년 때 거들먹거리는 선배에게 계단에서 밀렸을 때 다친 뺨에 남은 가느다란 흉터를 눈에 담았다. 누군가 나를 욕하거나 하면 그는 언제나 내 편을 들어주었고, 소소한 사건들은 그와 함께 있으면 견딜 만해졌다. 바키르는 항상 두려움에 떨던 겁 많은 나를 험난한 세상에서 지키는 임무를 기꺼이 떠맡았고, 나는 그런 그에게 감사한 적이 없었다. 그는 나를 위해 덩치 큰 친구에게 달려들다 땅에 처박히고, 코피가 흐르고 입술이 터진 채로 그의 다리에 매달리고, 성난 얼굴에 분노에 찬 미소를 지으며 그에게 다시 달려들었을 때부터 우리는 이미 친구였다고 그에게 직접 말한 적도 없었다. 하지만 어머니가 하우스오브위즈덤호에서 나를 내보낸 뒤로 줄곧 내 곁에 머물러 있었던 살을 에는 듯한 냉기를 그가 이렇게 쉽게 날려버릴 수 있을 줄은 몰랐었다. 거대하고 단단한 빙하 같던 내 마음이 곧 녹아내리리라는 것도 그때는 몰랐다. 내가 아는 것은 피를 철철 흘리는 황무지 억양을 쓰는 소년이 입가에 피가 묻은 채 웃고 있다는 것이었고, 누군가 나를 보고 웃는 것이 처음인 것 같은 기분이 들었다.

나는 그의 관자놀이를 내 엄지로 쓸었다. 관자놀이에 튄 피가 땀에 섞여 흐르고 있었다. 그는 여전히 눈을 감고 있었고, 나는 손으로 그의 옆얼굴을 감쌌다. 그리고 그에게 키스했다.

입술이 겨우 스친 정도였다. 그는 짧게 놀란 숨을 뱉었다. 나는 재빨리 물러났다. 바키르의 눈이 휘둥그레지면서 입술이 살짝 벌어졌다. 그가 무슨 말이라도 하리라고 생각하면서 그의 손이 닿지 않는 곳으로 물러섰다. 그는 다치지 않은 손을 뻗다가 갑자기 통증이 밀려오는지 동작을 멈췄다. 그는 고개를 좌석에 기댔고, 나는 망설이지 않고 그의 축축한 이마에 키스했다.

"우주선이 가속할 때 많이 아플 거야." 내가 말했다. "미안해."

잠시 침묵이 흐르고 바키르가 웃음 비슷한 숨을 뱉었다. "이미 엄청 아파."

"미안해." 내가 다시 말했다.

"바로 따라올 거지?"

"응. 꼭 격리시켜 달라고 해. 확실히 해둬야 해."

"다시 약속해 줘."

목구멍에 가시가 걸린 것 같았지만, 나는 꾸역꾸역 말을 뱉었다.

"약속할게." 내가 말했다.

인생의 반을 거짓말을 하며 살았다. 거짓말은 내게 너무 자연스러웠다.

나는 밖에서 브라민의 문을 닫고 통제실로 돌아갔다. 자흐라가 기다리고 있었다. 도망칠 수 있었지만 딱히 도망칠 곳도 없었을 것이다. 하우스오브위즈덤호에는 죽음 말고는 아무것도 남아 있지 않았으니까.

어머니가 실험용 우주선을 발사하는 모습을 본 적이 있기는 했다. 하지만 지금 내가 어머니를 흉내낼 수 있는 것은 발사 과정이 거의 자동화되어 있기 때문에 가능한 일이었다. 우선 드라이독을 감압해야 했다. 그리고 출입구를 열고 우주선 외부를 조작해야 했다. 명령을 전송하는 동안 손이 덜덜 떨렸다. 이가 딱딱 부딪치는 소리와 함께 출입구가 스르륵 열렸고 도킹 클램프가 펼쳐지고 확장되면서 브라민을 사각형 출입구로 보냈다.

"네가 뭘 하는지는 알고 있길 바라." 무전기 너머에서 시오마라가 말했다. "이게 얼마나 미친 짓인지 방금 깨달았거든."

"괜찮을 거야." 내가 답했다.

도킹 클램프의 팔이 완전히 펼쳐졌다. 커다란 출입구 테두리 안 어두운 우주 속에 선 브라민이 아주 아담하게 보였다. 심장이 뛰었다. 기동 추진 엔진이 발사되었고 무전기 너머로 시오마라가 우주선 상황을 전했다. 시스템은 전부 정상이었다. 클램프가 우주선을 놓아주었다. 브라민은 하우스오브위즈덤호에서 멀어졌다. 처음에는 전혀 움직이지 않는 것처럼 느렸지만 방향을 바꾸더니 항로를 찾고 궤적을 계산하는 동안 측면 추진 엔진이 발사되었다. 순식간에 브라민이 시야 밖으로 벗어난 후 출입구가 닫혔다.

"저쪽에서 봐." 시오마라가 말했다.

"응." 내가 말했다. "곧 봐."

나는 무전을 껐다.

드라이독에 도착한 후 한마디도 하지 않던 자흐라가 나를 보며 말했다. "거짓말을 했네."

나는 운항 화면을 통해 브라민이 하우스오브위즈덤호에서 멀어지는 모습을 지켜보았다. 두 사람이 안전하길 바랐다. 두 사람은 안전해야만 했다. 걱정스러울 만큼 차가웠던 바키르의 피부 감촉이 아직 손끝에 생생했다.

"따라가지 않을 거잖아. 아니야?" 자흐라가 말했다.

나는 화면에서 시선을 떼지 않았다. 브라민의 메인 추진 엔진이 갑자기 작동할까 걱정이 되어서였지만, 가속은 매끄럽게 진행되었다. 어머니라면 가속이 잘 되고 있는지 확인했을 것이다. 시오마라와 바키르가 어머니와 나하리 선장이 남긴 메시지를 가지고 있었다. 이모는 이곳이 얼마나 위험한지 이해할 것이고, SPEC에서 하우스오브위즈덤호에 접근하지 않도록 설득하기 위해 무엇이든 할 것이다.

하지만 이모의 권력도 한계가 있었다.

"맞아." 내가 말했다. "먼저 할 일이 있어."

자흐라는 고개만 끄덕였고 그때 그녀가 우리에게 말하지 않은 게 있는 것 같다는 내 추측이 맞았다는 사실을 깨달았다. 말라치가 그녀에게 한 마지막 말과 샤반 선장에게서 홈스테드호가 항복하기로 했다는 이야기를 전해들었을 때 들이쉬던 숨에는 숨겨진 의미가 있었다.

"네 친구가 사람들에게 진실을 알리라고 한 건 무슨 의미였지?" 내가 돌아서서 묻자, 자흐라가 친구라는 단어에 잠깐 움찔했다. "너는 그럴 자격이 있다고 했어. 그게 무슨 의미지?"

"내 아빠 이야기야." 그녀가 말했다.

"너희 아버지?" 내가 기대했던 답이 아니었다.

"온 세상 사람들이 아빠가 괴물이라고 믿고 있는데, 아빠는 사람들이 이야기하는 그런 짓을 하지 않았어." 자흐라가 말했다. "내 자격이 아니라 아빠의 자격에 대해 이야기하는 거야. 아빠에 대한 기억 말이야. 아빠는 당신이 저지르지 않은 범죄가 아니라 당신의 업적으로 기억될 자격이 있으시니까. 내 동생들도 아빠가 얼마나 좋은 사람이었는지 알 자격이 있고."

이해하는 데 잠시 시간이 걸렸다. "라고 박사가 너희 아버지야?"

"응."

라고 박사는 둥근 얼굴에 웃음기 가득한 눈, 부드러운 어깨를 가진 쾌활한 사람이었다. 지구에 가족을 두고 온 사람들은 다들 가족이 얼마나 그리운지 이야기했고, 그에게도 지구에 사는 가족이 있다는 사실을 알았지만 사건이 터질 때까지 그들에게 관심을 둔 적이 없었다. 나중에야 그의 아내가 전염병학자이고 남편이 죽은 후 아이들을 데리고 북아메리카의 사막으로 사라졌다는 사실을 알게 되었다. 이모는 의회에서 마리아 도브를 찾고 있다고 이야기하면서도 그들을 그냥 둬야 한다고 했었다. 아버지가 한 일 때문에 고통받아 마땅한 자식은 없으니까.

"아빠는 기생충을 퍼뜨리지 않았어." 자흐라가 말했다. "우리가 찾은 메시지에서 서머 박사가 아빠 잘못이 아니라고 했어. 기생충은 탐사선에서 왔다고 했어. 조심했지만 탐사선을 열었을 때 뭔가가 빠져나왔다고 했어. 애절한저녁노래호에서 목적을 가지고 지구로 탐사선을 보냈다고 생각했어."

"한때는 아름다운 행성이었을 것이다." 메시지 속 여자가 말했다. "그리고 우리는 이 행성을 처음 발견한 사람들이 아니다."

나는 고개를 저었다. "애절한저녁노래호에서 보낸 게 아니야. 목적이 있었던 것도 아니고. 그게 애절한저녁노래호를 찾은 거야. UC33-X에서 온 메시지에서 그렇게 말했어. 파괴된 외계 문명을 찾았다고."

"외계인?" 자흐라가 놀라며 말했다. "메시지에 그런 내용이 있었어?"

"공개되지 않은 내용이야. 문명을 탐사하다가 감염되기 시작한 것 같아. 탐사선을 보낸 여자가 일부러 지구에 기생충을 보낸 건 아니었어. 우리에게 경고를 하려고 했던 거야."

복원된 메시지를 숨겼던 라고 박사는 그 경고 역시 동료들에게 전하지 않았다. 사람들이 전체 메시지 내용을 들었다면 다르게 행동할 수도 있었을 것이다. 아니면 자신들을 위협하는 존재가 바이러스가 아니라는 사실을 안 사람들이 라고 박사를 비난하지 않는 것 말고는 아무것도 바뀌지 않았을 수도 있다.

기계와 무기는 만든 목적에 따라 구분할 수 있고, 아리아나가 이해한 내용이 정확하고 어머니와 나하리 선장의 짐작이 맞는다면 기생충의 목적은 파멸을 일으키는 것이었다. 그들은 길이가 1킬로미터에 달하는 우주선이 지구에 충돌했을 때 어떤 위험한 일이 일어날지 알고 있었다. 하지만 우주선이 충돌하지 않는다 해도 지구에 기생충이 퍼진다면 역시 재앙이 될 것이다. 전 세계인의 유행병이 되겠지. 어쩌면 침공이라 할 수도 있을 것이다. 상상할 수 없이 먼 별에서 온, 그 별에서 오래전에 발한 빛이 지구 하늘에 실체 없는 빛으로만 존재할 정도로 먼 별에서 온 무언가 또는 누군가가 창조한 그것이 세상에 퍼진다면 침공이 될 수도 있었다.

인류가 한 번도 해보지 못한 발견이었다. 나도 알고 있었다. 잘 알 뿐만 아니라 마음속 한구석에서는 이 발견이 얼마나 흥미롭고 중요한지도 이해할 수 있었다. 그렇게 보면 우리 부모님은 별을 탐험하고 우주로 인류의 영역을 넓히는 일은 꼭 필요한 고귀한 목표라는 신념으로 중요한 일을 하다 돌아가신 셈이었다. 어제의 나였다면 먼 은하에서 다른 생명체와 문명을 찾을 수 있다면 어떤 위험이든 감수할 만하다고 해맑게 주장했을 것이다. 어쩌면 진짜 그래야 할지도 모른다. 그 선택이 대담한 선택일지도 모른다. 하지만 이 우주선에는 하루 만에 하우스오브위즈덤호의 사람들이 자기 몸을 찢도록 만들고 우리 아버지가 주방에서 찾은 칼로 스스로 삶을 포기하도록 만든, 엔지니어였던 우리 어머니를 대학살의 설계자로 만든 무기가 실려 있었다.

화면을 통해 보이는 브라민은 점점 더 멀어져 갔다. 나는 자흐라를 향해 돌아섰다.

"그것들…… 기생충들 말이야. 우주선을 지구에 충돌시키려 했어."

"뭐라고?"

"시오마라와 바키르가 우리 이모에게 가져간 정보가 바로 그거야. 10년 전 기생충이 우주선을 장악했을 때 지구와 충돌하도록 궤도를 수정했어. 우리 어머니와 선장이 막았고."

"하지만 그건……" 그녀는 불안해하고 있었다. "왜 그런 짓을 하지?"

"모르지." 내가 말했다. "이유는 중요하지 않아. 네가 지구를 싫어하는 것 알아. 하지만 나는 기생충들이 지구에 한 발짝이라도 더 다가가도록 둘 수 없어. 날 도와줘도 되고 안 도와줘도 돼. 그냥 나를 막지만 말아줘."

우리는 서로를 오랫동안 바라보았다. 둘 다 지저분하고 후줄근한 몰골로 피곤에 지쳐 덜덜 떨고 있었다. 얼마나 오랫동안 잠자지 않고 깨어있었는지 더 이상 감각이 없을 지경이었다. 아주 헐렁한 니트 스웨터를 입은 자흐라는 우스꽝스러울 정도로 어려 보였다. 가슴 위로 팔짱을 낀 채 덜덜 떨고 있는 그녀의 땋은 검은 머리가 공중에 둥둥 떠 있었다.

그녀가 말했다. "도울게. 홈스테드호와 이야기를 해야겠어."

그녀는 컴퓨터를 등지고 돌아서서 문으로 향했다.

자흐라

죽은 자들은 우리가 없는 동안 각자의 자리를 지키고 있었다. 필라멘트처럼 가느다란 기생충이 시체들 사이에서 뚜렷한 움직임 없이 꾸물대고 있었다. 외계 기생충이라니. 그것들이 다른 세계에서 왔고 잔혹한 목표를 가지고 만들어졌다는 사실을 받아들이기 힘들었다. 그것들은 조용했지만 결코 죽었다고 생각해서는 안 된다는 사실을 잘 알았다. 그들은 그저 때를 기다리고 있을 뿐이었다.

"무전기는 여기 있어." 바타차르야가 말했다. 그의 목소리는 거칠었고 유리벽 너머 방을 보지 않으려고 애를 쓰고 있었다. 내가 망설이며 무엇을 해야 할지 몰라 허공에서 손을 허우적거리자 그가 다가와 채널을 열어주었다. "이제 대화할 수 있어. 홈스테드호가 듣고 있다면."

나는 의자에 미끄러지듯 앉아 마른침을 삼키며 사막처럼 바짝 마른 목을 풀었다. 함교 앞에 있는 커다란 화면에는 아직 알 수 없는 점과 기호, 문자와 숫자로 가득 찬 복잡한 운항도가 떠 있었다. 나는 말라치나 보디가 없이 이런 일을 하게 되리라고는 생각해 본 적이 없었다. 오늘까지도 지구와 연결되지 않은 먼 우주로 나와 본 적조차 없었다.

"홈스테드호, 여기는 하우스오브위즈덤호. 나는 자흐라다. 듣고 있나?"

답이 없었다. 내 옆에서 바타차르야가 모든 주파수의 무전 트래픽을 듣고 있었다. 궤도 통제실에서는 바타차르야의 친구들이 탄 우주선을 추적하고 있었고 그들을 데려갈 수송기를 준비하고 있었다. 판공호에서는 이쪽으로 다시 연락을 하려 했다. 홈스테드호와도 교신을 시도했다.

홈스테드호에서는 답이 없었다.

"제발." 내가 다시 한번 시도했다. "홈스테드호, 여기는 하우스오브위즈덤호. 들리나? 거기 누구 없어요?"

아무 소리도 들리지 않았다. 나는 다시 시도했다. 여전히 아무 답이 없었다. 두려움 때문에 뱃속이 뒤틀리는 것 같았다. 답이 없을 수밖에 없는 이유를 생각해 보려고 했다. 애덤이 함교 승무원들에게 나나 다른 곳에서 오는 무전에 대꾸하지 말라는 명령을 내렸거나, 아예 함교에 아무도 없을 수도 있었다. 하지만 프로비던스 스테이션으로 가려고 항로 수정까지 해놓고 함교를 버릴 이유가 있을까? 홈스테드호에서 무슨 일이 일어나고 있을지가 상상 속에 펼쳐졌다.

나는 콘솔에서 물러나 앉아 바타차르야를 바라보았다. 그의 계획이 무엇인지 알고 싶었다. 친구들이나 SPEC이 동의하지 않을 일이 아니고선 거짓말까지 해가며 친구들을 떠나보내지는 않았을 것이다.

"기생충을 전부 없애고 싶은 거구나." 내가 말했다.

"맞아." 그는 멍하니 고개를 끄덕였다. 그는 여전히 무전기에서 들리는 딱딱거리는 소리를 듣고 있었다. "하지만 우선 방법을 생각해야 해. 그런데 아무 생각도 나지 않아."

"너희 어머니와 선장은 전에 어떻게 했는데?"

"공기를 빼내서 기생충 숙주가 된 사람들을 질식시켰어. 선장은 직권 명령으로 안정적인 궤도로 항로를 바꿨고."

나는 그를 빤히 보았다. "질식시켰다니……"

"숙주가 된 사람들을. 그리고 우주선에 탄 모두를. 각 구역은 화재가 발생할 때를 대비해서 공기를 빼낼 수 있는 시스템을 갖추고 있어." 그는 지칠 대로 지쳐 조용하게 느릿느릿 말했고, 충격도 공포도 담기지 않은 그의 목소리에서 이런 상황을 받아들여야 하는 절망이 느껴졌다. "산소를 이산화탄소나 반응성이 없는 기체로 바꿔. 두 분은 모든 시스템이 동시에 작동하도록 설정했어. 지금은 시스템이 재설정되고 복구되어서 숨을 쉴 수가 있지만 아무도 살아남을 수 없게 오랫동안 꺼져 있었지."

우주선 곳곳에는 다친 흔적 없이 죽은 사람들이 떠올랐다. 정원, 중앙 컴퓨터실, 복도와 문가, 벽장과 연구실, 어디에나 있었다. 마지막 메시지를 기록하는 동안 서머 박사가 들은 경보음도 공기 배출 시스템 때문이었다. 그녀는 무슨 일이 일어나는지 알고 있었다.

"SPEC에서도 알아?" 내가 물었다.

그러자 바타차르야는 진지한 눈빛으로 나를 바라보았다. "아니.

진심으로 묻는 거야? 그들은 아무것도 몰라. 그것들의 정체가 뭐든, SPEC에서는 모든 게 바이러스 때문이라고 생각해. 우주에서 왔다고도 생각하지 않고."

"그들이 어디까지 아는지 나는 몰라." 나는 그에게 일러주었다. "여태 대중에게 공개한 내용은 전부 거짓이었으니까."

그는 어깨를 약간 으쓱했다. "어쨌든 그들은 몰라. 탐사선에서 온 전체 메시지도 가지고 있지 않고. 연구 팀에서 라고 박사가 숨긴 기록을 재검토할 예정이었어."

서머 박사와 친 박사, 그리고 다른 연구원들을 뜻했다. 서머 박사는 UC33-X가 하우스오브위즈덤호에 뭔가를 퍼뜨렸다는 사실을 알았다. 게다가 그것을 파괴해야 한다는 사실도 알았다. 그리고 딥 스페이스 고고학 연구실에 있던 남자를 죽였다. 그는 감염된 채 그녀를 공격했고 서머 박사는 자신을 지키기 위해 그를 죽였다. 첫 번째 시도에서는 죽일 수 없었다고 했다. 두 번째 시도에서는 액체 가스통을 사용했다.

"공기를 배출하는 것만으로는 충분하지 않아." 내가 말했다. "기온을 떨어뜨려야 해."

"이런 젠장." 바타차르야가 말했다. 그는 거의 자리에서 벗어날 듯 의자 앞으로 자세를 고쳐 앉았다. "젠장. 그래. 네 말이 맞아. 그래서 우주선 안이 이렇게 추운 거였어."

"하지만 우주는 항상 춥잖아." 내가 말했다. 내 말을 확신할 수 없어 목소리 끝이 올라갔다.

"그렇지. 하지만 우주선 안은 아니야. 그리고 이 정도 크기의 우주선은 진공 상태에서 열기를 발산하는 데 에너지가 많이 들어. 안은 따뜻해야 해. 우주선에 탄 순간부터 분명했는데 왜 생각을 못 했을까."

말라치와 대그 둘 다 기온에 대해 한마디씩 했었다. 그들은 뭔가가 잘못되었다는 사실을 알았다. 나는 그들의 말을 귀담아듣지 않았다. 방해받고 싶지 않았었다.

바타차르야는 양손으로 머리를 쓸어 넘겼다. "하지만 추위도 완전히 먹히는 방법은 아니야. 기생충을 휴면 상태로 만들 뿐이야. 그것들은 얼마나 걸렸는지도 모르는 시간 동안 먼 우주를 건너왔어. 추위를 좋아하는지도 모르지."

"적어도 50광년은 걸렸을 거야." 내가 말했다. "우리 아빠는 그렇게 생각하셨어. SPEC에서 도움을 받으면 안 돼?" 그는 바로 답하지 않았다. "바타차르야. 도움을 청하지그래? 왜 아직 여기에 있는 거야?"

"자스야."

"뭐라고?"

"자스라고 불러도 된다고."

"아, 그래."

자스는 천천히 숨을 내쉬었다. "내가 SPEC에 말하지 않는 이유는 내가 하려는 일을 그들이 동의할 리 없기 때문이야."

"하려는 일이 뭔데?"

"죽이는 거." 그가 간단히 답했다. "나는 그것들을 다 죽이고 싶어. 하나도 남김없이. 인류가 발견한 유일한 외계 생명체의 흔적을 죽이고 싶다고."

피곤에 찌든 체념하는 듯한 목소리였고, 그가 하는 말을 완전히 이해하기까지 잠깐 시간이 걸렸다. 나는 그런 식으로 생각해 본 적이 없었다. 내게 기생충은 제거해야 하는 위협적인 존재일 뿐이었다. 외계 문명과의 연결점이라거나 고등 외계 생명체의 존재를 증명하는 증거라고 생각해 본 적은 없었다. 인류가 수 세기 동안 찾아 헤맸던 신기하고 멋진 발견이라고 생각해 본 적도 없었다. 우주에 인류가 아닌 누군가가 존재하고 우리가 그 증거를 가지고 있다니. 전혀 생각해 본 적 없는 발상이었다.

하지만 이제 그렇게 생각해야 했다. 의회 학교에서 배운 것들을 떠올렸다면, 아빠의 입장에서 바라봤다면 이미 그렇게 생각하고 있었을 것이다. 아빠였다면 가장 먼저 외계 생명체가 존재한다는 증거라고, 파괴적이기는 하지만 보존하고 연구하고 소중히 다뤄야 한다고 주장하셨을 것이다. 마음 한구석에 아직 슬픔으로 아린 부분이 남아 있었다. 나는 아빠의 입장을 이해하고 아빠라면 펼쳤을 주장을 대신 펼치고 싶었고, 발견하는 무한한 기쁨을 누릴 줄 알았던 호기심 많던 아빠를 대변하고 싶은 마음도 들었다.

하지만 고개를 조금만 돌려도 피범벅이 되어 갈기갈기 찢긴 시체들이 보였다. 파냐의 비명과 말라치의 마지막 말이 아직도 귓가에 맴돌았다. 자스가 하려는 일에 아무런 반감도 느껴지지 않았다. 왜 다른 사람이 그런 결정을 막으려는지도 이해할 것 같았다.

나는 마음속으로 도킹장에서 함교까지 왔던 길을 떠올리면서 그 길이 얼마나 멀었는지, 내 뒤가 얼마나 캄캄하게 뻗어 있었는지 되돌아보았다. 기생충은 어디에나 있었다. 시체도 어디에나 있었다.

황량하게 무리 지은 시체들이 있는가 하면 한두 구씩 외롭게 떨어진 시체들도 있었다. 모두 자기 스스로 입힌 상처로 난도질 된 채 바싹 마른 껍데기처럼 변해 있었다.

"추위로도 죽일 수 없다면," 내가 천천히 말했다. "열로는 죽일 수 있지 않을까?"

그는 답하기 전 잠시 생각에 빠졌다. "전기 충격으로도 효과가 있었는데, 영구적이지는 않았고 두 번째는 아예 먹히지 않았어. 하지만 기생충이 전도체라면…… 열을 가해서 금속성을 띠는 부분의 전기저항을 높일 수 있을 거야. 기생충을 뭐로 만들었는지 누가 알겠어? 하지만 우주를 여행하도록 설계되어 있다면 높은 온도에서 쉽게 녹거나 성질이 변할 수도 있을 것 같은데?"

"우주선 안에 소각로가 어디에 있지?" 내가 물었다.

소각로는 생각보다 멀지 않은 곳에 있었다. 우리는 함교 바로 밑 9층에 있는 의료 연구실로 갔다. 연구실 안에는 문이 찌그러진 냉장고와 깨진 유리병 열댓 개 옆으로 여자 시체가 떠다니고 있었다. 그녀의 팔에는 긴 상처가 나 있고 어깨에 주사기가 세 개 꽂혀 있었다.

그녀는 확실히 감염된 것 같았다. 자스는 아직 우주복을 입고 장갑을 끼고 있었지만 나는 연구실을 뒤져 보관함에서 방호복을 찾아야 했다. 재빨리 방호복을 입고, 몸을 따뜻하게 유지하는 한편 기생충으로부터도 보호할 수 있다는 데 감사했다. 그리고 자스를 도와 여자 시체를 쓰레기 처리장으로 끌고 갔다.

소각로는 엄마가 오래전에 일했던 병원의 폐기물 처리장과 비슷했지만 중력이 없는 상태에서 폐기물을 투입할 수 있도록 만들어져 있었다. 나는 해치를 열었고 자스는 시체를 머리부터 처리장에 넣었다. 그녀의 어깨에 꽂혀 있던 주사기가 입구에 걸려 뽑히자 내가 움찔했다. 주사기가 공중에 떠다니기 전에 붙잡아 여자와 함께 투입구에 넣어버렸다. 나는 해치를 닫고 봉인했다.

배출 명령을 한 번 터치하자 기계가 요란하게 울렸다. 기계가 시체를 소각로로 빨아들이면서 큰 소음이 들렸다. 내부 모니터링 시스템 불빛이 깜빡거렸다.

엄마의 연구실을 방문할 때면 학생 중 한 명이 실험 폐기물을 처리하는 모습을 보여주곤 했다. 화염은 모든 것을 집어삼킨 뒤 재로 만들어 없애버렸다. 그 학생은 안전을 위해 카메라가 있다고 설명해주었지만 나는 설명보다 카메라가 비추는 광경에만 관심이 있었다.

지난 몇 년 동안 연구실을 방문했던 기억이나 그 여학생을 떠올린 적이 없었다. 내가 기억하는 엄마의 일하는 모습은 배고픔과 질병과 부상에 맞서 아무런 보상도 없이 일해야 했던 사막에서의 모습이었다. 하지만 엄마가 평생 그렇게 살지는 않았다. 엄마에게도 우주에서 새로운 발견을 할 수 있으리라고 믿었던 때가 있었다.

소각로는 여자의 시체만큼 큰 쓰레기를 처리하도록 설계되지 않았다. 그녀는 좁은 공간에 우스꽝스러운 자세로 끼어 있었고 화면에는 어깨 각진 부분과 아무렇게나 뻗쳐있는 팔, 정수리 말고는 아무것도 보이지 않았다. 사이클이 시작되고 내부 온도가 증가하자 열화상 카메라 화면이 더 밝게 빛났다.

여자의 손이 움찔했다, 예상했어야 했지만, 나는 흠칫 놀랐다. 그녀 몸속에 있는 기생충이 잠에서 깨어나고 있었다.

"스스로 마취하려고 했어." 자스가 갑자기 말했다. "두 번. 주사기 중 두 개는 그래서 꽂힌 것 같아. 무슨 약물을 주사했는지 봤어. 세 번째 주사를 놓고 심장이 멈춘 것 같아."

과연 기생충이 내 몸속에 들어왔다면 나도 그걸 느낄 수 있을지 생각해 보았다. 아마도 느낄 수 있을 것이다. 우리는 환각을 보고 있다고 여겼지만 아리아나는 느꼈다. 하지만 기생충이 자기 존재를 더 잘 숨기는 방법을 습득할 수 있을지 궁금했다. 그것들은 인간의 몸을 조종하는 방법을 익혔고 인간이 만든 우주선을 조종하는 방법을 익혔고, 인간의 언어도 익혔다. 전기 충격을 이겨내는 방법도 터득했다. 어쩌면 지금 때를 기다리며 내 척추 섬유질에 가느다란 몸을 엮고 있을 수도 있었다.

여자의 손가락 사이에서 은색 물질이 반짝였다. 기생충은 뭔가를 찾듯 그녀의 시체 위에서 꿈틀거리며 움직였다. 기생충의 체온이 공기 온도와 같은지 열화상 카메라 화면에서는 전혀 보이지 않았지만 카메라 화면에서는 뱀이 주변을 맛보듯 가늘고 약해 보이는 기생충이 이쪽저쪽으로 구부리는 모습이 선명하게 보였다.

갑자기 먹먹하게 들려오는 굉음과 함께 불이 붙었다. 소각로 저 끝에서 시작된 불이 열화상 영상을 가득 채웠다. 기생충이 탈출하려고 애쓰며 꿈틀거리거나 몸을 앞뒤로 채찍질하듯 움직이지 않을까 생각했지만 화염에 먹히는 순간에도 무슨 일이 일어나는지 모르는 것 같았다. 은색 기생충은 벌겋게 달아오르더니 빨간 구슬이 되어 공기 중에 흩어져버렸다.

방법이 먹혔다. 불로 기생충을 파괴할 수 있다는 뜻이었다.

우리는 말 없이 화면을 지켜보았다. 한 인간이 곱고 흰 재가 되기까지 아주 오랜 시간이 흐른 느낌이었지만 소각로에 기록된 시간을 보니 20분도 채 지나지 않아 있었다.

20분. 시체는 477구가 있었고 방금 소각한 시체처럼 옮기기 쉬운 위치에만 있는 것도 아니었다. 게다가 SPEC에서 도착하기 전에 모든 시체를 처리할 수 있다고 하더라도 여기저기 튄 피를 다 닦아 낼 수는 없었다. 불가능했다. 우주선을 안전하게 만들기는 글렀다. 게다가 기생충 또한 방법을 찾아낼 것이다. 달이든 지구든 프로비던스 스테이션이든 조건만 맞으면 기생충은 다시 퍼질 수 있으니까.

생각을 원점으로 돌리기보다는 상상해보려고 했다. 여기가 얼마나 위험한지 잠깐이라도 잊는 SPEC 요원이 한 명이라도 있다면? 기생충은 그의 몸속에 숨어 그와 그의 팀을 장악할 것이다. 감염된 SPEC 승무원들이 탄 우주선이 암스트롱시티나 궤도의 다른 정거장의 도킹장에 내린다면? 다치거나 아픈 사람들, 죽은 사람들과 애도하는 사람들은 들것에 실리거나 멸균 가방에 봉인된 채 병원이나 영안실로 옮겨질 것이다. 그리고 우리 엄마처럼 애정과 호기심 많은 의사이자 과학자의 손에 넘겨지겠지. 은색 벌레는 모습을 감춘 채 숙주에서 숙주로 미끄러지듯 움직일 것이다. 수없이 많은 시체 위를 옮겨 다니며 자가 복제를 통해 자손을 만들고, 꼼지락거리면서 살을 긁고 간지럽히며 의사, 간호사, 애도하는 이들, 정치인, 연구원들의 피부 아래로 들어가 몸부림칠 것이다. 불편함은 공포가 되고 공포는 폭력이 될 것이다. 물론 기생충이 아무 때나 자가 복제를 할 수 있는 것은 아니었다. 물질과 에너지가 필요했다. 하지만 어떻게든 유리한 조건을 찾아 퍼질 것이다. 환자에서 의사로, 그들의 가족으로, 가족에서 전 세계로 퍼질 것이다. 몇 주, 며칠 만에 피와 비명과 무력한 공포로 가득 찬 팬데믹은 재앙을 막아보려는 시도를 모두 무력화하고 말 것이다.

지구의 도시들은 하나둘씩 잠잠해지겠지. 잊힌 자들의 거대한 무덤이 되어 셀 사람이 남아 있다고 하더라도 다 못 셀 만큼 많은 시체에서 먼지가 날리게 될 것이다. 높은 빌딩 협곡 사이를 바람이 메아리치며 불고, 텅 빈 사막에는 맨발의 소년들이 절뚝거리며 지평선처럼 보이는 빛을 향해 걸어갈 것이다. 그리고 그들은 텐트의 캔버스를 찢고 판자에서 페인트를 긁어내고 울타리에서 철사를 떼어내게 될 것이다. 그렇게 수천 년 동안 문명이 일어서고 쇠퇴했던, 인류가 스스로를 멸망의 문턱까지 몰아넣었다가 악착같이 다시 일어서는 모습을 지켜본 지구라는 세계의 밤하늘이 천천히, 아주 천천히 대기로 추락하는 인공위성들의 묘지가 되어 수천, 수만 년 후 외계 탐험가들의 호기심을 자극하는 장소 그 이상도 이하도 아니게 될 것이다.

"나는 지구를 싫어하지 않아." 내가 말했다.

자스는 아직 화면을 보면서 화염을 견뎌낸 기생충의 흔적이 있는지 살폈다. "뭐라고?"

"지구를 싫어하지 않는다고." 내가 말했다. 이번에는 덜 질문처럼 들렸다. "아까 네가 그렇게 말했었지. 하지만 틀렸어. 내가 여기 온 이유는 그게 아니야."

"그럼 왜 왔는데?" 자스가 말했다.

"아빠를 위해 왔어. 아빠가 살인자가 아니라는 것을 증명하려고. 그리고 쌍둥이 동생들을 위해서 왔어. 동생들이 여기에서 더 잘 살 수 있을 것 같았어. 사막에서 사는 건 쉽지 않고 벗어나기는 더 어렵지. 애덤을 따라 여기 오는 게 사막을 벗어나는 방법이었어."

마침내 그는 화면에서 눈을 떼고 나와 눈을 맞췄다. "하지만 너는 거기에서 태어나지 않았잖아. 너희 부모님은 의회 시민이셨어."

나는 마른침을 삼켰다. 목구멍이 바짝 말라 따끔거렸다. "우리 엄마가 의사이셨던 건 알아? 정말 좋은 의사셨어. 그저 사람들을 돕고 병을 낫게 하고 싶어 하셨지. 의회에서 도움이 필요한 사람들에게 시민권을 주지 않아 못마땅해하셨어. 단지 운이 나빠서 독이 퍼진 사막의 황무지에서 태어났을 뿐인데, 시민권 신청이 빨리 처리되지 않았다는 이유로 사형 선고를 받은 거나 마찬가지인 삶을 살아야 하는 현실을 안타까워하셨어. 그들이 줄을 서서 규칙에 따라 순서를 기다리라는 말을 듣는 것도 싫어하셨지. 그런다고 아픈 아이들이 건강해지고 죽은 사람이 살아 돌아오지는 않으니까. 엄마는 그런 태도가 얼마나 잔인한지 아셨어. 사람들을 돕는 것밖에 모르시는 분이었어."

엄마는 정말 그랬다. 사막으로 도망친 후에도 마찬가지였다. 농장에는 갈 곳 잃은 사람들과 병든 사람들이 모여들었다. 긁힌 상처에 반창고를 붙이고 멍든 곳을 어루만져줘야 할 아이들이 어디에나 있었다. 일이 끊이지 않았다. 그리고 매일 밤 다른 사람들이 하늘을 올려다보며 꿈꾸고 있을 때조차 엄마는 아픈 사람들을 돌보고 다친 사람들 옆을 지키고 죽어가는 사람들을 위로했다. 엄마가 땅에 얼마나 뿌리를 깊게 박고 있는지 전에는 이해하지 못했다. 그러나 우주에 가본 사람들이 어둠 속에서 무엇을 찾을 수 있는지를 과장하고 위험을 아름다움으로 미화하면서 다시 우주로 돌아가고 싶다는 이야기를 할 때면, 엄마가 얼마나 슬프게 미소 지었는지는 기억했다. 엄마는 자기 이야기를 한 번도 한 적이 없었다. 대그가 열정적이고 무모한 젊은이들에게 슬링샷 항법으로 금성의 중력을 활용해 비행한 이야기를 할 때도, 오바르가 지구가 점처럼 보일 정도로 먼 우주로 처음 나갔던 이야기를 할 때도, 보디카가 조용한 목소리로 산꼭대기를 스칠 정도로 낮게 화성 표면을 비행하는 짜릿함에 대해 이야기할 때도 엄마는 일에만 몰두하셨다.

보디카는 그런 희열을 위해서라면 위험을 감수할 만하고 했었다.

좋은 아이디어가 떠올랐다.

함교로 돌아가서 내가 물었다. "브레튼호 충돌 사고에 대해 알아?"

"화성에 충돌한 우주선 말이야?" 자스가 운항 콘솔 쪽으로 방향을 틀어 몸을 의자 위로 끌어당겼다. 그리고 궤도 통제실에서 하는 이야기를 듣기 위해 무전기를 다시 켰다. "학교에서 배웠던 것 같은데. 왜?"

"셔틀 조종사였던 보디카 있잖아. 빨간 머리 여자." 그녀의 이름을 입 밖에 꺼내자 농장 한가운데 모닥불을 피워 놓고 자신의 비밀을 털어놓던 그녀의 거친 목소리가 얼마나 자신감 넘쳤는지 기억나 가슴이 저렸다. "브레튼호가 충돌했을 때 조난 신호에 응답한 첫 번째 우주선의 조종사가 보디카였어. 충돌 현장에 가서 우주선 안으로 들어갔을 때 승무원들의 시체를 찾을 수조차 없었다고 했어. SPEC에서는 가족들에게 유해를 찾아오기에 상황이 너무 위험하다고 했지만 사실은 승무원 대부분이 먼지가 될 정도로 너무 심하게 화상을 입었다고 했어. 부스러기가 된 거지."

"학교에서 그런 내용은 가르치지 않잖아." 자스가 말했다. "하지만 말은 되네. 정말 끔찍한 사고였으니까."

그리고 하우스오브위즈덤호 사고가 있기 전까지 '붕괴' 이후 우주에서 사망자가 가장 많이 발생한 사건이기도 했다. 그 후 SPEC과 의회에서는 절대, 다시는 우주여행이 위험하지 않을 것이며 그렇게 많은 사람이 다치는 일은 없으리라고 장담했다. 하지만 보디카의 말에 따르면 SPEC에서는 대중들이 바꾸라고 요구하는 것들만 바꿨다고 했다. 그리고 보디카가 더 많이 변해야 한다고 요구하면서 어떤 실패가 재앙으로 이어졌는지 목소리를 높이자, SPEC은 그녀를 점점 외면했다고 했다. 그들은 그녀에게 수습생이나 맡을 법한 비행 일정을 배정하고 더 높은 직급이나 좋은 우주선을 탈 기회를 박탈해버렸다. SPEC이 전달하는 메시지는 명확했다. 그들에게는 더 이상 보디카가 필요하지 않았다. SPEC에서 일할 수 없다면, 우주로 갈 방법이 없었다. 그러니 그녀에게는 자신을 하찮은 취급하는 의회에 충성을 다할 이유가 없었다.

모두 끔찍한 충돌 사고 하나 때문에 벌어진 일이었다. 보디카는 다시는 그런 일이 일어나지 않도록 하고 싶었고, 여러 사람의 목숨을 잃게 만든 부주의한 이들이 자신의 잘못을 인정하길 바랐다.

"보디카 말로는 공기 필터 시스템에 문제가 있었다고 하던데?"

내가 자세한 내용을 떠올리려고 애쓰며 말했다. "그것 때문에 승무원들이 병에 걸려서 공기에 독성 물질이 있다는 사실을 눈치채지 못했고, 통제력을 잃었다고 했나? 그 독성 물질이 인화성 기체였어?."

"그런 것 같아." 자스가 양 손으로 얼굴을 비비며 정신을 차리려는 듯 짧게 숨을 들이쉬었다. "기억난다. 처음에는 공격을 받는 줄 알았다고 했어. 자기들이 아는 한 경고가 될 만한 신호는 나타나지 않았으니까. 공기 통제 시스템은…… 내 기억으로는 일산화탄소 축적량을 자동으로 조절하게 되어. 일산화탄소 때문에 승무원들이 정신을 못 차렸던 거야. 공격이 아니었어. 컴퓨터에 오류가 있어서 경고 시스템을 꺼버린 다음 다시 가동하지 않았기 때문이었어."

"화재가 시작되기 전에 질식해 죽었다고?" 내가 물었다.

"아마도. SPEC에서 정확하게 화재 원인을 밝혀낸 것 같지는 않아. 일산화탄소 농도가 충분히 높으면 조금만 스파크가 튀어도 불이 붙어. 화물칸에서 화재가 발생했다고 생각했어. 우주선에 건축 자재가 실려 있었거든. 장비나 연료 같은 것들."

"어쨌든 결국 싹 다 탔잖아. 맞지? 우리도 그렇게 할 수 있을까?"

"브레튼호 사건 이후 일산화탄소 정화 시스템을 새로 설계했어." 자스가 말했다. "정화 시스템이 어떻게 꺼졌든 다시 시작하도록 안전장치가 되어 있는 데다 수동 백업도 설정해뒀을 거야."

"그럼 다른 가스를 이용해야지. 다른 인화성 가스 말이야."

"아마도." 그가 말했다. 그는 화면에 그림 한 장을 띄웠다. 우주선의 배선 약도였다. 그는 한 층씩 빠르게 넘기며 살피기 시작했다.

"모든 층에 리사이클러가 여러 군데 있어. 주거 구역뿐만 아니라 연구실, 의무실, 기계실, 아버지의 온실에도 있어. 광역 시스템에서 오류가 나는 긴급 상황을 대비해서 모든 구역에서 자체적으로 문제를 해결할 수 있도록 설계되어 있네."

"유기체를 재활용할 때 발생하는 주요 부산물은 메탄과 암모니아지만 오래 보관되지 않아. 우주선 동력을 만드는 데 필요한 요소는 수소니까. 수소는 농도가 낮아도 잘 타거든. 엄청난 열을 내면서."

심장이 빠르게 뛰기 시작했다. "안전장치가 있겠지."

"보통은 그렇지." 자스가 말했다. "하지만 어머니와 선장은 안전장치를 해제해야 했어. 모든 구역에 사람들이 있어서 안전 장치를 해제하지 않고는 화재 진압 시스템을 우주선 전체에 적용할 방법이 없었을 테니까."

"그거면 충분할까?" 내가 물었다.

질문을 하면서 마음속으로 앞으로 무엇을 해야 할지 생각했다. 열려 있는 모든 공간에서 숨 쉴 수 있는 공기를 수소로 바꿀 방법을 생각했다. 모든 층과 모든 방들에 적용할 방법을 찾아야 한다. 배선약도와 시스템을 비롯해 하우스오브위즈덤호의 구조를 몇 년이나 공부했고, 우리가 우주선을 장악할 때 시스템을 거침없이 조작할 수 있기를 바라며 머릿속에 정보를 가득 채웠었다. 하우스오브위즈덤호에 다시 불을 밝히는 데 필요하리라 생각하며 공부했지만 그 불이 지옥불이 될 줄은 몰랐다.

자스는 아무 말도 하지 않았다. 그래서 대신 내가 답했다. "충분할 거야. 충분해야 해."

함교나 시스템 통제 센터 근처에서 거의 모든 일을 처리할 수 있었다. 각종 시스템에 액세스하고 해제하는 작업을 반복했다. 말라치가 모든 직권 명령 제한을 해제해 두었다. 의료 모니터로 우주선에 탑승한 사람들이 어디에서 사망했는지, 시체가 어디에 있을지 알 수 있었고 태워버려야 하는 모든 공간도 확인할 수 있었다. 지도를 보니 희망의 빛이 보였다. 우리는 문과 밸브를 열었다. 어떻게 하는지 방법만 알면 쉬운 작업이었다. 두세 구, 스무 구씩 짝지어 시체를 셌다. 총 477구였다. 한 명도 빼먹을 수는 없었다.

엔진이 있는 층은 보호하기 위해 문을 닫는 작업에 집중했다. 선미 쪽에는 화물만 있고 시체는 없었다. 작업하는 동안 궤도 통제실과 판공호에서 들어오는 무전 신호가 계속 울려 우주선의 무거운 침묵을 깼다. 홈스테드호라는 단어가 들리자 신경이 집중되었다.

"항로 수정 확인 바람." 목소리가 말했다.

다른 목소리가 숫자들을 줄줄이 읊고는 덧붙였다. "항로 수정 확인됨. 홈스테드호는 프로비던스 스테이션으로 향하는 항로를 유지한다."

"열린 채널로 전송 중인 방송이 또 있나?"

웃음소리가 들렸다. "아직."

"계속 지켜봐. 어쨌든 가겠다고 한 곳으로 가고 있기는 하네."

뱃속 깊은 곳에서 똘똘 뭉친 얼음처럼 차가운 두려움이 스멀스멀 올라와 토할 것 같은 느낌이 들었다.

"다시 교신을 시도해봐야겠어." 내가 말했다. 자스는 무심코 무전기를 가리켰고 나는 채널을 열기 위해 의자를 옮겼다. "홈스테드호,

여기는 하우스오브위즈덤호. 나는 자흐라다. 제발 응답하라."

이번에는 바로 답이 왔다.

얼굴에 끈적한 핏자국이 튄 채 잔뜩 인상을 찌푸린 애덤이 화면에 나타났다. 오바르의 시체는 치웠는지 보이지 않았지만 그의 피가 아직도 카메라 렌즈에 튀어 있었다. 내 얼굴을 본 애덤의 표정이 놀라며 일그러졌다.

"원하는 게 뭐지?"

"이야기를 좀 해야겠어요."

애덤이 웃음을 터뜨렸다. 가짜 웃음이 아니었다. 오바르의 피로 얼룩진 의자에 앉아 오바르가 조작하고 있었어야 할 제어판에 손을 올린 채, 오바르의 살점과 두개골 조각이 붙은 컴퓨터 앞에 앉아서 그가 웃고 있었다.

"내가 들을 가치가 있는 이야기를 할 것 같지는 않구나. 나는 해야 할 더 중요한 일이 있어."

"애덤, 제발요. 들어보세요……"

"자흐라, 아가. 너는 곧 목숨을 잃을 거야. 적어도 목숨이 끊어졌으면 하고 바라게 될 거다." 그는 희미하게 미소 지었다. "의회 감옥에 갇혀 평생 살게 된다 해도 그들의 편에 서기로 한 네게 과분한 처사가 될 거다. 죽어가는 네 모습을 볼 수 있으면 좋으련만."

배 속에 있던 차가운 공포의 매듭이 더욱더 꽉 조이는 느낌이 들었다. "무슨 뜻이죠?"

"우리는 자유야." 애덤이 말했다. "자유라고. 이해하느냐? 연약하고 겁 많은 네가 과연 이해할 수 있을까?"

나는 거의 숨을 쉴 수 없었다. "프로비던스 스테이션으로 향하고 있다던데요."

"우리는 자유를 얻었어. 그들은 우리가 우주에 오지 못하도록 막고 족쇄를 달아 땅에 묶어두려고 했지만 우리는 거부했지. 온 세상이 우리를 기억할 거야."

"항복하겠다고 했다던데요. 궤도 통제실에서 무전을 확인하는 것을 들었어요."

애덤이 다시 웃음을 터뜨렸다. 이제껏 들어본 어떤 소리보다 오싹한 소리였다. "거짓말쟁이 기만자들은 마지막 순간에 불구덩이에 던져질 거야."

"애덤. 그러지 마세요. 그러면 안 돼요……"

"네가 배신자라는 걸 죽을 때까지 잊지 않으마."

그는 교신을 끊었다. 화면에서 그의 얼굴이 사라지고 운항도가 나타났다.

심장이 쿵쾅거렸다. 온몸이 떨리기 시작했다. 그가 아니라고 하길 바랐다. 내가 생각이 틀렸다는, 그가 그렇게까지 잔인하지는 않다는 증거를 찾고 싶었다. 홈스테드호에 타고 있는 누군가가 내 말을 들어야 했다. 우주선을 안전하게 조종할 수 있는 누군가가 필요했다. 마음을 바꾸고 항로를 수정하라고 설득해야 했다. 애덤의 계획이 얼마나 미친 짓인지 납득시켜야 했다.

"뭘 하려는 거야?" 자스가 말했다.

그의 목소리가 마치 몇 광년 밖에서 들려오는 것처럼 멀게 느껴졌다. 홈스테드호로 다시 무전을 연결했다. 시도는 해봐야 했다. 다시 시도했다. 아무런 응답이 없었다. 피로 물든 함교는 비어있을 것이다. 애덤은 가족들 사이를 활보하고 있을 것이다. 그의 방식을 나는 잘 안다. 그가 쳐 놓은 거미줄에 우리를 끌어들이고 싶을 때 그가 어떻게 걷는지, 어떻게 손을 내미는지, 얼마나 부드러운 미소를 짓는지도 알았다. 그는 자신이 시켜 하도록 만든 결정에 대해 '가족'들을 안심시킬 것이고 '가족'들은 그 결정을 자기들이 내렸다고 믿을 것이다. 그는 그들의 죽음이 얼마나 영광스러운지 설명할 것이고, 그의 뜻을 거스르기에 '가족'들은 그를 너무 두려워하거나 그에게 완전히 압도당해 있었다. 나는 다시 시도했다. 무전 신호를 보내는 동안 목소리가 갈라지고 말았다.

"자흐라." 자스가 부드럽게 말했다. "그들이 뭘 하려는 건데?"

"그들은⋯⋯"

목을 긁는 듯한 한숨은 내 목소리이기도 하고 아니기도 했다. 그들은 절대 우리에게 자유를 주지 않을 거라고 애덤은 말했고 '가족'들은 SPEC의 경고에서 애덤의 말을 뒷받침하는 증거를 찾았다. 놈들보다 내가 놈들을 더 잘 안다고 애덤은 말했고, 그 오싹할 정도의 확신은 어떤 반대도 가라앉힐 수 있었다. 이것 말고는 방법이 없다고 그는 말했고 우리는 모두 그가 느끼는 절망을 함께 느꼈었다. 우리의 희망은 너무나 절망적이었다.

내가 말했다. "홈스테드호를 프로비던스 스테이션에 충돌시킬 계획이야."

자스의 입이 벌어졌다 닫혔다. 그는 함교 앞쪽에 있는 운항 디스플레이를 바라보았다. 그리고 다시 내게로 시선을 돌렸다.

"거기에는 2만 명이 살고 있어." 그가 말했다.

"알아." 내가 말했다. "그리고 홈스테드호에는 300명이 타고 있지. 우리 가족들과 아이들 말이야. 내 동생들도 타고 있어. 하지만 애덤은 상관하지 않겠지. 항로를 바꾸지 않을 거야."

"그걸……. 확실해? 계속 알고 있었던 거야?"

너무 당황한 나머지 두려움이 밀려나는 것 같았다. 그는 나를 믿어줘야 했다. 나는 무엇을 해야 할지 몰랐고 애덤을 어떻게 멈춰야 할지 몰랐지만 도움이 필요했다. 하지만 증거가 거의 없었다. 자그마치 10년이나 나는 그들과 함께였고 홈스테드호의 엔진에는 불꽃이 타오르고 있었다. 애덤은 피범벅이 된 채 미소 지었다.

"몰랐어." 내가 말했다. 의심하는 것과 아는 것은 다르고 걱정은 증거가 될 수 없었다. 나는 내가 틀렸길 간절히 바랐다. "하지만 내 말이 맞다고 확신할 수 있어."

그는 나를 뚫어져라 바라보다가 내 앞에 놓인 무전기로 손을 뻗었다. "젠장. 젠장. 좋아. 판공호, 여기는 *하우스오브위즈덤호*."

샤반 선장이 대번에 답했다. "바타차르야 군, 거의 한 시간 동안 교신을 시도했습니다! 왜 아직 *하우스오브위즈덤호*에 탑승해 있습니까? 브라민을 추적중인데……" 그녀의 눈이 깜빡이더니 시선이 움직였다. "적대 세력이 무력화되었다고 했었죠. 무슨 일이 일어나고 있는 겁니까? 도브 라고 양, 우리에게 요청할 것이 있습니까?"

10년 전 의회 소속 중학교를 다니던 때 이후로 도브 라고라는 이름으로 불린 적이 없었다. 그 이름은 내 것이 아니라 이미 오래전에 사라진 순수한 여자아이의 것이었다.

"요청할 건 없습니다." 자스가 말했다. 더 이상 참을 수 없다는 듯 날카로운 목소리였다. "여러분에게 경고를 하려는 겁니다. 홈스테드호가 항복하지 않을 거랍니다. 프로비던스 스테이션에 충돌할 생각이라고 합니다."

샤반 선장은 냉소적이었다. "완전히 평화적으로 항복하겠다는 뜻을 밝혀왔습니다만."

"믿지 마세요. 우주선이 감속하고 있지 않잖아요. 아닌가요? 그들은 항로를 바꿨지만 감속은 하지 않고 있어요. 궤적을 보세요. 도킹하기에 적합한가요? 지금쯤이면 감속해야 하지 않나요? 아직 가속 중이잖아요."

"우주선의 항로를 추적 중입니다." 선장이 말했다. "아직 시간이 있……"

자스는 절망하며 양 손으로 얼굴을 문질렀다. "만약 그들이 그러지 않으면요? 프로비던스 스테이션에 충돌한다고요."

샤반 선장의 파리한 얼굴에 불만스러운 표정이 비쳤다. "바타차르야 군, 지금까지……"

"이모와 이야기하게 해주세요."

"왜 이런 생각을 하게 되었습니까?"

"이모와 이야기할게요."

"이모님은 현재 연결할 수 없습니다. 의원님의 우주선은……"

"연결할 수 없는 게 아니잖아요. 당장 이야기하게 해주시죠."

"바타차르야 군, 진정해요. 경계하고 있다는 건 알지만 더 이상 성급한 결정은 피하는 게 좋겠습니다. 이미 동료들을 위험에 빠뜨렸고, 우리는 홈스테드호가 안전하게 항복하도록 만들기 위해 최선을 다하고 있습니다. 바타차르야 군은……"

"뭘 하실 수 있는데요?" 내가 말했다. "알아서 멈추지 않으면 홈스테드호를 막기 위해 뭘 하실 수 있죠? 홈스테드호에 뭐라도 쏘실 건가요, 아니면 누구를 태울 수 있나요? 뭘 하실 수 있는데요?"

"선장님." 자스가 말했다. "들어주셔야 해요. 그녀는 그들을 잘 알아요."

"듣고 있습니다. 바타차르야 군." 샤반 선장이 말했다. "도브 라고 양. 어떤 루머를 들었는지 모르지만 SPEC에서는 사실상 이 궤도에서 여객선을 격추할 능력이 없습니다. 하지만 이런 같은 상황에 적용할 수 있는 조치가 여러 가지 있기는 합니다."

"그게 뭐죠?" 자스가 말했다.

"홈스테드호의 원래 비행 목적을 알게 된 이후 승선 부대를 꾸릴 생각을 하고 있었습니다. 또한 인근 지역에 홈스테드호를 제지하도록 배치할 공업용 우주선도 여러 대 있습니다."

"어떤 제지를 할 수 있는데요?" 내가 물었다. 다른 우주선이 위험에 처할 수 있다고 해도 애덤은 개의치 않을 것이다. 오히려 SPEC이 가족들을 해치려 한다는 그의 주장을 뒷받침할 증거만 하나 더 생기는 셈이었다.

샤반 선장은 어떻게 답해야 할지 생각하는 듯했지만 자스가 먼저 입을 열었다. "쇄빙선을 말씀하시는군요. 테레스코바 조선소에 있는 우주선이요."

"모든 자원을 동원하고 모든 조치를 취할 수 있도록 고려하고 있습니다." 샤반 선장이 말했다. "스테이션 거주민 일부를 대피시킬 생각도 하고 있고요. 홈스테드호 내부에 어떤 소형 우주선이 실렸는지 아십니까?"

"잘…… 잘 모르겠어요. 실었는지 안 실었는지도 몰라요." 내가 말했다. "무장은 하고 있어요. 무기가 많이 실렸어요. 만약 승선 부대를……"

"알겠습니다. 긴급 대피용 우주복은요?"

"아마…… 잘 모르겠어요. 있을 수도 있지만 몇 개나 있는지는 모르겠어요. 원래 정원보다 더 많은 사람들이 타고 있어요. 아이들도 100명 이상 타고 있고요. 그들은 아이들일 뿐이에요. 절대……"

"이해했습니다. 그동안 두 사람은 우리가 데리러 갈 때까지 그대로 있는 게 좋겠군요. 여러분의 동료들과 여러분을 동시에 추적하기에는 우주선이 모자릅니다. 바타차르야 군, 이해했습니까?"

자스가 말했다. "여기 있을게요."

"감사합니다." 샤반 선장이 말했다. "대기하십시오, 하우스오브위즈덤호. 통신 채널은 열어두시고요. 판공호는 발신을 종료합니다."

자스가 우리 쪽 무전 연결을 끊었다. 그는 의자 팔걸이를 손으로 당겨 몸을 앉힌 다음 나를 바라보았다. "이름이 뭐야? 네 동생들."

"나드라랑 안와르야." 충분하지 않다는 생각이 들었다. 내게는 엄청난 의미가 담긴 이름들이 우리 사이에 놓인 우주에 비해 너무 작게 느껴졌다. "쌍둥이야. 열다섯 살이고. 원래 우리는…… 여기서 함께 살 생각이었지."

그는 유감이라고 하지 않았다. 내 마음을 이해한다고도 하지 않았다. 그의 동정은 필요하지도, 원하지도 않았다. 단지 그가 홈스테드호에 죽어 마땅하지 않은 생명도 타고 있다는 사실을 알아줬으면 했다. 그들에게 일어난 어떤 일도 그들이 당해서는 안 되는 일이었다. 애덤이 느낀 두려움과 절망, 불공평함에 그들은 조금도 책임이 없었다.

"뭔가를 할 수 있을까?" 내가 물었다.

"모르겠어. 홈스테드호 같은 여객선은 도킹할 때가 아니면 다른 우주선이나 스테이션에 너무 가까이 가지 못하도록 완충 비행 시스템이 내장되어 있어. 아마 가장 처음 할 수 있는 조치는 원격으로 그 시스템을 다시 시작하는 거야"

"스테이션에 경고는 할까? 우리말을 믿지는 않더라도 말이야."

"응. 하지만 대피할 수는 없을 거야." 자스가 말했다. "사람들이 너무 많아. 게다가 충돌하고 나면 파편이 튈 거고. 쇄빙선으로 피해를 줄일 수는 있겠지. 그러도록 설계된 우주선이기도 하니까. 하지만 아직 완성이 되지 않았어. 올해 하반기에나 발사하게 되어 있었어. 살바토레가 펠로십 동안 쇄빙선을 연구하려고 했거든." 그가 나를 힐끗 보았다. "네가 셔틀에서 쏜 남자 말이야."

나는 아무 말도 하지 않았다. 그는 내가 건넨 무기를 아직도 벨트에 차고 있었다. 혹시 자신이 무기를 가지고 있다는 사실을 잊은 건 아닌지 궁금했다.

"또 뭘 할 수 있을지는 모르겠어." 그가 말했다. "근처에 다른 우주선은 없어. 판공호도 아직 너무 멀리 있고." 우리는 운항 디스플레이를 바라보았다. 하우스오브위즈덤호와 홈스테드호는 마치 쌍성(서로의 인력 때문에 공통 무게중심 주위를 일정한 주기로 공전하는 두 개의 항성 —옮긴이)처럼 선과 곡선, 움직이는 기호가 가득한 어두운 우주 속에서 나란히 움직이고 있었다. 우리는 계획을 세우면서 하우스오브위즈덤호에 우리를 고립시키면 안전할 수 있으리라고 생각했다. 지금 마주한 현실과는 너무나 동떨어진 꿈이었다.

홈스테드호에 다시 무전을 쳤다. 답이 없었다.

"궤도 위에 있는 모든 우주선, 궤도 정거장, 기지, 우주 엘리베이터와 테더가 위험에 빠질 거야. 뭐든 지구로 떨어지게 되면……" 자스가 손으로 입을 문지르며 다시 디스플레이를 바라보았다. "파편이 그렇게 떨어지면 다시 붕괴가 일어날 거야. 이 기생충이 하지 못하게 막으려던 그 일이 일어나게 되겠지."

나는 다시 무전을 시도했다. 홈스테드호는 여전히 묵묵부답이었다.

"모든 우주선에는 그런 상황을 대비해 안전장치가 되어 있어." 자스가 말을 이었다. "충돌을 억제하고 완충 비행을 할 수 있도록 하고, 중력 함정(우주공간에 있는 천체 주변에 생기는 중력장 —옮긴이)을 피할 수 있도록 말이지."

"애덤이 모두 해제했을 거야."

"알아. 알아. 내 말이 그 말이야."

"그래도 SPEC에서 홈스테드호를 멈출 수 있다고 생각해?"

"아니." 그가 답했다.

그리고 그는 아주 오랫동안 말이 없었다. 궤도 통제실에서 홈스테드호에 항로와 위치를 다시 한번 확인해 달라고 보내는 요청이 무전기 너머에서 들려왔다. 그들은 아무 답도 들을 수 없었다. 프로비던스 스테이션의 책임자는 홈스테드호 근처에 있는 어떤 우주선이든 그들의 위치와 상태를 즉시 보고해 달라고 요청했다. 그들이 내 경고를 받아들인 것이다. 하지만 여전히 충분하지 않았다.

자스가 말했다. "하지만 우리가 할 수 있어."

아주 잠시, 심장이 멈춘 듯했다. "어떻게?"

자스는 나를 바라보며 으스스하고 끔찍한 미소를 지어 보였다. "그들 앞을 가로막는 거야. 이 우주선은 덩치가 충분히 크잖아. 유일하게 충분히 큰 우주선이지."

홈스테드호의 새로운 항로는 궤적 안쪽으로 휘어져 하우스오브위즈덤호를 수천 킬로미터 비껴가게 되어 있었다. 지구 기준으로 보면 어마어마한 거리지만, 불안해하며 아직도 애타게 답을 기다리는 궤도 통제실과 우주선 운항 컴퓨터에서는 위험하다고 간주하는 거리였다. 화면에 항로가 서로 너무 가깝다는 뜻으로 빨간 동그라미가 표시되었고, 움직이는 구체와 변화하는 숫자와 선으로 가득 찬 화면 가운데 자리 잡은 충혈된 눈 같았다. 이해하기 힘든 이미지였고 자스는 이것저것 짚어가며 이야기하기 시작했다. 약간 짜증이 났다가, 그가 내게 이해시키려는 게 아니라 자기 머릿속에 이미지를 그려보려 애쓰고 있다는 걸 깨달았다. 우주선 생활이 나보다 익숙하기는 했지만 우주선 조종 경험이 없기는 그도 나와 마찬가지였다. 그나마 성공할 수 있다고 기대를 걸 만한 점이 있다면 하우스오브위즈덤호가 인적 오류가 발생할 여지를 거의 두지 않고 원활하고 매끄럽게 승무원의 명령을 실행하도록 설계되었다는 점이었다.

"홈스테드호가 어디로 갈지 알아야 해." 자스가 운항 컴퓨터를 두 드린 다음 뭔가를 시도했다. 화면이 바뀌었다. 숫자가 사라지고 궤 도를 의미하는 곡선이 흐려지더니 다른 선들도 깜빡이며 사라졌다. "아, 좋아. 위치를 자동으로 계산하고 있어. 우리가 가게 될 항로를 계산 중이야. 궤도 속력이 이 정도니까 홈스테드호와 우리의 예상 항로는…… 됐다."

화면에 새롭게 표시된 빨간색 숫자가 무슨 의미인지 생각했다. "궤도가 겹칠 수 있는 지점이야?"

"응. 정확해. 이렇게 큰 우주선은 탑재된 컴퓨터의 성능이 매우 뛰어나서 궤도에 있는 동안 잠재적인 충돌을 추정할 수 있도록 설 계되었어. 지금은 그 뛰어난 성능이 다른 용도로 사용되고 있지 않 아서 다행이지."

"그럼 시스템에서 피하라는 지점을 목표로 하면 되겠네." 비현실 적인 상황을 아직 완전히 믿지 못한 듯 내 목소리는 공허하게 들렸 다. 지금 우리는 온도를 높이고, 기압을 수정하고, 무전을 치는 평범 한 작업을 수행할 때처럼 우주선 두 대를 충돌시키자는 이야기를 하고 있었다.

질소와 산소를 수소로 바꾼 다음 불을 붙이자는 이야기만큼이나 쉬웠다. 우주선은 그럴 준비를 마쳤지만 그 계획을 실행하기 전에 홈스테드호부터 처리해야 했다.

"충돌할 가능성이 있는 지점이 여러 개 있어." 자스가 말했다. "여 기. 보여?"

화면에는 프로비던스 스테이션으로 향하는 홈스테드호의 항로가 밝은 파란색으로 강조되어 있었고 그 선을 하우스오브위즈덤호에 연결된 가늘고 희미한 초록색 쐐기 모양이 가로지르고 있었다.

"오류가 발생하기 쉬울 것 같은데." 내가 말했다. "제때 도착할 수 있을까?"

"그러길 바라야지." 그가 우주선 컴퓨터에 쿼리를 보내기 전 잠시 생각에 잠겨 얼굴을 찡그리며 말했다. "어머니는 엔진이 빠르게 가속할 수 있도록 설계하셨으니까 연료를 얼마나 사용하게 될지나 구조 응력은 걱정하지 않아도 될 것 같아. 이동하면서 우주선 안에 있는 연료를 다 써도 상관없고. 홈스테드호는 우리가 뭘 하려는지 알면 항로를 수정하려고 할 거야. 그러니까 계속 지켜봐야 해……" 그가 아주 잠시 말을 멈췄다가 말했다. "끝까지."

"우리 진짜……" 웃음 같은 무언가가 목구멍까지 차올랐다. 참아 보려 했지만 킥킥거리는 소리가 삐져나왔고, 눈물이 고여 눈이 시렸다. "진짜 저들이 우리한테 돌진하도록 만들 거야? 진짜 그렇게 하려고?"

그는 운항 디스플레이 앞 의자에 몸을 깊숙이 묻으며 나를 바라보았다. "누군가 먼저 알아채서 그런 일이 있기 전에 홈스테드호를 막아주길 바라. 그럴 수도 있을까?"

신경질적인 웃음이 완전히 잦아들었다. 나는 대답을 하려다가 잠시 멈춘 다음 입을 열었다. "애덤은 허세를 부리는 게 아니야."

"우리도 마찬가지지."

"하지만 잘 될까?" 내가 물었다. "정말 계획한 대로 될까? 이러다가 괜히 프로비던스 스테이션에 충돌하는 우주선이 두 대가 되는 건 아닐까?"

"홈스테드호는 고리 바깥쪽 동쪽 도킹 시설로 향하고 있어. 내 생각에 그 항로는 속임수고 고리 바깥쪽 가장자리에 충돌하려는 것 같아. 어떤 경우든 프로비던스 스테이션은 폭이 700미터밖에 되지 않아서 홈스테드호의 항로를 그 절반만큼만 아래쪽으로 낮추면 돼. 힘은 질량 곱하기 가속도고 우리 우주선 질량은 홈스테드호보다 다섯 배 더 나가는 데다 엔진 출력도 훨씬 좋아. 우리는 그들을 멈추려는 게 아니라 그들의 항로를 글쎄, 뭐 한 1도 정도 바꾸려는 거지."

"너희 엄마처럼 말하네." 아무 생각 없이 내가 말했다.

그는 놀란 듯한 표정을 지어 보였고 나는 거의 웃음을 터뜨렸다.

"인터뷰 영상에서 봤었어." 내가 재빨리 덧붙였다.

"나는…… 누구한테도 그런 말을 들어본 적이 없어서. 사람들은 보통 내가 엄마만큼 똑똑하지 않다고 하거든. 실제로도 그렇고. 이 계획이 잘 될지는 모르겠어. 하지만 홈스테드호를 프로비던스에 충돌하지 않고 비껴가게 할 수 있으면 여러 사람의 목숨을 살릴 수는 있겠지."

가장 중요한 목적이기도 했다. 하지만 우리는 여전히 홈스테드호가 건물 해제용 철퇴인 것처럼 이야기하고 있었다. 홈스테드호는 죄 없는 사람들을 정원을 넘도록 가득 태운 여객선이었다. 나의 사람들이었다. 나와 같은 피가 흐르는 가족과 내가 선택한 '가족'들이었다.

"준비됐어?" 자스가 말했다.

더는 지체할 수 없었다. 나는 준비가 됐다.

"큰 우주선이지만 가속을 시작하면 충격이 클 거야." 자스는 얼굴에 묘하게 슬픈 미소를 지으며 콘솔 가장자리를 따라 손가락을 놀렸다. "어머니는 1g 이상으로 비행하고 싶어 하는 사람이 없다면서 아쉬워하셨어. 하우스오브위즈덤호의 능력을 자랑하고 싶어 하셨지. 일단 앉아야 할 거야."

나는 함교에 있는 의자 하나를 골라 미끄러지듯 앉았다.

처음에는 의자에서 약간 밀어 올리는 듯한 압력이 느껴지는 정도였지만 곧 사령관실에 있던 시체들이 동시에 바닥에 닿는 쿵 하는 소리가 들렸다. 그제야 가속도 때문에 커진 중력을 온몸으로 느낄 수 있었다. 어깨와 척추, 팔다리와 근육에 무게가 더해지는 것 같은 느낌을 앞으로도 절대 잊을 수 없을 것 같았다.

10년 동안 침묵을 지키던 하우스오브위즈덤호가 드디어 움직이기 시작했다.

놀랄 만큼 멀쩡한 정신으로 나는 함교에 창문이 있었으면 좋았겠다고 생각했다. 컴퓨터 시스템으로 처리되지 않은 바깥 풍경을 보고 싶었다. 우리를 둘러싼 풍경과 벡터와 화살표, 계산된 숫자와 가능성이 제거된 우리 주변 풍경과 우리에게서 멀리 떨어진 풍경을 보고 싶었다. 지구를 보고 싶었고, 별들을 보고 싶었다. 수천 번 상상한 모습이 현실이 되길 간절히 바랐다. 안와르와 나드라와 함께 따뜻하고 안전한 곳에서 서로를 부둥켜안고 창 너머로 보이는 우주를 바라보는 상상을 했었다. 창밖으로 보이는 캄캄함 속에서 우리는 죽음, 공허함, 잔인함, 두려움이 아니라 가능성을 보았을 것이다. 우리는 행복했을 것이다. 확신할 수 있었다. 우리는 행복할 수 있었다.

자스가 갑자기 물었다. "홈스테드호는 어디에서 가져온 거야?"

질문을 받고 놀랐지만 내가 답했다. "발 드 멕시코 포트에서 발사했어."

"아니 내 말은 우주선을 어떻게 구했냐는 거야. 북아메리카 분리주의자들이 어떻게 그렇게 큰 여객선을 손에 넣을 수 있었지? 국경 검문소는 어떻게 넘었어?"

여기까지 와서 대답 못 할 질문은 없다는 생각이 들었다. "의회에 우리를 도와주는 조력자들이 있어. 누군지는 모르겠어. 반대편에 도와주는 이들이 있고 의회 시민으로 눌러살려고 하지만 않으면 국경을 넘을 방법은 있더라. 우리를 돕는 사람 중 한 명이 훈련용으로 오래된 SPEC 우주선을 남겨뒀었어. 몇 년 동안 지구와 달 사이를 비행했던 것 같아. 다른 이름을 사용했었겠지만."

"그리고 그 사람이 우주선을…… 너희들에게 순순히 줬다는 거지?" 자스가 말했다.

"애덤 말로는……."

애덤은 굉장한 이야기들을 많이 떠벌려왔지만 대부분 거짓말이었다.

"그가 누구와 손을 잡았었는지는 모르겠어." 내가 인정했다. "우리를 도와주는 이유도."

자스가 잠시 생각하다 말했다. "애덤은 북아메리카 사람 같지 않아. 말투에서 느껴져. 의회 출신 같아. 내 생각에는 북유럽 사람인 것 같은데."

"예전에 의회를 떠났대." 애덤이 떠벌리기 좋아하는 자신에 관한 이야기 중에서 가장 첫 번째 레퍼토리였다. 애덤의 과거에 관해서 나는 거의 아는 것이 없었다. 그는 자신의 과거를 중요하게 여기지 않으려고 했다. 우리에게 알리고 싶어 하지도 않았다.

"그리고 우주선을 대줄 사람을 찾았고. 300명이 아무에게도 들키지 않고 국경에서 수백 킬로미터 떨어진 발 드 멕시코까지 갈 방법을 마련했다는 거지."

애덤은 의회에 있는 조력자를 위험에 처하게 할 수 있다며 질문을 너무 많이 하지 말라고 했었다. 나는 시키는 대로 했다. 하지만 그의 설명이 얼마나 어설펐는지 이제는 확실히 보였다. 우리의 계획이 얼마나 엉성했는지도 마찬가지였다. 우리가 성공하길 바라는 사람이 없었다면 이미 몇 번이나 실패했을 계획이었다.

"말라치는 SPEC에 우리가 여기로 오길 바라는 사람이 있다고 했어." 내가 말했다. "자기 임무가 공식적으로 승인이 났는지 아닌지조차 몰랐어. 직속상관한테 들은 내용 말고는 아는 게 없었어."

"상관이 누군데?"

"모르지. 중요해? 말라치는 죽었어. SPEC은 여기에서 무슨 일이 있었는지 10년 동안 거짓말을 해왔고, 말라치는 그것 때문에 죽었어."

"그는 네 친구였어?" 자스가 부드럽게 물었다.

내 친구였다. 가족이었다. 파냐도, 대그도, 보디카도 마찬가지였다. 헨케와 니코, 바오도 어쨌든 마찬가지였다. 하지만 말라치는 유일하게 내가 '가족'에게 데려온 사람이었다. 그가 '가족'의 방어막에서 금이 간 부분을 찾아 숨어들지 못했다면 이런 일은 일어나지 않았을 것이다. 말라치는 죽었다. 잘린 목 위로 아무것도 남지 않아서 더는 그를 바라볼 수조차 없었다.

"우리 아빠한테 무슨 일이 있었는지 알아?" 내가 물었다.

"의회 조사 기록에 뭐가 남아 있는지는 알지." 자스가 잠시 망설이다 말했다. "공개된 정보랑 다른 내용은 없어. 프레시디오 스테이션의 경비원이 그에게 다가갔는데 체포되기 전에 자살했다고 했어."

"그 말을 믿어? 우리 아빠가 대학살과는 아무 관련이 없다는 사실을 알잖아?"

"혹시 의회에서 그를 암살했다고 의심하는 거라면 그런 것 같지는 않아. 본인이 책임을 져야 한다고 생각했을 수도 있지."

나는 물어보지 말았어야 한다고 생각하며 시선을 피했지만 질문을 할 수밖에 없었다는 것도 알고 있었다. 그가 무슨 답을 하리라고 기대했는지, 그에게서 어떤 답을 듣고 싶었는지 알 수 없었다. 나를 만족시킬 만한 답이 무엇인지도 몰랐다. 그들이 우리 아빠를 죽인 후 10년 동안 생각해왔다. 그 끔찍한 밤은 전과 후, 예전의 삶과 새로운 삶을 나누는 경계선이 되었다.

"너희 아버지가 기억나." 자스가 말했다. "라고 박사님. 나는 그분을 좋아했어. 항상 웃고 계셨지."

"맞아. 그러셨지." 가만히 있기가 힘들어 자리에서 일어섰다. 우주선은 중력가속도 2g이상으로 이동하고 있었고, 나는 중력가속도가 0.1씩 늘 때마다 인체가 실제 변화를 느낄 수 있는지, 아니면 팔다리에 납이 묶인 것 같은 느낌이 단지 내 상상일 뿐인지 궁금해졌다. "그분을 아는 사람들은 모두 그분을 좋아했지만, 나중에는 다들 비난하게 되었어." 자스는 무슨 말을 하려고 하다가 멈추더니 다시 입을 열었다. "바키르와 시오마라가 데이터를 가져갔으니 사람들도 이제 무슨 일이 있었는지 알게 될 거야. 너희 아버지한테 아무 책임이 없다는 걸 깨닫겠지."

"그게 중요할까? 과연 의회에서 자기들이 거짓말했다는 사실을 인정할 것 같아? 자기들이 한 거짓말을 인정한 적이 있기나 해? 자신들이 붕괴 이전의 군벌과 독재자들보다 낫다고 주장하지만 그들도 똑같아. 자신들을 보호하는 데만 관심 있지. 그들은……" 나는 말을 멈췄다. 목소리가 거의 고함 소리처럼 높아져 함교 안에서 메아리치고 있었다. 내 속에 끓던 분노가 아직 다 타지 않은 모양이었다. "그들은 상관하지 않아." 내가 조용히 말했다. "너는 모르겠지. 너도 그들을 위해 거짓말을 했으니까."

그에게서 돌아서서 함교 안을 천천히 걸었다. 가속도가 높아지는 느낌이 이상했다. 이상하지만 충분히 견딜 수 있었다. 우리가 이 우주선을 새 보금자리로 만들었다면 아마 알게 되었을 것이다. 아미타 바타차르야가 증명해 보이고 싶던 대로 엔진이 작동할 때 어떻게 해야 하는지도 알게 되었을 것이다. 몸이 납덩이처럼 느껴질 정도로 중력가속도가 붙었다가 한순간에 무중력 상태가 되어 자유롭게 떠다니게 되어도 익숙하게 받아들일 수 있었을 것이다.

바닥에 떨어진 작고 검은 물체가 시야에 들어왔다. 파냐가 총을 잡으려고 던져버린 진압용 무기였다. 나는 진압용 무기를 지나쳐 곡선형 작업대 끝까지 걸어갔다가 다시 돌아오기 위해 몸을 돌렸다.

"네 말이 맞아." 한참 말이 없던 자스가 말했다. "나는 거짓말을 했어. 처음에는 시키는 대로 할 뿐이었어, 그때 나는 병실 벽 말고는 아무것도 볼 수 없었어. 하지만 나중에는…… 사람들이 나 대신 이야기해주는 게 편했어. 계속 이야기를 하지 않으면 서서히 잊히지 않을까 생각했어." 그의 얼굴에 쓴웃음이 다시 한번 스쳤다. "그렇게 되지 않았지. 10년 동안 거의 그 생각만 했으니까."

아마도, 어쩌면 셔틀 창문을 통해 하우스오브위즈덤호를 처음 눈에 담았을 때 그는 이런 결말을 맞이하리라고 예측했을 수도 있을 것 같았다. 애덤의 잔혹함이나 SPEC의 무기력함은 예상하지 못했더라도 이제 한 손으로 셀 수도 있을 얼마 남지 않은 그의 시간을, 이 웅장한 무덤을, 한때 그와 함께 살았고 지금도 함께인 죽은 자들을, 마지막 순간들을 그가 미리 봤을 수도 있을 것 같았다. 아빠를 생각하며 분노와 슬픔에 빠져서 눈물이 절대 멈추지 않을 것 같았을 때, 부모님의 장례식에서도 눈물 한 방울 흘리지 않는 뉴스 기사 속 소년이 너무 미웠다. 하지만 이제 그 소년의 마음속에 무엇이 있었는지 알 수 있을 것 같았다. 그가 살아남고 다른 사람들은 살아남지 못한 것은 그의 잘못이 아니라고 말해준 사람이 있는지 궁금했다.

나는 다시 함교의 곡선 작업대를 따라 걸었다. 어깨너머를 힐끗 보았다. 자스는 화면을 바라보고 있었다. 내가 물었다. "아직 잘 되어가고 있어? 공기를 수소로 바꾸는 계획 말이야."

그는 고개를 돌리지 않고 답했다. "적어도 아래층은. 안전장치가 작동할 수준보다 훨씬 높은 수준이고 자동 필터 시스템은 다시 켜지지 않았어."

그는 문자와 숫자가 화면 가득 늘어선 화면을 가리켰다.

LV 0 H2 4% O2 18% N2 76%

LV 1 H2 5% O2 18% N2 75%

LV 2 H2 3% O2 20% N2 77%

"지금은 농도가 서서히 바뀌지만 리사이클링 시스템이 전기분해를 늘리는 중이야." 그가 말했다.

나는 진압용 무기를 집어 벨트 뒤에 쑤셔 넣었다. "좋아." 내가 말했다.

"4%가 되면 불이 붙을 수 있어." 그가 말을 이었다. "불꽃이 일찍 튀지 않기만 바라야지. 지금은 모든 층의 수소 농도를 불이 붙을 수 있는 정도까지 올려야 해." 잠시 목이 멘 듯했다. "홈스테드호를 막기 전에."

그는 안심이 되지도, 뿌듯하지도 않은 듯했다. 단지 지쳐 보였다.

"그리고 이 층이 마지막이 되겠지." 내가 말했다.

나는 그의 의자 뒤에 멈춰 섰다. 등 뒤로 손을 가져가 무기를 잡았다. 애덤의 농장 경비대가 쓰던 것과 같은 모양은 아니었지만 어떻게 사용하는지는 알 것 같았다. 제지할 것인지 제압할 것인지, 충격을 줄지 의식을 잃게 만들지 선택하게 되어 있었다.

그는 한숨을 쉬며 한 손으로 머리를 쓸어 넘겼다. "그래. 적절한 때가 오기 전까지 우주선 전체를 준비시킬 수 있을 거야."

"그래." 내가 말했다. "좋아."

나는 무기를 제압 모드로 설정해서 그의 목 뒤에 가져다 댔다. 그는 짧고 날카로운 숨을 들이쉬었고, 몸에 있는 모든 근육이 긴장한 듯했다. 나는 방아쇠를 당겼다. 빠르고 부드럽게 윙윙거리는 소리가 났다. 자스는 목을 손바닥으로 찰싹 때리고 고개를 돌려 나를 바라보았다.

"젠장, 뭐야? 무슨 짓이야?"

하지만 이미 말투가 어눌해져 있었고 눈은 파르르 떨렸다.

"미안해." 내가 말했다. "내가 끝낼게."

그는 의자 깊숙이 풀썩 쓰러졌다. 나는 그가 바닥에 넘어지지 않도록 붙잡았다. 이 정도 가속도에서는 머리를 살짝만 부딪쳐도 크게 다칠 수 있었다. 손이 덜덜 떨려왔다.

그가 얼마나 잠든 상태로 있을지 알 수 없었다. 10층에 있는 대피용 에어로크를 찾기는 어렵지 않았지만 가속 때문에 그를 끌고 가는 동안 땀이 나고 숨이 찼다. 그에게 대피용 우주복을 입히기도 힘들었다. 생각이 자꾸만 흩어지면서 허둥지둥거렸고 시간이 흐를수록 바로 서 있기가 힘들어졌다.

대피용 우주복은 셔틀에 실려 있던 것보다 훨씬 고급스러웠다.

셔틀에 있던 우주복은 입은 사람이 구출될 때까지 생존할 수 있도록 만든 단순한 우주복에 불과했다. 하지만 하우스오브위즈덤호에 실린 대피용 우주복은 우주선의 속도와 궤적을 기록했다가 스스로 이동할 수 있도록 추진기가 달려 있었다. 우주선의 움직임을 감지해 대피하는 사람들이 신속하게 안전한 곳으로 이동할 수 있도록 하기 위해서였다.

적어도 지금은 그렇게 해줘야 했다. 내가 우주복을 잘 입히고 있는지 알 수 없었다. 이것 역시 내가 알았어야 할 일 중 하나였다. 우리는 임무 중 대피를 어떻게 해야 할지 의논한 적이 없었다. 우리가 실패하리라는 상상을 해본 적이 없기 때문이었다. 애덤은 그런 가능성을 꺼내는 것조차 허락하지 않았다. 모든 의심과 두려움을 없는 셈 칠 정도로 그의 확신을 믿다니 우리는 너무 어리석었다.

나는 아직 의식이 없는 자스를 에어로크의 대피용 우주복 발사대 위에 눕혔다. 해치를 닫고 에어로크 감압을 시작했다. 그리고 대피용 우주복을 내보냈다. 모든 게 너무 빠르게 느껴졌다. 방금 전까지 함께 있던 그가 사라지고 없었다. 시스템은 발사가 성공적이었고 구조 신호가 활성화되었다고 알려주었다. 충분해야만 했다. 사람들이 그를 이모와 동료들에게 데려가 그가 다시 퀘이사들을 연구할 수 있도록, 26시간 동안 망원경을 사용할 수 있도록, 그가 삶을 이어갈 수 있도록 할 것이다. 나는 인질 중 누구의 삶도 빼앗을 생각이 없었고, 그중에서도 이미 엄청난 고통을 겪은 이의 삶은 더더욱 빼앗을 생각이 없었지만, 내 의도가 어땠는지는 중요하지 않았다. 이미 저지른 범죄를 후회해봐야 아무짝에도 쓸모가 없었다.

나는 함교로 아주 천천히 터덜터덜 걸었고 걸음걸이마다 고통이
느껴졌다.

함교에 혼자 남아 컴퓨터 앞에 앉았다. 우주선의 중력가속도가
5g를 넘어서고 있었다. 아미타 바타차르야가 만든 엔진의 성능은
경이로울 정도였다. 매초가 지날 때마다 하우스오브위즈덤호는 점
점 타깃에 가까워지고 있었다.

컴퓨터가 계산한 결과로는 충돌까지 42분이 남아 있었다. 두 우
주선 모두 충돌을 피할 만큼 항로를 대폭 바꾸기에는 시간이 모자
랐다.

판공호에서 나와 홈스테드호를 찾는 소리가 무전기 너머에서 들
려왔다. 궤도 통제실은 좋게 말해 신경질적이었다. 운항 디스플레
이에 프로비던스 스테이션이 보였다. 대피용 우주선과 쇄빙선은 너
무 천천히 움직이고 있었다. 잔해를 수거하러 올 수는 있어도 그보
다 빨리 뭔가를 할 수 있을 것 같지는 않았다. 머리가 지끈거리고
어깻죽지가 아팠다. 나는 화면에서 대피용 우주복에서 보내는 구조
신호를 찾았다. 신호는 우주선 뒤쪽 멀리 떨어진 곳에서 전송되고
있었다.

"……들려?"

새로운 목소리가 무전에서 들려왔다. 목소리는 조용했지만 다급
했고, 나는 귀를 기울였다.

"우리 말 들려? 자흐라 누나?"

나는 재빨리 앞으로 몸을 기울였고 머리가 핑 도는 것 같은 느낌
이 들었다. 아는 목소리였다. "안와르!"

"누나!" 남동생은 카메라 쪽으로 몸을 기울이며 오바르의 피 묻은 렌즈 너머로 나와 눈을 맞췄다. 그는 혼자가 아니었다. 나드라가 눈에 두려움이 가득 담긴 채 그의 뒤에 서 있었다. 함교에는 일고여덟 명이 더 있었다. 어린아이 두세 명과 나이가 지긋한 여자 두 명, 문가에 젊은 청년들도 보였다. "누나, 우주선이 충돌할 것 같아. 그런데 우주선을 어떻게 멈춰야 할지 모르겠어. 항로를 바꿀 수 없어. 아무것도 바꿀 수 없어. 우주선을 조종할 줄 아는 사람들은 애덤이 다 총으로 쐈어." 안와르는 눈에 눈물이 고인 채 말을 잇지 못했고 나는 우주를 가로질러 그를 품에 안아주고 싶었다. "다들 겁에 질렸어. 경비대는 총을 들고 우리에게 아무것도 알려주지 않아."

"안와르, 잘 들어. 나드라, 들어봐."

"하지만 우린……"

"내 말을 들어 줘." 내가 애원하듯 말했다. "아직 피할 수 있어. 홈스테드호에 대피용 우주복이 있어. 함교 근처에 대피용 에어로크가 있을 거야. 너희가……"

문 근처에 있던 남자가 뒤로 비틀거리며 물러났고, 다른 남자가 그를 붙잡으려고 몸을 틀었다. 열린 문틈 사이로 총구가 보이고 팔이 나타나더니 문에서 비켜서라고 이야기하는 낯익은 목소리가 들렸다. 아이들 중 한 명이 울기 시작했다. 나드라가 안와르를 무전기에서 멀어졌고 애덤의 모습이 나타났다.

숨이 멎을 것 같았다. 애덤의 성난 얼굴을 마주할 때면 우리는 본능적으로 움츠러들며 겁 많은 동물처럼 웅크리곤 했다. 마음속 아주 깊은 곳에 뿌리를 내린 본능 때문이었다. 하지만 이제는 그 두려운 감정이 점점 커지는 대신 메마른 흙에 스며드는 물처럼 가라앉고 있었다. 그는 이제 나를 다치게 할 수 없다. 애덤이 번뜩이는 눈으로 주변을 둘러보았고, 화면에서 나를 발견했다. 그는 콘솔로 쿵쿵거리며 다가와 몸을 기울이며 손으로 패널을 후려쳤다.

"이렇게 하면 뭐가 바뀔 것 같으냐?" 그가 우렁찬 소리로 고함쳤다. 눈이 충혈되고 머리칼도 헝클어진 채 분노하는 그의 표정이 일그러졌다. 겨드랑이에는 땀자국이 나 있었고 소매에는 피가 얼룩져 있었다. "네가 뭔가 이루고 있다고 생각하지? 우리가 거머쥘 최후의 승리를 너는 절대 앗아갈 수 없어."

"승리라고요?" 내가 말했다. 나는 그가 하는 짓에 대해 내가 느끼는 두려움과 분노, 공포를 표현하고 싶었지만 그래봐야 의미 없다는 생각이 들었다. 마치 부딪히거나 걸려 넘어질 곳이 없는 텅 빈 공간 속에 심장이 둥둥 떠다니는 느낌이었다. 두려움에 떠는 사람들의 고함 소리와 비명이 들리고 사람들에게 바닥에 엎드리라고 소리치는 남자 목소리도 들렸다. 홈스테드호에 탄 사람들은 무슨 일이 일어날지 알고 두려움에 떨고 있었다. "이건 승리가 아니에요, 애덤. 가족들을 보호하겠다고 약속해 놓고 다 죽이려고 하고 있잖아요."

"우리 삶을 바쳐 불복종하겠다는 의지와 강인함을 보여주는 거다. 압제자들의 군홧발 아래에서 마침내 벗어났어. 우리는 거짓말과 기만을 일삼는 저들에게 저항할 만큼 용감했던 유일한 사람들로 영원히 기억될 거야. 절대 돌아갈 방법은 없어. 끝은 항상 이렇게 정해져 있었지."

그의 뒤로 나이든 여자 중 한 명이자 우리 모두가 할머니처럼 여기는 로잘린다가 흐느끼는 아이를 달래고 있었다.

"죽게 될 아이들은 생각해 보셨나요?" 내가 물었다.

"우리는 *희생*을 하는 거야." 애덤이 말을 뱉었다. 그의 창백한 얼굴이 붉게 물들었다. "누구도 나보다 희생을 하지는 않았을 거다. 감히 *내* 앞에서 승리를 거머쥐기까지 우리가 견뎌 온 고난에 대해 떠들 생각이냐? **네가 시키는 대로만 했어도 아이들은 죽지 않았을 테지.**"

"아뇨." 내가 말했다. 쩌렁쩌렁 울리는 그의 고함 소리에 내 목소리는 금세 묻혀버렸다. "당신이 겁쟁이만 아니었으면 아이들은 죽지 않았을 거예요."

애덤이 얼굴을 찌푸렸다. "네 아비는 의회의 나약한 노예였고 너도 네 아비와 다르지 않구나. 너는 항상 나약했지. 강한 사람이라면 맞서 싸웠을 일에 항상 겁을 먹고 투덜거렸어. 내 발에 입 맞출 기회를 줄 때마다 너는 신나 했지."

"이건 배신이에요. 실패보다도 못 하죠. 누구도 당신을 괴물 그 이상의 존재로 기억하지 않을 거예요. 마땅히 기억되어야 할 모습으로 당신을 기억하겠죠."

"그 어느 때보다 비겁한 모습을 보이는구나." 불과 며칠 전이었다면 나를 짓밟았을 경멸이 담긴 목소리였다.

"아뇨." 내가 말했다. 그는 내 말을 듣지 않겠지만 그가 듣길 바라며 한 말이 아니었다. 나는 나드라와 안와르, 로잘린다와 다른 사람들, 그리고 내게 이야기하고 있었다. 삶의 마지막이 가까워지는 지금, 그에게 맞설 수 있다는 것을 보여주고 싶었다. "당신이 하는 짓이야말로 비겁해요. 나는 당신이 더 많은 사람들을 다치게 하지 못하도록 할 거고요."

더 이상 할 말이 없었다. 애덤이 가는 길에는 애덤이 진실이라고 결정한 것들 말고는 어떤 진실도 찾을 수 없었고, 그 진실은 화창한 볕이 내리쬐다 눈 깜짝할 새 폭우가 내리는, 손바닥 뒤집듯 변하는 날씨만큼이나 변덕스럽게 바뀌었다. 말라치가 무엇을 보았는지 이제 이해할 수 있을 것 같았다. 우리는 가족이 아니라 아침이슬을 아름답게 반짝이며 먹잇감을 유인하는 거미줄이었다. 그 중심에는 자신이 창조한 세계 안에서 원하는 것 많은 신 노릇을 하는, 헌신을 요구하고 칭찬을 집어삼키며 가질 수 있는 것은 다 가지면서 아무것도 돌려주지 않는 애덤이 있었다.

"네가 상처에 대해서 뭘 알지?" 애덤이 으르렁거렸다. "너는 절대……"

그는 갑자기 말을 끊었다. 나드라가 그의 등 뒤로 돌진하더니 애덤이 놀란 신음을 뱉으며 몸을 숙일 만큼 엄청난 힘으로 그를 때렸다.

나드라는 애덤의 머리칼을 쥐고 그의 머리통을 컴퓨터에 내리꽂았다. 그러고는 머리를 들어 올렸다가 다시 내리치고 또 내리쳤다. 그녀는 눈에 눈물이 고인 채 흐느끼며 숨을 헐떡였고, 나는 당장 나드라에게 다가가 진정시켜주고 싶었지만, 나 대신 안와르가 그녀를 붙잡았다. 애덤의 얼굴은 뼈가 부서지고 피 범벅이 되어 엉망진창이 되었다. 나드라는 숨을 헐떡이며 그를 밀어 컴퓨터 단말기 위로 쓰러뜨렸다.

나드라가 자기 손을 내려다보았다.

"나드라, 안와르 잘 들어." 내가 말했다. 목소리가 떨렸지만 그들을 집중시켜야 했다. "로잘린다랑 다른 분들도 전부 들으세요. 앞으로 30분 남았어요. 대피용 우주복을 입고 우주선을 빠져 나가야 해요. 사람들을 최대한 많이 데리고 나가세요. 여러분 말을 믿어주는 사람들은 누구든요."

"우리를 찾을 거지?" 나드라가 나를 올려다보며 눈물을 참듯 힘을 주어 말했다. "SPEC이 우리를 체포하더라도 찾으러 올 거지?"

"너희를 체포하지 않을 거야. 잘 들어. 아빠의 누명을 벗겨줄 증거가 있어. 그들이 틀렸다는 증거도 있고, 그 증거를 숨기지 못하도록 해야 해. 그들이 진실을 말하도록 해줘. 이해했어?"

"어떻게?" 안와르가 물었다.

"자스빈더 바타차르야를 찾아. 그의 이모 바타차르야 의원도."

"의원이라고?" 안와르가 믿을 수 없다는 듯 말했다. "하지만 의원이라면……"

"그들은 너희 말을 들어 줄 거야. 면담을 요청해. 허락해 줄 거야. 진실을 밝히게 해. 너희라면 할 수 있어." 나는 그들을 만질 수 있길 간절히 바라는 마음으로 손을 뻗었다. "사랑해. 이제 가. 있는 힘을 다해서 최대한 빨리."

그들은 재빨리 함교를 떠났다. 로잘린다는 애덤의 총을 챙겼다. 나는 함교에 아무도 남지 않을 때까지 기다렸다가 무전을 껐다.

홈스테드호 근처에서 긴급 신호 서너 개가 갑자기 나타날 때까지 화면을 바라보고 있다가 숨을 내쉬었다. 나드라와 안와르가 그들 중 한 명이라고 믿어야 했다. 그들이 구출되리라고 믿어야 했다. 내가 저지른 범죄에 그들이 아무 책임도 지지 않으리라고 믿어야 했다.

화면에 붉은색 경고등이 깜빡이기 시작했다. 아래 다섯 개 층의 수소 농도가 15%를 넘겼다는 뜻이었다.

나는 다시 무전기로 손을 뻗었다. 열려있는 긴급 공개 무전 채널에 주파수를 맞췄다. 대피용 우주복을 입고 있는 사람들이 누구인지 모두가 알기를 바랐다. 그들이 이해해주기를 바랐다.

나는 해야 할 말을 했고 이제 남은 시간은 몇 분밖에 없었다. 홈스테드호에서 쏟아져 나온 대피용 우주복 행렬이 멈췄다. 수를 세지는 않았다. 운항 화면에서 밝은 별 무리처럼 보일 만큼 적지 않은 숫자였다.

나는 한 번에 한 층씩 불이 붙도록 명령을 입력했다. 불꽃은 순식간에 퍼질 예정이었다.

나는 의자에서 일어나 치명적인 공기를 들이기 위해 함교 문을 열었다. 향도 색도 없는 수소가 좁은 협곡 사이를 통과하는 보이지 않는 사막의 바람처럼 나를 감쌌다. 아무 느낌도 들지 않았다. 나는 비틀거리며 사령관 준비실로 가서 바닥에 미끄러지듯 앉아 유리벽에 등을 기댔다. 아직 유리벽 뒤에는 기생충들이 꿈틀거리고 있었다. 얽혀 있는 시체들 사이에도, 한 가닥으로 땋은 파냐의 노랑머리 위에도 기생충들이 보였다.

시야가 흐려지고 검은 반점으로 뒤덮이더니 머리가 아파 왔다. 나는 눈을 감지 않았다. 화면 속 반짝이는 별들이 만들어내는 별자리를 계속 보고 싶었다. 별자리는 동생들이 살아남았다는, 애덤의 광기에서 비롯된 무시무시한 압박 아래에서도 우리가 용기를 냈다는 증거였다. 최악의 상황에서도 희망을 완전히 부술 수는 없다는 증거가 어둠 속에서 빛나고 있었다.

먼 산봉우리에서 폭풍이 몰아치는 듯한 우르릉거리는 소리가 우주선 어딘가에서 들려왔다. 사막 위로 떠오르는 태양처럼 갑작스럽고 아름답게, 섬광 같은 빛과 열기가 나를 휘감았다.

우주선발 방송 긴급 통신 기록 [음성]

출처: 하우스오브위즈덤호, SPEC 연구 [비활성]

일시: 404년 01월 26일 02:37:29

하우스오브위즈덤호: 여기는…… 여기는 하우스오브위즈덤호. 누구든 들리는 사람에게 전한다. 홈스테드호 호에서 탈출 중인 사람들이 있다. 여러분의 우주선이 그들을 추적하고 있다는 것을 안다. 그들은 여러분을 해칠 의도가 전혀 없었다는 사실을 알아주었으며 좋겠다. 그중에는 아이들도 있는데, 현재 여러분의 도움이 필요하다. 우리가 한 짓 때문에 그들을 비난하지 않았으면 좋겠다. 그들은 더 나은 삶을 원했을 뿐이니까. 그들이 원했던 건…… 내가 미안해한다고 전해주길 바란다. 나드라, 안와르, 정말 미안해. 너희는 훨씬 나은 삶을 살 자격이 있어. 엄마와 아빠가 믿었던 것들을 기억하길 바라. 부모님은 의회를 믿으셨어. 비밀리에 프로젝트를 운영하며 국경을 닫고 의미 없는 약속을 남발하는 지금의 의회 말고, 원래 그들이 목표로 했던 이상적인 의회를 믿으셨던 거야. 아빠는 '붕괴' 이후 살아남은 사람들이 모여 결성된 첫 번째 의회에 대해 말씀하신 적이 있어. 그들 주변 세상과 사람들은 죽어가고 있었고 음식도 거의 없는 채로 황무지에 살았다고 했어. 하늘이 무너지는 것 같은 상황에서도 인류는 같은 실수를 반복하지 않겠다고 서로 맹세했었대. 희망을 가질 이유가 전혀 없었지만 그럼에도 이유를 찾아낸 거야. 오랫동안 나는 의회가 두 번째 '붕괴'를 일으키려 한다고 믿고 그들을 비난해왔어. 하지만 아빠는 절대 두 번째 '붕괴'는 원치 않으셨어. 아빠는 리응 마린이 했던 '과거

의 잔인함과 잔혹한 행위에 대한 책임에서 벗어났다고 믿는 순간 우리는 다시 비극을 저지르게 될 것'이라는 말을 자주 인용하셨어. 그 말을 실제로 믿으셨지. '붕괴' 전에 도망친 사람들이 인류의 미래를 잘못 점쳤다는 것을 증명하고 싶어 하셨어. 아빠는 당신이 했다고 의심받는 짓을 하실 분이 절대 아니야. 아빠가 어떤 결점이 있었든, 그레고리 라고라는 사람은 과거보다 나은 미래를 만들고 싶어 했어. 의회에서는 이제 그것을 증명할 수 있어. SPEC에서도 증명할 수 있어. 진실을 숨기도록 두지 마. 나드라, 안와르, 사랑해. 너무 사랑해. 항상 안전하길.

혼자 남았다. 이제 확신할 수 있다. 궤도에서 열흘이 넘도록 응답이 없다 [데이터 손상] 너무 빨랐다. 여기에서보다 더 빨랐던 것 같다. 죽은 사람들 외에는 아무도 남지 않았다. 마지막으로 한 번만 원격으로 우주선 발사를 시도해 보려고 한다. 누군가 언젠가 이 경고를 받길 바란다. 사람들은 지구가 죽어가고 있다고 했지만 그들이 틀렸을지도 모른다. 인류를 멸종 위기에서 구하기 위해 어둠을 가르며 날아왔다고 했지만 어쩌면 우리가 아닌 누군가가 져야 할 짐인지도 모른다. 당신이 누구든, 살아남기 위해 무엇을 했든, 이것은 *애절한저녁노래호*에서 보내는 마지막 메시지다. 우리의 임무는 끝났다.

— 기록 7, 애절한저녁노래호 UC33-X로 전송됨

자스

나는 어둠 속, 우주가 탄생하는 순간에 깨어났다.

우리를 만든 모든 것들은 존재의 첫 순간 동안 생겨났다. 우주가 시작되고 100만 분의 1초만큼 아주 짧은 찰나의 순간이 지났을 때 전자와 쿼크라는 물질이 생겼다. 잠시 뒤 쿼크는 양성자와 중성자가 되었고 아무것도 없던 공간에서 미친 듯이 춤을 추기 시작했다. 세월이 흘렀다. 몇 분이었다. 한 번 숨을 참을 수 있는 만큼이 모든 시간이었을 때, 몇 분은 억겁의 시간이었다. 입자들은 쌍으로 뭉쳤다. 시간과 공간이 늘어나고 늘어나서 몇 날이 몇 년이 되고, 몇 년은 몇백 년, 몇천 년이 되어 아무것도 없는 무로 뻗어 나갔다. 핵 주변으로 불안정한 확률 구름이 된 전자들이 자리를 잡았다. 수소와 헬륨의 첫 번째 원자가 탄생했다. 100만 년, 200만 년, 재는 사람도 평가할 기억도 없이 시간은 흘렀다. 중력은 외로운 원자들을 함께 뭉쳐 사납게 타오르는 빛을 만들고 어둠 속에 얼룩을 남겼다.

"바로 여기가," 어머니는 말씀하셨다. "가장 흥미로워지는 부분이야. 우리를 구성하는 모든 것들은 별의 심장에서 만들어졌단다. 이래도 이야기가 지루하니?"

그날 나는 대답 대신 애매하게 어깨를 으쓱했다. 나는 어머니가 나를 놀리거나 꾸짖는다고 생각했었다. 어머니의 말에 애정이 담겼다는 생각을 하기엔 그때의 나는 너무 어렸다. 어머니가 세상을 떠나고 몇 년 후까지도 나를 가르치던 어머니의 장난기 가득한 목소리에서 사랑을 느끼지 못했었다. 어머니와 함께하는 공부가 지루하다고 생각하지는 않았지만, 나보다 두뇌 회전 속도가 훨씬 빠르고 지식의 깊이도 훨씬 깊은 어머니에게 내가 관심있어 한다는 것을 보이기는 두려웠다. 나는 내가 사는 시대에 대해서도 배우고 싶었다. 별들의 삶과 죽음에 대해서도 알고 싶었다.

"내 아들 맞니?" 어머니가 내 배를 콕 찌르며 물었다. "산부인과 병동에서 아기를 잘못 골라왔을 수도 있겠는걸. 나는 우주가 지루하다고 생각하지 않는 아이를 달라고 기도했거든."

진실한 기억과 반복해서 이야기해 만들어 낸 진실 사이의 거리는 우리가 상상하는 것보다 가깝지만, 나하리 선장이 하우스오브위즈덤호에서 UC33-X를 낚아챈 다음 우주선 안에 들여 연구할 계획이라고 발표하던 날, 어머니가 아주 기뻐하셨던 것만큼은 진실한 기억이라 확신할 수 있다.

우리는 7층에 있는 아버지의 정원을 떠다니고 있었다. 우주선은 일정한 속력을 유지하고 있었다. 몇 시간 안에 추진 장치가 작동하면 바닥에 발이 닿겠지만 아직은 아니었다. 우리를 둘러싼 정원에는 활기찬 녹색과 향기롭게 피어나는 꽃들로 가득한 끝나지 않는 여름이 머무르고 있었다. 과외 수업을 빼먹고 우주선을 떠돌아다닌 것을 어머니께 걸린 날이었다. 그 벌로 어머니는 나를 정원으로 데려와 우주에 대해 가르치셨다. 창밖으로 별들이 작게 보였다. 태양은 우리 뒤에, 지구는 태양계 저편에 숨어 있었다.

어머니의 웃음소리가 기억났다. 내 어깨를 두른 어머니의 팔에서 느껴지던 따스함도 기억났다. 우리가 얼마나 멀리까지 왔는지 생각할 때마다 목구멍에서 맥박이 느껴질 정도로 두려웠던 기억이 났다. 내가 행복하지 않다는 것을 어머니가 알아차렸을 때 내가 웅얼거리며 했던 변명도 기억났다. 열정적으로 우주의 탄생과 성장에 대해 설명하는 어머니를 향해 내가 눈을 굴리자 나를 장난스럽게 밀치던 어머니의 모습이 떠올랐다. 창문을 향해 둥둥 떠갈 때면 나와 어둠 사이에 아무것도 없는 것 같이 느껴지다 곧 자유 낙하할 것 같은 느낌이 들면서 공포가 몰려왔다. 목구멍을 손톱으로 긁는 것 같은 두려움과 피가 식을 듯한 한기가 몰려왔다. 나는 망설임 없이 뒤를 돌며 손을 뻗어 어머니의 손을 잡아보려 했지만 손이 닿지 않았다. 나는 다시 몸을 돌렸고, 이번에는 회전이 멈추지 않았다. 어머니가 있었던 자리에 어둠 속을 밝히는 불기둥이 보인다. 그리고 문이 쾅 닫히는 소리와 함께 꿈이 끝나고, 삶은 파괴되었고, 나는 온몸에 통증을 느끼며 덜덜 떨었다.

나는 울부짖는 동물처럼 비명을 질렀고, 비명은 헬멧 안에 갇혀 먹먹하게 울렸다.

헬멧. 우주복.

어둠, 그리고 빛, 그리고 다시 어둠이 찾아왔다.

시야가 흐렸고 머리가 너무 울려서 눈에서 맥박이 느껴질 정도였다. 가슴 속에서 느껴지는 고통은 숨을 쉴 때마다 더해졌다. 나는 우주복을 입은 채 천천히 회전하고 있었다. 손을 뻗어도 붙잡을 곳 없어 나는 그저 빙글빙글 돌았다. 바큇살처럼 한 바퀴를 다시 도는 동안 하우스오브위즈덤호와 그보다 작은, 너무나 작은 홈스테드호가 눈에 들어왔다. 저 멀리 작게 보이는 두 우주선은 화염에 휩싸여 있었다.

우주선들은 서로 빗맞은 듯했다. 홈스테드호는 앞코를 비스듬히 맞아 선체가 크게 망가졌다. 가스가 분출되었고 우주선 주변에는 점처럼 자욱한 먼지가……

먼지가 아니라, 시체였다,

숨을 쉴 수 없었다. 선체의 부서진 부분에서 죽은 사람들이 튕겨져 나오고 있었다. 내가 그들을 죽였다. 여기선 티끌처럼 보였다. 내가 그들을 죽인 것이다. 숨을 쉴 수 없었다. 내 몸은 멈추지 않는 바퀴처럼 다시 한 바퀴를 돌았고 홈스테드호가 시야에서 사라지고 작은 구슬 같은 지구와 달, 빛나는 원반처럼 생긴 프로비던스 스테이션이 시야에 차례로 스쳐 지나갔다. 그리고 다시 우주선들이 보였다. 먼 곳에서 치는 번개처럼 조용한 폭발이 일며 선체의 갈라진 틈을 뚫고 눈부신 하얀 빛이 뿜어져 나왔다. 우주선들은 너무나 멀리 떨어져 있었다.

몸이 계속 회전했고 눈앞에는 캄캄한 어둠만 펼쳐져 있었다. 나는 아무 생각 없이 움직여 아무것도 없는 허공을 붙잡았다. 눈앞에서 점들이 모여들었다. 목소리 아니면 삐 소리를 들은 것 같았지만 무슨 소리인지 이해할 수 없었다. 곧 다시 정신을 잃었다. 어떻게 된 일인지 캄캄한 어둠 속에서도 내가 계속 회전하고 있고 망가진 우주선과 화염에서 멀어지고 있으며 나는 혼자라는 사실을 잊을 수가 없었다.

"일곱 시간이라니." 이모의 목소리였다. 번뜩이는 칼날처럼 카랑카랑한 이모의 목소리가 거칠어져 있었다. "너 혼자 일곱 시간을 표류했어."

전부 기억이 나지는 않지만, 눈을 뜬 상태를 유지하는 것조차 버거울 정도로 지쳐있었음에도 다시 눈을 감고 싶지 않을 만큼은 기억이 났다. 판공호의 의료 검역 텐트에서 눈을 떴을 때 흰 우주복을 입은 사람들이 나를 내려다보고 있던 기억이 났다. 셔틀이 암스트롱시티에 도착한 뒤 여전히 격리된 상태로 다시 한번 눈을 뜬 기억이 났다. 하지만 그 외 지난 며칠은 밝은 빛과 흐릿한 의사들의 얼굴 말고는 기억이 가물가물했다. 잠이 들면 어둠 속에 화염이 불타오르는 꿈을 꿨다.

격리 텐트와 방호복은 보이지 않았다. 의사들이 내 몸에 붙어 따라온 기생충이 없다고 판단한 모양이었다. 나도 그렇게 확신할 수 있으면 좋겠다고 생각했다. 이성적으로는 기생충이 있었다면 벌써 존재를 드러냈으리라고 생각했지만 피부가 간지러울 때마다, 수상한 느낌이 들 때마다 은색 벌레가 팔다리를 기어 다니는 것 같은 착각이 들었다.

파드마바티 이모가 말을 이었다. "대피용 우주복도 제대로 못 입었더구나. 그러니 그렇게 멍이 들 만하지. 기억하니?"

"아니요. 제가……" 나는 답을 하려고 했지만, 마른기침 때문에 말을 끝낼 수가 없었다.

이모가 내 입에 빨대를 가져다 대며 말했다. "네가……?"

물은 미지근했다. 나는 게걸스럽게 물을 빨아들였다. "제가 입은 게 아니에요. 깨어있지도 않았어요. 자흐라가 기절시키는 바람에."

이모의 눈이 약간 휘둥그레졌다. 방금 내가 무슨 말을 했는지 깨달았지만 이미 너무 늦은 뒤였다. 먹지 말아야 할 간식을 몰래 먹는 아이처럼 공중에 떠 있는 말들을 주워 담아 입속으로 쑤셔 넣고 싶었다.

하지만 이모는 내가 깨어났을 때 매번, 심지어 의사와 간호사가 방 안 가득 있을 때도 내 침대 옆을 지키고 계셨고, 나는 이모에게 거짓말을 하고 싶지 않았다. 이모는 오늘따라 더 작은 새처럼 보였다. 어깨는 앙상했고 하얗게 세는 중인 머리칼이 어깨 위로 땋은 머리 밖으로 여기저기 삐져나와 있었다. 지구 중력에 익숙한 사람이 달에서 움직이려니 동작은 모두 느릿느릿했다. 이모가 어머니와 이렇게 안 닮아 보이기는 처음이었다.

"자스?" 이모가 부드럽게 말했다.

이모는 내 손을 만졌다. 피부가 건조하고 푸석거렸지만 따뜻했다. 따뜻한 손길이 어떤 느낌인지 잊고 있다 보니 손이 꼭 뜨거운 다리미에 닿은 것 같았다. 나는 손을 황급히 뺐고 이모도 손을 거뒀다. 이모의 입이 굳게 닫히고 눈썹 위로 주름이 잡혔다. 이모의 얼굴을 한 낯선 사람이 내 앞에 앉아 있었다. 엄하고 고집 센 파드마바티 바타차르야 의원이 있어야 할 자리에 걱정 가득한 얼굴을 한 따뜻한 여성이 앉아 있었고, 그녀가 낯선 사람이 아니라는 사실이 안타까웠다. 이모는 평생 입고 있던 갑옷을 벗고 이모 자신으로 돌아왔을 뿐이었다.

"바키르는요?" 내가 물었다. "시오마라는요? 그들은……, 그들이……"

"다들 괜찮다." 이모가 말했다. "SPEC 우주선을 타고 귀환했지."

"괜찮아요?"

"둘 다 가벼운 탈수 상태로 멍이 들어 있었고 바키르가 어깨를 다친 것 말고는 괜찮단다. 격리도 해제되었고. 곧 회복할 거야." 파드마바티 이모가 말했다.

다행이라는 생각과 함께 가슴 한가운데 날카로운 통증이 느껴졌다. 이모가 거짓말할 리는 없었다.

"이모, 할 말이 있어요. 중요한 이야기에요. 라고 박사는 아무도 죽이지 않았어요. 그분은 아무 관련이 없어요. 심지어……"

"안다." 파드마바티 이모가 내 말을 부드럽게 끊으며 말했다. "자스. 우리도 알아. 지금은 모두가 알지. 그의 딸이 죽기 전에 모두에게 확실히 전했단다."

다른 결말을 기대하지는 않았지만 자흐라가 죽었다는 이야기를 직접 듣고 나자 마음 한구석이 시려왔다. 그녀는 나를 기절시키면서 미안하다고 사과했다. 미안하다며 자기가 이 일을 마치겠다고 약속했다. 그녀에게 모든 일을 떠맡겨야겠다는 생각은 해본 적이 없었다.

생각이 마음처럼 따라주지 않아서 질문을 하기까지 시간이 걸렸다. "무슨 말씀이세요? 자흐라가 뭘 했나요?"

이모는 한쪽 눈썹을 치켜올린 다음 침대 뒤에 있는 패널에 손을 뻗었다. 전 세계에서 송출되는 라이브 뉴스가 화면을 가득 채우고 있었다. 하우스오브위즈덤호, 홈스테드호, 라고 박사, 애덤 라이트라는 남자에 대한 이야기가 가득했다. 엄청나게 많은 잔해가 프로비던스 스테이션으로 떨어져 사람들이 심각한 피해를 입고 사망자도 일곱이나 발생했다고 했다. 잔해 때문에 위험이 계속되고 있어 우려가 크다고 했다. 궤도 통제실에서는 케슬러 증후군(파괴된 위성에서 나온 파편이 다른 위성과 충돌해 연쇄적으로 폭발이 일어나는 악순환 ― 옮긴이) 가능성을 확인하는 동안 우주 트래픽을 제한했고, 인양팀은 치울 수 있는 파편들을 처리하고 있다고 했다.

"애덤 라이트라는 남자는 한때 의회 시민이었는데 원래 이름은 제프리 킴벌이라더구나." 화면에 애덤의 사진이 뜨자 이모가 말했다. "12년 전 폭행죄로 유죄 판결을 받았지. 상담과 사회봉사 프로그램을 거부하고 사막으로 도망쳤어."

자신이 만든 엉성한 사막 왕국의 군주가 되기 전에 그가 진짜 범죄자였는지 아닌지 내가 신경을 써야 하나 싶었고, 아무 감정도 들지 않았다.

뉴스 기사에서는 말라치와 SPEC의 비밀, 금지된 임무에 대해서는 언급하지 않았다. 기생충에 대해서도 언급하지 않았다. 아직도 생명공학 기술로 만들어진 바이러스라고 이야기하고 있었다. 홈스테드호에서 살아남은 생존자들은 엄청나게 주목받고 있었다.

자흐라도 마찬가지였다.

"들어보렴." 공개 음성 파일을 불러오며 이모가 말했다.

자흐라의 목소리가 방안 가득 울려 퍼졌다. 거칠고 지친 목소리였다. 그녀는 자신을 위해서가 아니라 동생들과 가족들을 위해 도움을 요청하고 있었다. 자신의 아버지가 올바르게 기억되길 바라며, 그녀는 작별인사를 전했다.

고개를 돌렸지만 이미 눈물을 감추기에는 너무 늦어 있었다. 오른쪽에 난 높은 창 너머 암스트롱시티가 내려다보였다. 돔 위로 빛이 비추지 않는 것을 보니 암스트롱시티는 임의로 정한 밤과 달의 기나긴 밤을 지나는 함께 지나는 중인 것 같았다. 희뿌연 구름이 도시 위를 떠다니며 건물 사이를 휘젓고 구불구불한 철로와 길을 따라 흘러갔다. 구름은 암스트롱시티가 경험하는 가장 진짜 날씨에 가까운 현상으로, 세심하게 관리되는 공원과 농장에서 뿜어내는 습기가 순식간에 모였다가 소멸하며 발생했다. 거의 흰색인 건물들은 은빛으로 빛나기도 하고 회색 그림자가 되기도 했으며 생기 없고 공허한 눈 같은 넓은 창문들이 나 있었다.

자흐라의 메시지가 끝났다. 이모는 의자에서 자세를 고쳐 앉았지만 아무 말도 하지 않았다.

"사람들이 얼마나 살아남았나요?" 내가 물었다.

"여든세 명." 이모가 말했다.

삼백 명 중 여든셋 만 살아남았다. 그들은 별들 사이에서 새 보금자리를 찾으면 고난과 굶주림에서 탈출해 안전하고 편안하며 꿈꿀 수 있는, 평화로운 삶을 살 수 있다고 믿었을 것이다. 그들은 뚫을 수 없는 장벽에 수없이 가로막히는 지구에서의 삶이 너무 절망적이어서 나르시시스트 범죄자를 따라 우주로 가는 희망 없는 여정을 시작할 수밖에 없었고, 그들 중 삼 분의 일도 안 되는 사람들만 목숨을 부지할 수 있었다.

"자흐라에게 동생들이 있었어요." 내가 말했다. "쌍둥이예요. 아직 십 대고요."

"살아남았어. 가족을 찾으려고 노력 중이다. 가장 가까운 친척으로 사촌이 한 명 있는 것 같더구나. 외행성 기지의 연구원이라던데. 이번 사건에 대해 아이들은 처벌을 받지 않을 거야."

의회의 누군가가 제안한 모양이었다. 물어보지 않아도 그 정도는 알 수 있었다. 의회에는 난민들, 분리주의자의 아이들은 피해자가 아니라 오래전에 승자가 정해진 게임에서 희생되는 말이라고 생각하는 사람들이 있었다. 할머니가 훔친 약 때문에 가족 전체가 시민권을 거부당했다는 이야기를 할 때 바키르의 목소리에서 느껴지던 분노가 떠올랐다.

"그럼 다른 사람들은요? 아이들이 아닌 사람들은요?"

"아직 의논 중이야."

저 멀리에서 보이지 않는 역 사이에 놓인 곡선 레일을 따라 기차가 질주하고 있었다. 색채라고는 찾을 수 없었다. 병실 벽이나 문을 뚫고 들려오는 소리도 없었다. 암스트롱시티의 대기와 환경은 모든 요소가 통제되고 측정되어 균형을 이루고 있었다. 지구 사람들은 달에서는 기침만 해도 바이러스 여과 시스템이 작동한다는 우스갯소리를 하곤 했다. 환경 공학 기술의 경이로움을 느낄 수 있는 곳이었다.

하지만 나는 이 도시가 얼마나 연약한지를 생각했다. 얼마나 쉽게 파괴될 수 있는 도시인가.

"*거짓말을 하게 두지 마.*" 말라치는 말했었다.

벌써 그들은 말라치의 흔적을 지우고 그가 한 희생을 없던 일로 만들고 있었다. 말라치와 자흐라가 두려워했던 일들이 실제로 펼쳐지고 있었다. 말라치라는 이름이 진짜인지도 알 수 없었다. 그에게 가족이 있었다면 그가 어떤 희생을 했는지 가족들은 절대 알 수 없을 것이다.

나는 잠시 무슨 말을 해야 할지 생각하며 가만히 있었다. "SPEC에서는 자신들이 *하우스오브위즈덤호*에 탑승했었다는 사실을 인정하지 않겠죠? 삼백 명이 어떻게 검문소를 통과하고 우주선을 훔쳤는지 질문하는 사람은 있나요?"

"공식적인 답을 받지 못한 질문들이 아주 많이 있단다."

"그들이 기생충에 대해 이야기할까요? 라고 박사가 복구한 메시지를 공개할까요?"

"지금 당장은 그럴 계획이 없는 것 같구나." 이모가 말했다. 이모의 시선은 화면에 고정되어 있었지만 내용에 집중하고 있는지는 알 수 없었다.

"어물쩍 넘길 생각하지 마세요, 이모." 내 목소리에는 분노보다는 피로가 더 진하게 배어 있었지만 어쨌든 먹힌 것 같았다. 이모는 나를 날카롭게 쳐다보더니 눈썹을 치켜올렸다. "10년 동안 복잡한 일을 안 만들려고 거짓말해 왔어요. 이번에도 제가 그렇게 하리라고 생각하신다면 제가 무엇을 위해 거짓말해야 하는지 말씀해 주셔야 할 거예요."

이모가 내게서 무엇을 보았는지 알 수 없지만 충격을 받은 것 같지도, 못마땅해하는 것 같지도, 실망한 것 같지도 않았다. 답을 하는 대신 이모는 조심스럽게 이야기했다. "나는 그들을 기억한단다. 너도 알지? 라고 박사와 도브 박사 말이야. 하우스오브위즈덤호로 출발하기 전 그들을 만났었지. 피곤한 저녁 만찬 행사 중 하나에서였어. 반드시 참석해야 해서 억지로 참석한 사람들이 많았지만 그레고리 라고는 신이 나 있었어. 자기가 하는 연구를 좋아했고, 사람들과 자신의 연구에 대해 이야기를 나누고, 다른 사람들은 어떤 연구를 하는지 들으면서 즐거워했어. 자신이 어떤 발견을 할 수 있을지 기대하고 있었지."

잠시 정적이 흘렀고 이모는 나를 지나쳐 창문 너머 암스트롱시티를 바라보았다.

"최근 대중이 어디까지 알아야 하는지를 논의하기 위한 회의가 많이 열리고 있어. 내가 모든 회의에 초대되지는 않았지만." 이모가 말했다.

"하지만 그들이 애절한저녁노래호에서 온 메시지를 공개하리라고 생각하지 않으시잖아요."

"그렇지."

"사람들은 계속 인간이 만들어낸 바이러스라고 이야기하잖아요. 지구에서 만들었다고."

"맞아."

"비난의 화살을 돌릴 무정부주의자나 테러리스트 그룹을 찾고 있죠. 아마도 사막에 사는 누군가가 될 테죠. 중요한 사람을 연루시키지 않고도 비난할 수 있는 누군가요."

"공식적으로는 아니라고 하겠지만, 맞아 그렇게 되겠지."

"그리고 제게 그런 거짓말을 다시 해달라고 요구할 테죠. 바키르와 시오마라에게도요. 바키르에게는 시민권을 뺏겠다고 협박할까요? 시오마라한테는 뭘로 협박할 셈이라던가요?"

"내가 이야기할 수 있는 범위를 벗어났구나."

"하지만 그런 일이 일어나도록 내버려 두시겠죠."

이모는 그만하자는 듯, 한 손을 들었다. "내가 어떤 위치에 있다고 생각하는지 모르겠다만, 일방적으로 지시를 내려 의회의 결정을 좌지우지할 힘은 내게 없어. 의회에서 해야 할 이야기가 꽤 많지, 심지어 무슨 일이 있었는지 완전히 안다고 생각하는 사람들도 거의 없어. 충돌 이후 하우스오브위즈덤호에 붙은 불이 너무 강력해서 쓸 만한 정보를 복구하려면 몇 달은 걸릴 거다. 자흐라 도브 라고가 일을 꽤나 꼼꼼하게 해내는 바람에 말이야."

이모의 목소리는 너무나 부드럽고 침착했다.

"자흐라는 우주에 가본 적이 없어요." 내가 말했다.

이모는 답하지 않았다. 여전히 나를 바라보지 않았다.

"제 계획이었어요. 자흐라가 도왔지만 외계 기생충을 파괴하기로 결정한 사람은 저예요. 하우스오브위즈덤호를 이용해서 홈스테드호의 항로를 바꾸기로 한 사람도 저고요. 계획이 뜻대로 될지 확신도 없었어요." 내가 덧붙였다. "어쨌든 실행하기로 했지만."

나는 말하면서 이모를 바라보았다. 길어지는 침묵 속에 이모의 시선은 창밖의 회색 도시에 고정되어 있었지만 나는 고개를 돌리지 않았다.

마침내 이모가 입을 열었다. "네가 태어나기 전 아미타가 만약 자신에게 무슨 일이 생긴다면 너를 돌봐줄 수 있겠냐고 물은 적이 있었단다. 나는 웃음이 났어. 나는 아이들에 대해서는 아무것도 몰랐지만 아미타는 농담이 아니었지. 그래서 아미타가 원하면 그렇게 하겠다고 했어. 어차피 무슨 일이 일어나리라고 생각하지 않았거든. 내가 아이를 기르게 될 줄은 정말 몰랐다. 항상 아미타가 나보다 한 10년은 더 살 거로 생각했거든."

"알아요." 내가 조용히 말했다.

"자스, 그렇지 않아." 이모가 말하면서 마침내 나를 돌아보았다. "너는 모르는 것 같구나. 지난 며칠 동안 의회에서 그렇게 많은 회의가 열렸는데 내가 초대되지 않은 이유를 알고 싶니? 말하기가 조금 창피하기도 하구나. 나는…… 나이먼 의원이 너를 심문할 수 있게 강제로 깨워달라고 의사들에게 지시했을 때 좀 과격해지더구나."

무슨 말을 해야 할지 몰라서 나는 겨우 한마디를 뱉었다. "역시 저는 그분을 좋아하지 않았어요."

"천박하고 참기 힘든 인간이지." 이모가 말했다. "자스, 나는 일생의 반보다 더 긴 시간을 사막 농장에서 보낸 아가씨가 우주선 엔진을 다시 작동시키고 세밀하게 계산한 항로를 설정할 수 있으리라고 생각하지 않았단다. 우주선이 무엇을 하려는지 알게 된 순간부터 누가 계획을 세웠는지 알았어."

"어머니의 엔진은 도움이 필요 없었어요." 목소리가 거칠었다. "한 번도 식은 적 없던 것처럼 작동했어요."

"당연히 그랬겠지." 거의 웃음에 가까운 숨을 내쉬며 파드마바티 이모가 말했다. "아미타의 작품인데 당연히 그랬을 거야. 진실이 밝혀지면 사람들이 너에 대해 뭐라고 할지 아니? 네가 외계 생명체와 소통할 수 있는 첫 번째 기회를 파괴한 사람으로 알려지면 사람들이 뭐라고 할까? 네 어머니에 대해서는 뭐라고 하겠니? 이해하는 사람도 있겠지만 아닌 사람도 있을 거다. 파괴된 것들과 죽음만 생각하는 사람도 있겠지. 뭘 구했는지는 생각하지 않을 거야."

나는 통증을 무시하며 일어나 앉아 이모의 손을 잡았다.

"이모, 저는 제가 뭘 했는지 정확히 알아요. 어머니도 마찬가지였고요."

이모는 내 손을 꽉 쥐며 슬픈 미소를 지었다. "자스……"

"의회에서 진실을 덮어버리면 어떻게 될까요?" 내가 물었다. "뭐든 찾기 위해 파괴된 우주선을 뒤지겠죠. 기생충이 조금이라도 살아 있다면, 그리고 얼마나 위험한지 모른다면 같은 일이 다시 일어날 거예요. 대학살이 또 일어난다고요. 또 비난할 사람을 찾겠죠. 여기 암스트롱시티나 지구에서도 일어날 수 있어요. 막을 수 없을 거고요."

이모가 걱정스럽게 입을 꾹 다물면서 입술이 가늘어졌지만, 굳이 걱정을 숨기려 하지는 않았다.

"저는 제가 뭘 하고 있었는지 잘 알고 있었어요." 내가 다시 말했다. "사람들에게 이야기해야 해요. 데이터를 공개해야 해요. 무슨 일이 왜 일어나야 하는지 사람들이 알 수 있도록요."

"의회에서 절대 동의하지 않을 거야. 하지만……"

"그럼 물어보지 않으면 되죠! 묻기 전에 폭로해버려요! 제가 열 네 살밖에 안 됐을 때 제게 우주선 데이터를 줘서는 안 됐지만 그렇게 하셨잖아요. 이모는……"

"자스빈더." 이모는 입꼬리를 올리며 차분하게 말했다. "말을 끊지 말아주렴. 의회에서는 동의하지 않겠지만 그들의 허락을 구할 필요는 없다고 말하려고 했다."

"아." 나는 다시 베개에 등을 기댔다. "그렇죠. 허락은 필요 없어요."

"나는 전처럼 너를 지켜줄 수 없어." 이모가 말했다. "너는 더 이상 어린 아이가 아니니까. 의회 앞에서 증언을 해야 할 거다. 네 이야기를 하고 또 해야 할 거야. 그들은 이번에는 네가 침묵하도록 두지 않을 거야."

"알아요. 저도 가만히 있을 생각은 없어요."

"만약 네가 원하는 게 그거라면……"

"원해요."

이모는 잠시 망설이더니 고개를 끄덕이고는 자리에서 일어섰다. "잘 알겠다. 내가 알아서 하마. 하지만 일단 너는 좀 쉬어야지." 이모는 허리를 굽혀 내 이마에 키스했다. "자스, 사랑한다. 내일 다시 오마."

이모가 완전히 자리를 뜨고 나서야 이모가 처음 사랑한다는 말을 입 밖으로 뱉은 것 같다는 생각이 들었다. 어쩌면 마침내 내가 그 말을 받아들일 수 있게 되었는지도 몰랐다.

　나는 눈가에서 눈물을 닦아 내고 한참 동안 소리를 낮춘 채 뉴스를 보았다. 하지만 어지럽도록 뿌옇게 처리된 사진과 얼굴을 계속계속 보고 있기가 괴로웠다. 자흐라의 사진이 계속 등장했다. 하나는 SPEC의 가짜 신분증에 있던 사진이었고 다른 하나는 어린 시절 프레지도 베이의 의회 소속 학교에 다녔을 때의 사진이었다. 어릴 적 사진은 너무 행복해 보이는 반면 신분증 사진은 너무도 암울해 보였다. 10년 동안 정부의 비겁한 거짓말과 나르시시스트 범죄자의 세뇌에 시달린 결과 웃음기 가득했던 10대 소녀는 악명 높은 테러리스트가 되어 있었다. 그리고 이제 그녀는 죽고 없었다. 그녀가 입힌 피해를 없던 일로 돌릴 수도 없었다.

　나는 벽에 붙은 화면을 껐고 주의를 딴 데로 돌릴 거리가 사라지자 당장 오싹한 두려움이 스멀스멀 피어올랐다. 자신에 차서 이모를 안심시키던 나와 슬픔과 두려움, 죄책감으로 괴로워하며 몸을 웅크린 내가 서로 다른 사람처럼 느껴졌다. 눈물이 앞을 가렸고 가슴 속에서는 묵직하게 욱신거리는 통증이 느껴졌다.

　파드마바티 이모에게 했던 말은 진심이었다. 사람들은 진실을 알아야 한다. 다시는 침묵하지 않을 것이다.

　그리고 문득, 돔으로 덮인 회색 도시의 소독된 방에 앉아 있는 동안 자흐라 덕에 이 연약한 평화를 조금 더 누릴 수 있어 다행이라는 생각이 들었다. 나는 암스트롱시티 위를 떠다니는 구름을 바라보다 마침내 잠이 들었다.

조용히 문이 열리는 소리에 잠이 깼다. 방은 어두웠고, 창밖도 마찬가지였다. 안개가 자욱했고, 고요한 은색 건물들은 잿빛이 되어 있었다. 임의로 지정된 밤의 모습이었다. 낮 동안 내가 계속 잠을 잔 모양이었다.

침대 옆에 있는 의자를 끄는 소리가 났다. 내 손을 만지는 손길이 느껴졌다.

"미안. 깨우려던 건 아니었는데."

의사도, 이모도 아닌 바키르가 와 있었다. 마지막으로 보았을 때보다 훨씬 상태가 좋아 보였다. 그는 충분히 쉰 듯 멀끔해 보였고 눈빛도 맑았다. 얼굴 위로 갈색 머리가 흘러 내려와 있었고 무늬 없는 파란색 병원 가운에 편한 슬리퍼를 신은 차림이었다. 그의 왼쪽 어깨는 의수가 제거된 채 치료용 교정기가 고정되어 있었다. 교정기와 붕대는 뻣뻣하고 불편해 보였지만 더 이상 아프지는 않은 듯했다.

"안녕." 그가 말했다. 그는 웃고 있지 않았다. 그가 살아서 진짜 여기에 있는지 확인하기 위해 손을 뻗어 그의 얼굴을 만지고 손가락으로 턱과 입술을 쓰다듬고 싶었지만 나는 잠자코 있었다.

"괜찮아?" 내가 물었다.

그는 멀쩡한 어깨를 으쓱했다. "괜찮아. 새 팔을 만들고 있어. 지난번 팔은 복구할 수가 없대."

"아," 달리 무슨 말을 해야 할지 알 수 없어서 말을 멈췄고, 어색한 침묵이 흘렀다. 하지만 우리 둘 사이에 어색한 침묵이 흘렀던 적은 없었다. 우리 두 사람에게는 어울리지 않았다. 바키르는 병원 가운의 벨트를 만지작거렸고 나는 그에게서 시선을 뗄 수 없었다.

"있잖아." 바키르가 말했다. "거대한 우주선 두 대를 충돌시킨 게 너희 가족이 이번 주에 벌인 가장 미친 짓이 되리라고 생각했는데, 너희 이모가 너보다 한 수 위더라."

"뭐라고? 이모가 뭘……" 그리고 이해가 되었다. 나는 일어나 앉으려고 애를 썼다. "하우스오브위즈덤호에서 온 데이터를 공개하셨구나."

"그러실 걸 알고 있었어?"

"내 생각이었으니까."

"그게…… 그다지 놀랍지는 않은 것 같네." 그가 말했다. "젠장, 자스, 이제 모두 너한테 달려들 거야. 조사관, 기자 할 것 없이 전부. 너를 가만히 두지 않을걸."

"알아." 내가 말했다.

진짜였다. 알고 있었지만 모든 이야기를 밝히고, 마땅히 받아야할 비난을 마주하고, 해야 할 경고를 모두 전달해야 한다는 생각이 장마철이 시작되고 처음 내리는 폭우처럼 약에 취해 흐릿해진 마음속을 계속 때렸다. 숨이 가빠지고 심장이 빠르게 쿵쾅거렸다.

"자스, 그러지 마." 바키르가 말했다. "정신 차려, 숨 쉬어. 괜찮을 거야."

그는 내 손을 꼭 쥐었다. 나는 눈을 감고 그의 손길에 집중하면서 그의 온기가 내 몸 구석구석 퍼져 내 혈관과 뼈를 감싸고 있는 것 같은 보이지 않는 서리를 녹이고 있다고 상상했다. 그가 손을 움직였고 나는 그가 떠나려는 줄 알았다. 벌써 함께 있는 게 질렸다고 해도 그를 비난할 힘이 남아 있지 않았다. 하지만 그는 일어서지 않았다. 그는 내 손을 들어 올려 손바닥에 부드럽게 키스했다. 나는 눈을 번쩍 떴고, 그는 내 손바닥과 손가락이 만나는 지점에 다시 한번 키스한 다음 여전히 손을 잡은 채 침대 위에 올려놓았다.

그가 말했다. "내가 그렇게 다치지 않았더라면 네가 우리를 우주선에 태울 때 뭘 하려는지 알았을 거야. 네가 우리를 따라오지 않을 걸 알았어야 했어."

나는 잠시 숨을 참았다가 천천히 내뱉으려고 애썼다. 눈이 뜨거웠지만 시선을 피하지는 않았다. "네가 몰랐으면 했어."

"응, 알아. 하지만 어쨌든 알았어야 했어. 난 널 알잖아. 너에 대한 모든 것을 알잖아." 잠시 정적이 흘렀다. "거의 모든 것이라고 해야 하나."

슬픔과 좌절, 기쁨과 안도감의 중간 어딘가쯤에 있는 것 같은 그의 말투가 무슨 의미인지 알 수 없었다. "네가 몰랐으면 했어." 내가 다시 말했다.

"알아." 바키르가 말했다. "왜냐하면 너는 멍청이거든. 그리고 나는 이 모든 일들 때문에 화가 나. 전부 다. 모두에게 그들이 한 짓에 대해 화가 나. 너한테도 꽤 화가 났어. 하지만 네가 스스로 목숨을 버리려는 걸 그 여자가 막아서 얼마나 다행인지 몰라."

"미안해." 자흐라가 말했었다. "내가 끝낼게." 나는 우리가 각자의 죄책감을 끌어안은 채 둘 다 하우스오브위즈덤호에서 생을 마치게 될 것이라고 생각했다. 누군가의 아들이 아니라 기억의 빈껍데기로 사는 기분이 어떤지, 꿈속에서, 두려움 속에서, 악몽 속에서 하우스오브위즈덤호에 몇 번이다 다시 갔었는지 그전까지 설명할 수 없었다. 어머니가 마지막 순간에 나를 떠나보내지 않았으면 좋았겠다고 얼마나 자주 생각했는지 누구에게도 말할 수 없었다. 10년 동안 나는 사람들 사이에서 유령처럼 살았었다. 달리 어떻게 살아야 하는지 몰랐다.

나는 바키르의 얼굴을 쓰다듬으려고 손을 뻗어 이마에서 그의 머리칼을 쓸어 올렸고, 그가 내 손 쪽으로 몸을 기대자 그의 온기가 느껴졌다. 하지만 그의 무게가 실리며 갑자기 옆구리가 당겼고, 나는 숨을 헉하고 들이쉬었다.

"좋아. 이제 그만." 바키르가 물러나 앉으며 말했다. "넌 다쳤어. 그냥…… 그냥 좀 쉬어."

"다쳤지. 꼭 우리 이모처럼 이야기하네."

"나랑 너희 이모랑 조금도 비슷하지 않은 건 너도 알잖아."

"그렇지. 이모랑 너는 달라." 나는 손으로 그의 팔을 쓰다듬고는 그의 손을 다시 쥐었다. 그가 손을 빼지 않자 약간 설렜다. "홈스테드호에서 살아남은 사람들은 어떻게 한 대? 아이들 말고, 성인들."

"누가 알겠어?" 그가 말했다. "그중 한 명이 의회 시민이었고 그녀가 그들을 대변하는 데 앞장서고 있어. 사람들이 말을 들어줄 만한 사람이 그녀밖에 없기 때문이겠지. 사막에 사는 쥐새끼 같은 범죄자들은 무시할 수 있지만, 한때 정치학 교수였던 할머니 말은 무시할 수 없을 테니까. 어떻게 할지 이미 결정했더라도 의회에서는 아무 말도 하지 않고 있어."

"충분하지 않은 것 같은데. 의회에서 결정하기만 기다리는 게 말이야."

단지 안전하게 살 수 있는 장소를 원했을 뿐인 자흐라를 위해 그
래서는 안 됐다. 그녀의 남동생과 여동생을 위해서도, 의회 때문에
갖은 고초를 겪은 그들의 부모님을 올바르게 기억하기 위해서도,
브레튼호에 탔던 가망 없는 승무원들을 구하려고 노력했던 SPEC
조종사를 위해서도, 실패할 게 뻔한 위험한 임무를 맡은 갈색 눈에
곱슬머리를 한 어린 SPEC 요원을 위해서도 충분하지 않았다.

바키르는 다시 한번 어색하게 한쪽 어깨를 으쓱해 보였다. "원하
는 게 뭐였냐고, 필요한 게 뭐였냐고, 애초에 왜 거기에 갔냐고 물어
보는 사람이 있을까 싶어. 자기들이 좋아하지 않을 답일 게 뻔하니
까 묻지 않는 거지."

그의 목소리가 원래 그렇게 씁쓸했는지 생각했다. 어쩌면 내가
듣고 싶지 않았는지도 모른다.

"아리아나가 나한테 그런 부탁을 했던 거 알아?" 그가 말했다.
"두 번째 의회에서 첫선을 보일 프로젝트를 위해서였어. 아리아나
는 별별 주제에 대해 여러 사람들을 인터뷰했어. 전 세계와 그 너머
에 사는 사람들까지도 모두. 나와는 사막에서 의회로 넘어온 이야
기를 하고 싶어 했어. 나는 생각해 보겠다고 했지. 그녀가 그 질문을
했을 때 정말 고통스러웠고, 우리 부모님이 보시고 혹시나……" 그
는 슬프게 미소 지었다. "시오마라가 어쨌든 프로젝트를 발표할 예
정이야. 완료되지 않았어도 말이야. 아마 그녀를 돕게 될 것 같아."

"미안해." 내가 말했다.

"왜? 뭣 때문에?"

"모두 다. 모르겠어. 전부 다." 마지막 단어를 말할 때 목소리가 갈라졌고 눈물 때문에 눈이 시렸다. "아리아나를 살리지 못한 것도, 내가 한 번도 물어보지 않은 것도…… 전부 다 미안해."

"괜찮아, 자스." 바키르가 말했다. 그의 목소리는 거의 속삭임이나 다름없었다. "우린 괜찮을 거야."

그 말에 감정이 물밀듯 밀려왔다. 그를 믿고 싶었다. 내 손을 꼭 잡은 그의 손의 따뜻함과 따뜻하고 슬프고 마음을 헤아리는 듯한 갈색 눈을, 그가 떠나지 않고 내 곁에 가까이 머무를 것이라는 확신을 얼마나 믿고 싶었는지 모른다.

한참 후 그는 침대에 머리를 댄 채 잠이 들었다. 절대 편안할 수 없는 자세였지만 바키르는 언제 어디서나 머리만 대면 잘 수 있는 사람이었다. 나는 그를 한동안 바라보다가 손가락으로 그의 어두운 머리칼을 부드럽게 쓸었다. 너무 많이 움직이면 그가 잠에서 깰까 두려웠다. 며칠 동안 아무것도 하지 않고 잠에 빠져있었으니 피곤할 리가 없는 데도 자꾸만 눈이 스르르 감겼다. 매번, 매번 하우스오브위즈덤호가 거기에 있었다. 화염에 휩싸여 있었고, 파괴된 선체 옆면에서는 양초처럼 불이 붙은 시체들이 빠져나왔다. 구불구불한 은색 벌레들이 탁탁 소리를 내며 채찍질하듯 꿈틀거렸다. 어둠 말고는 아무것도 잡을 수 없었다. 하우스오브위즈덤호에서 완전히 새로운 악몽을 얻어 온 듯했다.

결국 잠을 포기하고 소리를 완전히 죽인 채 화면을 다시 켰다. 회색 도시 말고 시선을 둘 곳이 필요했다.

얼마 후 병실 문이 열렸을 때 나는 여전히 멍하니 화면을 보고 있었다. 간호사가 병실 안을 들여다보았고, 바키르를 발견하고는 눈을 굴렸다.

"여기 계셨네요." 간호사가 조용히 말했다. "알아챘어야 하는데. 지난 3일 동안 바타차르야 군은 어떠냐고 계속 물었거든요."

나는 아무 말도 하지 않았다. 내가 무슨 표정을 지었는지는 알 수 없지만 간호사는 조용히 웃음을 터뜨렸다. 그는 안으로 들어와 침대 옆에 있는 의료용 모니터를 들여다보았다. 저중력 상태에서 평생을 보낸 그는 키가 크고 마른 체형이었고, 달에서 오래 산 사람답게 민첩하게 움직였다. 화면에서 애덤 라이트라는 남자와 그의 추종자들의 사진을 비추는 뉴스를 보았을 때 그는 한숨을 쉬며 고개를 저었다.

"저 사람들 말이죠." 그가 입을 열자 나는 긴장했다. 그가 하려는 말을 듣고 싶지 않았다. 하지만 그는 말을 이었다. "마음이 너무 아프더라고요. 저런 괴물한테 충성하는 것 말고는 벗어날 길이 없는 절망적인 상황은 상상조차 할 수가 없어요. 이게 문제인 것 같아요. 그렇지 않나요? 나는 달에 있는 돔 안에 살고 있어요. 저런 삶을 상상할 필요가 없죠."

간호사가 자신을 쳐다보는 나를 발견하고는 멋쩍게 웃었다.

"미안합니다. 바타차르야 군도 눈을 좀 붙이세요."

그는 병실을 떠났고, 다시 정적이 감돌았다. 나는 잠을 자지 않았고 으스스한 악몽을 마주하지도 않았다. 뉴스를 바라보다 바키르가 잠든 모습을 바라보았다. 머릿속에 펼쳐지는 생각을 외면하지도, 절망이나 죄책감에 괴로워하지도 않으며 그저 받아들였다. 이모와 할 이야기가 아주 많았다.

암스트롱시티에 있는 의회 건물은 금속과 유리로 지어진 높은 흰색 건물이었다. 칼날처럼 폭이 좁은 건물 중앙에는 큰 광장이 있었는데, 초록색 매니큐어로 점을 찍은 듯 식물들이 자라고 있었다. 달의 밤은 끝이 났고 암스트롱시티에 다시 빛이 들기 시작했다. 필터를 거친 빛 아래 다른 모습을 드러낸 도시에는 사람들이 나와 공용 공간을 누볐고 흰색과 회색뿐이었던 공간은 무지갯빛 색채로 가득했다. 공원과 정원도 지붕을 열고 조심스럽게 보호되고 있는 생명들을 드러냈다.

파드마바티 이모와 나는 높은 층에 있는 방 안에서 대기하고 있었다. 30분마다 빼꼼히 고개를 들이밀고 필요한 것이 없냐고 묻는 의회 비서를 빼면 방에는 우리뿐이었다. 하우스오브위즈덤호 사태를 논의하기 위한 예비 회의 첫날이었다. 우주선에서 온 데이터를 공개해버린 이모는 동료 의원들에게 해명을 하기로 되어 있었다. 이모는 걱정하지 않는 듯했다. 지난 며칠 동안 함께 시간을 많이 보내고 속마음을 더 이야기하게 되었지만, 이모의 무심함이 가면인지는 여전히 알 수 없었다.

비서가 다시 들어왔다. "세풀베다 박사님의 진술을 다 들으셨다고 합니다. 10분 휴식 후 들어가시게 될 거예요."

비서의 어깨너머로 복도를 힐끔 바라보니 하얗게 센 머리를 길러 하나로 땋은 여자 한 명이 화의실에서 나오고 있었다. 홈스테드호 생존자로서 그들의 대변자가 되기로 자청한, 의회 시민이자 한때 교수였던 로잘린다 세풀베다 박사였다. 그녀는 딸과 손주들이 애덤 라이트의 '가족'이 되자 그들과 함께 살기 위해 사막으로 이주했다고 했다. 홈스테드호에 탔던 그녀의 딸은 대피하지 않겠다고 버티다 사망했지만 손주 세 명은 무사히 탈출했다.

다시 문이 닫혔고, 나는 세풀베다 박사의 얼굴에 비친 표정이 침착함이었는지 두려움이었는지 생각했다. 손바닥에서 땀이 났다. 가만히 앉아있을 수가 없었다. 자흐라의 작별인사가 머릿속에 계속 맴돌았고, 자기 동생들이 더 나은 삶을 살 수 있길 그녀가 얼마나 간절히 바랐는지, 모두에게 관심이 쏟아지는 상황에 자흐라의 동생들이 얼마나 외롭고 무서울지가 자꾸 생각났다. 내가 병원에서 지내는 동안 이모가 그들과 이야기를 나누기는 했지만, 그들과 다른 생존자들을 어떻게 할 것인지에 대해서는 아무것도 결정된 게 없었다.

"그들에게 무슨 일이 일어날까요?" 내가 물었다.

파드마바티 이모는 내 무릎에 손을 얹어 다리를 떨지 못하게 막았다. 벌써 여러 번째였다. "우리 둘 다 모르기는 마찬가지야."

"아무 짓도 하지 않은 사람이 대부분이에요. 신분을 위장한 채 우주선에 탑승했을 뿐인데, 그게 중죄는 아니잖아요."

"나도 알지. 하지만 의회는 그들이 집단으로서 하려던 일을 우려하고 있어."

"다른 선택지가 있었다면 벌이지 않았을 일이에요." 내가 말했다. "그들은 절망적인 상황에서 두려움에 떨고 있었고 그런 삶을 계속 사는 것보다 애덤 라이트를 따르는 쪽이 더 나았을 거예요."

"세풀베다 박사가 분명 조사 위원회에서 잘 이야기했을 거다. 그리고 위원들이 철저하게 조사를 시작하면 그때도 또 이야기하겠지. 네가 걱정하는 게 이거니? 네게는 생존자들에 대해 질문하지 않을 거다. 기생충을 더 걱정하고 있는 것 같더구나."

"질문을 해야 할 텐데요. 자신이 인간으로서 품위를 지키며 살 가치가 있다는 사실을 몇 년, 몇십 년 동안 끊임없이 증명하려고 애쓰거나 아니면 떠나거나, 선택지가 둘밖에 없으면 어떤 선택을 할지 모두에게 물어봐야죠."

"자스." 이모가 부드럽게 말했다. "그렇게 간단하지가 않아."

"간단해야죠." 내가 지지 않고 말했다. "고통받는 사람들을 외면하고 편하게 살면서 그렇게 간단하지 않다라는 말을 변명으로 사용하지 않을 방법을 찾으려고 의회가 존재하는 거죠. 의회에서 할 일이 바로 이런 거 아니에요? 의회는 독이 퍼져 있는 황무지에서 자란 아이들에게 관대한 척을 하면서 아직도 사막에 사람들이 살고 있다는 사실을 아무도 눈치채지 못길 바라죠. 그 사람들은 좀 더 나은 삶을 주겠다고 약속하는 또 다른 괴물을 추종할 테고요. 의회는 지금보다 더 나아져야 해요. 애초에 바로 그게 그들이 일으킨 이 빌어먹을 문제의 핵심이었다고요. 하지만 다들 잊은 것 같아요."

이모는 나를 다시 봤다는 듯한 표정을 지었다. "생각을 많이 했구나."

사실 상황이 이렇게 되기 전까지는 생각을 많이 해본 적이 없었고, 갑자기 부끄러워져 고개를 돌렸다. 평생 이런 생각을 하지 않고 살아왔다. 바키르가 어린 시절 이야기를 할 때 왜 차분한 얼굴로 분노를 감추는지 생각해 보지 않았다. 수억 킬로미터 떨어진 달에 연구 기지를 지을 수 있으면서 자기들이 인정하지 않는 지역에 사는 병든 아이들을 보호할 수 없다는 주장이 얼마나 말도 안 되는지 생각해 본 적이 없었다. 도움을 줄 수 있지만 돕지 않기로 결심한 이들이 아니라 도움이 필요한 사람들이 자신의 인간성을 직접 증명해야 한다는 주장이 얼마나 편리한지 생각해 본 적 없었다.

"이제야 생각하고 있는 거죠." 내가 말했다. "인류를 보존한 이유를 정당화하라고 할 텐데, 어째서 인류가 보존할 가치가 있는지 생각할밖에요."

파드마바티 이모는 웃고 있었다.

"왜요?" 내가 말했다. "제가 하려는 말이 의원들 심기를 거스를 것 같으세요?"

이모는 고개를 살짝 저었다. "아미타가 아주 오래전에 했던 이야기가 생각나서." 이모가 말했다. "네가 태어나기도 한참 전이고 비노드를 만나기도 전이었어. 북아메리카에서 1년을 살다 집으로 막 돌아왔을 때였지. 나는 시민권 신청 처리 캠프에서 봉사활동을 했어. 네 엄마는 대학에서 하고 있던 작업 때문에 신이 나 있었단다. 아이디어와 기발한 생각들이 넘쳐나서 쉬지 않고 조잘대곤 했어. 그때는 단지 아이디어일 뿐이었지만 그렇게 알모라 엔진이 만들어졌고, 그때 이미 네 엄마는 자신이 사람들을 다시 먼 우주로 나가도록 만들 수 있다고 믿었어. 네 엄마는 알았단다. 항상 자신감이 넘쳤지만 그 생각만큼은 더 자신에 차 있었지. 이제껏 여행한 것보다 가장 멀리 나갈 수 있는 엔진을 만들겠다고 했어."

파드마바티 이모는 말을 멈추고 조용히 목소리를 가다듬었다. 눈가에 눈물이 맺혀 있었지만 따뜻하고 애정이 듬뿍 담긴 표정이었다. 이모에게 안 좋은 기억이 아니었지만 어머니의 어릴 적 이야기를 하자면 마음이 아플 만했다.

"아미타는 태양이 다른 별처럼 작게 보일 정도로 멀리까지 가겠다고 했어. 그리고 나는…… 아미타처럼 오만하지는 않았지만 조금 더 독선적이었어. 그리고 맞아." 이모의 목소리에 쓸쓸함이 묻어났다. "네 엄마는 정말 오만했어. 스스로 똑똑하다고 생각할 만했지만 그래도 참을 수 없는 건 마찬가지였어. 나는 사막에서 막 돌아온 참이었고 북아메리카 문제를 어떻게 해결할지, 분리주의자들에게 의회를 따르라고 어떻게 설득할지 내가 안다고 생각했지. 모두 바꿀 수 있을 것 같았어.

아미타에게 지구에 이렇게 해결할 문제가 많은데 우주로 나갈 생각을 하다니 어떻게 그렇게 무신경할 수가 있냐고 물었어. '붕괴'가 일어나는 동안 세대 우주선을 타고 떠났던, 자신들이 만든 재앙의 결과를 피해 도망친 부유하고 힘 있는 사람들이 했던 생각과 다를 게 뭐냐고 물었어. 네 엄마가 뭐라고 했는지 아니?

새로운 세상을 찾는 동안 내가 여기에 남아 세상을 안전하게 지킬 테니까 자기는 행복하게 떠날 수 있다고 하더라." 파드마바티 이모는 눈물을 훔치고 조심스럽게 코를 풀었다.

어머니가 그 말을 하는 모습을 상상하기는 쉬웠다. 눈을 반짝이며 당당하고 활기찬 목소리로 이야기하는 어머니의 목소리가 들리는 것 같기도 했다. 그런 어머니에게 아버지는 애정 가득 담긴 미소를 지으며 물리학 법칙을 재해석하는 게 아무리 재미있어도 저녁 식사는 꼭 하라고 말씀하셨다. 어머니와 아버지가 너무 그리워 심장 깊은 곳에 사라지지 않을 것 같은 고통이 전해졌다.

"50년 전이구나. 동생이 준 임무를 시작해야 할 때가 온 것 같아." 이모는 여전히 미소를 지으며 말을 이었다. "자스, 네가 생존자들을 지지하는 말을 하면 의원들은 당연히 불편해할 테지만, 그렇기에 네가 하고 싶은 말을 해야 해."

"이모가 그렇게 생각하신다니 기뻐요." 그렇게 말하고는 목소리를 가다듬었다. "왜냐하면 도움이 필요한 사람을 그렇게나 외면하면서, 정작 우리는 스스로 야만인이 아니라며 축하나 하려고 하네요. 그러라고 행성을 구한 게 아닌데 말이죠. 바로 이 말을 하려 했거든요. 자흐라가 옛 의회에 대한 자기 아버지의 믿음을 말한 적 있어요. 전 지금의 의회가 옛 의회에게서 배워야 한다고 생각해요."

"지금의 세상과는 다른 세상 말이지." 파드마바티 이모가 나직하게 말했다. "우리가 추구했던 세상."

문이 열리고 비서가 고개를 들이밀었다. "준비되셨답니다, 바타차르야 의원님, 바타차르야 군. 이쪽으로 오시죠."

파드마바티 이모와 나는 나란히 자리에서 일어섰다. 이모가 손을 뻗어 내 옷깃을 정리하고 옷에 붙은 먼지를 떼 주었다.

"준비됐니?" 이모가 물었다.

"준비됐어요."

이모와 나는 함께 비서를 따라나섰다. 높은 창으로 빛이 들어오고 있었고 의원들이 모여 있는 방에서 웅성거리는 소리가 새어 나왔다. 의원들은 각자 다른 언어, 억양으로 서로 화를 내고 다그치며 이야기를 나누고 있었다. 닫힌 방 안에 머무르기에 너무 많은 소음이었다. 이모가 내게 먼저 들어가라고 손짓했다. 나는 망설이면서 거대한 돔과 떠오르는 태양 아래 연약하고 섬세한 아름다움으로 가득 찬, 변화하고 있는 도시를 한 번 더 내려다보았다. 우주가 더 크고 두렵게 느껴졌지만, 여전히 바로잡히지 않은 실수와 알려야 할 진실이 남아 있었다. 인간의 손으로 만든 것들은 모두 파괴될 수 있었다. 인간이 꿈꾼 모든 것들은 이루어질 수 있었다. 도시의 옥상 정원에서 나무들이 녹색으로 피어나고 있었다.

　내가 방 안에 들어서자 의원들이 일제히 조용해졌다. 손의 떨림이 멈췄다.

<끝>

옮긴이 | 배지혜

뉴욕 시립대 버룩칼리지 경제학과를 졸업했다. 유학 시절 재미있게 읽던 작품을 한국어로 옮기고 싶다는 욕심이 생겼고, 현재 글밥아카데미를 수료한 뒤 바른번역 소속으로 활동중이다. 대표 역서로는 『미키7』, 『시체와 폐허의 땅』 등이 있다.

구원의 날

1판 1쇄 찍음 2022년 11월 18일
1판 1쇄 펴냄 2022년 11월 24일

지은이 | 칼리 월리스
옮긴이 | 배지혜
발행인 | 박근섭
편집인 | 김준혁
펴낸곳 | 황금가지

출판등록 | 2009. 10. 8 (제2009-000273호)
주소 | 06027 서울 강남구 도산대로 1길 62 강남출판문화센터 5층
전화 | 영업부 515-2000 **편집부** 3446-8774 **팩시밀리** 515-2007
홈페이지 | www.goldenbough.co.kr

도서 파본 등의 이유로 반송이 필요할 경우에는 구매처에서 교환하시고
출판사 교환이 필요할 경우에는 아래 주소로 반송 사유를 적어 도서와 함께 보내주세요.
06027 서울 강남구 도산대로 1길 62 강남출판문화센터 6층 민음인 마케팅부

㈜민음인은 민음사 출판 그룹의 자회사입니다.
황금가지는 ㈜민음인의 픽션 전문 출간 브랜드입니다.